KB114865

악에 피는
꽃

악에 피는 꽃 2

초판 1쇄 펴낸 날 │ 2018년 4월 30일

지은이 │ 로토스
펴낸이 │ 서경석

편집책임 │ 조윤희 편집 │ 이은주, 이예진 디자인 │ 신현아
마케팅 │ 서기원 경영지원 │ 서지혜, 이문영

임프린트 │ MUSE
주소 │ 경기도 부천시 부일로 483번길 40 서경B/D 3F (우) 14640
전화 │ 032-656-4452 팩스 │ 032-656-4453
이메일 │ roramce@naver.com 블로그 │ bolg.naver.com/roramce
홈페이지 │ http://www.chungeoram.com

발 행 처 │ 도서출판 청어람
출판등록 │ 1999년 5월 31일 제387-1999-000006호
어람번호 │ 제11-0080호

ⓒ 로토스, 2018

ISBN 979-11-04-91699-1 04810
ISBN 979-11-04-91697-7 (SET)

뮤즈는 도서출판 청어람 단행본사업본부의 임프린트입니다.
저작권법에 의해 보호를 받는 저작물이므로, 무단 전재 및 유포·공유를 금합니다.

※ 파본은 구입하신 서점에서 교환하여 드립니다.
※ 저자와 협의하여 인지를 붙이지 않습니다.

도서출판 청어람은 언제나 여러분의 소중한 작품 투고와 도서 출간 기획 등 다양한 제안을 기다리고 있습니다. chungeorambook@daum.net

악에 피는 꽃

꼿

II

로토스 장편소설

MUSE

목차

1부

3. 자라나는 줄기 (2)

눈을 감았다가 떴다. 열린 창문으로 들어온, 이제는 확실히 차가워진 바람이 볼을 스치고 지나갔다. 취기 때문인지, 예상치도 못한 상황 때문인지, 무엇인지 모를 이유 때문에 오른 열기가 조금 가라앉는 것이 느껴졌다.

대화가 끝난 후 들어온 학생회실에서 사람들은 여전히 즐겁게 술을 마셔대며 떠들어대고 있었다. 나를 본 센과 페른에게 대충대충 반응할 수밖에 없었다. 술에 취한 그들은 내 재미없는 반응에 바로 등 돌려 디온에게 향했고, 나는 다행스럽게도 그들의 미친 짓에서 벗어날 수 있었다. 눈앞에 놓인 잔을 들어 한 모금 마시며 소파에 몸을 기댔다.

머릿속에서 무수히 많은 생각들이 소용돌이처럼 휘몰아쳤다. 뜻밖의 수확이었다. 수확인지, 아니면 함정인지는 모르겠지만, 내 판단이 틀리지 않았다면 수확이 분명했다. 아델라이네를 완전히 믿는 것은 아니었다. 이미 많은 것이 원작과 바뀌었고, 그렇기에 그녀 역시 원작과 다를 수도 있겠지.

무엇보다 아델라이네가 보여준 상처가 충격적이었다. 1황자가 정상이 아닌 것은 알고 있었다. 권력에 눈이 먼 것도 알고 있었다. 하지만 계승권을 가진 것도 아닌, 그에게 조금의 위협도 되지 않을 가족까지 이용할 줄은 몰랐다. 이것은 분명 원작에 없던 내용이었다. 아니, 원작에서 나는 시골에 묻힌 채 내 존재를 드러내지 않았고, 1황자가 황녀를 경계할 이유도 없었다. 하지만 지금은?

원작에서 서술된, 그리고 내가 파악한 1황자는 상당히 머리가 좋은 자였다. 잔인하고, 권력에 목숨을 걸었다. 그것은 어미의 탓이 큼이 분명했다. 다른 나라와 같이 혈통의 정통성이 아닌, 이능의 유무로 후계가 정해지는 이 나라의 법이 황후를 불안하게 만들었다. 후작가에서 태어나 귀족 레이디로서 대우받고 자라온 그녀의 권력욕은 컸다. 그리고 그것은 1황자에게 그대로 전이됐다. 원작에서 인자하게 묘사되었던 황제의 성정과 권력욕에 짓눌린 황후 사이에서 자라난 1황자는 저를 성왕의 재목으로 보이도록 스스로 꾸밀 줄 아는 인물이었다.

아델라이네를 제 손으로 주무를 수 있는 것은 그가 그런 인물이기에 가능한 것이었다. 겉으로 보이는 그는 자애로웠다. 아랫것들을 아끼고 제 주변을 살피면서도 위를 향하는 이상적인 황태자. 하지만 그것은 전부 꾸며낸 모습일 뿐. 자애로움 속에 숨긴 칼로 주변인들을 체스 말처럼 제 권력을 위해 이용하고 버린다.

아델라이네 역시 그에게 그런 존재였겠지. 이번에도 역시 어디에 있는지는 모르지만 살아 있을 나를 해하려 한 마술의 반동이 아델라이네를 향하게 만들었다. 그리고 그 본인은 마술사와의 계약에서 그대로 빠져나갔다.

마술의 계약이 성립되도록 표식을 태운 것은 아델라이네지 1황자가 아니다. 혹, 또다시 마술사와 계약한 황족이 있다 알려지더라도 그는 용의선상에서 빠져나갈 수 있을 것이다. 굉장히 교묘한 자였다.

나는 아델라이네에게 내 이야기를 그에게 흘릴 것을 요구했다. 벤지안스가 아닌 마벨로서의 내 존재를 황실에 알리기를 바랐다. 공작가의 후원을 받는다 하더라도 황녀와 평민 소년의 열애를 그들이 허락할 리가 없었다. 황가에서 이 사실을 안다면 분명히 나를 만나려 할 것이다.

1황자와 마주치더라도 그는 나를 함부로 해할 수 없을 것이다. 내가 그렇게 만들 것이다. 아델라이네가 보았던, 몇 년 전 황후가 마술사와 계약한 날의 증거를 빌미로 삼아.

나는 시선을 돌려 디온을 찾았다. 내가 자리를 비운 잠시간의 시간 동안 디온은 자제를 했음에도 꽤나 마신 모양인지 조금 취해 보였다. 그렇지만 딱히 내가 걱정할 정도는 아니었다.

학생회실로 들어온 후 계속 생각에 잠겨 있는 나를 디온이 조금 복잡한 표정으로 쳐다보았지만 눈을 마주쳐 고개를 끄덕이자 이내 시선을 돌렸다. 기숙사에서 모든 것을 말할 것이라는 것을 알아들은 모양이었다.

쉬얌과 아델라이네를 흘끔 바라봤다. 그 둘은 아무 일도 없었다는 것처럼 센과 페른과 함께 술을 마시고 있었다.

겉으로 보기에 아무 이상 없고, 즐거운 학생 대표의 생일 파티는 결국 몇 명의 취객을 만들어내고서야 끝이 났다.

기숙사로 돌아와 먼저 입을 연 것은 디온이었다. 역시나 그는 내 감정 변화에 상당히 민감했다. 그들과 나 사이에 흐르던 미묘한 기류 때문인지, 나의 복잡한 감정 때문인지는 모르겠으나 무언가 차이를 알아챈 것이 분명했다. 나는 우리의 거래를 그에게 말해줬다.

쉬얌과의 거래 이야기에 점점 어두워지던 그의 안색이 아델라이네의 이야기를 전했을 때 절정에 치달았다. 1황자가 내 생존 여부를 알았고 나를 없애려고 해서 화재가 일어났다는 부분에서 드물게 화난 그의 표정을 볼 수 있었다.

그래도 오늘은 디온의 생일인데 내일 말할 걸 그랬나. 하지만 그랬다가는 왠지 내일 그의 언짢은 기분을 온몸으로 받아내야 할 것 같았다. 나름의 합리화를 하며 이어질 그의 말을 기다렸다.

"믿을 수 있겠습니까?"

할 말을 고르는 모양인지 잠시 생각에 빠졌던 그가 질문을 던졌다. 그로서는 제일 중요한 질문일 것이었다.

"믿는다기보다는, 손을 잡는 거죠. 잠시간의 이익을 위해."

"저는 불안합니다."

"그들도 그들의 치명적인 약점을 제 손에 쥐어주었어요. 어찌 보면 동등한 위치죠."

우리는 서로를 신뢰해서 이 거래를 받아들인 것이 아니었다. 그저 각자의 목표를 이루는 데 있어 서로가 필요한 곳에 있기에, 그 이익 요소들을 서로 공유하고자 체결한 계약이었다. 그렇기에 나는 그들과의 신뢰라는 굉장히 불확실한 심리 요소에 대해 아무런 고려도 하지 않았다.

하지만 디온은 그것이 아닌 모양이었다. 나를 향하는 그의 시선에는 나를 걱정하기에 자리 잡은 불안이 뚜렷하게 보였다. 그의 걱정이 깊어지는 것이 썩 내키지 않았다.

"하지만 그래도 불안하다면 최대한 빨리 제 누명을 벗어야겠네요."

"누명을 벗고 난 후엔 어떻게 하실 겁니까?"

"몸통을 흔들기 위해서 제일 좋은 방법은 그 뿌리부터 파내는 것이죠."

"황실로 들어갈 생각입니까?"

"네, 누명을 벗고 나면 그들이 나를 황성으로 부를 거예요. 이미 내가 살아 있는 것은 알고 있으니까요. 내가 해야 할 일은 그들이 자신들의 잘못을 인정할 수밖에 없도록 공개적으로 내 누명을 벗는 거예요. 그렇게 된다면 쉬얌과 아델라이네가 갖고 있는 내 약점은 사라지게 돼요. 사실, 쉬얌 역시 다시 마농으로 돌아가면 그 약점도 사라지게 되죠. 하지만, 글쎄요, 그래도 저는 이 거래는 계속 유효할 것 같은데요. 참 신기하게도 셋의, 그에 더해 디온까지, 우리 넷의 목표가 정확히 일치하거든요."

"황가의 몰락 말입니까?"

"아델라이네는 황가의 몰락까지는 아니에요. 정확히 말하면 아델라이네는 황가에서 나오고 싶어 하죠. 하지만 1황자를 황태자에서 끌어내리는 걸 바라는 것은 맞아요."

"그 이후의 소르트 황가는 어떻게 되는 겁니까? 쉬얌, 그자가 황좌를 가져가겠다 말하던가요?"

디온은 드물게 특정인에게 불쾌감을 보였다. 둘이 그렇게 사이가 좋지 않았나? 하지만 쉬얌은 또 딱히 그런 것 같지도 않은데.

디온이 쉬얌 자체를 마음에 들어 하지 않는 것인지, 소르트를 정복하겠다는 쉬얌의 야망이 마음에 들지 않는 것인지는 모르겠지만, 어찌 됐건 내가 예상했던 그의 걱정과 정확하게 맞아떨어졌다. 새삼 쉬얌에게 미래 황제의 자리에 대해 미리 말해놓은 것이 다행이라는 생각이 들었다.

"아니요. 그건 막았어요."

"막았다는 건 황좌에 대한 언급이 있었다는 것 같은데, 혹시 그들을 황좌에서 끌어내리면 마벨이 황제가 되겠다 약조하셨습니까?"

"약조까지는 아니고, 그냥 그렇게 오해하기에 별말 안 했을 뿐이에요."

그리고 아마 쉬얌은 내가 황제가 되려 한다고 생각하고 있겠지. 별 상관은 없었다. 소르트 황가를 몰락시키고 나면 원작과 마찬가지로 디르케온을 황제의 자리에 앉히면 문제없기에.

"이렇게 된 김에 묻는 겁니다만, 역시나 군주가 되실 생각은 없으십니까?"

"이제는 말하기도 지치는 것 같은데요."

평소처럼 심드렁하게 대답해 줬다. 그 역시 내게 강요하기 위해 꺼낸 말은 아닌 모양인지 가볍게 웃으며 수긍했다.

"별다른 기대 없이 물어봤을 뿐입니다."

잠시 무언가 생각하는 듯 그가 말을 멈췄다가 다시 입을 열었다.

"만약, 마벨이 다시 황실로 돌아간다면."

내 누명을 걷어낸 후를 가정한다. 내가 내 지위를 되찾고 난 후의 말을 하려 한다. 그는 말을 내뱉고는 한 템포 쉬었다.

"돌아간다면?"

"마벨의 호위기사는 제가 맡고 싶습니다."

스스로에게 하는 다짐 같았다. 내게는 제 소망을 말할 뿐이었지만 그 모습에 스스로 다지는 의지가 보였다.

"공작가의 후계가 가능한가요?"

"공작가의 후계이기에 가능합니다."

혹시 황제나 1황자가 그의 기억을 읽었을 때 세그다드가 위험해지지는 않을까? 아니, 내가 황성으로 돌아갈 때라면 내 누명을 벗었을 때였다. 황후와 1황자의 소행이 낱낱이 밝혀질 것이고, 적절한 후계자의 누명을 벗겼다는 것에 좋지 않은 여론은 사라질 수도 있었다. 그때는 지금처럼 나를 숨겼다고 해서 그의 목숨이 위험할 시기는 지나 있을 것이다.

"좋아요."

나로서도 그가 내 곁을 지키는 것이 좋았다. 이곳보다 훨씬 치열할 황성에서 내가 믿을 수 없는 자에게 곁을 맡기는 것처럼 바보 같은 짓도 없다. 무엇보다, 이제는 내 곁에 그가 없다면 조금 적응하기 힘들 것 같다는 생각이 들었다. 어느 순간부터 계속 내 시선이 닿는 곳에 그를 두고 싶은 마음이 차오르고 있었다.

내 욕심에 기초한 수락에 그가 가볍게 웃었다.

"허락해 주셔서 감사합니다."

"음, 왜 디온의 생일에 내가 선물을 받은 느낌이 드는 걸까요."

"아닙니다, 제가 큰 선물을 받았습니다."

"저는 준 것이 없는데요."

내 대답에 그는 그저 웃어 보였다. 내가 그에게 생일선물로 준 것이라고는 깃펜이 전부였다. 그것은 그리 특별한 것도 아니었고,

그리 대단한 것도 아니었다. 하지만 나와 마주한 그의 표정에 만족감이 가득해 보여, 정말로 큰 선물을 받았노라 말하는 것과 같아 보여 나는 그저 말없이 고개를 끄덕일 뿐이었다.

밖에서 새가 울었다. 아침 해가 뜬 후에 눈을 뜨는 것이 아닌, 눈을 뜬 후에 아침 해를 맞이하는 것이 일상이 되어버렸지만, 왠지 이제야 내게 익숙한 일상으로 돌아온 느낌이 들기도 했다. 벤지안스가 되기 전에 겪었던 일상. 불면증이 지속되고 있었다.
다녀온 큐라를 쓰다듬으며 다리에 묶인 서신을 풀어 읽었다.

－어제 잡은 연어는 너무 커서 공작가에 보낼 수 없을 것 같소. 아무래도 직접 만나서 전해야 할 것 같은데, 언제 받을 수 있겠소?

블레로 길드에서 내게 만남을 요구하는 것은 이번이 처음이었다. 아카데미 밖으로 나갈 날. 그들이 내게 접촉하려고 하는 것이 분명했다. 그리고 그날은 얼마 지나지 않아 찾아왔다.

"하필이면 날짜가."
디온이 낭패라는 듯 중얼거렸다. 게시판 앞이었다. 그곳에는 갖가지 수업 관련한 공지 및 변경된 수업 일정 등이 항상 게시되어 있었다. 자주 공지 사항이 올라오는 것은 아닌지라 새로운 공지 및 일정은 쉽게 알아볼 수 있었다. 그리고 이번에 새로 꽂혀 있는 일정은 우리가 듣는 신학 수업에 관련된 것이었다.
신학 수업을 신전 방문으로 대체한다는 공지였다. 내가 신학 수업을 듣기로 마음먹은 제일 큰 이유였다. 대신관을 만날 수 있느지 정확히는 알 수 없었지만, 최소한 신녀들보다 훨씬 고위 신관들을 만나면 수수께끼에 다가갈 수 있는 말을 들을 수 있지 않을까, 그런 막연한 희망 때문이었다.

제도의 제일 큰 신전에 갈 수 있다는 공지를 읽은 디온이 나직이 뱉어낸 말에 나는 그를 바라봤다.

"무슨 일 있어요?"

"마법부에서 일이 있어 꼭 들러야 하는 날입니다."

"그럼 못 가나요?"

"예. 아마 그럴 겁니다."

"하지만 보통 수업이 먼저 아닌가요?"

"예, 보통은 그렇습니다만."

보통은 수업 일정이 개인적인 조교 일보다는 훨씬 우선이라고 생각했는데, 내 상식과 조금 다른 것일까? 내 질문에 디온이 잠시 망설이는 듯, 생각하다 대답했다.

"작년에도 신전 방문을 했던 적이 있어 저에게는 해당이 되지 않을 겁니다."

작년에도 신전에 방문했다고? 아카데미에서 공식적으로 신전에 방문할 수 있는 건 신학 수업뿐이었다. 그의 한마디에 낼 수 있는 유일한 결론을 그에게 물었다.

"이거, 두 번째 듣는 거예요?"

"……예."

잠시 망설이던 그가 대답했다. 이미 들었던 수업이란 소리였다. 나한테는 아무 말도 없었는데.

"다른 거 들었어도 상관없는데. 왜 나한테 아무런 말도 안 했어요. 미안하게."

"이렇게 미안해할까 말하지 않았습니다. 괜찮습니다. 전 학년 수석은 선택과목을 두 개로 줄일 수 있으니까요. 그럼 아델라이네와 쉬얌과 가겠군요."

그럼 수업을 듣지 않아도 되는데도 불구하고 나 때문에 또 같은 수업을 들었다는 이야기였다. 하지만 더 이상 이것에 대해 말하고 싶은 생각은 없는 모양인지 디온은 금세 말을 돌렸다.

"네, 그렇겠네요."

"조심하십시오."

"뭐를요?"

"저는 아직 그들을 확실히 믿기가 힘듭니다. 마벨이 확신 없이 그들과 그런 중요한 거래를 할 리는 없다는 것은 알고 있습니다. 마벨의 결정은 믿지만 그들에게 모든 신뢰를 주기는 힘듭니다. 무엇보다 만약 마벨이 위험에 처한다면 그들이 예민하게 반응할 것 같지는 않기에 하는 말입니다."

그다운 걱정이었다. 디온의 말처럼 그들이 디온만큼 내 위험에 크게 반응할 리가 없었다. 과한 걱정같이 보이기도 했지만 또 한편으로는 그의 걱정이 이해가 되기도 했다.

무엇보다, 나를 염려하는 그의 태도가 기분이 좋았다. 여전히 걱정이 한가득인 눈빛으로 나를 바라보고 있는 그를 안심시켰다.

"신전은 무기 반입도 힘들다 하는데 무슨 위험할 일이 생기겠어요. 이 대륙에서 제일 안전하고 성스러운 곳이 신전이라면서요. 걱정은 넣어둬요. 쓸데없는 걱정이 많으면 될 것도 안 되거든요."

"알겠습니다, 마벨이 그렇게 생각한다면 그렇게 믿겠습니다."

디온은 그렇게 말했지만 여전히 걱정을 안은 눈빛으로 나를 바라보았다. 왠지 처음 만났을 때보다 쓸데없는 걱정이 늘어난 느낌

이었다. '아무 일도 없을 거예요' 하고 나는 그를 다시 한 번 안심
시켰다.

✢

대신전은 제도에 자리하고 있었다. 황가와 소르트를 수호한다
는 목적 아래, 황성과 마주 보는 곳에 위치해 있었다.

아카데미 학생들은 당연히 이동진을 이용했다. 아무도 고작 야
외 수업으로 그 거금을 사용한다는 것에 반발하지 않았다. 역시
나 귀족 자제들이라는 생각이 드는 순간이었다.

지난번에 나눴던 대화처럼, 디온은 이번 대신전 방문에 참가하
지 않았다. 마법부 교수에게 한번 말해보겠다 했지만 역시나 받
아들여지지 않은 모양이었다. 디온을 대신해 내 옆을 차지한 건
쉬얌과 아델라이네였다.

새삼 디온의 존재가 내게 매우 크구나, 라는 생각이 들었다. 유
모에게서 탈출한 이후로 디온과 떨어진 적이 없었다. 공작가에 갈
때도, 블레로 길드에 방문할 때도, 심지어 제도를 돌아다니며 사
람들의 기억을 조작할 때조차도 디온과 함께였다. 아카데미에 와
서조차도 기숙사마저 같은 방이었으니 그와는 언제나 붙어 다닌
셈이었다.

그에게 마음을 준 만큼, 내 옆을 허락하고 의지할 수 있는 유
일한 자이기에 고작 잠깐이지만 그 빈자리가 상당히 크게 느껴졌
다.

"오랜만의 바깥 소풍이 떨리지 않아?"

쉬얌이 싱글, 웃으며 말을 걸었다. 계약 후에도 겉으로 보이는

우리의 관계는 이전과 전혀 다를 바가 없었다. 그는 내게 여전히 관심이 있다는 듯 마농은 동성애에 관대하다, 운운하며 끈덕지게 말을 걸어왔고 그것은 오늘도 마찬가지였다.

"어울리지 않는 질문을 하네요."

"왜? 마벨과 함께하는 바깥나들이가 얼마나 떨리는데. 게다가 마벨과의 첫 소풍이 소르트 대신전 방문이라니, 흔히 겪을 수 없는 경험이라고."

소풍 운운하기에 또 무슨 시답잖은 이야기인가 들어보니 역시나 그 나름의 본분을 다하고 있었다. 그에 나는 평소와 같이 답변했다.

"가끔 보면 저한테 욕을 들어먹고 싶어서 말을 거는 것 같아서 말이죠. 그나저나 대신전에 아무나 들어갈 수 없는 겁니까?"

내 질문에 아델라이네가 싱긋 웃으며 답했다. 그녀 역시 내게 관심 있는, 신분을 뛰어넘은 사랑을 향해 달리는 소녀의 모습을 보여주었다. 계약 이후에도 아무렇지 않게 행동하는 모습을 보아하니 새삼 이들의 연기력이 대단해 보였다.

"예배당이야 일반인에게도 열려 있지만 신을 모시는 지성소는 황가 사람들조차 사전에 날짜를 정해야 들어갈 수 있어요. 한 번 정해진 날짜는 변경도 불가하고 불참도 불가해요. 때문에 가끔 대신전 방문으로 인해 황가의 일정이 꼬일 때도 있지만 그조차 자연스럽게 받아들여질 정도예요."

"음, 그렇다면 이렇게 쉽게 대신전에 들어온 것도 좀 신기한데요. 고작 아카데미 수업 견학으로 대신전의 문을 열어준다는 게 말이죠."

내 대답에 쉬얌의 과장스러운 표정이 나를 향했다. 무슨 소리를 하는 것이냐고. 그의 표정이 내게 묻고 있었다.

"가끔 보면 마벨은 참 생각하는 스케일이 크단 말이지. 고작 아카데미 수업이 아니야. 소르트 제국의 황제가 직접 세우고 귀족들의 자제 중에서도 시험에 합격한 자만 학생으로 받는 아카데미라고. 고작이란 말이 붙을 정도는 아닌데 말이야."

"어떻게 보면 마벨에게는 고작일 수도 있기는 하죠. 수석으로 입학했잖아요. 아무튼, 아카데미 학생들이라고 모든 곳이 공개되지는 않을 거예요. 듣기로는 지성소조차도 굉장히 크고 그 내부 구조도 나뉘어져 있다고 알고 있어요. 우리가 볼 곳은 더 안쪽인 지성소는 아닐 거예요. 그곳은 황족만이 방문할 수 있거든요."

황족이라 그런지 아델라이네는 우리 중 가장 많은 것을 알고 있었다.

"철저한 계급주의적 축복이네요. 여신은 어디에나 있지만 여신의 제일 곁을 지키는 대신관을 만날 수 있는 자는 황족뿐이라니."

황족조차 들어가는 것이 힘들다면 평민은 말할 것도 없겠지. 예배당은 말 그대로 여신에게 예배를 드리는 곳이다. 여신의 부름을 받았다 하는 대신관은 평민들은 만날 수조차 없을 것이니. 여신에게 다다른 자를 만날 수 있는 기회는 황족에게만 주어진다. 이 얼마나 평등하지 못한 기회인지.

"재밌는 대화를 하고 있군요. 그렇게 받아들여질 수도 있겠어요. 하지만 황족만이 대신관을 만날 수 있는 것은 아니에요. 대신관은 여신님의 뜻을 전하기 위해 누구든 만나기도 한답니다. 평민임에도 여신의 곁에 더욱 가까운 자도 있고, 귀족임에도 여신의 축복에서 먼 자도 있죠. 여신의 축복은 계급에 관계없이 내려져요. 실제로 계급을 만드는 것은 인간이지 여신이 아니에요."

학생들을 인솔하던 교수가 살갑게 웃으며 우리의 대화에 끼어들었다. 그녀의 지론에 따르면 여신은 공평하고 계급은 인간이 나누었다는 이야기다. 하지만 어찌 됐건 결과적으로 대신관을 만나고 이렇게 견학으로나마 대신전에 들어올 수 있는 자는 높은 계급의 귀족들만이 가능했다. 그녀의 설명에도 내 생각은 딱히 바뀌지 않았다.

"상당한 모순적 발언이네요."

"학생과는 조금 더 이야기를 나누고 싶지만 안타깝게도 이동진을 이용할 시간이네요. 다들 한 명씩 이동해 주세요."

웃는 얼굴로 우리와 대화하던 교수가 목소리를 높였다. 학생들은 줄에 맞춰 한 명씩 이동진 위로 올랐다. 빛무리와 함께 한 명씩 사라졌다. 곧이어 내 차례였다. 곧 다가올 그 메슥거리는 느낌을 생각하며 썩 내키지 않은 걸음을 내디뎠다. 익숙한 빛무리가 나를 집어삼켰다.

잠시간 지속되던 울렁거림이 끝나고 눈을 떴다. 도착한 곳은 눈이 휘둥그레질 정도로 휘황찬란한 곳이었다. 이곳이 신을 모시는 신전이라는 것은 주변을 한번 둘러봐도 알 수 있었다.

처음 제도에 도착했던 날, 그때 보았던 신전도 충분히 웅장하고 아름다웠다. 하지만 이 대신전은 차원이 달랐다.

하늘을 찌를 듯한 첨탑과 그것을 에워싼 새하얀 건물들이 마치 여신을 수호하는 신성 기사단과 같았다. 이동진을 중심으로 내 앞에는 거대하고 웅장한 건물들이 자리하고 있었고, 뒤를 돌자 신전에 다다르는 길목과 그 길을 가운데로 양옆으로 펼쳐져 있는 푸른 호수가 보였다. 호수는 그 안이 내비칠 정도로 맑아 마치 거울처럼 성스러운 신전을 그대로 반사하고 있었다.

여신의 성스러움을 그대로 따다 옮긴 듯한 새하얀 성체와 그것을 반사하는 호수, 그 호수를 가로지르며 바깥과 연결된 곧은 다리. 그리고 호수 양옆으로 길게 자리한 가을빛의 나무들이 환상적인 풍경을 자아냈다.

그 풍경에 매혹된 것이 나뿐만은 아닌 모양인지 학생들은 한동안 주변을 둘러보기에 바빴다. 나 이후로 따라온 쉬얌과 아델라이네의 표정 역시 마찬가지였다. 이곳이 황족조차 출입이 자유롭지 않은 곳이라는 말이 맞는 모양인지 아델라이네 역시 처음 보는 듯이 찬찬히 주변 풍경을 살피고 있었다.

"굉장히 아름답네요."

아델라이네의 감상이었다. 그 목소리에는 감탄이 가득했다. 쉬얌의 감탄이 이어졌다.

"마농의 신전이 최고라고 생각하고 있었는데, 이건 좀 생각을 바꿔야겠는데."

"어머, 소르트가 1순위가 된 건가요?"

"아니, 이쯤 되면 동급이라고 쳐 줄게."

쉬얌은 팔짱을 끼고 고개를 끄덕였다. 마농의 왕자답게 제 나라를 절대 뒤로 놓지 않았다. 굳이 아름다움에서까지 그럴 필요가 있나 싶기는 하지만 말이지. 그의 말에 한마디 덧붙여 줬다.

"쓸데없는 자존심이네요."

"나중에 마벨이 우리 집에 놀러 오면 다 보여줄게. 그땐 내 말이 진짜라는 걸 알게 될걸."

그의 집이라 하면 마농의 왕궁이었다. 서로의 정체를 알고 있으니 그가 말하는 것은 왕궁으로의 초대였다. 정치적 목적이 아닌, 물론 완전히 배제하지는 않을 것이지만, 어찌 됐건 생각지도 못한 초대였다.

"정말 초대하는 겁니까?"

"나, 한 입으로 두말하는 사람 아니거든."

"기회가 되면 놀러 가죠."

"기회가 되면, 이라니. 우리 집은 아무나 올 수 있는 곳이 아니라고. 마벨이니까 초대하는 거야."

가볍게 대꾸하는 내 말에 쉬얌이 한쪽 눈썹을 찡그리며 말했다. 하긴, 왕궁으로의 초대가 그리 쉽지는 않겠지.

"쉬얌 집에서도 동성애 운운할까 겁이 나서 말이죠."

"뭐야, 그게 무서웠던 거야? 그럼 기회가 되면 놀러 와. 기다릴게. 내 손님이라 하면 다들 환영할 거야."

씨익 웃으며 하는 말이 왠지 진심 같아 보였다. 정말로 나를 제 집에 초대하고 싶다는 마음이 조금 엿보여 나름 긍정의 답을 보냈다.

"기대하죠."

"어머, 저도 마벨을 저희 집에 초대할 수 있어요."

옆에서 생글 웃으며 아델라이네가 끼어들었다.

"그, 아델라이네의 집이라면……."

소르트의 황궁. 내가 가고자 하는 곳이었다.

"네, 조만간 초대할 수 있을 거예요."

나와 시선을 마주하고 눈을 접어 웃어 보이는 그녀의 얼굴이 내게 말하고 있었다. 이건 단순한 초대가 아닌 것 같았다. 조만간 그쪽에서 나를 보자고 부를 것도 같은 느낌. 그 예감에 대답해 줬다.

"그건 정말로 기대되네요."

교수는 예배당부터 우리를 안내하며 이것저것 설명해 줬다. 신전 내부 역시 대단했다. 상아색 기둥들이 가운데를 중심으로 높은 천장을 지탱하고 있었다. 그 기둥 끝 천장에서는 빛 한 줄기가 내려와 여신상을 비추었다.

양옆의 창은 거대한 스테인드글라스로, 신화와 같은 그림들을 표현했다. 장엄하면서도 숭고한 예술품을 스쳐 지나가며 교수가 신화에 대해 설명을 했지만 귀에 들어오는 건 없었다. 딱히 재미가 없었다는 말이다.

그렇게 둘러보며 이것저것 설명을 듣다 보니 어느새 커다란 문 앞이었다. 검소한 듯하지만 새하얀 문에 화려하고 세세하게 세공되어 있는 성스러운 여성이, 그녀가 여신이라 온몸으로 알려주고 있는 느낌이었다.

두 개의 문을 지나니 성기사로 보이는 자들이 우리를 막았다. 대신관이 머무는 지성소인 모양이었다. 사실 신전에 방문하면 신녀라든가, 대신관이라든가 신성력이 강한 자들과 면담과 같은 대화를 할 수 있을 줄 알았다. 하지만 말 그대로 방문이 전부인 모양이었다. 성스러운 백색의 문은 도무지 열릴 생각이 없어 보였다.

굳게 닫힌 문 앞에서 교수가 설명을 했다.

"이곳은 소르트 제국에서 제일 성스러운 곳이에요. 일반인들은 이 바로 전에 위치한 지천문에서 발길을 되돌려야 하지만 우리는 특별하게 여기까지 허락받았어요. 하지만 지성소 안까지는 저희 역시 들어갈 수가 없답니다. 모두 손을."

모으고 기도를 하라고 말하려던 것이 분명했다. 하지만 교수는 말을 끝맺지 못했다.

굳건히 닫혀 열릴 기미가 없어 보이던 하얀 문이 열리고 그 안에서 한 명의 여성이 걸어 나왔다. 백색의 머리카락에 푸른색과 녹색이 오묘하게 섞여 마치 깊은 숲 속의 호수를 연상시키는 청안을 가진 여자였다. 대신전 안에서 봤던 다른 신녀들과 비슷하지만 조금 다른 신복을 입은 그녀에게 시선이 집중됐다. 아무런 설명을 듣지 않아도 알 수 있었다. 저자가 대신관이다.

"여, 여신님의 축복이 함께하는 자를 뵙습니다."

"여신님의 축복이 함께하길. 특별한 손님이 오신다 하여 나왔어요."

아름답다거나 예쁘게 생겼다거나 그런 미사여구를 붙일 수 있는 외양이 아니었다. 그저 성스러운, 누가 보아도 신에 닿아 있다는 생각이 들 정도로 성스럽다는 말로밖에 묘사할 길 없는 여자였다. 그녀가 이쪽으로 다가왔다.

"아, 이쪽은 소르트 제국 아카데미에서 여신의 가르침에 한 발 나아가고자 하는 학생들입니다."

"네, 알고 있어요."

대신관은 교수의 설명에 인자하게 웃으며 고개를 살짝 끄덕였다. 그러고는 소리조차 나지 않는 걸음을 옮겨 내 앞에 섰다.

"반가워요, 여신의 사랑을 받는 자여."

정확히 내 눈을 들여다보며 대신관이 인사를 건넸다. 모두의 시선이 내게 쏠렸다. 아무나 만날 수 없다는 대신관이 내게 직접 다가와 인사를 건네다니. 이 일로 학생들 사이에 또 무슨 소문이 퍼질까 싶었다. 하지만 그보다 먼저 드는 생각이 있었다.

"저를 아십니까?"

바보 같은 질문이었다. 하지만 그녀의 표정은, 인사는 왠지 나를 알고 있는 자의 것이었다. 내게 말을 거는 신녀들을 만날 때마다 항상 들던 느낌이었다. 내 질문에 그녀는 미소를 지었다.

"저는 학생을 몰라요. 하지만 여신님이 저를 학생에게 안내했답니다. 이름을 가르쳐 주시겠어요?"

"마벨입니다."

"여신님의 음성을 전하고 싶은데 잠시 마벨이 자리를 비워도 괜찮을까요?"

대신관은 교수에게 나와 대화를 나눠도 괜찮겠느냐고 물었다. 교수는 조금 당황스러운 듯 잠시 멈춰 섰다 대답했다.

"아, 물론입니다."

"축복이 언제나 함께하길."

"언제나 축복의 곁에 서 계시길."

대신관의 뒤를 따라 문을 넘었다. 아무나 들어올 수 없는, 신과 제일 가까운 곳이라는 지성소, 그 안에 내가 들어와 있었다.

지성소 안은 생각보다 소박했다. 신의 자녀는 사치를 하지 않는다 하는 것처럼 고가로 보이는 물건들은 하나도 없었다. 하지만 그 안에서도 넓은 공간을 여기저기 나누고 있는 하얀 면사와 곳곳에 자리한 여신의 형상을 새긴 기둥, 그리고 높은 천장, 바로 중간의 여신상까지 고급스럽지는 않지만 성스러움이 물씬 풍기는, 지성소라 불릴 만한 자태를 보여주었다.

대신관은 여신상 앞으로 나를 안내했다. 앉으라는 손짓에 나는 의자에 앉았다. 내 앞에 앉은 대신관의, 백색의 신비로운 속눈썹이 감겼다 열렸다.

"여신의 사랑을 받는 자를 뵈어요. 반가워요."

대신관은 여상한 인사를 던졌다.

"이렇게 따로 절 부른 걸 보면 드디어 전부 알려줄 생각인 거겠죠?"

"죄송하지만, 저는 여신님의 음성을 전달할 뿐이에요."

대신관이라는 자가 황족도 함부로 들어오지 못한다는 지성소 안으로 나를 데리고 들어왔다. 그렇다면 내게 알려줄 무언가가 있을 것이라 판단했다. 하지만 아니라 한다. 이제는 어이가 없을 지경이었다.

"이곳은 참 신기해요. 먼저 내게 말을 걸어놓고서는 언제 그랬냐는 듯 입을 다물어 버리죠. 여신의 사랑이라는 것은 원래 이렇게 제멋대로랍니까?"

짜증이 치밀어 올라왔다. 그들은 언제나 그랬다. 무엇인가 알려줄 것처럼 먼저 말을 걸어놓고서는 중요한 부분에서는 말을 아낀다. 사람을 갖고 장난치는 것과 다를 바가 무엇이란 말인지.

대신관은 그저 웃어 보일 뿐이었다. 하지만 그 표정에 스쳐 지나가는 속죄가 너무나도 보기가 싫었다. 마치 내가 누군가를 몰아세우는 느낌이 드니까.

후우, 화를 한 번 참았다. 대신관이 나를 이곳에 굳이 데리고 들어온 이유가 있을 터였다. 그것을 물어보고 싶었다.

"그래서, 나를 그리도 지독히 사랑하시는 여신님이 전할 말씀은 무엇이랍니까?"

"죄송해요. 또 다른 세계에서 온, 이제는 이 세계의 일원이 된 소녀여."

"도대체 나를 여기에 부른 이유가 뭐죠?"

하나의 질문이었다. 하지만 두 가지 뜻이 담긴 질문이기도 했다. 이 지성소에 나를 데리고 들어온 이유, 그리고 너희가 나를 이곳, 책 속의 소르트로 데려온 이유가 무엇이냐고.

여신은 내가 다른 곳에서 온 자인 것을 알고 있었다. 그리고, 이제는 저곳에서의 기억이 희미해져 가는, 이곳에서의 기억이 더더욱 선명해지고 있는, 이곳의 인간이 되어간다는 것을 알고 있었다.

"아직은 때가 아니에요, 미안해요. 하지만 이것 하나만은 알고 계셨으면 해요. 이것 역시 그대가 원했던 것이라는 것."

"원했다고요? 내가? 도대체 언제 원했다는 거죠?"

처음 듣는 말이었다. 대신관은 진실로 나를 사랑하는, 모든 것을 품은 자의 눈을 하고 나를 바라보았다. 아직은 말할 수 없어 미안하다는 사과의 빛이 가득 담겨 있는 것 역시 여전했다.

알아들을 수 없는 말에 반문했다. 하지만 그녀는 눈을 감고 고개를 저었다. 내 질문에 대답할 수 없다는 표시였다. 그들이 제멋대로 나오는 것에 이제는 적응을 할 지경이었다. 나는 그저 막무가내로 질문을 던지기로 했다. 왠지 내 이후의 행보를 그녀, 여신은 알 수 있을 것 같은, 그런 느낌이었다.

대신관과 눈을 마주쳤다. 신녀와 눈을 마주했을 때 여신의 말을 들은 부분은 보이지 않았다. 하지만 다른 기억들은 읽을 수 있었다. 혹시 대신관이 여신에게 들은 것이 아닌, 다른 기억을 읽으면 무언가 실마리라도 잡을 수 있지 않을까?

하지만 나는 눈을 크게 떴다가 이내 표정을 바로 잡았다. 대신관의 기억이 단 하나도 읽히지 않았다. 신녀의 기억을 읽었을 때와는 전혀 다른 현상이었다. 마치 이능이 적용되지 않는 것과 같았다.

순간, 대신관이기 때문에 기억을 읽을 수 없다는 것이 내 심기를 불편하게 했다. 마치 내게 무언가를 알려주겠다고 지성소까지 데려와 놓고는 또 전부 알려줄 수 없다고 선을 긋는 그들의 작태가 어이가 없었다.

"좋아요, 아무것도 말할 생각이 없군요. 도대체 그 축복이라는 것이 뭐죠? 사랑이라는 것이 뭡니까? 아니, 원래 사랑이라는 것이 있기는 했답니까? 이제 와 처음 듣는 여신의 축복이라는 것이 상당히 거슬리거든요. 정말로 축복이 내게 있었다면 나는 왜 이다지도……."

왜 이다지도 처절하고, 이다지도 지독하단 말인지. 벤지안스, 이제는 내가 되어버린 황녀는 어째서 버림받고, 저주받고, 이제는 다른 곳에서 저주받은 내가 들어와 그 저주를 이어가고 있는지. 축복이 있다면 내가 이곳에 오기 전 도대체 왜 아무것도 하지 않은 건지. 정말로 궁금했다.

원작에서도, 심지어 과거의 기억에서도 황녀에게 여신의 축복이 닿았다 서술된 적이 없었다. 이 정도로 신녀들이 나를 바라볼 때마다 축복, 사랑 어쩌고 운운할 정도라면 내가 모를 리가 없었다.

하지만, 내가 벤지안스가 되고 나서야 그들의 축복 인사를 들을 수 있었다. 예상치 못한 축복을 원치 않는데 계속 받아들이는 느낌이었다.

"죄송해요. 여신님은 세계를 조율할 뿐 마음대로 쥐락펴락할 수 있는 존재가 아니랍니다. 하여 지금 당신에게 닿으면 기회가 사라져요."

"기회라는 것이 후에도 필요하단 얘기입니까?"

역시나 대신관은 침묵했다. 하, 헛웃음을 지었다. 꼭 중요한 부분에서는 아무 답도 하지 않고 빠져나가는 건 다들 똑같았다. 도대체, 무엇이 그녀들의 입을 닫게 만드는 것인가.

"그래서 나를 이곳에 부른 이유가 이 말을 하기 위한 겁니까? 내게 뭘 전하고 싶어 부른 것이죠?"

"마벨에게 또 하나의 연을 만들어드리려 합니다. 그리고, 당신의 선택을 후회하지 않았으면 해요."

후회, 후회라니. 후회한 적은 없었다. 아직 결과를 손에 넣지는 못했지만 적어도 그 과정에 있어 후회한 적은 없었다.

"후회한 적 없습니다."

"계속해서 후회하지 않았으면 해요. 그리고."

"바인님."

대신관이 무언가를 더 말하려 입을 벙긋거렸다. 하지만 그 말을 끊은 것은 하얀 천 밖에서 그녀를 보좌하듯 서 있던 성기사였다. 그는 급한 일이라는 듯 천을 열고 들어와 대신관에게 무어라 속삭였다. 그녀가 고개를 끄덕이고는 자리에서 일어났다.

이 공간의 주인이 일어났으니 나도 여지없이 일어나야 할 터였다. 나를 바라보는 대신관의 표정에는 여전히 자애로움, 애정, 연민, 그리고 속죄가 가득했다. 여신이 내게 갖고 있는 감정이 그것이라는 듯 그녀의 표정에도 그것이 자리하고 있었다.

"당신의 앞날에 축복이 가득할 거예요."

대신관은 내게 축복의 말을 건넸다. 예의도, 인사치레도 아닌 진심이 담긴 축복이었다. 나는 그 축복을 받고 싶지 않아 고개를 돌렸다.

이곳에서 나가야 할 시간인 것 같았다. 백색의 문을 향해 함께 걷던 대신관이 문 앞에 다다르자 굳게 닫혀 있던 지성소의 문이 열렸다. 문 앞에는 처음 보는 사람이 서 있었다. 학생들도, 교수도, 신복을 입고 돌아다니던 신녀들도 아니었다.

사내였다. 젊다고는 말할 수 없는, 긴 세월을 지낸 흔적이 보이는 낯빛과 붉은빛이 감도는 짙은 갈색 머리를 가진 사내였다.

그가 입은 벨벳 재킷이 그가 절대 낮은 지위의 사람이 아니라는 것을 말해주었다. 그 옷에 자리한 금색 장신구에 박힌 붉은색 루비들이 빛을 받아 반짝였다. 시종으로 보이는 남자 둘을 대동한 사내는 서 있는 것 자체만으로도 위엄이 넘쳐 보였다.

나는 고개를 들었다. 그와 눈이 마주쳤다. 푸른 바다색, 나와 아델라이네와 정확히 같은 색의 눈동자였다. 익숙한 색이었다. 그리고, 익숙한 생김새였다.

육 년 전에 무던히도 봤던 그 낯짝. 아무도 아는 척하지 않던 황성 안에서 유일하게 내게 인자했던 사람. 하지만 그 누구보다 냉정하게 내게 화형을 고하던 얼굴. 부디 내 말을 들어달라 그리도 매달렸던 제일 높은 의자에 앉은 자.

지금 이 남자를 마주하고 있는 순간, 머릿속에 떠오르는 자는 단 한 명이었다.

내 생각이 맞다고 확인시켜 주기라도 하듯, 내 옆에 섰던 대신관이 그에게 인사를 했다.

"소르트의 위대한 영광, 황제 폐하를 뵙습니다."

눈앞에, 황제가 있었다.

황제를 지금 만날 것이라고는 상상조차 하지 못했다. 최소한 내가 황성에 들어가거나, 아델라이네의 초대를 받거나, 어찌 됐건 내가 준비되어 있을 시점에 마주칠 것이라 생각했다.

나는 고개를 숙였다. 겉으로 보기엔 황제에 대한 예였다. 하지만 숨은 의도는 그와 마주하는 눈을 피하기 위함이었다. 만약 그가 내 눈을 보고 내 기억을 읽으려고 한다면 지금 바로 내 정체가 탄로 날 것이 분명했다. 이능을 지닌 황족끼리는 서로의 기억을 읽을 수 없다. 그가 처음 보는 낯선 소년의 기억을 읽으려 할지는 확신할 수 없었지만, 혹시 모를 일은 사전에 차단하는 것이 좋았다.

"오, 지성소에서 나오는 자는 처음 보는데. 대신관, 내게 소개시켜 주겠소."

내 의도를 알아채기라도 한 듯 숙인 머리 위에서 목소리가 들려왔다. 인자하고 자애로운 목소리. 내가 분명 기억하고 있는 역겨운 목소리였다.

"잠시 여신의 축복을 전달했을 뿐이랍니다."

"대신관의 축복이라면 아무나 받을 수 있는 것이 아닐 터. 고개를 들거라. 얼굴을 보고 싶구나."

고개를 들었다. 어쩔 수 없이 황제와 눈이 마주쳤다. 육 년의 세월은 몇 개의 주름을 더했을 뿐 내가 기억하는 얼굴과 정확히 일치했다. 눈을 마주하는 지금 이 순간도 부디 그가 내게 이능을 사용하지 않기를 간절히 바랐다.

황제는 궁금함이 한가득인 얼굴로 나를 바라보았다. 황제의 위엄과 그에 더해 아랫사람을 함부로 대하지 않는 태도까지 겹쳐져 누가 봐도 이상적인 제왕의 모습이라 할 만했다.

내가 황제를 처음 접한 일개 평민이었다면 그의 황제다운 면모에 감탄할 만큼 아주 이상적인 황제의 모습. 내가 고개를 들자 그가 인자한 목소리로 내게 물었다.

"이름이 무엇이냐?"

"마벨 세그다드입니다. 세그다드가의 성을 빌려 쓰고 있습니다."

"오, 자네가 마벨이군. 반갑네. 아델에게 이야기 많이 들었어."

"소르트의 영광, 제국의 하늘, 황제 폐하를 뵙습니다."

"하하, 그렇게 예 차릴 것 없네. 내 딸과 각별한 사이라 하니 만날 날을 고대하고 있었네. 아, 우선 대신관과 선약이 있으니 자네는 조금 후에 다시 보도록 하지."

황제는 부드럽게 웃으며 내 옆을 스쳐 지나가 지성소 안으로 들어갔다. 사라지는 그의 뒷모습을 바라보다가 나는 가슴을 쓸어내렸다. 다행히도 그는 이능을 사용하지 않은 모양이었다. 그랬다면 이렇게 무사히 넘어갔을 리가 없었으니까. 나는 안도의 한숨을 내쉬며 한쪽에서 기다리고 있던 학생들 무리에 합류했다. 갑작스러운 황제의 등장에 학생들은 술렁이고 있었다.

어디에 숨어 있었는지 쉬얌도 그제야 모습을 보였다. 그는 두리번거리며 주변을 살피더니 휴, 한숨을 내쉬곤 나에게 물었다.

"들어갔어?"

황제를 지칭하는 것이 분명했다.

"예."

"후, 심장 떨어지는 줄 알았네."

하긴, 나와 더불어 황제와 마주치면 위험한 자가 하나 더 있었다. 바로 쉬얌. 정말 놀란 듯 가슴을 쓸어내리는 그에게 질문을 던졌다.

"전부 다 대비하고 있는 줄 알았는데요."

"최대한 준비야 해놨지. 하지만 이렇게 갑자기 마주치는 걸 어떻게 대비해. 그건 마벨, 너도 마찬가지 아니야?"

"부정은 못 하겠군요."

정확히 맞는 말이었다. 하지만 사실, 할 수 있는 대비도 없었다. 마음의 준비일 뿐이지. 아직 누명도 벗지 못한 이때, 황제에게 내 정체를 들키면 그냥 위험해질 뿐이다. 적어도 그전까지는 의심받지 않을 행동을 취해야 한다.

"아바마마가 뭐라 말하셨나요?"

아델라이네가 내게 다가와 물었다. 그녀의 얼굴에는 걱정이 한가득이었다.

"조금 이따가 다시 대화하자 하셨습니다."

"조심하세요."

"걱정 감사합니다."

정체를 들키지 않도록 조심하라는 그녀의 말에 가볍게 고개를 끄덕였다.

"황제가 여기에 왔으니 아카데미로의 귀환은 조금 늦춰지겠군."

원래 계획대로라면 지성소를 마지막으로 아카데미에 귀환하기로 되어 있었다.

"왜죠?"

"귀족이란 자들은 황제와 밀접하게 붙어 있는 자들인데 그런 귀족의 자제들만 모아놓은 일행이 황제보다 먼저 등을 돌리고 돌아간다고? 말도 안 되는 이야기지."

"게다가 마벨과 조금 후에 이야기하자고 약조 아닌 약조를 해놓은 상태잖아요."

하긴, 지나가는 한마디였겠지만 황제와의 약조는 약조였다. 귀환이 늦어질 이유는 충분했다.

그리고 쉬얌과 아델라이네의 이야기는 정확히 맞아떨어졌다. 교수는 우리에게 귀환 시간이 조금 늦춰졌음을 공지했다. 하지만 황제가 나올 때까지 지성소 앞에서 대기하고 있을 필요는 없으니 자유롭게 돌아다닐 것을 권했다. 대신전에서는 여신이 더 높기에 황제에게 극도의 예를 차리는 것 역시 피해야 하는 일이라 말하고는 우리에게 자유 시간을 줬다.

다행이었다. 나는 이곳에서 블레로 길드와 약조가 되어 있었다. 내가 신전에 방문한다는 것을 알아내곤 오늘 예배당에서 보자고 한 것이다. 대체 누구를 만나야 할지도 모르는 상황에 서신에는 알아볼 수 있을 거라고만 적혀 있었다. 바로 아카데미로 귀환해 버리면 여유가 생기지 않아 곤란하던 차였다.

"그럼, 나는 잠시 예배당에."

"저도 같이 가죠."

쉬얌 역시 분명 황제를 피해 예배당으로 향하는 것이 분명했다. 예배당은 지위를 막론하고 누구나 출입이 가능한 곳이기에 그곳에 있으면 잠시나마 황제의 눈을 피할 수 있을 거라 판단한 것이 분명했다.

"어, 그럼 저도요."

나와 쉬얌이 예배당으로 향한다는 말에 아델라이네까지 동행하겠다고 했다. 그리고 쉬얌은 우리 둘 모두를 막아섰다.

"안 돼. 지금 황제를 피해서 예배당으로 숨는 건데, 그의 최대 관심사인 너희가 따라오면 어쩌자는 거야."

"저도 예배당에 볼일이 있습니다. 아마 황제는 나보다는 아델라이네를 먼저 찾을 겁니다."

그가 거절한다 하더라도 나는 예배당에 가야 할 이유가 있었다. 아델라이네는 아쉬운 표정을 지으며 한 발 물러났다. 제가 생각해도 황제가 제일 먼저 저를 찾을 것이라 생각하는 것이 분명했다.

"그럼 마벨은 나랑 떨어져 앉아. 일행이 아닌 척, 알지?"

"그렇게 하지 말라 말해도 그렇게 할 겁니다. 걱정 마시죠."

우리는 일행이 아닌 척 걸었다. 대신전에 와서 지나친 몇 개의 방을 지나가자 예배당이 눈에 보였다. 제일 앞에 여신상이 세워져 있고 그 뒤로 나무 의자들이 놓여 있었다. 공식적인 기도일이 아님에도 예배당을 찾은 자들이 보였다.

쉬얌은 내게 말도 없이 제일 구석진 곳에 가 앉았다. 나는 예배당을 한번 둘러봤다. 도대체 이 사람들 중에 누가 길드원인 줄 알아볼 수 있단 말일까. 시선을 돌리다 보니 낯익은 자가 눈에 들어왔다. 잊을 수가 없는 자였다. 블레로 길드의 길드장. 길드원을 보낼 줄 알았더니 길드장이 직접 나올 줄이야.

나는 그때 세넨시아라고 자신을 소개했던, 태연하게 기도하고 있는 그를 향해 걸어가 그의 옆에 앉았다.

"테오를 위해 기도하고 싶었습니까?"

"오랜만입니다, 미카. 아, 마벨이었나. 아무렴 어떻습니까? 반가워요."

세넨시아는 여전히 속을 알 수 없는 웃음을 지으며 말했다. 밝은 곳에서 그를 마주하니 새로운 느낌도 들었다. 우리가 하고 있는 것은 물 아래 정보를 공유하는 비밀스러운 짓인데 이렇게 대낮에, 그것도 대신전 안에서 하고 있으니 이래도 되는 걸까 싶은 생각마저 들었다. 생글생글 웃고 있는 그를 보니 물 아래 정보를 다루는 길드장은 아무나 하는 것이 아니구나 싶었다.

"여기 이렇게 있어도 괜찮은 겁니까?"

"나 예배당에 자주 들르는 독실한 신자입니다?"

세넨시아는 손에 든 다비네 여신의 성서를 흔들며 말했다. 종이가 너덜너덜한 것이 한두 번 읽은 게 아닌 것 같았다. 하지만 저것조차 내가 믿을 필요는 없었다.

"예, 그렇다 치죠. 그래서 할 말은?"

"추가된 것은 하나가 아니라 두 개입니다."

"예?"

밑도 끝도 없는 말에 그것이 정보인 줄 생각조차 하지 못했다. 뒤늦게 알아차리고 주변을 둘러본 것은 오히려 나였다. 그가 위치를 잘 잡은 모양인지 우리 주변에는 아무도 없었다.

"계약."

세넨시아는 서신으로 황가와 네르아테안의 계약이 하나 더 추가되었다고 했었다. 그리고 그것은 1황자와의 계약이 분명했다. 아델라이네의 팔에 자리한 그 반동이, 그녀에게서 읽어낸 기억이 네르아테안과의 계약한 자가 1황자였다고 알려주었다.

하지만 하나가 더 있다고 했다. 나를 죽이려 했던 계약이 아닌, 1황자가 또다시 나를 죽이기 위해 한 것이 아닌 또 하나.

세넨시아의 말에 마농에서의 학살이 떠올랐다. 쉬얌은 그것이 황가가 마술사와 계약하고 저지른 학살이라고 생각해 소르트 아카데미에 들어왔다. 그렇다면 또 다른 하나는 그것이 아닐까?

그가 서신으로 말할 수 없다 했던 이유를 알았다. 내 추측이 맞다면, 이것은 개인적인 원한을 풀려는 계약이 아니었다. 타국까지 얽힌, 잘못하면 전쟁으로까지 다다를 수 있는 중대 사안이었다.

1황자를 제외하고도 황가의 사람은 많았다. 제일 처음 떠오르는 사람은 1황자였지만, 그렇게 확신할 수는 없는 노릇이었다. 마술사와 두 번째 계약을 한 게 누구인지 알아내는 것이 중요했다.

"그게……."

누구냐, 알아볼 수 있겠냐 물으려 했다. 하지만 동시에 예배당 안으로 황제가 아델라이네와 함께 들어오는 것이 보였다. 나는 다급히 세넨시아에게 말했다.

"눈을 감아요."

그가 황제와 눈을 마주치지 않게 하는 것이 중요했다. 황제가 그의 기억을 읽을 것이라는 보장은 없었지만, 혹시 모를 사태에는 대비하는 것이 좋았다. 다른 자의 기억이야 그렇다 치더라도 이자의 기억만은 안 된다. 물 아래 정보가 털리면 그 타격이 너무 클 것이 분명하기에.

내 밑도 끝도 없는 말에 나를 보는 그의 눈에 의문이 가득이었다.

세넨시아는 이쪽으로 다가오고 있는 황제를 보고는 조금 놀란 표정을 지어 보였다. 정보 길드의 수장이니 황제를 못 알아보지는 않았을 것이다.

"눈을 감으라니 도대체 뭔 일입니까?"

"마술사와 계약한 자가 누구……."

그의 질문에 답할 시간이 없었다. 나는 그가 가진 정보를 먼저 알아내고 싶었다. 하지만 말이 제대로 이어질 수가 없었다. 황제가 걸어서 예배당에 앉아 있는 내 지척에 다가와 있었기 때문에. 나는 다급하게 목소리를 죽였다.

"눈 감아요. 대답하지 말고. 내 정보력을 믿고 빨리 감아요."

황제가 여기까지 오기 전에 세넨시아가 빨리 눈을 감아야 했고, 우리는 마술사와 황가에 대해 대화를 나누지 않은 것처럼 보여야 했다.

"빨리."

다급한 내 목소리에 세넨시아는 눈을 감았다. 그리고 거의 동시에 황제가 내 바로 앞으로 다가왔다. 부디 황제가 그의 존재에 의문을 갖지 않기를. 그것을 빌며 나는 자리에서 일어나 그에게 예를 차렸다.

"황제 폐하를 뵙습니다."

내 인사에 모두의 시선이 이쪽으로 몰리는 것이 느껴졌다. 모두가 화들짝 놀라 자리에서 일어나 황제를 향해 머리를 조아렸다.

"아아, 나도 잠시 기도를 드리러 온 것이니 그런 거추장스러운 인사는 생략하게. 여신님의 축복이 닿은 곳에서 황좌가 무슨 소용이란 말인가. 그보다 옆에 그 청년은?"

황제는 어서 앉으라는 손짓을 해 보였다. 그의 손짓에 예배당에서 기도를 드리던 사람들이 다시 자리에 앉았다.

다시 제 일을 하지만 흘끔흘끔 이곳을 쳐다보는 시선만은 여전했다. 황제는 그들을 별달리 신경 쓰지 않았다. 나는 세넨시아에게 눈을 감으라 시킨 순간부터 생각한 거짓말을 내뱉었다.

"앞이 보이지 않는 분이라 하여 잠시 도와드렸을 뿐입니다."

내 대답에 잠시 그를 빤히 바라보던 황제가 하하, 사람 좋게 웃어 보였다.

"하하, 성품도 훌륭하군. 이곳은 아무래도 기도드리는 이들에게 방해가 될 듯하니 나가서 이야기를 나누는 게 어떻겠는가."

다행히도 내 말이 먹힌 모양이었다. 황제는 눈을 감고 있는 세 넨시아에게 별다른 의심이 들지 않은 모양인지 금세 그에게의 흥미를 지운 채 내게 말했다.

황제가 앞장섰고, 그 뒤를 나와 아델라이네가 따라 걸었다. 걷는 내내 사람들의 시선이 쏠리는 것이 느껴졌지만 나 역시 자연스럽게 무시하며 그의 뒤를 따랐다.

예배당 밖으로 나오자 더 넓게 트인, 한적한 공간이 있었다. 기둥과 저 멀리 보이는 방들이 이 통로가 예배당과 신녀들의 공간을 이어주는 복도라 알려주었다. 복도를 지나는 길에는 바깥의 풍경을 제대로 감상할 수 있는 테라스가 있었다. 그곳으로 황제가 몸을 옮겼고 나와 아델라이네는 그 뒤를 따랐다.

그 창밖의 풍경을 바라본 황제가 '풍경이 참 아름답군' 하며 별 의미 없는 한마디를 내뱉고는 내게로 시선을 돌렸다.

"우리 아델이 신세를 지고 있다고?"

"아바마마, 신세라니요. 제가 어디 가서 사고라도 친 적 있나요?"

아델랄이네가 섭섭하다는 듯 투정을 부리자 황제는 하하, 부드럽게 웃으며 딸의 머리를 쓰다듬었다. 황제를 대하는 아델라이네의 태도는 아버지를 대하는 것이라기엔 참으로 다정했지만 황제를 대하는 것이라기엔 격이 없기도 했다. 그녀가 얼마나 황제의 예쁨을 받고 컸는지 알 수 있는 순간이었다. 그리고 더더욱 알 수 있었다. 저 총애가 얼마나 부질없는 것인지.

황제가 아델을 대하는 태도는 그가 어릴 적 나를 대할 때와 일치했다. 그는 어릴 적의 황녀가 조금의 예를 무시한다 한들, 혼내는 일은 없었다. 그것이 부모의 사랑인 줄 알았다. 내리사랑, 맹목적인 사랑. 어머니가 안 계시니 기댈 것이라곤 오로지 아버지의 사랑밖에 없었던, 칼날 같은 황성 안에서의 유일했던 온기.

하지만 그것은 사랑이라는 거창한 감정이 아니었다. 그는 그저 아버지라는 역할을 다할 뿐이었다. 황녀에게 아버지로서의 역할을 하지 않아도 된다는, 그 패륜적 사건을 마주하자마자 황제는 제 역할을 내던졌다. '아버지'라는 귀찮고 얻을 것 없는 역할을 내던졌다. 그는 그런 자였다.

'아버지'의 사랑을 독차지하고 있는 아델라이네는 전혀 부럽지 않았다. 오히려 제게 향하는 것이 진정한 부정임이 아님을 알았을 때 겪을 그 지독한 배신감을 아는 자로서의 연민이 들었다.

이제는 거의 내 것이 되어버린 벤지안스의 기억이 불러일으키는 연민이었다. 조금 이질적이었던 과거의 기억이 이제는 완전히 내 것처럼 느껴졌다. 그것과 더불어 황제에게 느끼는 지독한 배신감, 그에 따라오는 절절한 증오를 느꼈다. 그가 일말의 부정이라도 갖고 있었다면 기억을 읽을 줄 아는 이능을 어째서 마술사에게 사용하지 않았겠는가?

신이 주신 이능이니 그와 비등한 마신의 권능을 사용하는 마술사에게 통하지 않을 수도 있다. 나도 시도해 본 적 없고, 원작에서도 서술된 적 없어 알 수 없는 문제였다. 하지만 그 능력을 황후에게, 그녀의 시종에게, 성을 지키던 기사들에게, 1황자에게, 아니, 황성의 모든 자들에게 사용하고 샅샅이 조사했으면 적어도 내가 그의 암살을 도모하지는 않았다는 사실을 알아차리고도 남았을 것이다. 그는 그럴 의지도 없었을뿐더러 노력도 하지 않은 자였다.

"하하, 그렇지. 아주 착하고 귀여운 딸로 잘 자라났네. 아카데미마저 혼자 힘으로 들어가다니 이제 다 컸지. 이제 혼인만 잘 하면 걱정이 없겠는데 말이야."

그의 인자한 시선이 내게 향했다.

"그래서 자네는 우리 아델과 결혼할 생각이 있나?"

황제는 뜬금없이 아델과의 혼인 여부를 물어왔다.

"예?"

"하하, 그렇게 놀랄 필요 없네. 평민이라 해서 걱정했는데 그 까다롭다는 아카데미의 수석에다가 세그다드 공작가의 후원, 그에 더해 여신의 축복을 한 몸에 받고 있다니. 우리 아델이 왜 다른 귀족들과의 혼사를 그리도 거절했는지 이번 기회에 알게 되었어."

마치 나를 인정하기라도 한다는 듯, 황제는 내 어깨를 두어 번 두드려 주었다. 마주친 그의 눈에는 지금 제 딸과 교제하고 있는 소년에 대한 호기심이 담겨 있었다.

황제가 우리의 사이를 허락할지는 모를 일이다. 사실, 그를 마주하면 막장 드라마처럼 돈다발이라도 던지며 '내 딸과 헤어지게'까지는 아니더라도 반발은 있을 줄 알았다. 하지만 지금 그는 마치 나를 아델라이네의 반려로 허락이라도 할 것 같은 기세였다.

황가에서 나오기 위해 내게 접근한 아델라이네의 계획은 시작부터 삐걱거리고 있었다. 섣불리 확신할 수는 없지만 우선 나, 마벨에 대한 황제의 반응은 긍정적이었다. 아델라이네 역시 제 의도와 벗어난 그의 반응에 놀란 듯 당황하는 것 같았다. 하지만 그 혼란을 금세 감추고는 자랑스럽다는 듯 내 팔짱을 끼며 황제를 보았다. 제 연인을 자랑하는 소녀, 딱 그 모습이었다.

"어머, 아바마마도 참. 그걸 이제 아셨어요?"

"감사, 해야 되는 거겠죠?"

나는 아델라이네의 접촉을 거부하지 않았다. 평민과 황녀의 교제라니, 어디 로맨스 소설에나 적힐 법한 이야기가 지금 황제 앞에서, 대신전 안에서 오가고 있었다. 황제가 사람 좋은 웃음을 지어 보였다.

"하하, 이렇게 우연히 마주치게 될 줄 알았으면 진즉 초대장을 보낼 것을. 아무래도 내가 이곳에 있느라 다른 학생들이 편히 쉬지도 못하는 것 같군."

황제가 나를 보는 시선에는 여전히 긍정적인 감정이 담겨 있었다. 제 딸과 친하게 지내주어 고마워하는, 따스한 미소가 내게 향해 있었다. 너무나도 이상적인 아비의 모습, 그리고 이상적인 황제의 모습이라 위화감이 느껴질 정도였다.

"저는 아바마마가 눈치가 빨라서 참 좋아요."

아델라이네는 어느새 내 팔을 풀고는 황제에 가까이 서서는 생글, 웃어 보였다 황제는 딸의 머리를 다시 한 번 쓰다듬으며 짐짓 화를 내는 표정을 지었다.

"방금 전 다 컸다는 말은 취소다. 이리 아비한테 함부로 말하는 딸이라니. 허허, 자네 아델을 감당할 수 있겠나?"

"이제 감당해 보려고 합니다."

"어머? 이제 제 마음을 받아준다는 말이에요?"

아델라이네는 깜짝 놀라며 나의 말에 적절한 반응을 했다. 나는 고개를 끄덕여 긍정을 표했다.

물론 황제를 만나기 전까지 아카데미에서 아델라이네의 마음을 거절하지도 받아주지도 않고 있었다. 하지만 지금은 황제의 앞이었다. 그에게 나와 아델라이네의 관계가 단순한 친구는 아니라는 걸 보여줄 필요가 있었다.

그래야 황성으로 초대를 받을 수 있을 테니. 그것이 아니더라도 황가와의 조그마한 줄이라도 생길 터이니.

"하하, 자네는 평민답지 않은 당당함이 있군 그래. 마치 귀족 같아. 조만간 아카데미에 연락을 하지. 우연이 아니라 정식으로 봤으면 좋겠군."

나를 초대하는 게 아니라 아카데미에 연락을 하겠다고 한다. 그가 나를 개인적으로 만나기 위해서였다면 지금 당장 가능한 날짜를 물어봤거나 후에 내게 연락을 한다고 말했을 것이다. 하지만 아카데미에 연락이라니, 나는 모르는 무언가를 꾸미고 있는 것 같았다. 황제는 다시 아델라이네에게로 시선을 돌렸다.

"아델도 이 아비가 없다고 울지 말고, 잘 참고 있거라."

황제는 딸의 머리를 쓰다듬으며 다정히 말했다. 그 다정함이 익숙한지 아델라이네는 삐죽, 입술을 내밀며 괜스레 툴툴댔다.

"저도 다 컸거든요. 항상 그렇게 애 취급을 하시니 성 사람들도 저를 아이로 보는 것이잖아요."

"하하, 이만 가보겠네. 시간을 뺏어서 미안하네. 편히들 돌아가서 쉬었으면 좋겠군. 다들 이 제국의 미래이니 말일세."

황제는 딸의 머리를 쓰다듬던 손을 거두고는 먼저 인사를 건넸다. 그의 뒤를 시종이 따랐다.

"언제나 제국의 미래와 함께하길."

황제는 떠날 때까지 내가 벤지안스라는 것을 알아차리지 못했다. 내 눈을 몇 번이나 마주하고 대화를 했음에도 이능을 사용하지 않은 것이다.

기억을 읽는다는 것은 단순히 눈을 마주치기만 한다고 되는 것이 아니다. 눈을 마주치고 기억을 읽겠다는 의지가 있어야 한다. 이능이 있거나, 신의 가호를 받지 않는 자를 제외하고는 눈을 마주치고 기억을 읽고 싶다는 의지가 있다면 얼마든지 기억을 읽을 수 있다.

혹, 황제가 나를 정말 마벨이라는 평민 소년이라고 알고 있다면, 그는 내 기억을 읽을 의지가 없었다는 것이다. 내 기억뿐 아니라 아델라이네의 기억까지. 그가 제 딸을 정말로 지극히 사랑한다면, 귀한 딸의 옆에 붙은 평민의 기억을 읽었을 것이다. 하지만 그는 그렇게 하지 않았다.

내가 너무 과하게 생각한 것일 수도 있다. 하지만 아무리 생각해도 그는 딸을 아끼는 듯하지만 거기에서 진심을 느껴지지 않았다. 역시나 극도로 역겨운 자였다.

황제가 먼저 황성으로 돌아가고, 우리의 귀환은 그 후에 이루어졌다. 잘 숨어 있었는지 쉬얌은 돌아가기 직전에 나타나 이것저것 물었다.

'제 딸인데도 못 알아봤다는 말이야?' 그가 믿을 수 없다는 듯 물었고, 우리는 고개를 끄덕였다. 황제는 제 딸을 알아보지 못했다.

"어지간히 관심이 없던 모양이네. 본 날이 안 본 날보다 길 텐데 못 알아보다니. 뭐, 마벨로서는 다행인 일이지만 말이야."

어깨를 으쓱이며 덧붙이는 그의 말에 나는 고개를 끄덕였다. 황제를 처음 마주쳤을 때 여차하면 들키겠구나 생각하지 않은 건 아니었다. 하지만 황제는 나를 알아보지 못했다. 그가 나를 대하던 태도는 정말로 처음 보는 자를 대하는 그것과 같았다.

황제가 나를 알아보고 그냥 두었을 리도 없으며, 또 다른 수작을 부리기 위해 아델라이네의 기억을 조작했을 리도 없었다. 내가 알기로는 과거를 바꾸는 이능은 나만이 갖고 있었다. 사실, 원작에서는 벤지안스가 과거를 바꿀 수 있다는 설명은 나온 적 없었다. 조연인 만큼 벤지안스는 '이능을 갖고 있다'라는 짧은 서술만이 되어 있었을 뿐이었다.

원작에서는 1황자와 황제의 이능에 대해서만 언급되어 있었다. 황제와 1황자의 이능은 기억을 읽는 것, 1황녀는 이능을 가지고 있는 존재라는 것이 원작에서의 서술이었다. 내가 파악하기로 원작에서 말한 절대적인 설정은 바뀌지 않는다. 내 이능이 기억을 읽는 것에 더해 바꾸는 것까지 가능한 건 아마 서술의 차이 때문인 것 같았다.

어느 면으로 생각해 보아도 그가 나와 아델라이네의 기억을 읽지 않은 것이 분명했다. 내게 닥친 궁지에서 너무나도 쉽게 탈출한 것이 묘하게 찜찜했다.

아카데미에 귀환한 후, 잠시 우리끼리 모인 자리에서 아델라이네가 들키지 않아 다행이라 말했다. 쉬얌은 가슴을 쓸어내리며 신전에서와 같은 사태에 대비를 해둘 것을 권했고 나는 거기에 동조했다.

아델라이네가 아카데미에 있는 한 황제와 마주치는 일은 없을 것이다. 더 이상 공식적인 외부 행사는 없었고, 아카데미에는 황제를 포함한 학생들의 학부모 및 가족 방문이 금지되어 있었다. 유일하게 가족 방문이 허락된 날은 곧 있을 축제뿐인데 황제가 직접 오는 일은 절대 없을 터였다.

즉, 더 이상 황제와 아델라이네가 만날 일은 없다는 말이었다. 하지만 나는 곧 황제와 만나게 될 것이다. 황제가 나를 만나기 위해 아카데미에 연락을 넣겠다고 한 말을 나는 잊지 않았다.

그리고 황제의 약속은 얼마 지나지 않아 확인할 수 있었다. 게시판에 새로운 안내 문구가 적혀 있었다.

—하나. 본 아카데미는 황제 폐하의 곁에서 일할 유능한 인재의 양성을 목표로 한다.
둘. 황제 폐하의 명에 따라 영광의 자리를 보좌할 수 있는 기회를 제공하고자 한다.
셋. 보좌직은 임시이며 이틀의 실습을 거친 후, 다시 아카데미로 돌아오게 된다.
셋-하나. 각 학년의 수석에게 보좌직의 자격이 주어진다.
셋-둘. 두 명의 학생은 각각 다른 날 폐하를 보좌하게 될 것이다.

절묘한 타이밍에 올라온 공지에 나는 확신할 수 있었다. 저건 나에게 보내는 황제의 메시지다. 다른 자리도 아니고 황제의 일거수일투족을 지키는 보좌관으로 이틀의 시간을 보낸다. 나와 개인적으로 얘기를 하고 싶다고 하던 황제의 뜻이 그대로 보였다.
하지만 문제가 있었다. 이 메시지에 동요한 것은 나뿐만이 아니라는 것. 중간고사를 앞둔 시점에 걸린 공지는 아카데미에 파란을 불러왔다. 마치 공부하라는 무언의 압박처럼 학생들을 자극한 것이었다.
쉬얌의 말에 따르면 귀족가의 자제들인 만큼 황제의 임시 보좌는 탐나는 경험이라고 한다. 가주가 될 일 없는 귀족 자제들은 졸업 후 황성에서 일할 가능성이 높고, 그런 그들에게 황제의 바로 옆에서 일을 수행한다는 것은 황제의 눈에 들 수 있는 아주 좋은 기회였다.

공지가 붙은 이후로 수업을 듣는 학생들의 태도가 눈에 띄게 달라졌다. 예상치 못한 사태에 나는 조급해졌다. 황제의 보좌관 자리에 관심은 없지만 황제를 만나기 위해서는 그 자리를 차지해야만 했다.

그 이틀 동안 1황녀의 무죄와 1황자가 마술사와 한 계약에 대해 넌지시 알리는 것이 내 계획이었다. 그러기 위해 내 계획에도 없던 학년 수석의 자리를 꿰차야 하는 실정이었다.

나는 갑자기 태도가 바뀐 학생들과 똑같이 행동했다. 급작스레 성실해졌다는 이야기다. 평소와 달리 수업에 집중하면서도 떠오르는 의문점이 있었다. 소르트 제국 아카데미라는 위명에 맞게 이곳에서는 황제의 명령이 제일 우선일 것이다. 즉, 그가 제 딸의 교제 상대로서, 더 나아가 지성소에 들어간 흔치 않은 평민으로서 나를 만나고 싶었다면 황명으로 나를 불러도 유효하다는 이야기였다. 하지만 그는 번거롭게 아카데미 학년 수석이라는 조건을 내걸었다. 마치 무언가를 시험해 보고자 하는 것 같았다.

몇 번이나 생각해 봐도 이건 나를 시험해 보려는 게 확실했다. 하지만 무엇을 위한 시험인지를 알 수가 없었다. 제 딸의 교제 상대로 내가 적합한지 알아보기 위해? 하지만 그가 정말 그렇게 딸의 안위를 살피는 작자일까?

물론 그럴 수도 있다. 하지만 가능성은 아주 낮았다. 그 자리에서 딸을 위해 이능도 사용하지 않는 황제가 갑자기 태도를 바꿔 딸의 정인을 시험해 보는 것은 여러모로 이상했다.

아무리 생각해도 확실한 것은 없었다. 목적을 알 수 없는 시험에 합격해 그를 만났을 때를 대비해야 한다. 그에게 1황녀의 무죄를 증명하는 것과 동시에 황제가 내게서 보고 싶어 하는 것이 무엇인지를 파악해야 했다.

나는 해서는 안 되는, 그럴 리 없는 최악의 가정을 머릿속에 그려보았다.

황제가, 내가 누구인지 알고 있다면?

생각함과 동시에 등줄기로 소름이 돋았다. 아니, 말도 안 되는 일이다. 그리고 가령 황제가 정말로 내가 벤지안스라는 것을 알고 있다고 생각하더라도, 왜 그가 아카데미에서의 성적을 통해 나를 시험하려 하는지 알 수가 없었다. 만약 내가 죽었다고 알려진, 반역을 저지른 1황녀라는 것을 안다면 그가 할 행동은 내 자질을 판단하는 것이 아니라 나를 잡아 즉시 처형하는 것이었다.

나는 여러 가지를 생각하다가 이내 고개를 저었다. 문득 너무 꼬아서 생각하고 있는 것은 아닌가 싶었다. 내가 아는 황제는 두세 번 꼬아 누군가를 음해하려 드는 자는 아니었다.

최악의 상황에 대비하고 최대한 많은 수를 두는 것이 지금 내가 해야 할 일이기에 의심은 자연스러운 일이었지만 나는 수많은 가정들을 구겨서 내 안으로 집어넣었다. 조금 단순하게 생각하기로 했다.

황녀에게 평민인 나를 허락하기 위해서, 그 누가 보더라도 합당한 유능함으로 좌중을 납득시키려는 것이 황제의 목적이라고 생각하기로 했다. 그것이 아니라면 더는 이것에 대해 설명할 길이 없다.

나는 생각을 대충 정리하고는 눈앞의 노트에 시선을 돌렸다. 노트 가득한 필기를 보니 한숨이 절로 나왔다.

이 노트의 주인공은 디온이었다. 그의 노트는 한두 권이 아니었다. 나와 함께 듣는 모든 수업의 필기 공책이 내 앞에 쌓여 있었다. 새삼 그의 성실함에 기가 질렸다.

그때 했던 거짓 아닌 거짓 덕분인지 쉬얌은 몇 번 디온을 의심 어린 눈빛으로 바라보곤 했지만 그에게 필기를 요구하지 않았다. 하지만 내게는 끈질기게 필기를 보여달라고 요구했다. 작년에 디온이 시험을 볼 때 참고했을 무언가가 없을 리 없다면서. 디온과 셋이 같이 듣는 수업시간마다 쉬얌은 우리를 귀찮게 했고, 결국 디온의 단호한 거절에 터덜터덜 돌아갈 뿐이었다.

냉정한 디온의 거절에서 평상시답지 않은 불쾌감마저 느껴졌다. 내가 알기로 그런 태도는 그가 별로 좋아하지 않는 상대에게 하는 행동이었다. 그럼 디온은 쉬얌을 싫어하나? 왜? 디온과 함께 시험공부를 하는 지금이 궁금증을 해소하기에 제일 적절한 때였다.

"디온."

"궁금한 것이 있습니까?"

디온은 내가 공부 때문에 질문을 던진다고 생각한 모양인지 공책을 펼쳐 설명할 준비를 하고 있었다.

"궁금한 게 있는데 시험에 관한 건 아니에요."

"대답할 수 있는 거라면 답해드리겠습니다."

"쉬얌을 싫어해요?"

디온은 잠시 허를 찔린 표정을 지었다가 이내 작은 웃음을 흘렸다.

"가끔 마벨은 둔한 것 같으면서도 예리합니다."

"싫어하는군요."

"좋아하지 않을 뿐입니다."

"왜요?"

"그냥, 마벨을 통해 이득을 챙기려는 꼴이 썩 좋아 보이지 않아서였습니다."

디온은 미미하게 웃으며 답했다. 그 이유에 내가 엮여 있다는 것이 어쩌면 그다운 이유였다. 그리고 언제나 그가 감정을 움직이는 곳에 내가 있다는 것이 안심이 되었다. 덧붙여 그의 행동이 내게 좋지 않은 결과를 준 적은 한 번도 없었다. 그의 거짓말 아닌 거짓말 덕에 쉬얌에게 노트를 가져다주지 않아도 됐으니.

만약 쉬얌에게 노트를 보여줘야 되는 상황이었으면 분명 시험공부 역시 같이하자 했을 것이 분명했다. 모범생인 디온과 같이 공부를 하고 있음에도 집중이 잘 되지 않는데 쉬얌과 함께하면 황제와 만나겠다는 내 목표와는 한 걸음 멀어질 것이 분명했다.

"이득일 것까지야. 어찌 됐건 고마워요. 디온이 아니었으면 쉬얌에게 꼼짝없이 필기를 보여주고 같이 공부해야 됐을 것 같거든요."

"그가 마음에 들지 않습니까?"

"아니요. 다른 건 상관없는데 공부할 때는 도무지 도움이 되지 않을 것 같거든요."

"그 점에 대해서는 저도 동의합니다."

디온은 짧은 대답 후 습관처럼 책으로 시선을 돌렸다. 이 상황만 해도 몇 번째인지 모르겠다. 똑같은 시간에 똑같은 책을 펴고 공부하기 시작했는데 나보다 두 배는 더 페이지가 넘어가 있는 디온의 책을 보고 있자니 정말 틀에 찍어낸 듯한 모범생이구나, 하는 생각이 다시금 밀려왔다.

공부에 집중하는 디온을 따라 나도 책에 시선을 돌렸지만, 역시나 내용이 머리에 들어오지 않았다.

"하아, 도대체 황제가 수석이라는 조건을 내건 이유가 뭘까요?"

"제일 큰 이유는 아델라이네의 교제 상대를 시험해 보려 하는 것이겠지만, 질문의 의도는 그게 아닌 것 같은데, 맞습니까?"

"내가 아카데미에 들어온 이유는 공부가 아니거든요."

오르도도 살려야 하고, 복수도 해야 하는 이 시점에서 공부를 하고 있는 상황이 썩 마음에 들지 않았다. 사실 내 안에서는 공부를 하지 않기 위한 합리화를 계속하는 중이었다. 하지만 그게 무슨 소용이란 말인가. 그것들을 위해 내가 수석을 해야 하는 것을.

하아, 길게 한숨을 내쉬며 펼쳐 놓은 책 위로 엎드렸다. 한계였다. 정말 공부하기 싫다.

숨죽여 웃는 소리가 들려왔다. 뜬금없는 웃음에 고개를 들자 나를 보며 웃고 있는 그와 눈이 마주쳤다. 비웃는 건 아니고, 뭐가 그리 재미있는지 낮은 소리로 웃고 있었다.

"왜 웃어요?"

"이렇게 보니 이제야 마벨이 제 나이로 보여서 말입니다."

벤지안스가 되기 전에는 대학교까지 다닌 나인데 열여섯으로 보인다는 말이 썩 달갑지는 않았다. 디온 같은 모범생이 아니고서야 공부하기 싫어하는 건 어딜 가나 공통점이 아닐까.

"공부는 나이 불문하고 하기 싫은 것 아닌가요?"

"마벨이 수석을 할 수 있도록 빌겠습니다."

심드렁한 내 대답에 여전히 웃음을 멈추지 않던 그가 무운을 빌 듯 내 수석을 빌었다. 평소와는 달리 계속 호선을 그리고 있는 그의 눈이 따뜻해 보여 괜히 다시 한 번 칭얼대 봤다.

"황제는 왜 하필이면 수석이라는 조건을 내건 걸까요?"

몇 번째인지 모를 내 질문에 소리 낮춰 웃던 디온이 결국 크게 웃어버리고 말았다. 이제는 그의 웃음 포인트가 의심이 갈 지경이었다. 그래도 디온의 웃는 모습이 보기 좋다고 생각하며 나는 다시 한 번 한숨을 깊게 내쉬었다.

⚜

죽을 것만 같던 시험이 끝났다. 시험 결과는 생각보다 좋을 것 같았다. 공부가 하기 싫어 발버둥을 치던 며칠 사이 머릿속에 강렬하게 스쳐 지나간 것이 있었다. 왜 이 사실을 잊어버리고 있었나 싶을 정도로 획기적인 방법이었다.

나에게는 기억을 읽을 수 있는 능력이 있었다. 시험 일주일 전에 교수들은 거의 다 시험 문제를 제출한 상태였고 즉, 교수들의 기억을 읽으면 시험 문제를 알 수 있다는 말이었다. 다행스럽게도 내 생각대로 눈을 마주쳐 읽은 기억 속에는 시험 문제들이 적나라할 정도로 뚜렷하게 들어 있었다.

모범 답안은 없는 상태였지만 어느 부분에서, 어떤 글을 보고 어떤 문제를 출제했는지 알게 되자 내 시험 공부에는 속도가 붙었다. 전형적인 모범생인 디온은 내가 한 곳만 공부하자 걱정을 했지만 나는 어깨를 으쓱할 뿐이었다.

신학 시험을 마지막으로, 시험지에 답을 적어내고는 교실 밖으로 나왔다. 문밖에는 아델라이네와 쉬얌이 기다리고 있었다. 디온은 이미 들었던 수업이라 시험은 보지 않는다 했다.

디온이 이 지루했던 신학 시험을 보지 않는다는 말을 들었을 때 마음속에서 올라오는 부러움을 감출 수가 없었다. 나도 모르게 나온 한숨에 디온은 또 한 번 크게 웃었었다.

"시험은 잘 봤어?"

쉬얌의 질문에 가볍게 답해줬다.

"못 보진 않았습니다."

"왠지 마벨이 못 보지 않았다고 하면 수석 정도는 할 것 같단 말이지."

"확신은 못 하죠."

"예상은 한다는 말이지, 지금?"

"노리고는 있다는 말이죠."

내 대답을 듣더니 쉬얌은 기가 질린다는 듯한 표정으로 쐐기를 박듯 제 감상을 말했다.

"와, 잊고 있었는데 역시나 재수 없어!"

내 실력이 아니라 별로 겸손을 떤 것도 아니고, 무엇보다 시험을 잘 봤다고 대답한 적도 없는데 왜 이런 반응이 나오는지는 모를 노릇이었다. 어찌 됐건 그의 감상 아닌 감상에 나도 여상히 대꾸해 줬다.

"잊고 있었다니 다행이군요. 쉬얌은?"

"난 황제 눈에 절대 띄어서는 안 되는 존재라고."

쉬얌은 어깨를 으쓱이며 손에 든 책을 흔들어 보였다. 군데군데 펼쳤던 흔적이라도 남아 있는 내 책과는 달리 그의 책은 새것처럼 깨끗했다. 저 정도면 수업 시간에도 펼쳐 보지 않았다 해도 믿을 정도였다.

"그 말, 이번 시험 망했다고 들리는데요."

"정확해. 낙제만 안 하면 되는 거 아닌가? 난 여기에 공부하러 들어온 게 아니라고. 그나저나 마벨은 황제의 보좌에 관심이 없을 줄 알았는데 아닌가 봐?"

낙제만 면하면 된다는 그의 말이 그렇게 부러울 수가 없었다. 사실 나도 그와 같은 생각으로 입학했는데, 어쩌다 이렇게 수석에 목매게 되었는지 알 수가 없었다. 이쯤 되니 정말 수석을 하지 못하면 아주 많이 분한 마음이 들 것 같았다.

"잘못 생각했네요. 제가 아카데미에 들어온 이유라 생각해도 무방할 정도로 관심 있습니다."

내 대답을 들은 쉬얌이 과장되게 놀란 표정을 지었다.

"수석, 기대할게."

우리는 학생회실에 다다랐다. 시험도 끝났겠다, 바로 기숙사로 돌아가 쉬고 싶었지만 허락하지 않겠다는 듯 학생회 집합령이 내려왔다. 아마 축제 때문이겠지. 중간고사가 끝나면 일주일 정도의 준비 기간 후에 곧바로 축제가 열린다. 그 준비 기간에 제일 바쁜 것은 말할 것도 없이 학생회였다.

축제는 이틀간 열리는데, 첫째 날은 각 동아리에서 준비한 부스로 아카데미를 장식한다. 그리고 그다음 날이 유일하게 아카데미에 외부인이 들어올 수 있는 날이었다. 즉, 오르도가 아카데미에 찾아오는 것도 그날이란 말이었다.

문을 열고 학생회실에 들어가자 제일 처음 나를 맞이한 사람은 디온이었다. 그래, 디온을 위해서라도, 저주받은 아이라 자책하는 그가 그 굴레에서 벗어나도록 하기 위해서라도 오르도를 살려야 한다.

나는 정확히 언제 어디서 오르도가 죽음을 맞이하는지 알지 못했다. 그렇기에 그의 죽음을 막기 위해 확실한 대책을 세우지는 못했다. 아카데미에서 나가지 못하는 상태로 그를 지켜야 하는 것이다.

내가 흘린 정보가 블레로 길드를 통해 1황자에게 들어간 것은 알 수 있었다. 쉬얌과의 계약이 걸려 있기에 그의 정체는 흘리지 않았지만 별개의 정보인 양 소르트에 마농의 군대가 주둔하고 있다는 사실은 흘렸다. 그리고 그 군대의 목표가 1황자인 것처럼 조작한 정보가 내 계획대로 1황자의 귀에 들어갔음을 블레로 길드를 통해 알 수 있었다.

세넨시아는 지금 황성 상황이 썩 좋지 않다고 전해주었다. 하지만 블레로 길드를 통해 알 수 있는 것은 황성의 동향뿐이었다. 아주 운이 좋게도 아델라이네는 황제와도 서신을 주고받고 있었다. 아델라이네가 흘리듯 황성 상황에 대해 묻자 황제는 아무것도 모르는 반응을 보였다.

1황자에게는 위험하고 황제에게는 위험하지 않은 상황. 1황자는 스스로의 신변을 보호하기 위해 애쓰고 있을 것이 분명했다. 즉, 원작에서 오르도를 노렸던 무인은 1황자를 지키기 위해서라도 나타나지 않을 것이 분명했다.

혹시 그렇기에 아카데미에 오기 전 오르도의 신변에 문제가 생기는 것은 아닐까 걱정했지만, 그는 지금 사신으로 마농에 머물고 있었다. 축제기간에 맞춰 소르트로 돌아올 것이며 공작저에 돌아가기 전 아카데미에 먼저 들른다고 했다.

제아무리 권력욕에 사무친 1황자라지만 타국에 보낸 사신의 신분인 그를 함부로 공격할 수는 없을 것이다. 우선 사전에 할 수 있는 최대한의 방비는 해놓은 셈이었다. 다음 대책은 오르도를 만난 후에 세워야 한다.

한동안 혼자 생각에 잠겨 있던 내 옆으로 디온이 다가왔다.

"시험은 잘 봤습니까?"

"덕분에 못 보진 않은 것 같아요."

내가 알고 있던 것은 답이 아닌 문제뿐이었던지라 시험을 잘 봤다고 확신할 수는 없었다. 그래도 디온이 시험 기간 동안 옆에서 내내 공부를 도와준 만큼, 시험을 잘 본다면 그의 도움 역시 무시할 수 없었다.

"이야, 수석 형제 등장이야?"

센이 나와 디온 사이로 끼어들었다. 디온이 당연히 수석이라 생각하는 모양이었다. 그와는 별개로 쉬얌도 그렇고 센도 그렇고 어째서 나까지 넘겨짚는지 모를 일이었다.

"아직 성적은 나오지도 않았습니다?"

"마벨이라면 수석이지, 뭐."

어느새 옆에 다가온 페른이 센의 어깨에 손을 올리며 한마디 거들었다. 귀찮은 일은 질색하는 그가 소파에 누워 있다가 굳이 이쪽까지 행차한 걸 보아하니 이번 타깃은 나인 모양이었다.

마벨이라면 수석이라는 이상한 소리를 하는 센과 페른을 디온이 말리지 않는 것을 보아하니 그 역시 저 근거 없는 말에 동의하고 있는 것이 분명했다.

"디르케온이 괜히 마벨을 자랑하고 다닐 리가 없단 말이야. 쟤가 얼마나 까다로운 녀석인데."

"디온이 까다롭다고요?"

순전히 나만의 감상일 수도 있겠지만, 내가 옆에서 본 바로는 디온은, 나와 오르도가 아닌 타인에게는 무뚝뚝하고 감정 표현을 자제하기는 하지만 까다로운 편은 아니었다.

"이야, 이거 봐. 역시 마벨은 수석이 틀림없어."

센이 과장되게 박수를 치며 한마디 덧붙였다. 도대체 상관관계가 왜 저렇게 되는지 알다가도 모를 일이었다. 아니, 이쯤 되니 확실해졌다. 저 둘은 그냥 나를 놀리기 위해 수석 운운하는 것이 분명했다. 경험으로 비춰보건대, 이럴 때는 주제를 바꾸는 것이 제일 편한 방법이었다.

"오늘 중요한 일이 있다고 하지 않았습니까?"

"그렇지, 바로 중요한 일이지."

내 질문에 기다렸다는 듯이 센이 대답했다. 왠지 그가 이렇게 기뻐하는 걸 보고 있자니 썩 좋은 일은 아닌 느낌이 들었다. 귀찮고, 시끄럽고, 성가실 것이 분명했다.

"그것은 바로! 아카데미 생활의 꽃, 아카데미 축제!"

"라고 하기엔 학생회는 일만 해야 하지만 말이야."

양손을 하늘을 향해 벌리며 기쁘게 소리치는 센의 말을 페른이 심드렁하게 받아쳤다. 역시 썩 재미있는 것은 아닌 것 같은데.

"일이라면?"

"각 동아리 부스 관리, 대회 참가자 관리 등? 하지만 그나마 다행인 건 첫 날만 고생하면 둘째 날은 편해진다는 거야."

말만 들어도 귀찮은 일일 게 분명했다. 아아, 다시 한 번 축제가 끝나고 나면 학생 대표를 내려놔야겠다고 다짐했다. 문제는 이번 중간고사 성적이 수석이면 학생 대표를 계속해야 한다는 것이다. 황제의 보좌관 일을 하려면 수석을 해야 하고, 수석을 하면 학생 대표도 계속해야 한다. 머리가 아파지기 시작했다. 복잡한 생각은 성적이 나오기 전까지 접어두고 우선 대화에 동참하기로 했다.

"앞에 말한 것만 봐도 상당히 귀찮게 들리는데요."

"뭐, 귀찮다고 할 수도 있고, 아니라고 할 수도 있고. 부스 관리, 참가자 관리도 우리는 서류로만 확인하거든. 실질적인 일은 동아리에서 알아서 진행하지. 어떻게 보면 할 일이 없기도 한데, 또 어떻게 보면 귀찮기도 한 일이야."

페른이 애써 포장했지만 이미 내게 '학생회의 일은 귀찮은 일'이라는 인상이 강하게 남겨져 있었다.

어쩔 수 없다면서 페른이 우리가 할 일이 적힌 종이를 나눠줬다. 예산 및 품목 관리는 2학년들이 알아서 할 테니, 1학년은 축제 당일 현장에서 큰일이 없는지 확인만 하면 된다고 디온이 덧붙였다.

디온이 든 서류에 빼곡히 들어찬 글씨가 남보다 더 많은 걸 보아하니 왠지 내가 엮여 있다는 생각에 조금 더 일을 떠맡은 것 같았다. 기숙사에 돌아가면 물어봐야지, 생각하며 종이를 품 안에 넣었다.

센이 주목하라는 듯 박수를 두 번 짝짝, 쳤다. 고개를 들자 그의 시선이 정확히 나를 향해 있었다. 분명 좋은 징조는 아니었다. 그의 웃음이 짙어진 건 내 착각일까.

그가 긴 다리로 성큼성큼 걸어가 책상 위에 둘둘 말아놓았던 무언가를 집어 들더니 그대로 내 눈앞에서 펼쳤다.

"그리고 바로바로 우리가 중요하게 생각해야 할 바로 이것!"

종이에 적힌 내용을 보는 순간, 그의 시선이 왜 나를 향했는지, 도대체 왜 그가 나를 마주 보고 내 앞에 종이를 펼쳤는지 정확히 알 수 있었다. 종이에는 '인기투표 남자 부문'이라는 알아들을 수 있지만 알아듣기 싫은 글이 적혀 있었고, 그 아래로 교실에서 몇 번 들었던 남학생들의 이름과 그사이 정확히 내 이름이 적혀 있었다.

그리고 이름 아래에는 점이 찍혀 있었는데, 그게 무엇인지 모르겠지만 내 이름 아래 제일 많이 찍혀 있었다. 아니, 사실 알 수 있었다. 알고 싶지 않지만 알 수 있었다.

"저 나가겠습니다."

"아니, 무슨 소리야. 아카데미 최고 인기인!"

"미친, 아니, 이거 누가 기획한 겁니까?"

나도 모르게 욕이 나올 뻔한 것을 집어삼켰다.

이 말도 안 되는 이벤트의 주최자야 분명 센이겠지. 그것도 아니면 아까부터 죄지은 표정으로 서 있는 라이나 베른, 아니면 흥미롭다는 표정으로 나를 바라보고 있는 쉬얌, 아니, 이쯤 되니 모두가 공범일 것이라는 생각마저 들었다. 저 안에 나를 제외하고는 학생회의 그 누구의 이름도 들어 있지 않았다.

내 질문에 기다렸다는 듯 센이 소리쳤다.

"그야 당연히 디르케온!"

"말도 안 되는 소리 하지 마시죠."

정말 말도 안 되는 말이었다. 그가 이 귀찮고 어이없고 그답지 않은 일을 꾸밀 리가 없었다. 하지만 아니라고, 왜 덮어씌우는 거냐며 불쾌해해야 할 디온의 입에서는 아무런 부정의 말도 나오지 않았다. 심지어 그는 내 눈을 피하기까지 했다.

설마. 나는 그의 눈을 집요하게 마주치며 그에게 물었다.

"진짜예요?"

"기획은 하지 않았습니다. 투표만 했을 뿐입니다."

내 질문에 그가 변명이라도 하듯 읊조렸다. 그의 눈빛에는 억울함이 담겨 있었지만, 학생회 일원에게 아무런 화조차 내지 않는 것을 보아하니 그도 공범임이 분명했다.

하하, 허탈하게 웃었다. 세상에 믿을 사람 하나 없다더니.

"그 투표판, 공지 게시판에 붙인다든가 할 생각은 버리세요."

"왜! 이렇게 자랑스러운 결과를 우리끼리만 볼 수는 없지!"

서둘러 센이 들고 있는 종이를 낚아채려 했지만 나보다 훨씬 몸놀림이 빠른 그를 붙잡을 수는 없었다.

아, 이렇게 내 하찮은 운동신경이 짜증 났던 적도 없었다. 마지막 남은 보루는 디온이었다. 그러면 내 요구를 들어줄 것이 분명했다.

"디온, 저거 좀 찢어줘요."

"안 돼! 받아, 쉬얌!"

여태껏 디온의 행보를 봐왔기 때문인지, 아니면 디온이 움찔하는 것을 눈치챘기 때문인지 센이 다급하게 소리치며 몸을 빼내었다. 검술 수업에서조차 센의 저런 날렵한 모습은 보지 못했다. 아니면 무엇이 그리 아쉬운지 잠시 망설이던 디온 때문일 수도. 디온조차 뺏지 못한 문제의 종이가 그대로 날아 쉬얌의 손에 안착했다.

고민을 마치고 달려든 디온을 쉬얌이 그보다 더 빠르게 비껴 피해냈다. 그를 저지하려 앞을 막았지만, 쉬얌은 그 종이를 그대로 들고는 나와 디온 사이를 요리조리 피해 다녔다.

아, 쉬얌이 디온과 검술 수업 때 거의 동등하게 겨룰 정도로 발달된 신체를 갖고 있다는 점을 까먹고 있었다. 아니, 아무리 봐도 디온 역시 전력을 다하는 것 같지도 않았다.

"아, 참고로 나도 마벨한테 투표했어."

손에 든 종이를 흔들며 쉬얌이 말했다. 분명 내 속을 긁기 위해 던진 말임이 분명했다.

"고맙지도 않은 소리는 제발 좀 닥쳐 주시죠."

도무지 말이 곱게 나가지 않았다. 그를 막으려 할수록 내 신체의 한계만 깨달을 뿐이었다. 거친 숨을 내쉬며 그 자리에 주저앉자 그제야 쉬얌도 멈춰 섰다.

아, 정말 이러면 안 되지만 지금 당장 황제를 찾아가 저자가 마농의 왕자라 미주알고주알 떠들고 싶은 심정이었다. 이제 움직일 힘도 없어진 나를 보며 센이 쐐기를 박았다.

"자, 그거 축제 때 밖에 세워놔. 선배로서의 명령이다."

"그 명령, 수행하겠습니다."

쉬얌이 날 보고 들으라는 듯 크게 소리쳤다. 다시 한 번 진지하게 생각했다. 저자가 마농의 왕자라는 것을 알릴까. 아니, 그보다 밖이라니?

"밖이라니, 그거 외부인이 보는 곳에도 붙여놓을 생각입니까?"

"물론이지."

"자랑거리는 널리널리."

센과 페른. 저들의 약점을 잡아야 했다. 왜 나는 모든 해악의 근원인 저들의 약점을 잡아내지 못한 걸까? 건물 외부에 붙이겠다니. 절대 안 될 노릇이었다. 아니, 다른 사람들은 그렇다 치더라도 오르도의 눈에 들어가면 안 된다. 벌써부터 기특한 척 나를 놀려댈 그의 모습이 눈에 그려졌다.

✢

축제의 날이 밝았다. 시험 결과는 축제가 끝난 후 게시된다고한다. 원래라면 축제 전에 점수를 공개하고 낙제생들은 축제를즐길 수조차 없지만, 이번엔 창립 이백주년인지라 모두가 축제를즐길 수 있도록 한 아카데미 측의 배려라 한다. 그래봤자 낙제가없어지는 것은 아니지만, 어찌 됐건 낙제생의 입장에서는 좋을 수도 있겠다 싶었다.

축제는 생각보다 화려했다. 마법과 돈의 조합이 이렇게나 대단할 줄은 생각지도 못했다. 동아리가 많지는 않았기에 그렇게 화려하지 않을 것이라 생각했던 내 예상과는 달리 대단한 규모의부스들이 운동장을 꽉 채웠다.

마법부는 마법 아이템을 팔았고, 의학부는 포션을 팔았다. 게임부는 체스로 겨뤄서 이기는 자에게 상금을 주는 등 여러 가지다양한 방법으로 축제를 즐겼다.

쉬얌에게 듣기로는 저 작은 상점도 빠르게 만들었다 풀 수 있는 마법 물품이라 하니 그 가격이 어마어마할 것이 분명했다. 역시, 돈은 어딜 가나 최고라는 생각을 하며 나는 디온과 동아리부스들을 체크했다.

동아리 부스는 총 열다섯 개로 그리 많지는 않았다. 무과의 무술 동아리도 있었지만 학술 동아리도 있다 보니 위험할 것도 없었다. 내가 맡은 부스는 위험한 동아리의 것이 아니었고, 네 개밖에 되지 않았기에 안전 검사는 생각보다 빨리 끝났다.

차 동아리 부스에서 파는 따뜻한 음료를 손에 쥔 채 축제가 한

창인 아카데미를 휘익 둘러봤다. 그러고는 단번에 후회했다. 괜히 둘러봤어. 지금 여기는 운동장이었고, 그리 멀지 않은 곳의 게시판에 학생회 인장이 박힌 종이가 붙어 있었다.

그나마 얼굴을 그려 넣지 않은 것이 다행이라고 해야 하나. 하지만 안심하기에는 꽤나 멀리 떨어진 곳에서도 마벨 세그다드라는 이름이 뚜렷하게 보였다. '소르트 제국 아카데미 주최 최고의 인기남 투표 결과'에는 제일 윗줄에 내 이름이, 그 아래 2위, 3위를 한 불쌍한 누군가의 이름이 주르륵 적혀 있었다.

마벨 세그다드. 그래, 난 벤지안스 D. 마블라 소르트니 아무 상관없다. 하지만 이걸로는 수치스러움이 완화되지 않았다. 나는 고개를 돌려 디온을 쳐다봤다. 믿는 도끼에 발등 찍힌다는 말이 딱 이 꼴이었다.

"실망이에요."

앞뒤 맥락 없는 한마디였다. 하지만 내 시선이 정확히 내 이름이 적혀 있는 종이에 고정되어 있으니 내가 뭘 말하는지 그가 모를 리가 없었다. 냉기가 뚝뚝 떨어지는 내 말에 디온의 안색이 눈에 띄게 나빠졌다.

"아니, 마벨."

"공범, 맞죠?"

그가 변명을 하려는 것이 분명했지만 그 말을 중간에 잘랐다. 그 변명을 내가 들어줄 필요는 없으니까.

"같이 도모한 적은 없습니다!"

"말리지는 않았잖아요."

그래, 말리지 않았으면 공범이지. 그 역시 할 말이 없는 모양인지 입을 꾹 달았다. 몰아붙이는 내 기세에 더 이상 입을 열지 못했지만, 왠지 나를 보는 그 눈에 '억울합니다!'라고 적혀 있는 것 같아 나도 모르게 웃음이 나올 뻔했다.

하지만 안 되지. 내가 어떤 수치를 겪고 있는데. 나는 냉랭하게 디온을 몰아붙였다. 사실, 그가 그리 큰 잘못을 저지른 것은 아니었지만 그래도 다음에 이런 일이 있으면 말려줄 한 명 정도는 만들어봐야 하니까.

"세상에서 제일 잔인한 것이 방관자라고 했어요."

"그렇게 치면 마벨도……!"

"내가 언제……."

그가 억울하다는 듯이 말을 뱉었다가 삼켰다. 나도? 내가 그에게 무언가 방관했던 적이 있었나, 생각하는데 머릿속에 걸리는 한 가지가 있었다.

"설마 생일 때 말하는 거예요?"

디온의 생일 파티. 그때 디온 눈에 서린 배신감이 잊혀지지 않았다. 설마 하는 마음에 생일을 언급하자 디온은 마치 긍정이라도 하듯 입을 꾹 다물었다. 그래, 그러니까 지금 내가 자신의 생일 때 말리지 않고 가만히 있었다고 시위하는 것 같은데. 물론 나는 오르도에게 서신을 보낼 만큼 주도적이었긴 했지만, 우선 그 부분은 넘어가도 되지 않을까? 내가 지금 초점을 맞춰야 하는 것은 그때의 일에 대한 디온의 복수였다.

사실 그렇게 화가 났다거나 실망하진 않았지만, 그냥 그에게 투정 아닌 투정을 부리고 싶었다. 나는 과장된 표정을 지으며 그의 말을 받았다.

"와, 지금 복수한 거 맞죠?"

"아닙니다!"

상처받았다는 표정으로 말하자 그가 단번에 부정했다. 억울함과 미안함이 가득 담긴 표정으로 안절부절못하는 그를 보고 있자니 이상하게 안도감이 밀려왔다. 이 감정은 무엇일까?

어찌 됐건 그는 지금 내게 미안해하고 있었다. 좋아. 그렇다면 이제 그에게 내가 원하는 걸 부탁할 시점이었다. 그가 들어줄 것이라는 확신은 없지만, 나는 아까부터 눈에 거슬리던 걸 가리키며 그에게 말했다.

"그럼 저것 좀 떼주세요."

"그게, 원칙상······."

사실 이 부탁은 두 번째였다. 저것 좀 떼달라는 내 말에 디온은 아카데미 총장의 직인이 찍혀 공식적으로 올라간 게시물은 정해진 기간 동안 제거할 수 없다고 했다. 그런 융통성 없고 쓸데없는 교칙이 어디 있나 싶었지만, 확인 결과 그의 말이 전부 사실이었다. 전부 알고 있었지만 괜히 내뱉은 투정이었다.

"지금 원칙이 중요한 거예요?"

디온에게 있어서 원칙은 중요하겠지만, 그냥 조금 더 저 흉물스러운 게시물에 대한 내 반발심을 표현하고 싶었다.

내 한마디에 디온은 뭐라 답하지는 못하고 내 시선을 피했다. 그는 고개를 돌렸지만 왠지 살짝 올라간 입꼬리를 본 것 같았다. 그래도 그 역시 학생회의 악행에 적극적으로 가담하지는 않았을 것이라 생각했는데, 지금 그의 반응을 보고 있자니 왠지 즐기는 건가 싶기도 했다.

"솔직히 말해봐요. 디온, 지금 즐기고 있죠?"

"즐기는 건 아닙니다."

그가 잠시 돌렸던 고개를 다시 바로해 나를 바라봤다. 얼핏 봤던 그의 웃음이 거짓은 아닌 모양인지 그의 얼굴에는 부드러운 웃음이 다녀간 흔적이 뚜렷했다. 그 웃음에 심장이 요동쳤다.

"그럼?"

"그냥, 마벨의 대단함을 모두가 알아주었으면 해서."

그의 대답이 참으로 어이가 없었다. 대단함? 알아줘? 예상을 빗나간 답변에 잠시 말을 잇지 못하다가 나는 어처구니가 없어 따져 물었다.

"아니, 그걸 알리는 걸 왜 이런 방식으로 해요? 무엇보다 내가 대단한 건 하나도 없는데요?"

"대단합니다. 그렇지 않다면 저렇게 투표에서 1위를 할 수도 없으니······."

아, 또다시 1위 얘기가 나왔다. 그래, 1위. 그 부분에 대해서는 정말 상당히 당황스러웠다. 남장을 하고 있는데 인기남 1위를 한 사실도 당황스러웠고, 도대체 어떤, 무엇이 나를 1위로 만들었는지도 의아했다.

저곳에 붙어 있는 건 무과를 포함한 전교생을 대상으로 한 인기투표였고 그 결과가 바로 저것이었다. 바깥에 붙여놓고 학생회들이 나를 붙들고 헹가래를 치려는 것을 가까스로 피해낸 걸 생각하면 또다시 머리가 지끈거렸다.

"아, 알았어요. 그만 들을래요. 나 지금 죽을 것 같거든요. 디온 마음은 잘 알았으니 제발 저 낯부끄러운 종이 쪼가리가 안 보이는 곳으로 가요, 제발."

시간이 흐르고 마주치는 학생들이 많아질수록 이상하게 나를 향하는 시선이 많아지는 것도 같았다. 그 시선이 무엇 때문인지 알 것 같아 얼굴이 점점 달아올랐다. 다시 한 번 아카데미에 온

게 후회되는 순간이었다. 이럴 줄 알았으면 오지 않는 건데.

게시판 쪽에서 몸을 돌리며 그의 팔을 잡아끌었다. 하지만 내 예상과는 다르게 그의 몸이 그대로 멈춰 있었다. 그에 고개를 돌려 바라보자 그는 그 자리에서 작게 웃고 있었다. 아무리 생각해도 놀리는 것 같은데.

"알고 놀리는 거죠, 지금?"

"놀린 적 없습니다."

내 질문에 그는 평소의 무표정한 얼굴로 대답했다. 하지만 올라간 입꼬리를 어찌할 수는 없는 모양이었다. 아무리 봐도 웃음을 참는 모습이 분명했다.

"근데 왜 웃어요?"

"그냥."

"그냥?"

그냥으로 끝내려는 그의 말을 집요하게 물고 늘어졌다. 팔을 붙잡은 채, 내가 잡아당기는 대로 끌려오는 그의 눈을 뚫어져라 쳐다보았다. 내 진득한 시선에 그는 눈을 내리깔았다. 그의 귀가 빨개진 것도 같은데. 아무래도 이 반응을 보아하니 그의 말을 끝까지 듣고 싶었다.

"그냥 귀여워서 말입니다."

잘못 들었나? 아니, 제대로 들은 거 맞는 것 같은데. 예상치도 못한 반응에 멍하니 그를 바라봤다.

귀엽다니. 세상에서 나와 제일 어울리지 않는 말을 들은 여파는 상당히 컸다. 나를 살피는 듯 다가온 그를 피해 몸을 돌렸다. 그의 얼굴을 마주하고 있자니 갑자기 심장이 너무나 빨리 뛰는 느낌이었다.

"화나셨습니까?"

아무 말 없던 내 모습이 화가 난 것처럼 보인 모양이었다. 나는 고개를 저으며 아까보다 조금 더 강하게 그의 팔을 잡아당겼다.

"아, 아니요. 빨리 저 흉물스러운 것 좀 안 보이게 피해요."

그의 시선을 애써 피하며 괜히 종이 핑계를 댔다. 그 핑계가 먹힌 모양인지 디온은 이번엔 묵묵히 따라왔다. 아니, 여전히 숨죽여 웃는 걸 보니 아닌 것 같은데. 모르겠다. 아아, 또다시 밀려오는 부끄러움에 눈을 꾹 감고 걸음을 빨리했다.

그의 팔을 잡아끈 건 나였지만, 금세 앞장서 걸어가는 그를 따라가다 보니 어느덧 운동장을 지나 공터에 다다랐다. 내가 땡땡이를 치던 곳도, 학생회 근처의 쉼터도 아니었다.

앞에는 건물이 있었고, 뒤로는 창살이 세워진 아카데미 담장이다. 아카데미와 외부의 경계는 낮은 담벼락과 창살로 되어 있는데, 기숙사 근처는 담벼락, 그리고 그 외에 쉼터나 공터 근처는 창살로 되어 있었다.

우리는 창살에 기댔다. 건물과 건물 사이로 북적이는 학생들로 활발해진 운동장이 한눈에 들어왔다.

날씨는 서늘하고 운동장의 왁자지껄함을 배경으로 삼고 있으니 그나마 아까의 감정이 조금 가라앉는 것 같기도 했다. 그 고요함을 즐기려던 찰나였다.

"왁!"

등 뒤에서 들린 괴성에 화들짝 놀라 고개를 돌렸다. 옆에 앉아 있던 디온 역시 고개를 돌렸다.

담 너머에는 정말 반가운 사람이 서 있었다. 싱글싱글 웃는 얼굴의 오르도였다.

"오르도?"

"형님?"

"하하. 뭐야, 너네. 학생회면 일해야 되는 거 아니었어? 왜 여기 나와 있어? 그것도 이렇게 으슥한 곳에서 단둘이?"

뭐 하고 있냐고 물어보니 또 정확히 답할 말은 없었다. '인기투표 결과지를 피해 도망왔어요'라 말하면 놀림거리가 될 것이 분명했고, 그것이 아니라면 또 딱히 그와 이곳에 있는 이유를 설명할 길이 없었기에 입을 다물었다. 디온 역시 같은 생각인 모양인지 가만히 있었다.

잠시간 이어지는 침묵에 우리 둘의 얼굴을 번갈아 보던 오르도가 씨익 웃었다. 평소보다 훨씬 장난기 어린 표정이었다. 그 표정과 걸맞은 한마디가 그의 입에서 튀어나왔다.

"호오, 알았다. 둘이 데이트 중이지?"

짙게 웃으며 물어오는 그의 질문이 그리도 짓궂을 수 없었다.

"아닙니다!"

데이트라는 단어에 나도 모르게 화들짝 놀라며 부정했다. 그러고는 내가 지른 소리에 나도 놀라 입을 다물었다. 내 목소리가 이렇게 크게 나올 줄은 나조차도 몰랐다.

내 부정에 역시나 놀란 오르도가 흠칫하더니 나를 바라봤다. 그 눈빛에는 재미와 더불어 우리 둘을 재보는 관찰의 시선까지 더해져 있었다. 지금 그가 무슨 생각을 하고 있는지는 말하지 않아도 알 수 있을 정도였다.

"깜짝이야, 뭘 그렇게 격하게 부정하고 그래? 이거 더더욱 의심스러운데? 과한 부정은 긍정이라 그러던데?"

역시나. 똑바로 나를 향한 채 놀리는 어투에는 재미가 한가득이었다.

나는 입만 벙긋거렸다. 아니라고 해야 하는데. 하지만 말이 나오지 않았다. 아니라고, 이건 그런 것이 아니라 말을 하려 했지만 진지한 부정은 또 하고 싶지 않았다. 그렇다고 긍정 역시 하고 싶지 않았다. 긍정을 하는 순간 디온을 향한 내 마음을 공공연하게 고백하는 꼴이 될 테니.

고백하기 부끄럽다거나 숨기고 싶다거나 그런 풋풋한 마음은 아니었다. 나는 절대 나를 향한 그의 마음에 대해 긍정적인 답을 해줄 수가 없었다. 그것이 내 최후의 양심이었다. 내가 만들어낸 그의 거짓된 감정에 나는 답을 할 수가 없었다.

하지만, 생각해 보니 오늘뿐 아니라 요 며칠간 나는 그를 딱 잘라 거절하지 못했다. 그가 상처 입을 것이라는 말도 안 되는 합리화를 하며. 그의 마음을 조금씩 확인하고 안도하는 스스로에게 언제나 환멸을 느꼈다. 그가 나를 사랑한다는 사실에 행복을 느껴서는 안 된다. 나는 그 감정을 누릴 자격이 없었다.

스스로를 향한 증오가 안에서부터 차올랐다. 그 감정으로 목구멍이 꽉 막혀 한동안 아무 말도 할 수 없었다.

"형님은 여기에 무슨 일입니까?"

다른 생각에 잠겨 있던 나는 곧이어 들려오는 디온의 목소리에 번뜩 정신을 차렸다.

"무슨 일이냐니. 이 형님이 오는 게 그리 싫었던 게냐, 아우야? 둘의 오붓한 시간을 방해한 것 같아서?"

이제는 타깃을 디온으로 옮긴 모양인지 빙긋빙긋, 장난기를 담은 어조로 오르도가 대꾸했다.

"형님!"

디온이 크게 소리쳤다. 잠시 나를 스쳐 간 시선이 그가 나를 신경 쓰고 있음을 여실히 보여주었다. 아무래도 내가 그의 장난을 썩 내켜하지 않는다 생각한 모양이었다.

오르도가 과장되게 양손으로 제 귀를 막았다.

"아이고, 귀 떨어지겠다, 아우야. 둘이 쌍으로 왜 그렇게 흥분해? 하긴, 남녀 둘이 한방에 있는데 정분이 안 날 리도 없지."

팔짱을 낀 채 고개를 주억거리며 마치 전부 다 이해한다는 듯 말하는 그가 그리도 얄미울 수가 없었다. 나는 손에 들고 있는, 이제는 좀 식어버린 차를 흔들며 그에게 물었다.

"이거, 부어도 되나요?"

"우리 마벨이 거칠어졌어. 냉정하고 차분한 게 마벨의 매력이었는데."

"진짜 부어버리기 전에 제발 조용히 좀 해주시죠?"

마치 정말로 울 것처럼 울상을 짓는 그에게 기가 질릴 지경이었다. 아무리 친형제는 아니라지만 그래도 같은 피가 흐르는 가족인데, 어떻게 이리도 성격이 다른지 알 수가 없었다.

"정말로 지금 어쩐 일이십니까? 내일 오시는 걸로 알고 있었습니다만."

자연스럽게 나오는 내 한숨에 디온이 얼른 우리 사이로 끼어들어 질문을 던졌다. 내 기분이 좋아 보이지 않아 그 나름대로 분위기를 전환하려는 시도 같았다. 그가 던진 질문은 나 역시 아까부터 물어보려 했지만 번번이 들어오는 장난에 건네지 못한 질문이었다.

"왜긴, 내일 있을 축제 연회에 참석하러 왔지. 생각보다 일이 빨리 처리돼서 조금 일찍 도착하고 보니 시간이 붕 떴거든. 그래서 근처 여관에 짐 풀고 아카데미 근처를 돌아다니고 있었는데 이렇게 좋은 광경을 목격할 줄이야."

디온의 질문에 오르도가 가볍게 답했다. 그의 말에 따르면 잠시 들른 것이 아니라 아카데미 근처에서 하루를 묵는다는 이야기였다.

원작에서도 그랬나? 그것까지는 기억나지 않았다. 확실한 것은 그가 아카데미 근처에서 죽임을 당하고 그것이 축제 이후라는 것이었다. 급격하게 불안해지기 시작했다. 나는 오르도의 뒤를 살폈다. 그의 뒤에 딱 달라붙어 있어야 할 호위가 보이지 않았다.

"호위는 어디에 있죠?"

"저기, 짙은 갈색 머리에 허리춤에 칼 찬 사내랑 그 옆에 금발 꽁지머리. 저 둘, 나름 최정예 기사단이란 말이지."

내 질문에, 오르도는 몇 걸음 떨어진 곳에서 주변을 두리번거리고 있는 사내 둘을 가리켰다. 그나마 다행이었다. 나는 재차 그의 안전을 위한 질문을 던졌다.

"황가에서 붙여준 호위는 아니죠?"

"내가 황가에서 붙여주는 호위를 데리고 다닐 리가 없잖아. 이 오르도를 어떻게 보는 거야?"

"다행이군요."

말 그대로 다행이었다. 원작에서 오르도는 1황자 수하의 암습으로 살해당한다. 그 곁에 황자의 사람이 없다고 그가 완벽히 안전한 것은 아니겠지만, 그래도 어느 정도의 예비는 될 것이 분명했다.

"걱정해 주니까 기쁜데? 근데 적당히 걱정해. 옆에서 디온이 눈을 부라리고 있거든."

"그런 적 없습니다!"

"표정은 안 그래도 마음은 그랬잖아. 다 알아."

"그럼 지금 어디에 묵고 있죠?"

그들은 평소처럼 투닥거렸다. 하지만 지금 내게 중요한 것은 그게 아니었다. 최소한의 방비는 했지만 혹시 모르는 일이었다. 만일의 사태를 대비해 지금 그가 묵고 있는 곳을 알아둘 필요가 있었다.

"저기 뒤쪽, 파란 지붕 보여? 저기야. 나름 대로변에 순찰조들도 돌아다니고, 내 양옆에 든든한 호위도 있고, 같은 방 쓰는 시종도 있어. 와, 이걸 이렇게 구구절절 다른 사람에게 설명하게 될 줄이야. 보호받는 느낌이라 기분 좋은데? 그래서 사실 여기 오기 전부터 마벨한테 물어보고 싶은 게 있었는데 말이야."

시선을 내게 똑바로 고정시킨 채 오르도가 입을 열었다. 언제나 다정하게, 그리고 장난기 서리게 웃는 그였지만 가끔 무거운 이야기를 할 때는 분위기가 달라진다. 그리고 지금의 질문에는 그 가끔 나오는 진지함이 깃들어 있었다. 그가 물을 것은 어째서 그의 안전을 걱정하는지에 대한 이유일 것이 분명했다.

"왜 이렇게 과하게 당신을 걱정하냐는 질문인가요?"

"음, 비슷해. 정확히는 도대체 황가에서 왜 나를 노리냐는 거야. 아니, 뭐, 평소에 황가에서 나를 썩 좋게 보지 않는다는 건 알고 있었지만, 말 그대로 내키지 않아 할 뿐이지 이렇게 대놓고 목숨을 노릴 정도는 아니었거든. 어떤 경위로 마벨이 내 목숨을 걱정하게 됐는지가 궁금해서 말이야."

오르도의 목숨이 위험하다는 것을 그에게 알리고 싶지 않았지만 그건 마음대로 되지 않았다. 그에게 아카데미에 오는 길, 단단히 무장을 하고 올 것을 강력하게 권하는 과정에서 그의 목숨이 위험함을 알릴 수밖에 없었다.

오르도는 처음에는 믿지 않는 눈치였지만 나와 디온이 번갈아 목소리를 높이자 항복하듯 우리의 말을 들어주었다. 서신으로 물어볼 것이 아니라 판단했는지 서신에는 구체적인 질문이 적혀 있지는 않았지만 그 이유가 계속해서 궁금하긴 했던 모양이다.

사실대로 말하자면 내가 원작의 내용을 알기 때문이었지만 곧이곧대로 이유를 말할 수는 없었다. 그가 납득할 만한 이유를 그에게 말해야 했다. 어떻게 그를 납득시켜야 하나 생각하던 중에 내 머릿속에서는 또 다른 가정이 생겨났다.

우선, 황가에서 직접적으로 세그다드 공작가를 노리는 상황은 아니었다. 공작 가문이면서도 휑한 저택을 봤을 때, 그리고 황가를 적대하는 세그다드가를 접했을 때, 그리고 결정적으로 황가의 멸문이라는 내 복수에 그들이 동의했을 때, 이미 이들과 황가가 적대 세력인 줄 알고 있었다. 하지만 세그다드가와 척을 진 것은 황가 전체가 아닌 1황자였다. 즉, 아직은 황가에서 세그다드가를 노리지 않으니 그에게 그 이유를 댈 수는 없었다.

원작에서 오르도가 아카데미에 방문했을 때 죽은 이유를 정확하게 알았다면 에둘러서 설명했겠지만 역시나 그 이유는 알 수가 없었다. 그렇기에 지금의 정황에 대해 유추해 내야 했다.

그래서 생각했다. 오르도는 나와 디온이 아카데미에 온 후 얼마 지나지 않아 마농으로 건너갔다. 아카데미에 있는 마농의 왕자는 마농 변방에서 일어난 사건을 소르트 황가와 연관 짓고 있다. 그리고 그것은 쉬얌의 독단적인 행동이 아니었다. 마농 자체에서 입을 닫고 쉬얌을 소르트에 보낸 것이었다. 그렇다면, 마농의 왕은 제 나라에 해를 끼쳤다 생각하는 소르트의 사신을 만났을 때, 과연 그를 그냥 보냈을까?

나는 아니라 생각했다. 직접적인 도발을 했건 하지 않았건 마농은 소르트의 사신에게 어떤 방법으로든 그 사건에 대해 알렸을 것이다. 그리고 거기에서 오르도는 황가와 이어진 무언가를 발견했다. 그것이 내 결론이었다.

그렇지 않다면 그 전까지는 가만히 있던 1황자가 오르도를 노릴 리가 없었다. 그것도 황제의 허락 없이는 무력을 움직일 수 없는 황태자가 과감하게 제 무력을 사용하면서까지 소르트를 지탱하는 주축인 공작가를 노릴 리가 없으니.

"마농에서 황가에 치명적일 무언가를 찾지 않았나요?"

"어떻게 알았어?"

오르도가 놀라 되물었다. 내 예상이 맞아떨어진 모양이었다.

"아카데미에 마농의 왕자가 있거든요."

몰랐던 사실인지 오르도의 눈썹이 치켜 올라갔다.

"그리고 그 왕자와 몇 번의 교류가 있었고요."

마농에서 돌아온 오르도에게 내가 마농의 왕자와 아는 사이라는 것은 내 말에 신뢰를 더할 것이었다. 잠시 생각하던 그가 고개를 끄덕였다. 내가 말하고자 하는 바를 정확히 파악한 모양이었다.

"그래서?"

"지금은 손을 잡은 상태입니다."

"손을 잡았다고? 그 말은 그자가 네 정체를 알고 있다는 말로 들리는데, 내가 잘못 파악한 걸까?"

"정확히 파악했어요."

오르도의 표정이 심각해졌다. 진지한 표정은 그래도 드물지 않게 봤지만 심각한 표정은 그가 그리 자주 짓는 표정이 아니었다. 타국의 왕자에게 내 정체를 들켰다는 생각에 걱정하고 있는 것이 분명했다. 내 정체가 탄로 나는 순간 위험한 것은 나뿐만이 아닐 테니.

"걱정하지 않아도 돼요. 나도 그의 약점을 쥐고 있으니까요. 내가 쥔 약점이 더 치명적일 테고 말이죠."

"마벨이 일을 허투루 진행하지는 않겠지만, 그래도 불안한 건 어떻게 할 수가 없다고."

오르도가 작게 한숨을 내쉬었다. 아까 우리를 놀리던 장난기는 어느새 사라진 채 걱정이 한가득인 얼굴로 나를 바라보았다. 분명 제 안위를 살피는 이유도 있겠지만, 마주친 눈 안에 깃든 나를 향한 걱정이 정말로 오라비와 같아서 웃음이 나왔다. 어깨를 으쓱이며 그에게 대수롭지 않다는 듯 말했다.

"불안한 마음은 제가 훨씬 큰데요. 이래봬도 수석으로 입학한 최연소 학생이에요. 거기에 평민이고, 더불어 이번 시험에서 수석을 낚아챌 수도 있죠. 불안함은 조금 넣어둬도 용서해 줄게요."

잠시간 믿을 수 없다는 표정으로 나를 바라보던 오르도가 호탕하게 웃음을 터뜨렸다. 그 웃음에 말하지 않아도 그의 뿌듯함이 느껴졌다.

"하하, 이거 든든한 동생을 한 명 더 얻은 것 같은데? 어찌 됐건, 내가 마농에 가서 알게 됐다는 그 비밀이 뭔지는 알고?"

"아니요. 정확히는 모르죠. 하지만 오르도가 마농에 갔다는 이야기를 들었을 때, 지금의 황권을 썩 좋게 보지 않는 오르도라면 황가가 노릴 무언가를 알아낼 것이라 생각했거든요. 아, 대충은 알아요. 황가와 마술사의 계약에 대한 것 같은데, 맞나요?"

"나도 정보 좀 다룬다고 생각했는데, 마벨을 보고 있자면 그 말은 철회해야 될 것 같단 말이지. 정확해."

내 짐작이 맞은 모양인지 오르도가 끄덕이며 내 말에 긍정을 표했다. 1황자가 목숨을 노릴 정도라면 오르도가 알아낸 것이 거짓이 아님이 확실했다. 1황자가 제 위험을 감수하고 거짓된 정보를 알아낸 공작을 노릴 리가 없었다.

"어떤 정보죠? 마술사와 계약한 자가 1황자인 건 확실한가요?"

"나도 정확하게 말해주고 싶은데 지금은 조금 곤란해."

"왜요?"

말해줄 듯 입을 열었다가 갑자기 그만둬 버리는 오르도를 빤히 쳐다봤다. 내 시선에 오르도가 손가락으로 내 뒤를 가리켰다. 뒤를 돌아보니 저 멀리 두 명이 이쪽을 향해 오고 있었다. 인상착의를 보아하니 쉬얌과 아델라이네였다.

"저기 뒤에, 너희 데려가려고 오는 것 같은데."

유심히 그쪽을 바라보던 오르도가 물었다.

"저자가 마농의 왕자, 라마난?"

"예."

소르트인과 다른 피부색과 분위기에 그가 마농의 사람인지 단번에 눈치챈 모양이었다. 나는 그의 질문에 짧게 대답했다. 내 대답에 고개를 끄덕인 오르도는 점점 다가오는 인영에 마치 무엇이라도 확인하듯 눈을 찌푸리고는 그들을 살펴보았다.

마치 아는 자를 확인하는 듯한 표정이었다. 쉬얌 옆에서 걸어오는 소녀의 정체 역시 파악한 듯 게슴츠레 그들을 보다가 놀란 표정으로 내게 물었다.

"그리고 그 옆에는, 2황녀님?"

"알고 있군요."

"황성에 가면 자주 뵙는 분이니까. 설마, 저분과도 계약한 건 아니지?"

"무슨 문제라도 있나요?"

내 질문에 으음, 잠시 생각하며 앓듯 짧은 신음을 흘리고는 그가 대답했다. 그의 표정은 썩 달갑지 않은 기분을 적나라하게 드러내고 있었다.

화가 났다거나 반대한다거나 그런 극단적인 표정은 아니었지만, 쉬얌을 언급할 때보다 조금 더 걱정이 덧씌워진 표정이었다.

"황성에 오래 남아 있는 것치고는 제정신을 유지하고 계시긴 하지만, 어찌됐든 황제의 총애를 받고 있다는 점에서 상당히 위험하긴 한데. 어찌 됐건, 마벨이니까 믿겠다마는, 그냥 불안한 거지. 오라비의 걱정이라고 생각해라. 그럼, 난 간다."

마농에서 무엇을 알아온 건지는 모르겠지만 황가에 대한 불신은 내가 처음 그를 만났을 때보다 더욱 깊어져 있었다. 창살 바깥에서 우리와 대화를 나누던 그가 걱정스러운 빛으로 한마디 내뱉었다. 정말로 떠날 준비를 하는 모양이었다.

뒤를 돌아보니 먼 곳에서 다가오던 쉬얌과 아델라이네가 부쩍 가까워져 있었다. 아마 그들의 등장 탓이 커 보였다.

"벌써 가십니까?"

"애들 축제 때 들뜨는 건 내 전문이 아니라서."

붙잡는 디온의 한마디에 오르도가 답했다. 방금 전까지 감돌던 심각한 분위기는 금세 사라진, 오르도에게 제일 잘 어울리는 웃음을 걸고 있었다. 그나저나 애들 축제라니. 참, 그다운 단어

선택이었다. 놀리는 것이 분명한 그의 한마디에 디온이 눈살을 찌푸리며 한마디 던졌다. 화보다는 투정이었다.

"그런 것치고는 상당히 빨리 오셨습니다?"

"어허, 그건 시간이 붕 뜬 거라니까! 저 형님 불신증은 언제 없어지려나. 아, 마지막으로 연장자로서 한마디 조언할게. 조언인지 정보인지는 모르겠지만."

오르도가 잠시 무언가 생각하더니 말을 꺼냈다. 조언인지 정보인지 모를? 무슨 말을 하려는 건지. 그를 잠시 바라봤다.

오르도가 살짝 허리를 숙이곤 입을 열었다. 누가 들을세라 목소리를 한껏 낮추고 작게 속삭인 한마디였다. 하지만 충분히 알아들을 수 있었다.

그 한마디를 듣는 순간, 그것이 그가 마농에서 알아낸, 지금 그의 목숨을 노리고 있는 비밀에 관계된 것이라는 것을 알 수 있었다.

"권력욕은 1황자만 갖고 있는 것이 아니야. 광기는 대물림되고 있어."

광기는 대물림되고 있다. 오르도의 말이 귓가에 맴돌았다.

1황자만의 소행이 아니라는 이야기였다. 아니, 어쩌면 마농의 사태는 1황자가 엮여 있지 않을 수도 있다.

오르도는 권력욕은 1황자만이 갖고 있는 것이 아니라고 말했다. 그렇다면 그가 알아낸 계약은 1황자의 소행이 아닐 수도 있다는 말이었다.

생각보다 복잡했다. 나는 이제껏 마술이라는 귀찮은 것까지 쓸 사람은 단지 1황자의 세력뿐이라 생각했다. 1황자, 황후와 같은. 하지만 그들을 제외하고 다른 황가의 사람까지 마술에 손댔을 수도 있다. 적대 세력이 더더욱 힘을 갖게 된 셈이었다.

"누굴까요?"

나와 여러 가지 계획을 공유하던 디온이기에 오르도의 말도, 그리고 내 질문도 어떤 의미인지 충분히 파악할 수 있을 것이었다. 잠시 생각에 잠겨 있던 디온이 입을 열었다.

"남은 황족은 황자님 셋과 황녀님 하나입니다. 공식적으로는 말이죠."

"그리고 그중 계승권을 갖고 있는 자는 1황자뿐, 나머지 둘은 아마 곧 작위를 받고 분가해 나갈 후계 밖에 위치한 자들이죠. 그리고 2황녀, 아델라이네. 이 중 권력욕이 큰 자는 누구일까요?"

"우선, 아델라이네는 제외하고 싶군요."

예상외의 대답이었다. 아델라이네를 두둔하는 그의 말에 신경에 거슬렸다. 왜? 이유는 충분했다. 원작에서 그의 진실된 인연이었던 여인이니. 질투였다. 꼴사나웠다.

"왜요?"

나는 질문을 던졌다. 그 질문을 던지는 와중에도 그가 아델라이네를 믿는다고 하지 않기를 간절히 바랐다. 혐오가 파도처럼 밀려왔다.

"마벨과 계약한 2황녀가 사실 1황자와도 손을 잡고 있다는 가정을 하고 싶지 않습니다."

그리고 그 이유가 온전히 나임에 또다시 안심했다. 그에게 마음을 허락하지는 않을 것이면서, 그의 마음이 여전히 내게 있음을 확인하고 안도했다. 밀려오는 안도감을 기저로 누르며 담담한 척 그의 말을 받았다.

"하지만 제일 근접한 자도 아델라이네인걸요."

"저도 그렇게 생각합니다."

"하지만 아델라이네는 아닐 가능성이 높아요."

최대한 객관적으로 생각해야 한다. 이것은 그를 향한 감정과는 별개로 내 목표와도 닿아 있었다. 알고 보니 아델라이네가 권력욕이 지대할 수도 있다. 마농의 학살에 가담했을 수도 있다. 하지만, 그럴 가능성은 현저히 낮았다.

아델라이네는 원작의 주인공이었다. 고로 원작에서도 아델라이네의 행보는 자세하게 그려진 편이었다. 세세한 것까지는 아니지만 그래도 굵직굵직한 사건들은 기억하고 있었다.

아델라이네는 황가에 반발하는 캐릭터였다. 처음부터 끝까지 소르트 황가에 부정적인 감정을 갖고 있는 캐릭터. 1황자의 정치적 목적으로 쓰일 예정이었다가 디온을 만나 겨우 그 손아귀에서 벗어나게 되는 역할이었다.

그녀는 원작의 거의 끝까지도 이능이 정확히 무엇인지 제대로 알지 못했다. 더불어 마술과 계약하는 자를 끔찍이도 싫어했다. 원작에서는 그것이 세세하게 서술되었다. 나는 벤지안스가 된 후, 소설 속 문장은 내가 있는 곳에서 진리가 된다는 것을 여러 번 확인했다. 아델라이네와 계약한 이유도 그것이었다.

'벤지안스'가 원작과 달라진 이유는 나 때문이다. 내가 벤지안스가 되었고, 그것은 원작 속 진리를 바꿀 만한 강력한 외부 압력과도 같았다. 하지만 나를 제외한 누군가는 아직은 원작을 따라 행동했다.

원작에서 서술되지 않은 부분에 대해서는 알 수 없지만 최소한 서술된 부분에 있어서는 그것이 사실이라는 이야기였다. 그렇기에 나는 아델라이네는 용의 선상에서 제외하고 싶었다.

"왜 그렇게 생각하십니까?"

"제가 보고 판단하고 수집한 정보에 의하면 아델라이네는 그저 피해자일 뿐이거든요."

내 신뢰는 원작의 서술에 기반한 것이었지만 그 이유를 적나라하게 댈 수는 없었다. 나는 정보와 내 판단력을 핑계 삼아 두루뭉술하게 이유를 댔다.

"저도 그랬으면 좋겠습니다만, 아직은 그 무엇도 속단할 수 없는 상태입니다."

그의 단호한 한마디에 고개를 끄덕였다. 그의 말이 맞았다. 소설의 서술이 완벽히 진실이라는 것도 그저 내 생각일 뿐이었다. 아델라이네, 아직 살아 있는 1황자, 3황자, 4황자 그리고.

"아!"

나도 모르게 감탄사를 터뜨렸다. 왜 그를 생각하지 못했을까? 어떻게 보면 제일 먼저 떠올랐어야 할 인물인데. 주변에서 맴도는 2황녀에 그녀와 비슷한 계급의 인물만을 생각하고 있었다.

원작에서는 조연으로 몇 번 서술되지 않았던 자. 나 역시 몇 번 만나지 못해 정확히 파악할 수 없던 자. 이능을 갖고 있어 기억조차 알 수 없는 자. 제일 골치 아프면서도 제일 알지 못하는 자가 한 명 있었다.

"황제, 클리시스 소르트."

광기의 대물림. 황태자의 모든 것은 결국 황제로부터 온 것이다. 오르도가 권력욕이라 했다. 그리고 황제는 이미 권력을 손에 쥐고 있다. 하지만, 이미 권력의 정점에 이른 자가 권력욕을 가진다면? 마주친 디온의 눈에 이채가 돌았다.

"부디 그만은 아니었으면 좋겠는데요."

"저도 그렇게 생각합니다. 하지만 후보에서 완전히 제할 수는 없을 것 같습니다."

"그렇죠. 결국 그도 황가의 일원이니까요. 하지만 또 황제라고 결론지을 수도 없으니, 우선은 마술사와 모든 황가 사람들이 계약했을 수 있다, 정도로만 생각하는 게 낫겠네요."

"예. 그게 나을 듯합니다. 하면 이제……."

하지만 디온의 말은 끝까지 이어질 수 없었다.

"마벨, 여기서 뭐 해요?"

"둘이 땡땡이 치고 있던 거야?"

불쑥 끼어드는 목소리에 고개를 드니 아델라이네와 쉬얌이 서 있었다.

"아아, 일이 끝나 쉬고 있었습니다."

"아카데미에서 첫 축제인데 재미없게 보낼 생각은 아니지? 학생회가 찾고 있다고."

짓궂게 웃는 쉬얌을 보아하니 학생회에서 무언가 쓸데없고 귀찮은 일을 벌이는 모양이었다. 저 운동장에 붙여놓은 종이 쪼가리를 피해 대피한 것이었는데. 무언가 핑곗거리가 더 이상 생각나지 않아 깊은 한숨을 내쉬며 쉬얌의 뒤를 따랐다.

그 와중에도 머릿속은 혼란스러웠다. 1황자와 황후가 아닌 다른 자. 원작에서 알 수 없는 정보들이 내 귀로 들어오고 있었다. 과연 내 복수는 성공할 수 있을까? 아카데미는 축제에 들뜬 학생들 천지였지만 나는 그 축제를 즐길 수 없었다.

축제의 이틀째 날이 되었다. 그사이 마법부 부스에서 작은 소란이 있었지만 축제 중 있을 수 있는 소란으로 넘어갈 정도였다.

재미없거나 볼품없는 축제는 아니었다. 명색이 대륙 최고로 손꼽히는 아카데미였고, 그곳에서 연례행사로 하는 축제, 더불어 이백주년 기념 축제였으니 화려함을 따지자면 시골 변방에서 즐겼던 축제는 아카데미 축제의 화려함에 발조차 들이밀지 못할 정도였다.

하지만 나에게 중요한 것은 축제가 아니었다. 축제란 내게 있어서 오르도의 죽음과 긴밀하게 근접한 이벤트였다. 오르도가 아카데미 근처에 있기에 그 불안함은 더 커지고 있었다.

가까이 있음에도 나는 큐라를 이용해 몇 번이나 그와 서신을 주고받았다. 그것이 도를 지나쳤던 모양인지 이제는 서신 한가득 공작가와 오르도의 자랑으로 넘쳐날 정도였다. 서신은 아침까지 이어졌고, 그때까지 오르도가 살아 있음을 확인하며 겨우 잠들 수 있었다. 축제는 내게 그 정도의 의미였다. 즐기고 싶지 않은, 즐길 수 없는 나와 맞지 않은 것.

디온은, 병적으로 오르도의 생사에 집착하는 내게 의아한 시선을 보냈다. 하지만 나는 아무 말도 하지 않았다. 다가올 미래를 아는 자의 걱정을 그에게 전달하고 싶지는 않았기에.

그리고 우리는 지금, 학생회들이 축제의 꽃이라 말하던 연회에 참석해 있었다. 아카데미에서 일괄적으로 연미복을 지급해 줬고, 모두가 그것을 입고 연회에 참석했다. 여학생들 역시 마찬가지였다. 색깔 및 자수가 조금씩 다르긴 했지만 기본적인 디자인은 동일했다. 아마 학생과 외부인을 구별하기 용이하게 만든 규칙 같았다.

나는 연회장을 다시 한 번 눈에 담았다. 생각보다 수수한 실내에 다시 한 번 깨달았다. 나는 벤지안스였다. 나의 기억이 지금 연회장의 화려하고 고급스러운 풍경을 익숙하게 받아들이고 있었다. 황제의 손에 이끌려 참가한 황성 연회에 비하면 이곳은 조촐한 수준이었다.

접시에 과일을 담는 내 옆에서 쉬얌이 심드렁하게 와인잔을 한 바퀴 돌렸다. 아직 성년이 되지 않은 학생들을 위해 연회장에 있는 것들은 모두 알콜이 없는 와인이었다

와인을 넘기는 그를 흘낏 바라봤다. 소르트인으로 가득한 연회장에서 그는 이국적인 멋을 뽐냈다. 짙은 피부색과 흑발, 흑안에 매치되는 검은 연미복은 교복과는 상당히 다른 분위기를 자아냈다.

쉬얌뿐 아니라 센, 페른, 라이, 베른, 그리고 디온까지. 연미복을 입고 머리카락까지 정리한 그들은 평소와 다른 분위기를 풍겼다.

특히 디온. 깔끔하게 재단된 연미복은 소년에서 청년으로 넘어가는 그와 상당히 잘 어울렸다. 붉은 머리카락을 모두 뒤로 넘긴 그에게 여학생들의 시선이 쏠리는 건 당연해 보였다.

시선은 디온뿐만 아니라 쉬얌에게도 향하고 있었다. 하긴, 그역시 매력 있는 얼굴이니 눈길이 갈 법도 했다. 그런 시선을 아는지 모르는지 어느새 다 마신 잔을 내려놓으며 내게 말을 걸었다. 언제나처럼 능글맞은 웃음이 걸려 있었지만, 그가 갖고 있는 감정이 기쁨은 아니라는 것은 알 수 있었다.

"웃기지 않아?"

"뭐가요?"

"아카데미에서는 모두가 평등하다면서 공식적으로 외부인이 참가하는 자리에서는 이렇게 다시금 신분제가 살아난다는 것이 말

이야."

"어쩔 수 없는 거겠죠. 평등하다고 해도 정말로 이 안에서 계급이 없어지는 건 아니잖아요. 차라리 이렇게 대놓고 우리는 계급을 아예 없애지 않은 것이다, 라고 공공연히 떠들어대는 게 낫다 싶네요."

이곳에 오기 전에는 계급에 대해 그리 크게 생각하지 않았었다. 하지만 가만히 생각해 보면 자본주의 사회에서도 계급은 존재했다.

내 대답에 쉬얌이 놀란 표정으로 잠시간 나를 바라봤다.

"가끔 보면 마벨의 사고는 귀족스러운 건지 평민스러운 건지 모르겠다니까."

"그건 쉬얌 역시 마찬가지 아닙니까? 게다가 저는 평민으로 입학했으니 평민스럽다고 보는 게 맞는 것 같은데요."

"하지만 세그다드의 성을 빌려 쓰니 귀족에 편입된 것도 맞지."

"미천한 평민을 공작 계급까지 끌어올려 주니 감개가 무량하네요."

"우선 그 말이 진심이 아니란 건 알겠어. 음, 논 알콜은 역시 별로란 말이야."

"그런 것치고는 많이 마십니다?"

"기분이라도 내야겠다 싶어서."

쉬얌은 마뜩찮은 표정을 지으면서도 새로운 잔을 들었다.

벌써 꽤나 많은 귀족들이 연회장으로 들어왔지만 그 사이에 오르도의 모습은 보이지 않았다. 나는 내 옆에서 여인들의 시선을 한 몸에 받고 있는 디온에게 물었다.

"오르도는 언제 온대요?"

"곧 오실 겁니다."

"어제부터 아카데미 근처라고 해서 제일 처음으로 입장할 줄 알았는데 의외네요."

"늘 주인공은 마지막에 나타나는 법이라 말씀하시는 분입니다."

"오르도답네요. 그럼 곧 들어오겠군요."

연회장에 들어오기 직전까지 서신을 주고받았는데도 그가 모습을 보이지 않으니 조금 걱정되던 차였다. 내 말이 끝나기가 무섭게 연회장 입구 쪽이 술렁거렸다.

드디어 오르도의 등장이었다. 모두의 시선이 잠시 그곳으로 집중되었다. 그럴 법도 했다. 아무리 외부인의 출입이 허가되는 아카데미의 축제라지만 가주가 직접 들르는 경우는 드물었다. 센과 페른만 해도 그들의 형과 동생이 참석했을 뿐이었다. 가주가 아예 참석하지 않은 것은 아니었지만, 그마저도 남작이나 자작 정도이지, 공작이나 되는 고위 귀족이 학생들의 연회에 참가하는 건 매우 드문 일이었다. 하지만 이내 디온의 존재와 그에게 유일하게 남은 가족이 오르도라는 것을 상기한 모양인지 그를 향해 집중됐던 시선이 흩어졌다.

쉬얌이 이쪽을 향해 걸어오는 오르도를 관찰하듯 바라봤다. 디온을 볼 때와는 사뭇 다른 눈빛이었다. 최근 마농에 사신으로 다녀오고, 소르트에서 황족 다음으로 권력을 가진 오르도에게 쉬얌이 관심을 둘 법도 했다.

"큰형이 온 모양인데. 아, 후원자인가?"

"큰형입니다."

"세그다드가는 참 정이 많아."

"저도 그렇게 생각합니다. 그런데 아델라이네는?"

이쪽으로 다가오는 오르도를 보다 보니 문득 어제 쉬얌과 아델라이네를 보았던 오르도의 모습이 떠올랐다. 그들과의 계약을 알렸으니 아마 오르도는 그들에게 인사를 할 것이다. 하지만 아델라이네는 연회장에 없었다. 분명 입장할 때 같이 있었는데 어느새 사라져 보이지 않았다.

"아델라이네는 확인할 것이 있다고 잠시 나갔어. 급한 얼굴이던데 뭔 일이 있나?"

쉬얌 역시 그녀의 행방을 잘 모르는 눈치였다. 어느새 눈앞에 다가온 오르도가 그의 말을 듣고는 자연스레 말을 받았다.

"그래? 그거 아쉽네. 오랜만에 황녀님께 인사라도 올리고 싶었는데. 이쪽이 마농의 유학생?"

"바로 보셨습니다. 반갑습니다. 쉬얌 아브히세크입니다. 마농 지방 귀족의 차남입니다."

"소르트에 적응한 모양이군요. 오르도 세그다드입니다. 반갑습니다."

"세그다드 공작님 아니십니까? 디온과 마벨이 얼마나 형님을 칭찬하는지 귀에 딱지가 앉을 정도인지라 한번 만나 뵙고 싶었습니다."

"마농의 귀족도 농을 잘하는군요. 이 둘이 저를 칭찬할 리가 없을 텐데요."

"이런, 들켰군요. 소르트의 공작께 한 걸음이라도 더 다가가고 싶어 말을 고르다 보니 그렇게 됐습니다."

그들의 대화는 빙빙 돌았다. 그러면서도 사나운 맹수처럼 서로를 관찰하는 날카로움 또한 사라지지 않았다. 새삼스레 그 둘이 나를 적으로 간주하지 않았다는 것을 확인하는 순간이었다.

둘 사이의 팽팽한 긴장감을 끊은 건 센이었다. 그 옆에는 그의 형으로 보이는 장신의 사내가 서 있었다.

"오랜만입니다, 오르도 세그다드."

평소와는 달리 지극히 정중하고 사무적인 인사였다. 거리를 두는 건가 싶었지만 아니었다. 천하의 센이 긴장을 하고 있었다.

"어허, 센. 지금 나랑 거리 두는 건가?"

"하하, 형님, 그럴 리가 있겠습니까? 우선 자리에 앉으십시오, 형님."

"그래, 센은 말이 참 잘 통한단 말이지. 그래서 내 분부대로 디온을 잘 놀려, 아니, 보살펴 줬나?"

"당연합니다, 형님. 형님의 명령과도 같은 엄포에 언제나 어떻게 디온을 잘 놀려, 아니, 보살펴 줄 수 있을지 생각하느라 성적도 떨어질 지경이었죠."

옆에 센의 형이 있었음에도 불구하고 오르도는 센에게 스스럼없이 말을 걸었다. 그다운 태도였다. 그러자 센 역시 양손을 들어 올리며 금세 웃음을 띠었다. 하지만 그 웃음이 어색한 것을 보아하니 쩔쩔매고 있음이 분명했다.

오르도와 센은 디온에게 썩 유쾌한 조합은 아니었다. 그 둘의 합동공격에 디온이 발끈했다.

"핑계도 가지가지라던데 사실이네요."

"인간은 합리화가 없으면 살아갈 수 없는 생물이라 하지."

진리와도 같은 멀쩡한 말이 쉬얌의 입에서 나왔다. 나는 미심쩍은 눈빛을 그에게 보냈다.

"왜 그렇게 봐?"

"쉬얌 입에서 정상적인 소리가 나오니 신기해서 말이에요."

"뭐야, 그 말 예전에 센에게 했던 걸로 아는데?"

"기억력이 쓸데없이 좋군요."

"나를 뭘로 보고, 아니, 잠깐. 방금 그거 나도 그 미친놈 무리에 포함된다는 뜻은 아니지?"

내 안에서 센과 페른은 똑같이 미친놈들이었다. 날뛰는 미친놈 센과 귀찮아하면서도 일단 움직이면 못지않은 사고를 치는 페른. 나는 쉬얌에게 그에 대한 감상을 몇 번 내비친 적이 있었다.

저까지 그 무리에 넣은 것을 단번에 이해한 쉬얌의 눈썹이 추켜올라 갔다. 그가 그러건 말건 나는 고저 없이 답해줬다.

"그리고 쓸데없이 이해력도 좋고 말이에요."

"내가 잠시나마 마벨을 평범한 평민으로 생각했었다니, 미쳤었지."

"칭찬으로 듣겠습니다."

어깨를 으쓱이는 내 말에 그가 고개를 절레절레 흔들었다. 그는 소르트의 미래가 두렵다며 와인잔을 들고 자리를 떴다.

"저는 이만 나가보겠습니다."

센과 오르도에게 집중적으로 놀림을 받던 디온이 할 일이 있다며 인사했다. 아, 이제야 기억났다. 어제 마법부의 사소한 실수 때문에 해결해야 하는 일이 있다 말했다. 그게 지금인 모양이었다. 갑작스러운 그의 말에 오르도가 놀라 물었다.

"왜?"

"어제 마법부에서 사고가 터져 일손이 부족하다 합니다."

"뭐야, 그걸 왜 너한테까지 손을 뻗쳐."

오르도는 인상을 찌푸렸다. 오붓한 형제의 시간을 방해받은 데에 대한 불쾌함이었다.

"일전에 약속된 바가 있으니 책임은 져야죠."

"그쪽에서 꼭 오지 않아도 된다 했지?"

"어떻게 알았습니까?"

"내가 널 한두 번 보느냐? 어휴, 저 융통성 없는 건 알아줘야 한다니까. 얼른 다녀와."

오르도가 손을 내저으며 질린 표정을 지어 보였다. 디온이 고집이 세고 융통성 없다는 걸 모를 오르도가 아니었다. 내키지 않지만 어쩔 수 없음에 타박하는 어조로 배웅하는 오르도에게 디온이 가볍게 웃으며 말했다.

"그래도 형님 얼굴 보고 가려고 이제껏 기다렸던 겁니다."

"그래, 참 빨리도 말한다. 미리 말했으면 좀 더 일찍 올 것을."

"다녀오겠습니다."

등을 돌려 사라지는 디온을 잠시간 지켜보다 오르도가 시선을 돌려 내게 물어왔다.

"마벨은 여기에 계속 있는 거지?"

"예."

"다행이네. 동생이 두 명 다 없어지면 여기에 뭔 이유로 왔나 후회할 뻔했어."

디온을 보며 조금 섭섭한 표정을 짓던 그가 그나마 마음이 풀린 모양인지 다시 웃음을 지었다.

동생. 그가 자연스레 나를 지칭하는 동생이란 단어가 이제는 안정감을 주었다. 사람이 많은 곳에서도 나와 디온을 같이 동생이라 해주는 것이 고마웠다.

"후회하지 않아도 되니 다행이네요. 아, 연회가 끝나고 바로 공작저로 돌아가나요?"

"아니, 여관에 이것저것 두고 온 것들이 있어서 다시 가야 하기도 하고. 좀 여유롭게 돌아가려고 내일 아침에 돌아가기로 했어."

나는 오르도의 말에 속으로 혀를 찼다. 차라리 공작저로 빨리 돌아가는 것이 나았다. 남들보다 길게 머물수록 위험도도 올라가는 상황이었다. 남들과 함께 돌아가는 것이 어떠냐고 제안하려던 차였다.

연회장 안으로 한 소녀가 헐레벌떡 뛰어 들어왔다. 높게 올려 묶은 푸른 머리와 잘 어울리는 하늘색 드레스는 그녀의 분주함만큼이나 휘날렸다. 아델라이네였다.

아델라이네가 달리는 모습은 단 한 번도 본 적이 없었다. 무슨 일이 있어도 걸음을 빨리 할 뿐 절대 달리지 않는 걸 보고 역시 신분은 못 속이는 것이구나, 언제나 감탄하곤 했다.

하지만 그런 그녀가 무엇에라도 쫓기듯 달려와 우리 앞에 멈춰 서서는 숨을 몰아쉬었다. 호흡을 가다듬기도 전에 그녀가 입을 열었다.

"마벨, 마벨. 미리 말해야 되는데, 서신이, 하아, 서신이 이제 와서."

"무슨 일입니까? 숨을 고르십시오."

"서신이 도착했다는 말, 이제, 확인하러 갔다가."

숨을 고르라는 말이 들리지 않는지, 아니면 그보다 더 급한 일인지 아델라이네의 말은 여전히 순조롭지 않았다.

"숨 좀 참고 천천히 말해보십시오."

"1황자가, 오라버니가, 지금 오고 있대요. 곧 도착할 거래요, 바로 여기에."

1황자가 여기에 온다니. 1황자는 육 년 전, 나를 제일 눈엣가시로 여겼던 자였다. 직접 마주친 적은 많지 않았지만, 그만큼 나를 눈여겨봤고 결국 황성에서 쫓아내는 데에 성공했다. 그가 이곳에 왔다가 혹시라도 내가 1황녀인 걸 눈치챌까 봐 겁이 난 것이 분명했다.

더군다나 겁에 질린 아델을 본 학생들이 쑥덕대고 있었다. 1황녀가 저렇게 걱정을 가득 안고 뛰어들어올 만한 사안이 무엇인지 궁금해하고 있었다. 그들의 이목이 우리에게 집중된 것이 느껴졌다.

황제의 인정까지 받은 우리였다. 1황자의 방문이 아델라이네를 겁먹게 할 리는 없었다. 주변의 눈을 신경 써야 했다. 적당한 이유 없이 한껏 겁먹은 2황녀의 반응은 위화감을 불러일으키기 충분했다.

1황자가 온다고 했을 때, 아델라이네가 지금처럼 겁에 질려 급하게 나를 찾아온 적당한 이유를 만들어내야 했다.

"우리의 교제 사실을 알린 것 맞습니까?"

그리고 지금 생각나는 이유는 2황녀가 나와 교제 중인 것을 1황자에게 전하지 않은 것밖에 없었다.

잠시 의아한 표정을 짓던 그녀가 이내 말뜻을 이해한 모양인지 고개를 끄덕였다.

우리의 대화에 우리 주변을 시작으로 회장 전체가 술렁거리기 시작했다. 사람들은 언제 1황자가 등장할지 모르는 연회장 입구를 흘끔거렸다.

공작에 이어 황태자까지 방문한다는 것은 유례없는 일이었다. 공작이야 아카데미 학생의 유일한 가족이라 치더라도 1황자는 이야기가 달랐다. 황제의 자리에 제일 가까운 자가 고작 이복 여동생을 위해 아카데미를 방문한다? 전에 없던 일은 큰 소란을 자아 냈다.

나는 입술을 깨물었다. 원작이 이미 틀어졌다는 걸 알면서도 나는 여전히 원작을 믿었다. 1황자는 아카데미에 온 적이 없었다. 그런데 왜? 갑자기, 도대체 왜 1황자가 오는 거지?

원작과 달라진 흐름. 그가 아카데미에 올 수밖에 없는 이유로 우선 생각되는 건 나였다. 내가 바로 제일 큰 비틀림이다. 그는 2 황녀를 정치적 목적, 이제는 제 권력을 위한 목적으로 사용하고 있었고 그런 그에게 그녀의 교제 상대인 평민 소년은 상당히 눈엣 가시일 것이 분명했다. 하지만 그렇다 한들 굳이 이것 때문에 아 카데미로 올 필요는 없었다. 나를 황성으로 부르는 방법도 있었 고, 아니더라도 다른 자를 이용하는 방법도 있었다. 몇 번 생각해 도 이유가 나는 아니었다. 그렇다면, 이유는 단 하나밖에 남지 않 는다. 오르도.

원작에서는 1황자의 호위가 오르도를 죽이지만 지금 1황자는 그 호위를 제 곁에서 떨어뜨리지 않으려 애쓰고 있음이 틀림없었 다. 그 호위를 떨어뜨리지 않고서 오르도를 죽음에 이르게 할 수 있는 방법. 한 가지였다. 호위가 1황자의 옆에서 움직이지 못한다 면 1황자가 움직이면 된다. 비틀린 흐름은 오르도의 죽음이라는 정해진 결말을 맞이하기 위해 또 다른 것을 비틀었다.

이가 갈렸다. 이곳에 와서, 아니, 내 인생에서 가족이라는 따 뜻함을 느끼게 해준 자의 목숨을 제 마음대로 해하려는 시도 자 체가 마음에 들지 않았다. 마음 같아서는 바로 눈앞에서 치워 버 리고 싶었다. 하지만 그는 만만치 않은 상대였다.

나는 아까부터 나를 쳐다보고 있는 오르도를 바라봤다. 아, 문득 잊고 있던 것이 생각났다. 아니, 잊고 있었다기보다는 그의 죽음에 집중하느라 고려하지 못한 것이었다. 지금 이 자리에 내 정체를 아는 자는 셋이었다. 그중 하나, 쉬얌은 아까부터 이미 자리를 뜬 상태였다. 아마 1황자가 참여한다는 이야기를 듣고 이 자리에 나타나지 않을 것이다.

이제 둘이 남았다. 오르도와 아델라이네. 이 둘은 1황자와 필히 마주치게 될 것이다. 1황자에게서 내 정체를 숨기기 위해서 무엇을 해야 하지? 생각에 생각을 더해야 했다.

과연 그가 단번에 내가 벤지안스임을 알아챌까? 황제조차 나를 알아보지 못했다. 나이도, 성별도 다르고, 눈과 머리 색도 다르다. 그가 나를 마지막으로 본 것은 유년기였고 나는 지금 성년식 직전의 나이였다. 그가 나를 알아볼 확률은 낮았다.

하지만 1황자는 기억을 읽을 수 있다. 만약 그가 이능을 사용한다면? 더불어 그 소년은 제 목표와도 같은 오르도의 후원을 받는 자다. 그가 내게 이능을 사용하지 않을 것이라 확신할 수가 없었다.

생각해야 한다. 내 기억이 그에게 읽히지 않았을 때 할 수 있는 변명. 내가 황제의 기억을 읽었을 때와 마찬가지로 검게 보일 내기억에 대한 변명. 맹렬히 돌아가는 머리에 번개처럼 스쳐 지나가는 것이 하나 있었다.

일전에 제도의 신전에서 마주친 신녀의 기억을 읽었을 때도 황제의 것과 마찬가지의 경험을 했었다. 심지어 대신관의 기억은 아무리 읽으려 해도 도무지 읽히지 않았다.

여신에게 가까이 있는 자의 기억은 읽기가 힘들었다. 더불어 나는 평민의 신분임에도 불구하고 황제조차 함부로 들어갈 수 없는 지성소에 출입한 자였다. 그가 이 사실을 알고 있다면 핑곗거리는 충분했다.

실낱같은, 가능성 낮은 희망이었다. 하지만 1황자가 여신의 축복을 받은 자의 기억은 읽지 못한다는 것을 과연 알고 있을까? 그가 알고 있다면, 내 기억이 읽히지 않는다 하더라도 내가 벤지안스임을 확신할 수는 없지 않을까? 아니, 없을 것이다. 그래야 했다. 하지만 이것에 모험을 걸기 위해서는 해야 할 것이 있었다.

아델라이네와 오르도를 보았다. 내가 누군지 알고 있는 자들. 1황자가 과연 내 기억만을 읽을까? 아니, 절대 아닐 것이다. 아델라이네는 몰라도 오르도의 기억은 읽을 것이 분명했다. 그렇다고 아델라이네의 기억을 읽지 않을까? 그것 역시 확신할 수 없었다.

해결책은 하나였다. 둘 다, 모두에게서 나를 지워야 한다. 그들 안에 자리하고 있는 마벨이라는 평민 소년이 사라진 1황녀, 벤지안스라는 기억을 지워야 한다. 그들 안에 마벨은 평범한 평민 소년으로 남아 있어야 한다. 그리고 그 만들어진 기억을 1황자가 읽어야 한다.

아델라이네는 1황자가 온다는 사실에 더없이 불안해하고 있었다. 그럴 법도 했다. 그녀의 팔에 흉측한 반동을 준 자였다. 아델라이네에게 있어 1황자, 데비스는 두려움의 대상이었다. 그리고 지금 아델라이네 옆에는 1황자가 노리고 있는 내가 있었다. 아델라이네는 흔들리는 눈빛으로 나를 보았다.

"괜찮겠죠?"

"이미 우리 사이를 전하께서 알고 계신다 하니 문제 될 것 있겠습니까?"

나는 아델라이네의 손을 잡으며 최대한 부드럽게 답했다. 우리는 지금 겉으로 보기에 교제 중인 상태였다. 연회장 안은 귀족들로 가득했고, 우리는 그들에게 평민 소년과 황녀의 신분을 뛰어넘는 사랑을 보여줘야 했다.

아델라이네가 물은 게 우리 사이에 대한 것은 아니었지만 나는 그것이 신분의 벽에 대한 걱정인 양 그녀를 위로했다. 내 말속에 내 나름의 방비가 있다고 알아들은 모양인지 그녀가 조금은 안심한 모양새로 고개를 끄덕였다.

아델라이네가 불안이 가라앉은 눈빛으로 나를 바라봤다. 나는 그녀와 눈을 마주했다. 그녀와의 계약은 이제 끝이다. 그녀 안에서 마벨은 또다시 평민 소년으로 돌아갈 시간이었다. 그녀의 손을 잡고 생각했다.

마벨은 세그다드가의 후원을 받는 평민 소년이다. 그 이상도, 그 이하도 아니다.

마주친 눈이 더없이 흔들렸다. 불안이 아니었다. 혼란이었다. 기억이 편집됐다. 아델라이네에게 나는 의심할 여지없는 평민 소년, 마벨이었다. 그녀의 손을 다독이고는 이번엔 오르도를 보았다. 그는 눈짓으로 우리가 잡은 손을 가리켰다. 무슨 의미인지 알겠다는, 내게 보내는 모종의 신호였다.

그의 눈에서 나를 향한 신뢰와 더불어 한없는 다정함을 느낄 수 있었다. 그리고 갑작스러운 1황자의 등장으로 인한 걱정을 읽을 수 있었다.

그는 따뜻했다. 내 정체를 알고, 목적을 알고도 가족으로 받아준 사내였다. 오르도를 바라봤다. 디온과는 다른 갈색의 눈을 바라보았다. 그 눈이 내게 한없는 호의를 보내고 있었다. 디온과 같지는 않지만 나를 향한 더없는 애정이 느껴졌다.

그래, 그가 항상 말하던 대로 동생을 걱정하는 오라비의 눈빛이었다. 받아본 적 없던 온기. 가족의 온기. 내 오라비의 눈을 마주했다. 기억을 바꿔야 한다.

마벨은,

"괜찮은 거지?"

오르도가 물었다. 생각을 끝맺지 못했다. 그가 방해했다. 아니, 방해한 것이 아니다. 그럼에도 이능을 사용할 수 없었다. 그저 생각만 하면 바꿀 수 있는 간단한, 몇 초 걸리지 않는 일인데, 그런데, 나는 이능을 사용할 수가 없었다.

오르도의 기억을 바꿔야 하는데, 가족으로 받아준 당신의 온기를 모두 저버려야 하는데, 그래야 하는데. 그는 여전히 내게 걱정 어린 시선을 보내고 있었다.

"예."

이 마벨을 못 믿으시는 겁니까? 뒷말은 나오지 못했다. 간신히 유지하고 있는 표정이 무너져 내릴 것 같았다.

그가 무어라 말을 했지만, 귀에 들어오지 않았다. 나는 내용조차 제대로 파악하지도 못한 채 사무적인 대답만 내뱉었다.

역적죄를 뒤집어쓰고 꾸역꾸역 살아남아 다가올 위험을 끝끝내 그의 손에 쥐여주었다. 내 복수를 향한 맹목이 나를, 그리고 그를 이 지경까지 몰아넣었다. 그 맹목이 나뿐만 아니라 오르도를 위험에 빠뜨렸다.

그의 기억을 바꿔야 한다. 그의 기억에서 벤지안스를 없애야 한다. 두세 마디 오고간 짧은 순간이 한없이 길게만 느껴졌다.

오르도의 눈을 마주했다. 아니, 눈은 아까부터 마주하고 있었다. 하지만 그의 기억을 바꾸려는 내 시도는, 내 생각은 마침표를 찍지 못했다.

그때였다.

"황태자 전하 드십니다!"

1황자, 황태자였다. 그가 왔다. 입구로 사람들의 시선이 몰렸다. 모두가 예를 갖추기 위해 몸을 돌렸다. 오르도 역시 마찬가지였다. 그가 내게서 시선을 돌리고 있었다.

그리고 나는 알 수 있었다. 지금이, 지금이 마지막 기회였다. 내 정체를 숨기고, 그를 구해낼 마지막 기회. 대역 죄인인 1황녀와 오르도가 엮여 있음을 지울 수 있는 마지막 기회. 그가 내 정체를 알고, 내 목적을 알고도 나를 받아줬다는 죄를 지울 수 있는 마지막 기회.

"오르도."

다른 귀족들과 같이 고개를 돌리려는 그를 불렀다. 눈을 마주쳤다. 생각했다.

마벨은 세그다드가의 후원을 받는 평민 소년일 뿐이다.

1황녀, 벤지안스 D. 마블라 소르트는 죽었다.

그의 눈이 흔들린다. 혼란이었다. 나를 향한 따뜻함이 혼란으로 바뀌었다.

알 수 있었다. 오르도의 기억이 바뀌었다. 그의 기억에 더 이상 벤지안스 D. 마블라 소르트, 나는 없었다.

무슨 말을 하려는 듯, 달싹이던 그의 입이 평온을 찾았다.

연회장 안으로 1황자가 들어오고 있었다. 나를 향하던 오르도의 눈이 이내 그에게 향했다. 오르도는 내게서 등을 돌렸다. 나를 잠시 스쳐 간 눈에 나는 없었다. 겉껍데기를 뒤집어쓴 마벨, 평민 소년만이 존재할 뿐이었다.

연회장을 물들이던 소란이 순식간에 사라졌다. 회장 안에는 침묵만이 맴돌았다. 모두가 고개를 숙였다. 황제와 제일 가까운 자에 대한 예였다. 무겁게 가라앉은 침묵에 발소리가 울려 퍼졌다. 보지 않아도 알 수 있었다. 황태자였다.

"고개들 드시오. 분위기를 무겁게 만들 생각은 없으니."

침묵을 뚫고 단정한 목소리가 울려 퍼졌다. 묵직한, 그러면서도 위엄이 서린, 지독히도 끔찍한 목소리였다.

그의 한마디에 회장 안의 사람들은 마치 마법이 풀린 것처럼 움직였다. 양옆으로 갈라선 귀족들이 만든 길로 그가 들어오고 있었다. 네 명의 호위, 한 명의 시종. 그 제일 앞에서 걷는 자. 짙은 푸른색의 머리카락이 한눈에 들어왔다. 거침없는 걸음걸이가, 똑바로 앞을 바라보는 날카로운 시선이 그가 높은 자리에 있는 자임을 여실히 보여주었다.

그의 시선이 연회장을 크게 훑었다. 누군가를 찾고 있음이 분명했다. 그의 시선이 정확히 이쪽에서 멈췄다. 아델라이네, 오르도, 그리고 그 옆의 나.

나를 똑바로 직시한 눈과 마주쳤다가 바로 고개를 숙였다. 감정을 다스려야 한다. 평정심을 찾아야 한다. 나를 죽이려 한, 그리고 이제는 오르도를 죽이러 온 자를 보고 경외심 어린 표정을 지을 수는 없었다.

내 쪽으로 방향을 틀던 황태자를 막아선 자는 총장이었다. 막아섰다기보다는 버선발로 뛰어와 한 마디라도 인사를 나누려 하는 것이었다.

둘은 몇 마디 이야기를 나눴다. 감사하다느니, 영광이라느니, 뻔한 이야기였다. 총장은 황태자에게 축사를 부탁했다. 고개를 끄덕인 황태자가 연회장 앞으로 걸음을 옮겼다. 사람들의 시선은 자연스럽게 그를 따라갔다.

조용해진 연회장에 그의 목소리가 울려 퍼졌다. 귀를 막고 싶었다. 증오심이 끓어올랐다. 누군가를 이렇게 미워할 수도 있다는 것을 이제야 깨달았다. 황제와 마주쳤을 때도 이 정도까지는 아니었다.

그는 위선이 덕지덕지 붙은 연설을 토해냈다. 아카데미 이백주년을 축하한다는, 모두에게 여신의 축복이 돌아갔으면 좋겠다는, 뻔하디뻔한 내용이었다. 마술에 손을 댄 자가 여신의 축복을 빌다니. 코웃음만 나왔다.

"그럼 모두 연회를 즐겼으면 좋겠소. 다들 가족을 보러 왔을 텐데 내 눈치를 보느라 가족과의 회포를 풀지 못하면 내가 돌아가는 길이 영 편치 않을 것 같으니. 나도 내 여동생을 보러 온 것이니 그대들도 가족과 즐거운 시간을 보내길 바라오."

축사를 마치고 단상에서 내려온 황태자는 곧장 이쪽으로 향했다. 당연했다. 그의 표면적 목표인 아델라이네, 그의 궁극적 목표인 오르도가 전부 이쪽에 있었으니.

그가 다가올수록 치밀어 오르는 분노를 애써 억눌렀다. 누르고 눌러 안으로 비집어 넣었다. 담담한 척하기 위해 겨우겨우 틀어 올라오는 증오심을 욱여넣었을 때 황태자가 우리 앞에 당도했다.

"제국의 떠오르는 태양, 황태자 전하를 뵙습니다."

"아아, 무거운 인사는 집어넣게. 나는 내 동생을 보러 온 것이니."

그의 답에 고개를 들었다.

"오늘도 아름답구나, 소르트의 꽃, 아델."

그의 시선이 나를 스치고는 아델라이네에게 닿았다. 나는 그가 데려온 호위와 시종을 찾았다. 원래 연회장 안에 무력을 이끌고 입장하는 것 자체가 금지였다.

하지만 이것은 소르트의 핏줄에는 적용되지 않는 규칙이었다. 그래도 제 체면을 생각해 시종을 제외한 호위 네 명 중 세 명은 연회장 입구에 세워놓은 모양인지 황태자의 뒤를 따라다니는 자는 두 명뿐이었다.

나는 그 호위의 눈을 마주해 기억을 읽었다. 오르도를 죽이라는 명령을 받았는지 찾아보았지만 이자는 아닌 모양이었다. 하지만 그렇다고 남은 호위들과 일일이 눈을 마주하기 위해 연회장 앞까지 자리를 옮길 수는 없는 노릇이었다. 나는 지금 한낱 평민 소년일 뿐이고, 내 옆에는 나와 교제 중으로 알려져 있는 2황녀와 내 후원자인 오르도, 그리고 황태자가 서 있었다.

그 앞에서 조금이라도 수상한 행동을 한다면 그가 나를 의심할 것이 분명했다. 초조해지는 마음을 애써 다잡으며 내 옆에 서 있는 오르도를 계속해서 확인했다. 그가 살아 있다는 것을 몇 초 간격으로 확인해야지만 안심이 됐다.

다정한 척, 여동생에게 보내는 반가운 인사에 아델라이네가 빙긋 웃으며 화답했다. 태연한 표정이지만 그 표정이 완전히 편안해 보이지는 않았다. 아델라이네는 그 불편함이 갑작스러운 황태자의 방문에 놀란 당황인 것처럼 포장했다.

"조금 더 신경 써야 했는데, 오라버니가 오신다는 서신을 조금 전에야 받았어요."

"조금 더 빨리 보냈어야 했는데 미안하구나. 아바마마께 허락을 받은 것이 오늘 아침이라 그게 최선이었어. 혹, 내 갑작스러운 방문이 불편한 게냐?"

그 질문에 덮어쓴 표정은 걱정, 그리고 배려였다. 역겨울 정도의 철저한 위선이었다. 그의 질문에 아델라이네가 화들짝 놀라 손을 내저었다.

"아니에요, 반가워요! 그저 갑작스러웠을 뿐이에요. 학생회로서 전하의 방문을 알았다면 조금 더 신경 쓸 수 있었을 거라는 아쉬움이었어요."

"유일한 여동생인데, 몇 주 보지 않았다고 걱정이 돼서 찾아왔다. 공작, 오랜만이오. 마농에 사신으로 가 있다는 이야기는 들었는데 여기서 마주칠 줄은 꿈에도 몰랐소."

여동생과 짧은 인사를 마치고 그는 제 본래의 목적을 향해 시선을 돌렸다. 아무것도 모르는 척, 우연에 놀라운 척하는 황태자의 말에 실소가 나오려는 것을 겨우 참아냈다.

황태자와 오르도의 시선이 마주쳤다. 순식간에 공기가 뒤바뀌었다. 그 누가 보더라도 황태자와 공작의 사이가 좋지 않다는 것을 눈치채고도 남을 정도였다.

오르도가 황태자를 마음에 들어 하지 않는 것을 알지만, 이 자리를 썩 내켜하지 않는 것을 알지만, 그럼에도 나는 이 자리가 계속되길 바랐다. 그나마 이 둘이 내 옆에서 대화를 하고 있을 때만큼은 오르도가 살아 있음을 내 눈으로 확인할 수 있음에.

"황제 폐하께 서신을 보내 알렸는데 듣지 못하신 모양입니다, 전하. 마농에 폐하의 뜻을 무사히 전하였고 하나뿐인 동생을 보러 아카데미에 들렀습니다. 아, 이제는 둘이군요."

오르도의 시선이 내게 닿았다. 눈이 마주쳤다. 그 순간, 나는 일그러지는 표정을 다잡기 위해 애써야 했다. 그에게서 나를 지우는 순간, 그의 시선이 내게 더 이상 온기를 품지 않을 줄 알았다. 하지만, 그 표정에는 여전히 온기가 서려 있었다. 그는 여전히 나를 동생이라 칭하고 있었다. 동생이라는 호칭이 타인에게 보여주기 위해 내뱉은 게 아님을 확신할 수 있었다.

설마, 기억이 바뀌지 않은 건가? 아니, 그럴 리 없었다. 순간 그의 기억을 읽어 확인했지만, 그의 기억은 분명 바뀌어 있었다. 하지만 그렇다면 왜? 아무에게나 정을 주는 사람이었나? 아니, 그럴 리가 없었다. 그렇다면, 그는 벤지안스에게 정을 주지 않았나? 아니, 그는 벤지안스를, 나를, 아, 머릿속을 관통하는 하나였다.

그는 나 자체를 가족으로 받아준 것이다.

그렇기에, 내가 벤지안스가 아니라고 하더라도 나는 여전히 그의 가족이었다. 그는 벤지안스를 잊었지만, 나는 여전히 그에게 동생이었다. 오르도는 내게 오라비는 아니지만, 여전히 형이었다. 과분한 사랑에 그와 눈을 마주칠 수가 없을 정도였다.

오르도에게서 시선을 거둔 황태자가 지그시 나를 바라보았다. 예리한 관찰. 호감이 결여된 관찰이 머리부터 발끝까지 나를 훑어 내렸다. 유쾌하지 않은 기분이었다.

"세그다드가는 언제나 돈독하군그래. 보기가 좋아. 자네가 마벨인가?"

"제국의 떠오르는 태양을 뵙습니다. 세그다드의 성을 빌려 쓰고 있는 마벨입니다."

"그렇게 예의 차릴 필요 없네. 아바마마께 전해 들었어. 아델라이네를 잘 챙겨주고 있다고?"

"제가 챙겨주는 것보다 오히려 챙김을 받고 있습니다."

나는 틀에 박힌 듯, 예에 어긋나지 않은 대답을 뱉었다. 황제와는 전혀 다른 질문이었다. 그는 마치 평민을 배려해 주듯 질문하고 있지만 나를 향한 관찰의 빛은 전혀 퇴색되지 않았다. 순간 그의 시선이 가늘어졌다. 의심의 눈빛이었다.

"대신전에서 우연히 마주쳤다 하시던데."

다시 확신했다. 내게 호의적이지 않은 황태자는 내 기억을 읽을 것이 분명했다.

황태자가 내가 지성소에서 대신관을 만난 것을 아는지 모르는지는 알 수 없었다. 그렇다면 내가 내 입으로, 내가 대신관을 만났음을, 여신의 축복을 받고 있음을 그에게 알려야 한다.

"예, 여신님의 부름으로 대신관님을 뵈러 지성소에 들렀다 나오는 길에 황제 폐하의 존안을 뵀습니다."

내 답변에 황태자는 놀란 표정을 지었다. 알고 있었음에도 몰랐던 척을 하는 건지, 아니면 실제로 몰랐던 것인지 알 수 없었다. 하지만 어찌 됐건 나는 내가 지성소에 출입한 평민임을 알리는 데에 성공했다.

"지성소? 지성소에는 아무나 출입할 수 있는 것이 아닐 텐데."

"여신님의 깊은 축복이 어려운 곳에 제 발길을 닿게 만든 모양입니다."

"그래, 대신관과는 무슨 말을 나눴지?"

여신의 축복이 모든 기억을 읽지 못하게 만드는 건 아니었다. 이능을 가진 자를 대하듯 아무런 기억도 읽을 수 없는 자는 대신관뿐이었다. 만약 황태자가 대신관을 만난 적이 있다면, 그는 대신관의 기억이 어떻게 보이는지 분명히 알고 있을 것이다.

나는 지성소에 출입한 것에 한 가지를 더 얹기로 했다. 지금 그가 내 기억을 읽는다면, 보이지 않을 내 기억에 철저한 변명을 덧붙였다.

"그게 입 밖에 내서는 안 되는 일이라……."

"그렇다 한들 어차피 황가의 귀에 들어가지 않겠는가? 상관없을 테니 말해봐."

"차기 대신관을 찾고 있다 했습니다."

"그리고?"

"제게 여기저기 돌아다니며 신녀들에게 축복을 받은 자라는 이야기를 듣지는 않았는지 물었습니다."

"그런 적이 있는가?"

"이동진을 사용할 때마다 들었던 이야기였습니다."

"그리고?"

"그리고 조만간 다시 볼 수 있을 것이라 하셨습니다. 하지만 여신님의 뜻에 따라야 한다고……."

사실 나는 대신관을 어떻게 뽑는지 모른다. 하지만 대신관이 나를 찾은 것, 여신의 축복을 과하게 받은 것. 이 두 가지만으로도 나는 여신의 방패 안에서 보호받을 수 있었다.

나를 잠시간 빤히 쳐다보던 황태자가 웃음을 터뜨렸다. 유쾌함도, 호감도, 그 무엇도 아닌 웃음이었다. 그래, 그저 만족감이었다. 제 궁금증을 풀어냈을 때의 만족감. 그리고.

"하하하, 이거 아델라이네가 너무 가여워서 어쩌나."

"예? 무슨 말씀이세요, 오라버니?"

"아마 대신관이 마벨을 후계자로 생각하는 모양인데, 대신관은 혼인을 할 수가 없거든."

다시 여동생을 제 손안의 장기말로 쓸 수 있음에 오는 만족감.

나는 이제 아델라이네 안에서 저를 황가에서 끌고 나올 핑계가 되어줄 평민 소년일 뿐이었다. 그리고 그 평민 소년이 차기 대신관 후보가 된다면, 아델라이네의 계획은 모래성처럼 무너져 내리는 것이다. 그 절망감이 고스란히 그녀의 표정에 떠올랐다.

"예? 마벨, 정말이에요?"

"저는 모릅니다. 뿐만 아니라 제가 차기 대신관 후보라니 말도 안 되는 일입니다! 어찌 제가 감히 여신님께 제일 가까운 자리에 앉을 수 있겠습니까?"

나는 말도 안 된다는 듯 조금 언성을 높였다. 사랑하는 여자와 헤어져야 할지 모른다는 절망감을 연기하고 나니, 나와 그녀의 반응이 마음에 든 모양인지 황태자의 얼굴에 미소가 걸렸다. 대단한 만족감이었다.

"대신관이 되는 데에 신분은 문제가 되지 않는다네. 오히려 자네가 평민의 신분으로 지성소에 다녀온 것이 제일 큰 증거지. 이런, 갑자기 좀 괘씸해지는걸? 미래에 내 여동생을 울릴 당사자를 눈앞에 두고 있다니."

황태자는 농까지 던졌다. 그리고 내게 보내는 호의적인 웃음을 보였다.

일이 이상하게 흘러가자 아델라이네의 얼굴은 사색을 띠었다.

"오라버니! 아직 확실치도 않은 사안에 대해서 그리 말씀하시면……!"

그녀는 다급하게 황태자에게 반발했다. 급할 수밖에 없겠지. 이대로 가다가는 그녀가 절대 듣고 싶지 않은 말이 황태자의 입에서 튀어나올 것이 분명했으니.

"하지만 만약 그리되면, 이 소년이 대신관이 된다면 어떻게 할 것이냐?"

"그건······."

"나는 네가 상처받지 않았으면 한단다. 조만간 내가 기대하는 답을 줬으면 좋겠다. 아델은 똑똑하니까 무슨 말인지 알 거야. 그리고 자네 역시, 공작가의 후원을 받고 제국 아카데미에 수석으로 입학할 정도면 내 말이 무슨 뜻인지 알 것이라 생각하네."

그의 말은 단 한 가지를 뜻했다. 그녀와 나의 결별. 더 이상의 교제를 금지한다는 명령이 기다렸다는 듯 나왔다. 아델라이네가 다시 끼어들었다. 마지막 구명줄을 놓을 수 없다는 듯.

"하지만."

"평민과 교제할 생각을 했으면 이 정도는 각오한 것 아니었느냐, 아델? 나는 황비마마의 축복까지 빌어주었다. 그 감사를 언젠가 하겠다 말했으니 기다리고 있으마. 황가의 사람은 말을 번복하지 않는 법이야."

그는 지독한 악귀였다. 목구멍까지 올라온 타는 듯한 증오를 다시 눌렀다. 지금은, 아직은, 나는 아무것도 모르는 평민 소년이어야 한다.

나는 혼란스럽다는 표정으로 아델라이네를 바라봤다. 그녀의 표정은 혼란도, 반발도 아니었다. 공포였다. 아무것도 모르는 자가 들었으면 황태자는 아델라이네의 어미를 축복해 준 자였다. 하지만 그가 무슨 말을 하는지 나는 똑똑히 알아들을 수 있었다.

황비의 축복. 황비의 축복을 빙자한 마술사와의 계약. 나를 죽이려던 계약. 그리고 지금 아델라이네의 팔에 새겨진 흉측한 반동을 가져온 끔찍한 계약.

황태자는 동생을 협박하고 있었다. 그녀와 저 자신만이 알고 있는 이야기로. 아델라이네의 눈에 체념이 스치고 지나갔다. 입술을 한 번 깨문 그녀가 짓씹듯 말을 내뱉었다.

"예. 곧 서신을 보낼게요, 오라버니."

그 대답을 끝으로 나와 아델라이네 사이에는 별말이 없었다. 아니, 별다른 말을 할 수가 없었다. 이미 황태자가 우리의 교제를 반대했다. 예비 대신관 후보라는 합당한 이유까지 더해졌으니 더 이상 그의 명에 반발할 수가 없었다.

우리의 상황과는 상관없이 시간은 흘렀고, 쉬얌을 제외한 학생회들이 황태자에게 다가와 인사를 올렸다. 그들을 필두로 다른 학생들도 다가와 인사를 올리고는 자리를 떴다.

음악이 흐르고, 학생들은 오랜만에 만난 가족들과 대화를 나누기도 했고, 음악에 맞춰 춤을 추기도 했다. 어쩔 수 없이 춤을 춰야 할 시간에는 나 역시 아델라이네와 춤을 췄다. 하지만 의무적인 춤을 제외하고는 춤을 추지 않고 내내 오르도의 곁을 지켰다. 학생들에겐 특별할 것 없는 축제일 뿐이겠지만 나에겐 가족을 살려야 하는 중요한 순간이었다.

그렇게 특별한 사건 없이 계속 시간이 흘렀다. 감미로운 음악이 흐르고, 밤이 깊어질수록 긴장감이 내 심장을 조여왔다.

곧이다. 곧 연회가 끝이 난다. 곧, 오르도가 이 연회장을 나간다. 가지 말라고 해볼까? 이 연회장 밖으로 나가지 말라고, 말도 안 되는 부탁을 해볼까?

이내 고개를 저었다. 내 말을 들을 그가 아니었다. 그가 나의 경고에 제 발길을 돌리는 자였다면 이곳에 올 리도 없었다. 그리고 무엇보다 그가 이전만큼 나를 신뢰하느냐, 그것이 더더욱 큰 문제였다.

방금 전 황태자 앞에서 나를 챙기던 행동으로 그가 내게 여전히 호의를 갖고 있다는 것을 알았다. 예상치 못한 바였다. 더 이상 그의 곁에 있기 힘들 정도로 양심이 내 온몸을 가시처럼 찔러 댔다. 하지만 신뢰는? 그가 내게 갖고 있던 신뢰의 근거는 내가 1황녀, 벤지안스이기 때문일 것이다. 그리고 나는 지금 그의 안에서 죽었다가 살아온 1황녀가 아니었다. 그저 디온의 눈에 띄어 공작가의 후원을 받는 평민 소년이었다. 벤지안스가 아닌 마벨을 오르도가 신뢰할 리는 없었다.

그뿐만이 아니다. 내가 황가를 들먹이며 그에게 경고하는 것이 그에게 좋은 영향만 주지 않을 것이다. 그를 살리고, 그가 다시 황성에서 황제 혹은 1황자를 만난다면, 그리고 그 기억에 내가 황가에 대해 조언을 남기는 장면이 있다면, 그것이 좋은 작용을 할 리가 없었다.

나는 연회에 집중을 할 수가 없었다. 초조해하고 있는 내 모습에 오르도가 무슨 일이냐 알아채고 물어볼 정도였다. 그 질문에는 나는 아무것도 아니라며 웃을 뿐이었다.

그를 살릴 방법. 오르도를 살리기 위해서는 1황자의 호위보다 더 높은 수준의 무력이 필요하다. 디온, 디온밖에 없었다. 하지만 디온은 아직 돌아오지 않았다. 그렇다면 그에 비견될 만큼 뛰어난 무력의 소유자, 쉬얌. 하지만 쉬얌 역시 내 시선이 닿는 곳에 없었다.

입술을 짓씹었다. 손톱을 몇 번이나 물어뜯으려던 것을 가까스로 참아냈다. 아무 이유 없이 내가 불안해하고 있음을 밖으로 드러낼 필요는 없었다.

1황자의 호위를 찾아 연회장 입구로 가려는 시도는 번번이 실패했다. 1황자가 내게 관심이 있는 척 오르도 옆의 나를 잡아뒀기 때문이었다. 어떻게 말을 끊어보려 했지만 1황자는 계속해서 말을 걸었고 도무지 이 자리를 뜰 수가 없었다.

그렇게 안절부절못하고 있는 사이에 연회는 끝이 났다. 나는 곧바로 오르도를 돌아보았다. 이제 곧 오르도는 연회장을 나갈 테고, 내 손이 닿을 수 없는 곳으로 간다. 어떻게든 1황자의 발을 잡는다면, 그렇다면 조금의 가능성이라도 있지 않을까?

연회장 밖으로 몰려 나가는 귀족들의 뒤를 따라 입구에 서 있는 1황자의 호위들에게 가려 하던 때였다. 오르도가 나를 불러 세웠다.

"마벨."

"예?"

짧게 말해주세요. 나는 당신을 살리기 위해 1황자가 이곳을 뜨기 전에 그의 호위기사를 막아야 해요. 입 밖으로 내뱉을 수 없는 말을 속으로 삼키며 그의 시선을 마주쳤다. 중요치 않은 말이면 최대한 짧게 받아칠 생각이었다.

나를 불러 세운 오르도가 품을 뒤적여 가죽을 꼬아 만든 끈을 꺼내 내 손에 쥐여주었다.

"이거, 마농에서 산 팔찌야. 디온에게 전해줘."

내미는 그의 팔에 비슷한 것이 있었다. 나는 손에 든 팔찌와 그가 차고 있는 팔찌를 번갈아 쳐다봤다. 두 가지 색깔의 가죽끈을 꼬아 만든 팔찌는 고급스러워 보였다. 그리 튀지도 화려하지도 않아 미용에 관심 없는 남자가 해도 그리 이상해 보이지 않을, 붉은색과 녹색이 섞인 팔찌는 디온과 잘 어울릴 것 같았다.

"아, 알겠습니다."

팔찌를 품에 넣었다. 지금은 팔찌보다 오르도의 목숨을 구하는 게 더 급했다. 어서 황태자의 호위를 향해 몸을 돌리려는 나를 다시 그가 붙잡았다.

"짠, 그리고 이건 마벨 거."

오르도는 무언가를 숨기고 있던 왼손을 펼쳤다. 그 안에는 똑같은 모양의, 색깔만 다른 팔찌가 매달려 있었다.

"예?"

"가족의 증표야. 이제 세그다드에는 우리 셋뿐인데 이런 거라도 갖고 있어야 하지 않겠어? 근데 색깔을 왜 이걸로 샀지? 분명 마벨의 색으로 주문했는데 주인이 다른 걸 넣어준 모양인데. 마농에서 산 거라 따지러 갈 수도 없는 노릇이고 말이야."

손안의 팔찌를 다시 둘러보며 그가 언짢은 표정을 지었다. 그가 가지고 있는 팔찌는 은색과 파란색이 섞여 있었다. 정확히 나, 벤지안스의 색이었다. 오르도는 나를 위해 산 것이 틀림없는 팔찌를 내게 내밀었다.

"그리고 그 팔찌 디온이랑 하고 있으면, 음, 디온이랑 하고 있으면…… 내가 무슨 말을 하려 했지? 요즘 가끔 이런다니까? 나이를 먹을 만큼 먹었나 봐. 하려던 말이 잘 기억이 안 나. 아, 그 팔찌를 차고 있으면 평생 행복해질 수 있대. 마농의 전통 팔찌라 그래서 사 왔어."

"아."

도무지 말이 나오지 않았다. 할 말이 많은데, 너무 많아서 입밖에 나오지 않고 있었다. 너무 많고 거대한 감정이 저 안에서 올라왔다. 고마움, 미안함, 속죄, 자책. 한마디로 할 수 없는 감정들이었다.

무엇이 더 큰지, 어떤 감정이 더 중요한지 알아차리지 못한 채 멍하니 그의 손에 들린 팔찌를 바라만 보고 있었다.

"어서 받아, 뭐 해?"

"아, 감사합니다."

내 눈앞에서 다시 한 번 흔들리는 팔찌를 받았다. 그의 말이 계속 머릿속에서 맴돌았다. 가족의 징표. 가족. 손에 쥔 팔찌를 손가락으로 쓸었다. 그가 오래 쥐고 있던 따뜻함이 담겨 있었다.

그리고 동시에 정신이 들었다. 오르도가 이곳을 뜨기 전에 빨리 황태자의 호위를 만나야 하는데.

"아, 그리고 밖에 걸린 인기투표 결과는 잘 봤어. 새로 생긴 막냇동생이 그런 인기투표에 1등도 하고 이 큰형은 참 운이 좋아. 디온에게 안부 전해줘. 그리고 이 형님이 골이 좀 났다고도 전해주고. 그럼 방학 때 공작저에서 보자고."

그는 마지막까지 나를 놀리고는 내 어깨에 손을 뻗었다. 그가 디온에게 자주 하던 행동이었다.

내게로 자연스럽게 다가오던 손이 멈추었다. 그는 잠시 제 손을 한 번 바라보고는 내게서 손을 걷어냈다. 그의 얼굴에 잠시 스쳐 지나간 의아함은 금세 사라져 있었다. 그가 웃으며 손을 흔들었다.

"간다."

아직 보내서는 안 되는데. 뒤돌아선 오르도는 어느새 연회장을 빠져나가는 사람들의 무리에 합류한 상태였다. 이러고 있을 때가 아니었다. 어떻게서든 황태자의 호위를 찾아야 했다.

나는 밀려 나가는 인파에 파묻혀 연회장 밖으로 향했다. 연회장 입구쯤에 다다랐을 때였다. 황태자와 눈이 마주쳤다.

"여기서 마주치는군. 그래도 지금까지 내 여동생을 아껴주어 고마웠네. 후에 다시 볼 일이 있으면 좋겠어."

1황자였다. 인사를 기대한 것은 아닌 모양인지 말을 끝마치고 는 앞을 스쳐 지나갔다. 그의 뒤로 시선이 향했다. 만족한 웃음 을 마지막으로 등을 돌린 황태자의 뒤를 따르는 시종 둘, 그리고 호위가 셋.

셋? 아니, 그가 올 때 호위는 분명 넷이었다. 그런데 왜 지금 은 셋이지?

"전하."

그를 불러 세웠다. 평민이 하기에 더없이 큰 무례였지만 더 깊 게 생각할 겨를이 없었다. 나머지 호위의 기억을 읽으려면 우선 그들의 걸음을 세워야 했다. 내 부름에 그의 시선이 닿았다.

"영광스러운 시간이었습니다. 앞으로 전하의 행보에 빛이 가득 하길 소망합니다."

마음에도 없는 축복을 빌며 나는 시선을 그 옆의 호위들에게 향했다. 젠장, 셋 중 아무도 오르도를 죽이라는 명을 받은 자는 없었다. 그렇다면 남은 건 하나. 지금 내 눈에 보이지 않는 하나.

내 인사를 받은 황태자가 등을 돌렸다. 답은 없었다. 멀어지는 황태자를 확인한 후 나는 달렸다. 아카데미에 입학한 이후 이렇 게 빨리 뛴 기억이 없었다.

오르도, 오르도를 찾아야 해. 그의 위험은 지금부터다. 아까 오르도와의 대화에 의하면 그는 지금 여관으로 향하고 있을 것이 다. 그리고 그 뒤를 사라진 1황자의 호위가 뒤따라갔음이 분명했 다.

빨리 그를 찾아야 했다. 무슨 일이 있어도 아카데미에서 나가 지 말라고, 어떤 일이 있어도 우리 기숙사에서 자고 가라고 말해야 했다. 그것이 세그다드의 명성에 누가 된다 하더라도. 명성이 무슨 소용이란 말인가? 살아야 명성이 유지되는 것이지. 나는 그를 그렇게라도 설득해야 했다.

달렸다. 연회장 밖으로 나가는 귀족들을 헤치고 그를 찾았다.

"오르도!"

하지만 그는 보이지 않았다. 그런 선명한 붉은색 머리카락이라면 눈에 들어와야 하건만 어디에도 보이지 않았다. 안 돼. 벌써 아카데미를 빠져나갔다면 더더욱 그의 목숨이 위험했다. 눈앞에 많은 사람들이 보였다. 저들을 헤치고 오르도를 찾아야 했다.

다른 방법, 다른 방법을 찾아야 해. 아카데미 밖으로 나가 오르도를 만나야 하는 방법. 다른 방법, 더욱 효과적인 방법. 그리고 그 무력을 막을 방법.

디온, 아, 디온 역시 필요했다. 오르도의 죽음을 막기 위해서는 디온마저 필요했다. 디온의 위치. 마법부의 위치. 그것을 아는 자. 생각을 하는 내 앞에 페른이 지나갔다. 페른. 그래, 그가 마법부였다.

"페른!"

나는 페른을 잡았다. 어깨를 잡힌 페른이 놀란 눈으로 나를 바라보았다.

"무슨 일이야?"

"디온이."

있는 마법부가 어디죠? 나는 뒷말을 삼켰다. 말보다 먼저 본능적으로 그의 기억을 읽었다. 젠장. 멀어. 멀어도 너무 멀어. 연회장과 거의 정반대에 위치한 건물이었다. 그곳까지 가서 디온을 데려올 여유가 없었다.

"디온을 만나면 내가 오르도를 따라갔다고 전해줘요."

나는 내 할 말만 하고 뛰었다. 디온을 찾으러 가기엔 너무 늦었다. 나라도 먼저 오르도를 찾아야 한다. 이능이 그 찰나를 막을 수 있지 않을까? 오르도의 두 명의 호위와, 오르도의 무위가 어떻게든 디온이 올 시간을 벌어줄 수 있지 않을까?

"뭐, 무슨 일이야!"

등 뒤로 들려오는 페른의 말을 무시한 채 센을 찾았다. 학생은 해가 진 후 외출 금지였다. 하지만 나는 오르도를 찾아 나가야 했다.

비밀 통로. 가끔 센은 우리가 나가지 못했을 때 아카데미 밖에서 일어난 사건들을 알아오곤 했다. 아카데미에서 밖으로 나갈 수 있는 비밀 통로. 나는 나가야 했다. 모든 방법을 동원해야 했다.

센이라면 페른 근처에 있을 터. 둘러보는 내 시야에 센이 들어왔다. 다가가 그의 팔을 낚아챘다.

"센!"

"응?"

"혹시."

이번에도 마찬가지였다. 말보다 그의 기억을 읽는 것이 먼저였다. 비밀 통로. 나와 디온이 쉬던 그곳에 있었다. 연회장에서 그리 가깝지는 않았다. 하지만 오르도의 여관과는 가까웠다. 그것이 훨씬 나았다.

"아니에요, 고마워요!"

그가 이해하지 못할 감사 인사를 던지고는 연회장을 나와 프론트를 지나고 있는 인파를 헤치기 시작했다. 인상을 찌푸리는 자들에게 연신 사과를 해대며 그들을 치고 지나갔다. 아예 건물에서 나와 운동장을 지나치는 동안에도 역시나 오르도를 찾을 수 없었다. 이쯤 되면 확신할 수 있었다. 그는 아카데미 밖에 있다.

나는 전속력으로 달리기 시작했다. 숨이 찬 공기와 섞여 턱 끝까지 치고 올라왔지만 뛰는 것을 멈출 수는 없었다. 누가 부르는 듯도 싶었지만 신경 쓸 겨를이 없었다.

그렇게 달리고 달려 센의 기억에서 읽은 비밀 통로를 빠져나갔다. 그 와중에도 나를 방해하는 자는 없었다.

시선을 올렸다. 여관. 오르도가 그때 가리킨 여관. 내 뇌리에 강하게 박아둔 여관. 찾았다. 그곳으로 내달렸다. 제발, 제발 살아 있어야 해, 제발. 여관은 정말 가까웠다. 아카데미에서 나보다 먼저 나갔다면 지금쯤 도착했을 정도로 정말 가까웠다. 그래서 불안했다. 그 정도의 가까운 거리는 오르도보다 먼저 1황자의 호위가 도착할 수 있을 정도였다.

그 불안함을 가득 안고 달렸다. 터질 것 같은 숨이었지만 멈출 수가 없었다. 여관, 그가 묵는 여관 앞에 거의 도착하는 순간, 적막한 골목에 쇠가 부딪치는 소리가 울렸다. 칼과 칼이 내는 소리였다. 내 온몸의 감각이 소리치고 있었다. 저곳이었다.

도착한 곳에서는 내 예상과 정확히 맞아떨어지는 장면이 펼쳐지고 있었다. 1황자의 호위가 그곳에 있었다. 그리고 오르도가 그와 칼을 맞대고 있었다. 오르도의 뒤에는 두 사내가 쓰러져 있었다. 어제 오르도가 보여준 두 호위였다. 이미 1황자의 호위에게 당한 모양인지 아무 움직임조차 없었다.

어떻게 해서든 막아야 했다.

"오르도!"

칼이 멈췄다. 내게 시선이 쏠렸다. 나를 향한 호위의 눈에서 죽음을 느낄 수 있었다. 하지만 내가 죽더라도 오르도를, 내 오라비를 죽게 해서는 안 됐다. 나는 그쪽으로 한 걸음 내디뎠다.

하지만 나를 향한 호위의 시선은 순간이었다. 그는 다시 몸을 돌려 오르도에게 칼을 휘둘렀다. 그 잠시간 다시 자세를 잡은 오르도가 그의 칼을 막아냈다. 귀를 찢을 듯한 금속음이 울려 퍼졌다. 오르도가 소리쳤다.

"오지 마!"

다급한 목소리였다. 그의 칼을 막아내던 오르도가 한 발 뒤로 밀려났다. 잠시 휘청이는 그를 향해 노리는 칼이 높이 치솟았다. 정확히 그의 심장을 노리고 있었다. 안 돼. 생각조차 하지 못하고 소리쳤다.

"멈춰!"

하지만 내 말은 들을 것도 되지 않는다는 듯 칼이 그대로 떨어졌다. 그 찰나가 너무나도 길게 느껴졌다. 멈춰야 해.

1황자의 호위. 1황자의 최측근. 그를 멈추게 할 한마디. 생각해. 제발, 그를 죽게 해서는 안 돼.

나는 내 머리에 생각나는 한마디를 내뱉었다. 처절하게 소리 질렀다. 호위의 귀에 닿아야 했다.

"내가, 벤지안스 D. 마블라 소르트, 반역을 저지른 1황녀다! 멈춰!"

오르도의 심장을 향하던 칼이 멈췄다. 달빛에 예기가 반짝였다. 그가 시선을 돌렸다. 오르도를 노리던 사내의 눈은 이제 정확히 나를 바라보고 있었다. 눈이 마주쳤다 생각한 순간이었다. 어느새 그는 내 앞으로 다가와 있었다. 움직임을 읽을 수조차 없었다.

오르도에게 칼을 향하던 사내가 이제는 그 칼을 내게 들이대고 있었다. 그의 시선이 나를 옭아매고 있었다. 거대한 맹수 앞에 맨몸으로 내던져진 기분이었다. 그의 손짓 한 번에 내가 죽을 수도 있다는 사실이 절절히 다가왔다. 하지만 그 칼은 내게 내리꽂히지 않았다. 예상과는 달리 그의 칼이 그대로 나를 공격하지 않았다. 나를 날카로운 발톱으로 누르고 관찰하는 눈빛이었다

"네가 정말 벤지안스인가?"

"그래. 공작을 죽이는 것보다는 역적을 죽이는 것이 더 시급한 황명일 텐데."

그의 시선을 그대로 받아냈다. 나는 그의 앞에서 절대로 도망가서는 안 된다. 그의 눈이 나를 위에서 아래로 훑어 내렸다. 눈을 마주한 순간, 내 직감이 말하고 있었다. 나를 죽일 자의 눈빛이 아니었다.

"황명에 어긋나는 일이다."

내 예상과는 전혀 다른 말이었다. 황제의 명령에 어긋나는 일? 반역자인 1황녀를 죽이는 일?

그의 뒤로 뒤늦게 이쪽으로 향하는 오르도가 보였다. 더 깊게 생각할 여유가 없었다. 지금 바로 그의 기억을 바꿔야 했지만, 확인해야 하는 것이 있었다.

그의 기억을 빠르게 읽었다. 그가 충성을 바친 자. 1황자가 분명할, 그가 충성을 바친 자. 그것을 읽었다. 아니, 1황자가 아니었다. 왜? 하지만 지금 이유를 생각할 겨를이 없었다.

나와 마주쳤던 그의 눈이 사라졌다. 내게서 등을 돌린 그가 바로 뒤로 따라온 오르도의 공격을 막아냈다. 오르도가 힘에 밀려났다. 무위에서 오르도가 철저하게 뒤지고 있었다.

아니, 절대 안 되지. 그의 기억을 바꿔야 했다. 그의 충성의 근원을 알아냈으니 이제 그의 기억을 바꿔 잠깐이라도 시간을 벌어야 했다.

내가 그의 움직임을 따라갈 수 있느냐 없느냐, 내가 무사하느냐 아니냐, 그것 따위 중요한 것이 아니었다. 무조건 그와 눈을 마주쳐야 한다는 일념으로 달렸다. 아니, 몸을 던진다는 말이 옳을 정도였다.

오르도의 앞을 막아섰다. 오르도에게 향하던 칼날이 그대로 나를 향해 내리꽂히는 걸 보았다. 그가 나를 확인한 순간 눈을 부릅떴다. 그의 칼은 여전히 속도를 다하고 있었다. 칼이 향하는 곳은 내 목이었다. 그와 눈이 마주쳤다. 지금이었다. 생각했다.

너, 에레즈는 황제에게 충성을 다한 적이 없다.

그가 지금 이 명령을 수행하고 있는 근간을 흔들었다. 그가 맹세한 충성을 지웠다. 그의 눈이 크게 흔들렸다. 날카로운 칼에 닿은 목이 따끔했다. 내리그어지던 칼이, 멈췄다 순간이었다. 뜨겁고 비린 뭔가가 눈앞을 덮쳤다. 동시에 가래 끓는 소리가 들렸다. 죽음 직전의, 피를 토해내는 소리였다.

감았던 눈을 떴다. 눈앞 사내의 복부에 박혀 들어왔던 칼이 다시 뒤로 빠져나가는 것이 보였다. 사내가 쥐고 있던 칼이 바닥으로 떨어졌다. 딱딱한 땅에서 칼날이 마찰하는 소리가 들려왔다.

그대로 주저앉은 사내 뒤로 누군가의 모습이 보였다. 달빛을 받은 머리카락이 붉은색이었다. 익숙한 얼굴이었다. 걱정이 한가득인 표정이었다. 디온이었다.

"괜찮으십니까?"

익숙한 목소리에 깃들어 있는 건 따뜻함이었다. 쓰러진 호위를 넘어 우리에게 다가오는 디온의 모습에 다리에 힘이 풀렸다. 나도 모르게 주저앉았다. 안도감이 밀려왔다. 가까스로 참고 있던 숨을 토해냈다. 누군가 심장을 틀어쥐고 있기라도 한 듯 그제야 내 의지대로 숨을 쉴 수 있는 기분이었다. 내 뒤에 있던 오르도가 앞으로 나왔다.

잠시 정적이 흘렀다. 오르도의 시선이 바닥에 쓰러져 있는 1황자의 호위에게 향했다. 그는 더 이상 숨을 쉬지 않았다. 그저 그에게서 흘러나온 피가 땅을 적시고 있을 뿐이었다. 그의 죽음을 확인한 오르도의 시선이 나를 향했다가 디온에게 향했다. 그의 표정에서 혼란스러움이 뚜렷이 보였다.

"무슨, 큭."

무어라 말을 하려던 오르도가 제 말을 삼키고는 약한 신음을 흘렸다. 생과 사를 오가는 싸움에서 상처를 입지 않았을 리가 없었다. 이제 와서야 오르도를 살필 수 있었다. 입고 있던 연회복 곳곳이 찢어져 있었다. 그 안에 상처가 있을 것은 굳이 들춰보지 않아도 알 수 있을 정도였다.

"우선 안으로 들어가시죠."

나와 정확히 같은 생각을 디온이 말했다. 좁은 골목에 널브러진 시체들. 흥건한 피. 하지만 우선은 산 자의 지혈이 시급했다. 우리는 여관으로 들어갔다.

공작이 묵는 여관답게 내부는 상당히 넓고 안락했다. 시종은 피투성이가 된 우리를 보곤 잔뜩 겁에 질렸다. 그를 같은 공간에 두고 말할 수 없다 생각한 모양인지 오르도가 그를 다른 방으로 내보냈다. 방 안에는 나와 오르도와 디온, 셋만이 앉아 있었다.

극심한 탈력감에 온몸의 힘이 다 빠져나가는 기분이었다. 며칠 간 나를 옭아맸던 긴장이 풀리자 옴짝달싹도 할 수 없을 것 같았 다.

그를, 오르도를 살렸다. 내 앞에서 오르도가 살아 숨 쉬고 있 었다.

자상이 남았지만 디온의 응급처치로 지혈까지 끝낸 상태였다. 디온은 오르도의 큰 상처를 어느 정도 손 보고, 자잘한 상처에 붕대를 감고 있었다.

일이 전부 마무리된 후 주변을 돌던 순찰대를 불렀다. 신분을 밝히고 고위 귀족의 목숨을 위협한 사건이라는, 그들이 벌벌 떨 만한 이유를 대며 현장 보존을 명했다. 내일 이른 아침에는 제도 의 수사대가 이곳으로 올 것이다.

오르도의 목숨을 노리는 게 1황자일 것이라는 내 예측은 정확 하게 빗나갔다. 아까 호위의 눈을 마주해 읽은 기억 속에서 오르 도의 목숨을 끊으라고 명령한 자는 황제였다. 내가 책에서 읽었 던 바에 의하면 1황자여야 하지만, 이능을 사용해 읽은 암살자의 진짜 주인은 황제였다. 그렇기에 지금 오르도를 살렸다고 해서 그 의 안전이 확실한 상황이 아니었다. 이제는 아무것도 확신할 수 없었다. 언제 어떤 위험이 그를 노리고 있을지 몰랐다.

호위들이 맥없이 쓰러진 것에 대해 문자 오르도가 멋쩍게 웃었 다. 지금 데리고 다니던 호위들은 최정예가 아니었다 이제 와서 고백했다. 그리고 지금 부른 자들은 정말로 실력이 뛰어난, 최고 의 기사들이라며 오르도는 우리를 안심시키려 했다.

공작가의 정예 호위가 올 때까지 우리는 이곳에서 기다리기로 했다. 공작가의 여타 호위보다 디온의 무위가 더 높은 것은 여기 있는 모두가 동의하고 있는 바이니.

나는 시선을 돌려 디온에게 물었다.

"죄송합니다. 제가 조금 더 빨리 왔어야 하는데⋯⋯, 일 처리가 이렇게 오래 걸릴지 몰랐습니다."

그 역시 미안했는지 오르도를 제대로 보지 못하고 있었다. 사실 디온의 잘못이 아니었다. 누구의 잘못도 아니었다. 침울한 디온의 얼굴을 보며 오르도와 내가 동시에 고개를 저었다.

"아니에요. 최대한 빨리 와준 거 알고 있어요."

"디온이 죄송할 건 없지. 이런 일이 벌어질 줄 누가 알기나 했을까?"

"저희가 예상하고 서신을 보냈습니다!"

오르도의 한마디에 디온이 언성을 높였다. 그의 얕은 대책이 디온의 심기를 건드린 모양이었다. 눈앞에서 제 핏줄의 죽음을 또다시 겪을 뻔했으니 당연한 반응이었다. 죽을 뻔한 위험을 겪고서도 그의 가벼운 태도에는 나 역시 눈살이 찌푸려졌다.

"그저 너희의 과한 기우라 생각했지. 내가 잘못했다. 다음엔 훨씬 더 철저하게 너희를 믿을게. 그나저나 아카데미 학생들은 다시 돌아가야 하는 것 아니야?"

우리에게 아카데미로 돌아가라는 듯 고갯짓을 하는 오르도를 디온이 흘겨봤다.

"말도 안 되는 소리 하지 마십시오! 호위도 목숨을 잃고 시종밖에 남지 않은 상황에서 어떻게 형님 혼자 둡니까?"

"내가 설마 그들만 데려왔을까?"

"예, 형님이라면 충분히 그러고도 남지요. 숨겨둔 호위가 한 명이라도 있었다면 형님이 몸소 싸울 리가 없지 않겠습니까?"

디온이 또다시 언성을 높였다. 어떻게든 우리를 들여보내려는 오르도의 태도가 마음에 들지 않은 것이 분명했다.

"너는 너무 나를 잘 알아서 탈이야. 아야야, 좀 살살 감아라."

디온의 손에 힘이 들어간 모양이었다. 오르도는 아프다는 듯 인상을 찌푸렸다

"벌이라고 생각하십시오."

"피를 나눈 동생이라는 자가 이리도 형을 괴롭히는 것을 좋아해서야."

붕대를 다 감은 후 디온이 오르도를 침대에 눕혔다. 괜찮다며 오르도가 기를 쓰고 저항했지만, 디온의 힘과 고집을 이길 수는 없었다.

결국 오르도는 얌전히 침대에 누웠고, 나와 디온은 그의 침대 맡에 앉았다. 무어라 할 말이 없었다. 방 안에 잠시간의 침묵이 흘렀다. 침대 위에서 몸을 뒤척이던 오르도가 고개를 돌려 나를 쳐다봤다.

"마벨."

그가 나를 불렀다. 그의 눈이 의문을 품고 있었다. 그가 무엇을 궁금해하는지 충분히 알 수 있었다. 그를 구하기 위해 내가 내 정체를 1황녀라 외친 것. 오르도는 그것에 대해 묻고 있었다.

밝히고 싶었다. 속 깊은 곳에서 그런 욕구가 올라왔다. 그에게 다시 내 정체를 밝히고 싶었다. 진실만을 말하고 싶었다. 그에게 더 이상 거짓말을 하고 싶지 않았다. 내 가족에게 나를 알리고 싶었다.

하지만 오르도는 목숨을 부지한 채 다시 제도로 돌아갈 것이고, 황가의 실세력들이 그를 노리고 있었다. 1황자뿐이 아니었다.

황제까지 그를 노리고 있었다. 언제 그들과 마주칠지 모르는데 오르도의 기억에 조금의 흠이라도 있어서는 안 된다. 나는 다시 오르도에게 거짓을 고해야 했다.

"그를 잠시라도 멈추게 하기 위해서는 마땅한 핑계를 댈 수밖에 없다고 생각했어요."

"제대로 잘 먹히긴 했다만……."

"오르도의 목숨을 구했으면 된 겁니다. 지금 그것보다 더 중요한 건 없어요."

나는 오르도가 하려는 말을 막았다. 무슨 말인지는 모르겠지만 내가 원치 않은 질문을 할 것은 알았다.

나는 단호하게 대답했다. 더 이상 말하고 싶지 않다는 무언의 표시였다. 부디 더 이상 묻지 말았으면 좋겠다. 더 이상 그에게 거짓을 고하고 싶지 않았다. 잠시 내 눈을 바라보던 그가 작게 한숨을 내쉬었다.

"그래, 네 뜻이 그렇다면야. 내가 더 이상 걱정하는 건 쓸데없는 참견이라 하겠지?"

"예."

"하나만 물어보자."

"대답할 수 있는 것이라면 대답하겠습니다."

"거짓이었냐, 진실이었냐?"

그가 물었다. 앞뒤 맥락 없는 뜬금없는 질문이었지만 나는 알 수 있었다. 그는 내게, 아까 나의 외침이 거짓인지 진실인지, 내가 1황녀인지 아닌지 묻고 있었다. 지금이 기회였다.

내가 1황녀를 알릴 수 있는 마지막 기회. 하지만, 나는 그를 살려야 했다. 그를 반역자의 공범으로 몰아넣을 수 없었다. 최대한 아무렇지 않은 표정을 지었다.

"거짓…… 이었습니다."

"그래."

꿰뚫어 보는 듯한 눈이 나를 바라봤다. 의미를 알 수 없는 눈빛이었다. 잠시간의 침묵이 맴돌았다.

오르도의 눈빛에 긴장감이 몰려왔다. 그는 언제나 장난기 어린 웃음을 짓지만 그 안에 예리함과 영민함을 갖고 있었다. 내가 굳이 1황녀인 것을 언급한 것을 그가 의아해하고 있을 수도 있었다. 그때 내게 보인 호위의 반응도 의심하려면 충분히 의심할 만했다. 게다가 그가 사온 팔찌의 색깔까지 생각이 미친다면 내가 1황녀란 것을 들킬 수도 있었다. 나는 쿵쿵 뛰는 심장을 숨기려고 애쓰며 그의 눈을 아무렇지 않은 척 마주했다.

"내 목숨을 위해 그런 위험한 거짓말을 하다니 고맙다. 하지만, 혹여라도 누군가가 들었다면 이제 목숨이 위험해지는 것은 마벨일 거야."

걱정이 담긴 어투였다. 그리고 따뜻함이 담긴 눈빛이었다. 알 수 있었다. 그가 내 말을 믿기로 마음먹었다는 것을.

오르도를 살리기 위해 꼭 해야만 하는 말이었다. 하지만 그의 말대로 누군가 들었다면 복잡해질 일인 것도 맞았다. 나는 디온에게 물었다.

"오는 길에 누가 있었나요?"

"아무도 보지 못했습니다만, 확신할 수는 없습니다."

"괜찮을 겁니다. 아니, 괜찮아요."

1황자는 돌아갔고, 주변에는 아무도 없었다. 아카데미 근처는 그러했다. 상권 자체가 아카데미 학생들을 위한 곳이다. 해가 지면 상점들은 문을 닫았고, 모두가 집으로 돌아갔다. 내 단호한 대답에 그가 작게 한숨을 내쉬었다. 한가득 걱정이 한숨에 묻어 나왔다.

"……그래, 믿을게. 근데 너희 진짜 안 들어갈 거야?"

"안이 아니라 못입니다. 최소한 다른 호위가 도착할 때까지는 있어야겠습니다. 무엇보다 근처에 형님을 노리는 자가 있을지도 모르는데 형님 근처에 제가 있는 것이 제일 안전합니다."

"이거 상황이 도무지 거절을 할 수가 없네. 디온에게 마벨을 데려다주라고……."

"안 돼요!"

"음?"

끝맺지도 못한 그의 말을 단호하게 잘라냈다. 갑자기 높아진 언성에 오르도가 당황한 표정으로 날 바라봤다.

"절대 안 돼요. 저도 내일 날이 밝고 순찰조가 돌아다닐 때 디온과 돌아가겠습니다."

"아니아니, 그렇게 말하려고 했는데 안 되겠다는 말을 하려고 했어."

"아……."

갑자기 민망함이 밀려왔다. 말을 잇지 못하고 가만히 있는 내 모습에 오르도가 웃었다.

"엄청난 걱정이었어, 마벨. 내가 철 좀 들었다 생각했는데 내 착각이었던 모양이야. 이렇게 두 동생의, 아야야."

잠시간 우리를 번갈아 보던 오르도가 우릴 향해 팔을 뻗다가 신음을 토했다. 껴안으려 했던 것이 분명했다. 하지만 그는 제 어깨를 감싸며 이내 다시 드러누웠다. 인상을 찌푸리며 아픔을 호소하는 그에게 디온이 언성을 높였다.

"철 좀 들으십시오!"

다시 눕는 그를 보며 디온이 큰 한숨을 내쉬었다. 형과 아우가 바뀐 모습이었다. 투닥거리는 그들을 보자니 다시 일상으로 돌아온 것만 같았다.

날이 밝았다. 언제 잠들었는지도 모를 내 위로 담요가 덮여 있었다. 새벽이 깊어지며 점점 긴장이 풀리자 나도 모르게 잠이 든 모양이었다. 방 안에는 오르도가 한껏 긴장한 채 자리를 지키고 있었다. 시계를 확인하니 새벽 6시가 넘어가고 있었다. 조금 더 있으면 사람들의 본격적으로 활동할 시간이었다.

자리에서 일어나 디온과 짧은 인사를 나누고 대충 세수만 하고 나왔다. 황성에서 보낸 사람들과 마주치기 전에 돌아가야 했다.

"저는 이만 가볼게요. 디온은 여기 있어요."

갑작스러운 내 말에 디온이 따라나서려다가 오르도에게 닿는 내 시선을 읽고는 그 자리에 멈춰 섰다. 내가 움직이는 소리에 깼는지 오르도가 조금 잠긴 목소리로 물어왔다.

"돌아가는 거야?"

"예. 황가에서 사람들이 오기 전에 돌아가는 것이 좋을 것 같습니다."

"아카데미 측에는 내가 알아서 말을 전해놓으마. 가족에게 큰일이 생겨 나온 건데, 설마 뭐라고 할까."

"아니요, 말하지 마세요. 저희는 아카데미 밖으로 나오지 않은 것으로 하겠습니다."

"하지만 그러다 잘못하면 의심을 받을 수도 있습니다. 저만 정문으로 들어가죠. 마벨이 황가와 엮여서 좋을 것이 없으니까요."

내 대답에 디온이 반박했다. 하긴, 그의 말이 맞았다. 나는 황가에서 보낸 수사대와 마주치지 않을 심산이었다. 마벨 자체를 이 사건과의 연관성에서 지우는 것이 좋았다.

내 말을 알아들은 모양인지 디온이 조금 더 나은 방법을 제시했다. 호위를 둘이나 죽일 정도의 실력자에게서 오르도 혼자 목숨을 구했다. 그것도 모자라 그를 죽이기까지 했다고 하면 의문을 가질 사람이 분명 있을 것이다. 하지만 거기에 디온이 함께 있었다고 한다면 의심받지 않을 터였다. 아무래도 수사대가 오기 전에 여관 주인과 정찰대를 만나 내가 그곳에 있었다는 기억을 지워야 할 것 같았다.

우리의 대화에 오르도가 의아한 표정을 지었다.

"왜?"

이해할 수 없다는 어조였다. 그래, 그럴 수밖에 없었다. 평민이 황가와 엮이는 게 일어나선 안 되는 일은 아니었다. 어차피 나는 세그다드가와 엮여 있었고, 그들의 후원을 받는 평민이었다. 황가와 조금 엮인다 한들 문제될 일은 없었다.

하지만 내가 1황녀임을 잊어버린 오르도의 의문은 당연한 것이었다.

"왜라니……."

그의 질문에 무슨 소리냐는 표정으로 디온이 반박하려다가 입을 다물었다. 그래. 디온은 내가 오르도의 기억을 바꿨다는 사실을 모른다. 아니, 내 이능이 무엇인지를 모른다. 디온이 반박하려던 말을 멈추고는 잠시 나를 빤히 바라봤다. 아까부터 나와 오르도의 대화 중간중간마다 조금씩 멈칫했던 그였다. 그의 안에서 무언가 정리하고 있는 것이 분명했다.

나는 그의 눈을 똑바로 쳐다보기가 힘들었다. 디온은 스스로 생각하고 있을 것이고, 영리한 그는 내가 저지른 일이 무엇인지에 대해 차곡차곡 다가가고 있을 것이 분명하기에. 나는 디온이 더 이상 더 깊이 생각하는 것을 방해하기 위해 재빨리 다음 말을 내뱉었다. 그가 아무것도 모르길 간절히 바라며.

"아무래도 곧 황가 사람들과 정찰조가 올 것 같군요. 평민이 교칙을 어기는 것과 귀족이 교칙을 어기는 것은 엄연히 다르니까요. 더불어 제가 1황자 호위의 뒤를 따라 나와 오르도를 구한 것을 알게 된다면 별로 좋을 건 없을 것 같아서요. 오르도를 구하게 된 경위에 대해 황가에서 믿을 것 같지도 않고요."

디온과 오르도 모두를 속여야 했다. 디온에게 오르도의 기억을 바꾼 걸 들켜서는 안 되고, 오르도에게는 내가 1황녀인 걸 들켜서는 안 된다.

"1황자의 호위가 오르도를 따라가는 것을 우연히 발견했을 뿐인데 말이죠."

더불어 내가 오르도를 구하게 된 것마저 우연으로 치부했다.

"……그렇지. 그 우연 덕분에 내가 살았고 말이야."

일단 수긍은 했지만 무언가 꺼림칙한 게 남은 모양인지 오르도는 미간을 좁히고 골똘히 생각에 잠겼다. 그의 생각이 더 깊어지기 전에 얼른 이 자리를 떠야 했다.

"저는 그럼 이만 들어가겠습니다."

"데려다주지 않아도 괜찮겠습니까?"

"지금 그들이 노리는 건 제가 아니라 형님이잖아요. 괜찮아요. 해도 밝았고 아카데미도 가깝고. 무엇보다 황가의 수사대와 제국의 정찰조를 마주치는 것보다 혼자 가는 게 훨씬 나아요."

내 말에 납득한 모양인지 디온이 고개를 끄덕였다. 평소라면 나를 데려다주겠노라 고집을 피울 그였지만 하나밖에 남지 않은 가족이 죽음 직전에서 살아나는 것을 눈으로 본 상태였다. 그가 제 형을 우선시하는 것은 당연했다. 그가 내게 고개를 숙였다.

"부디 조심해서 들어가십시오."

배웅하기 위해 숙였다가 다시 고개를 든 그의 얼굴에는 골똘히 고민하는 기색이 역력했다. 괜스레 불안해지는 생각을 떨쳐 내기 위해 빨리 발걸음을 뗐다.

"아, 마벨. 팔찌 색깔 다르다고 너무 서운해하지 말고! 내 탓 아니니까!"

여관 문을 열고 나오는 내 등 뒤로 오르도가 소리쳤다. 피식 웃음이 나왔다. 끝까지 쓸데없는 걱정이었다. 그와 동시에 안도감이 밀려왔다. 오르도를 살렸다.

여관 밖에서는 해가 뜨고 있었다. 완전한 아침만큼 그리 밝지는 않았지만 집에 하나둘 불이 켜져 있었고, 순찰조가 돌아다니고 있었다. 여관에서 아카데미로 가는 길은 가까웠고 아카데미 안은 더더욱 안전했다.

나는 먼저 오르도의 시종과 여관 주인, 그리고 여관 밖 골목을 지키고 있는 정찰대의 눈을 마주쳐 나를 봤던 기억을 지워냈다. 이제 간밤에 내가 여기에 있었다는 것을 아는 자는 디온과 오르도를 제외하곤 아무도 없었다.

비밀 통로를 통해 들어간 아카데미는 쥐 죽은 듯 조용했다. 올해는 축제 다음 날은 수업이 없었다. 원래대로라면 낙제생만큼은 수업을 들어야 했지만 이백주년이라 그들을 위한 수업 역시 며칠 뒤로 미뤄진 상태였다.

학생들은 축제라고 밤새 놀고 뻗은 모양인지, 이른 시간인 지금 밖에 나와 있는 자는 거의 없었다. 기숙사로 가는 길에 마주친 학생은 두 명, 그들의 기억은 전부 지웠다.

고작 하루, 아니, 하루도 되지 않는 시간이 너무 길었다. 디온이 돌아올 때까지 모든 것이 끝난 것은 아니겠지만, 그래도 오르도는 무사할 것이다. 공작가의 호위들이 올 때까지 디온이 있다면 괜찮을 것이다.

황가의 수사대가 무슨 일이라도 저지르지 않을까 생각해 봤지만 아닐 것이라 결론 내렸다. 황제는 저를 표면에 드러내지 않고 오르도를 처리하기를 원했다.

오르도를 노린 자객은 1황자의 호위가 맞았다. 표면적으로는 그랬다. 그러나 이능을 사용했을 때 알게 된 정보는 다른 것이었다. 그는 황제의 명으로 1황자를 호위하고 있었다. 1황자마저 속인 채. 그것이 원작에서 1황자의 호위로 서술된 것이었다. 그 짧은 묘사가, 숨겨진 뒷이야기를 전부 감추고 있었다.

오르도를 노리는 것은 황제다. 즉, 오르도가 마농에 가서 얻은 정보도 황제에 관한 것임이 분명했다. 황가가 마술사와 추가적으로 체결한 계약은 두 개. 하나는 나를 죽이기 위한, 그리고 실패하자 아델라이네의 팔에 돌아간 반동. 그리고 다른 하나.

쉬얌이 이야기한 마농 변방의 대학살. 마술사와 소르트의 황가를 연결 짓던 쉬얌의 기억. 쉬얌의 말만 들었다면 아니라고 생각할 수도 있었다. 하지만 오르도가 마농에 다녀왔다. 그리고 쉬얌의 말이 사실임을 알려줬다. 그리고 그는 황가의 대물림을 언급했다. 이제는 확신할 수 있었다. 황제, 황제가 마술사와 계약하고 있었다.

그렇다면 황제와 1황자는 한편인가? 황제는 1황자가 마술사와 계약한 사실을 알고 있는가? 그럴 수도 있지만 아닐 수도 있었다. 블레로의 길드장이 내게 말한 것은 또 다른 황족이 마술사와 계약했다는 것이지, 그 마술사가 네르아테안인지는 말하지 않았다.

머리가 지끈거렸다. 마술사와 황가의 조합은 상당히 골치 아프다. 지금이야 여신의 힘이 마신보다 크다지만, 봉인되기 전 원래 마신의 힘은 여신의 힘과 비등한 수준이었다 한다.

그런 어마어마한 마신의 힘을 봉인한 건 신전들뿐만 아니라 황가에서 도움을 주었기에 가능한 것도 있었다. 하지만 그런 황가가 여신의 손을 놓고 마신의 추종자와 손을 잡는다면 사태는 어떻게 진행될지 알 수 없었다.

황제가 무엇을 하려는지는 모르겠지만 마농 변방의 사람들을 학살한 것이 마술과 관련된 것이라면 상당히 골치 아플 게 분명했다. 그는 학살당한 사람만큼의 제물을 바쳐 마신의 힘을 손에 넣었을 것이 분명하니.

그렇다면 황제가 바라는 것은? 오르도가 알아낸 것이 진실이라면, 황제는 권력을 원하는 것이다. 황제가 가질 수 있는 힘보다 더 큰 권력을.

내가 할 일은 하나였다. 그가 더 큰 힘을 손에 넣기 전에 그를 없애는 것. 다른 사람들의 생명이나 다른 사람들의 안위 따위 내 알 바 아니었다. 그저 황제를 황좌에서 끌어내리고 소르트, 황가를 멸문시키는 것. 그 목표에 하나가 더 추가됐다. 더 이상 세그다드가를 노리도록 가만히 내버려 두지 않는 것.

황제가 무엇을 원해서 무슨 짓을 했는지 추측했지만 확실한 것이 아니었다. 내가 움직이기에 아카데미는 한정된 공간이었다. 곧 발표될 시험 결과에 따라 내 계획도 달라질 것이다.

나는 소파에 앉아 디온을 기다렸다. 시간이 꽤 지났는지 밖에는 아까 들리지 않던 학생들의 대화 소리가 들려오고 있었다. 늦장을 부리지 않은 이상 공작가의 호위도, 황성의 수사대도 도착할 시간이었다.

때맞춰 문이 열렸다. 디온이었다.

"오르도는요?"

나는 반사적으로 그에게 물었다. 그는 피곤한 듯 흐트러진 머리를 쓸어 올리며 대답했다.

"공작가의 호위가 도착해 형님을 맡기고 왔습니다. 황가에서 저를 붙잡으려 하는 걸 형님 덕분에 뿌리치고 돌아올 수 있었습니다."

오르도다운 처신이었다. 골치 아픈 취조에 동생을 끌어들이고 싶지 않은 것이 분명했다.

"무사하겠죠?"

"예, 도착한 호위들은 저도 인정하는 자들입니다. 도대체 미농에 왜 그들을 데리고 가지 않은 것인지 이해가 되지 않을 정도로 실력자들이니 걱정하지 않으셔도 됩니다."

그가 소파에 앉으며 말했다. 검술로는 누구에게도 뒤지지 않을 디온이 실력을 검증한 자들이라니 안심이 됐다.

오르도는 축제 당일에 죽는다는 것이 원작에서의 서술이었다. 그러나 오르도는 그날 죽음을 맞지 않았다. 이제 공작저에서 오르도가 무사하다는 서신만 받으면 우선 안심이 될 것 같았다. 적어도 공작저에 돌아가면 이곳보다는 훨씬 안전할 터이니.

안도의 한숨을 내쉬며 소파에 깊게 몸을 묻었다. 디온도 그렇고 나도 그렇고 얼굴에 피곤한 기색이 역력했다. 움직이기 싫을 정도로. 이대로 아무 생각도 하고 싶지 않았다.

흘끔 디온을 바라봤다. 내 안에 조금 자리한 안도감과 달리 그의 얼굴에는 근심이 서려 있었다. 오르도가 산 것을 제 눈으로 확인했음에도 무언가 불안한 것이 남은 모양이었다. 디온이 시선을 옮겨 나를 바라봤다.

그의 초록색 눈을 마주쳤다. 아, 그를 보고 있자니 오르도가 전해달라 건네준 팔찌가 생각났다. 그와 같은 색을 담은 팔찌를 디온에게 건넸다.

"아, 이거 오르도가 준 거예요. 마농에서 사온 가족의 징표래요. 아까는 경황이 없어서 못 전해줬어요."

"감사합니다."

디온이 받아서는 품에 넣었다. 그의 시선이 같이 딸려 나온 내 팔찌에 닿아 있었다. 그는 말없이 내가 들고 있는 팔찌를 응시했다.

"마벨의 색이군요."

"네?"

갑작스러운 그의 말에 나는 반문했다. 이상한 긴장감이 들었다. 그래, 잘 알던 자가 갑자기 묘한 행동을 보일 때 드는 긴장감이었다. 오르도를 살리고 그가 내게 보일 것이라 예상했던 반응과 너무 판이한 반응이었다.

알 수 없는 표정으로 그가 말을 이었다.

"형님이 주신 팔찌 말입니다."

"아, 네."

무슨 말을 하려는 걸까? 설마 아니겠지. 떠오르는 모든 가능성을 내리눌렀다. 눈을 들어 바라본 디온은 내가 알던 그와 너무나도 달랐다. 내가 알던 디온은 나와 대화할 때 항상 눈을 마주치고 이야기를 했다. 하지만 지금 그는 내 눈을 마주치지 않고 있었다. 무언가 골몰히 생각하는 듯 시선을 내 팔찌에 두고 있었다.

우리 사이에 정적이 흘렀다. 평소의 편한 정적과는 전혀 다른 정적이었다. 이 공기를 짓누르는 듯한 정적은 내 숨까지 틀어막고 있었다. 그가 이런 모습을 보이는 이유를 알 수 없었지만, 그것만은 아니었으면 하는 이유가 있었다. 조금씩 불안해졌다.

'그것만은 아니었으면, 내가 오르도의 기억을⋯⋯.'

"형님이 마벨을 알지 못합니다."

디온의 한마디가 내 상념을 파고들었다. 심장이 땅 끝으로 떨어지는 기분이었다. 부디 그것만은 아니었으면 하는 말을 그가 입을 열어 뱉었다. 내 팔찌에 시선을 두던 그가 고개를 들어 나와 눈을 마주했다. 더는 그의 눈을 마주하고 있을 자신이 없었다. 눈을 감고 싶었다. 하지만 감을 수조차 없었다.

나는 몇 차례 입을 벙긋거렸지만, 아무 말도 할 수 없었다. 디온의 말에는 오류가 있었다. 오늘 아침, 오르도와 헤어지기 전까지도 그는 나를 알고 있었다. 하지만 나는 그가 하는 말이 무슨 말인지 정확하게 이해할 수 있었다. 그의 말이 맞았다. 오르도는 나를, 진짜 나를 모른다.

애써 태연한 척 표정을 가장했다. 아니, 하려 했다. 하지만 나를 옥죄어오는, 진실을 파헤치고자 날카롭게 훑어 내리는 그의 눈빛이 너무나도 생소해서 태연한 척할 수가 없었다. 항상 온기만을 담았던 그의 눈빛이 변해 있었다. 온기가 전부 사라지지는 않았지만, 나를 향하는 그의 눈에는 온기를 제외한 다른 것이 감겨 있었다. 그래, 가령 의심과 같은 것이.

여기서 한마디라도 한다면 내 목소리가 얼마나 흔들릴지 알고 있었다. 나는 아무 말도, 아무 행동도 취하지 못한 채 그를 바라볼 수밖에 없었다.

디온이 입을 열었다. 그 짧은 순간이 너무나도 길게 느껴졌다. 다음에는 어떤 말이 나올지, 이 말이 끝나고는 또 어떤 말이 나올지. 나는 그것이 너무나도 두려웠다.

"형님은 어제 연회장에서는 마벨을 알고 계셨습니다. 하지만 제가 잠시 자리를 뜨고 난 후부터 마벨을 모르는 것처럼 행동하십니다."

아니라고 말해야 하는데, 그 말을 하는 내 표정을 내가 자신할 수가 없어서 입을 열 수가 없었다. 디온이 굳은 눈으로 나를 바라보고 있었다. 그 어조가 담담해서 더더욱 심장이 아파왔다. 그의 말 한마디 한마디가 밧줄이 되어 내 심장을 옭아매는 것 같았다.

"형님은 마벨을 알고 있었습니다. 그것이 세그다드가 형제가 공유하는 비밀이었습니다."

"오르도에게……."

내가 1황녀라는 사실을 말했어요? 뒷말을 이을 수 없었다. 목이 콱 틀어 막혀 소리가 나오지 않았다. 디온에게만은 이능을 사용하고 싶지 않았다. 하지만 지금 그 이능을 사용해야 했다.

그의 기억을 읽었다. 그나마 다행이었다. 디온은 오르도에게 내 신분을 밝히지 않았다. 하지만 오르도가 나를 완전한 평민 소년이라고 말할 때마다 그가 무언가 말하려다 집어삼키는 것을 알 수 있었다.

"하지만 이제는 아닙니다. 그것은 어느새 저와 마벨만의 비밀이 되었습니다. 형님은 마벨을, 갈색의 머리카락에 짙은 푸른 눈동자를 가진 평민 소년이라고만 알고 있습니다."

담담했다. 표정도 담담하고, 어조도 담담했다. 그것이 더더욱 무서웠다. 그가 나에 대해, 내 본성에 대해 전부 알고 포기한 것만 같아 그것이 두려웠다.

디온은 눈을 감았다가 떴다.

"저는 이것이 마벨의 의도라고 생각하는데, 맞습니까?"

우리 사이에 침묵이 자리했다. 조금 전의 담담했던 목소리와는 달리 지금 그의 목소리는 미미하게 떨리고 있었다. 스스로 질문하면서도 그 내용을 믿고 싶지 않다는 듯.

아무 말도 할 수 없었다. 아니라고 해야 하는데, 무언가를 말하려 입을 열수록 극명하게 떨릴 내 목소리가 뚜렷하게 들려 입을 닫았다. 그렇게 입을 꾹 다문 채로 시간이 지났다. 몇 초인지, 아니, 몇 분인지 셀 수도 없었다. 말이 목에 걸려 나오지 않았다.

"제발, 제발 제게 거짓을 고하지 말아주십시오."

차분하던 디온의 표정이 무너져 내렸다. 더 이상 담담한 목소리가 아니었다. 그의 말끝이 떨리고 있었다. 아아, 알 수 있었다. 그가 이곳까지 오는 동안 마음속으로 얼마나 나에 대한 정의를 몇 번이나 세우고 무너뜨렸을지. 그는 내게 부탁하고 있었다. 아니, 내게 진실을 갈구하고 있었다.

무너져 내리는 그를 보고 나는 더 이상 거짓을 말할 수 없었다. 눈을 감았다. 그의 표정을 보고는 도무지 답할 수 없는 진실을 토해냈다.

"네, 맞아요."

"그……."

이제 말을 입 밖으로 내뱉지 못하는 자는 디온이었다. 몇 번이나 입을 열었다 닫았다 반복하던 디온이 손바닥으로 얼굴을 쓸어내렸다. 조금은 안정된 표정이었다.

"황가의 이능, 맞습니까?"

"네, 맞아요."

디온은 똑똑한 자였다. 예리하고 섬세한 자였다. 디온의 그런 섬세함에, 그리고 나를 향한 따뜻함에 몇 번이나 구원받았는지 모른다. 그러나 지금 나를 향했던 그의 섬세함이 이제는 내게 불리하게 작용되고 있었다. 그 섬세함은, 그리고 따뜻함은 그의 형이자 그의 유일한 혈육인 오르도에게도 작용되고 있었다. 그렇기에 그가 우리의 대화를 통해서, 그리고 오르도와 대화를 했을 때 알아낼 수 있었겠지.

"어떤 이능인지, 말하지 않을, 겁니까?"

그의 말이 조금씩 뚝뚝 끊겨 나왔다. 어떤 말을 할지 그 안에서 고르고 있음이 틀림없었다. 진실을 알고 싶은 조급함에, 그리고 다가갈 진실에 대한 불안함에 그의 목소리가 떨리고 있었다. 말을 해야 한다. 말을 해야 하는 상황이다. 사실 그는 무슨 이능인지 알아챘을 가능성이 높았다.

하지만 내가 내 입으로 이능이 무엇인지 말한다면, 그렇다면, 내가 그의 기억을 바꾼 것은 어떻게 설명을……. 생각이 끊긴다. 녹슨 톱니바퀴처럼 삐걱거리고 있었다.

디온이 다시 한 번 거칠게 마른세수를 했다. 초조함이 극에 달한 것이 보였다. 언제나 내 앞에서는 온화하고 평온하던 그가 흔들리고 있었다. 무너져 내리고 있었다. 어느새 그의 목소리가 커져 있었다.

"제발, 마벨. 벤지안스, 황녀 전하. 제발."

디온이 내게 애원하고 있었다. 평소라면 절대 부르지 않을 내 이름을 부르며, 내 지위를 언급하며, 내게 매달리고 있었다. 그가 내뱉는 단어 하나하나에 내 몸에 도는 혈관이 모두 식어버리는 기분이 들었다.

내가 여기서 거짓을 고하는 순간, 그는 내게서 등을 돌릴 것이다. 하지만 진실을 고해도······.

그가 고개를 들어 나를 쳐다봤다. 온기. 아직 온기가 남아 있었다. 아아, 정말 그를 볼 낯이 없었다. 나는 다시 눈을 감았다. 그래야 말이 입 밖으로 나올 것 같아서.

"기억을 바꿀 수 있어요."

"모든 황족이 그렇습니까?"

그가 흔들리는 목소리로 물었다.

"아니요."

"그런데 어째서 형님의 기억을······? 그럼 황가는 기억을 읽을 수도 있는 겁니까?"

"네."

"그럼 기억을 바꾸는 것은 황녀님만이 가능한 것입니까?"

"네."

디온은 점점 진실에 다가가고 있었다. 한 걸음 한 걸음, 내가 그리도 숨기고 싶어 했던 진실에 다가가고 있었다.

"그렇다면, 제 기억도 바꾼 겁니까?"

다짐하듯 눈을 감았다 뜬 그가 내게 물었다. 그의 목소리가 흔들리고 있었다. 그가, 내게 절대 물어서는 안 될 질문을 던졌다.

나는 무심코 눈을 뜰 수밖에 없었다. 그의 질문에 말문이 막혔다. 아무 말도 할 수 없었다. 어떻게 해야 하지? 솔직하게 대답해야 하는 건가? 아니, 대답해서는 안 돼. 하지만 대답하지 않으면, 그는 나를 떠날 거야. 아니, 대답해도 그는 떠날 거야. 아아, 깨달았다. 내가 어떤 대답을 하더라도 그는 내게서 등을 돌릴 것이 분명했다.

그의 기억을 바꿨다고 고백한다면? 그렇다면 그는 뭐라고 할까? 생각하지 않아도 뻔했다. 어떤 기억을 바꾸었냐고 물을 것이다. 그렇다면 나는, 그에게, 어떻게 대답을……. 그에게 할 수 있는 대답이 없었다.

디르케온이 벤지안스를 사랑하도록 당신의 기억을 조작했어요.

한 문장의 진실. 그가 원하는 진실. 그리도 간단하고 간단한 진실을 그에게 말할 수가 없었다. 그가 나에게 이리도 헌신적이고, 따뜻하고, 맹목적인 그 근간을 내가 만들어냈다는 것을 내 입으로 고할 수가 없었다.

"벤지안스님."

디온이 나를 불렀다. 마벨이라는 만들어진 이름이 아니었다. 디온은 황녀를 부르며 대답을 재촉하고 있었다.

고개를 들어 그의 눈을 바라봤다. 아아, 깨달았다. 그가 나를 어떤 사람으로 정의 내렸는지 모르겠지만, 그는 아직까지도, 이 지경이 될 때까지도 나를 믿고 있었다. 바람 앞의 촛불처럼 위태위태하고 아슬아슬한 신뢰였지만, 그는 여전히 나를 제 안에서 들어내지 않았다.

나를 향한 끝없는 사랑을 다시 한 번 확인하자 돌덩이와 같은 감정이 나를 찍어 눌렀다. 디온의 감정을 함부로 농락한 데에 대

한 후회와 이런 상황을 만든 스스로에 대한 끝없는 혐오가 밀려왔다

말을 해야 하나? 그의 신뢰에 답을 해야 하나? 나는 한참 동안 긍정도, 부정도 하지 않은 채 입을 다물고 있었다. 나를 바라보던 그가 눈을 감았다.

"대답은, 제 마음대로 생각하겠습니다. 황녀님이 그것을 바랐다고 믿겠습니다."

단호한 답이었다. 오랜 침묵의 고통이 나를 파먹었듯, 그 역시 파먹었을 것이다. 그리고 그는 더 이상 그것을 견디지 못했다.

그가 내게서 한 발 물러났다. 이제야 그의 표정이 어떤 의미인지 알 수 있었다. 체념. 긍정도, 부정도 아닌, 나의 반응에 대한 체념. 나란 사람에 대한 체념. 나를 향했던 그의 신뢰에 대한 체념.

아니에요. 아니라고 말하고 싶었다. 하지만 여전히 나는 벙어리였다. 나는, 아무리 그래도 나는, 그가 원하는 대답을 할 각오가 되어 있지 않았다. 그가 나를 사랑하도록 만들었다는 말만은 도무지 내 입 밖으로 내뱉을 수가 없었다.

디온이 등을 돌렸다. 언제나 믿음직스럽던 그의 등이 이제는 내게 넘어오지 말아라 경고하는 벽 같았다. 그가 한 걸음 내디뎠다. 나와 한 걸음 멀어졌다.

"디온!"

뒤돌아 있는 그의 손을 잡았다. 반사적인 행동이었다. 그가 내게서 멀어지는 것을 내 눈으로 확인한 순간, 나도 모르게 한 행동이었다. 그저 내게서 멀어지지 않았으면 하는 단 하나의 간절함에서 나온 행동이었다.

그가 등을 돌려 나를 바라봤다. 그의 눈을 마주친 순간, 나는 움직일 수가 없었다. 극도의 피곤함, 극도의 지침 속에 그가 입은 상처가 너무 처절하게 보였다. 난도당한 자의 아픔을 호소하며 나를 바라보고 있었다. 그는 울고 있지 않았지만, 내 눈엔 그가 울고 있는 것처럼 보였다.

여전히 잡은 그의 손은 따뜻했지만, 내가 느낄 수 있는 것은 따뜻함이 아니었다. 손이 덜덜 떨렸다. 하지만 이 와중에도 제발, 제발 이 손을 놓지 않았으면. 제발, 나를 떠나지 않았으면, 바라고 있었다.

"생각할 시간이, 필요합니다."

내가 듣고 싶지 않은 내용이었다. 그의 목소리는 마치 신음이라도 토해내는 것 같았다. 그의 온기가 내 손에서 빠져나갔다. 내가 잡고 있던 손을 그가 거두었다. 냉기가 순식간에 나를 휘감았다.

달칵, 방문이 닫히는 소리가 들렸다. 나는 그 자리에 주저앉았다. 그가 나를 떠났다. 구역질이 올라왔다.

4. 돋아나는 잎들

누군가가 방문을 노크했다.

'누구세요?'

대답은 없었다. 방문을 열었다. 문 앞에는 디온이 서 있었다.

'뭐 하고 계십니까? 수업 갈 시간입니다.'

그의 팔에는 신학 책이 들려 있었다. 무슨 일이지? 나는 멀뚱히 그 자리에 서 있었다. 디온이 내 손을 잡았다. 익숙한 온기였다. 그의 눈빛이 더 이상 차갑지 않았다.

나는 내 손을 잡은 그의 손을 확인하고 다시 시선을 올려 그의 얼굴을 봤다. 아니, 보려 했다. 그의 얼굴이 있어야 할 자리엔 아무것도 없었다.

'꺄아악!'

비명을 지르며 한 발 물러났다. 그런데도 그의 손은 여전히 내 손을 잡은 채였다. 아, 손. 고개를 숙였다. 그의 손만 잘려 있었다. 팔목까지 깔끔하게 잘려 나간 손이 내 손을 잡고 있었다. 화들짝 놀라 그 손을 뿌리쳤지만 그것은 그대로 올라와 내 목을 졸랐다.

어느새 디온의 얼굴이 눈앞에 다가와 있었다. 그는 더 이상 웃고 있지 않았다. 따뜻한 시선이 아니었다. 소름 끼치게 웃으며 그가 말했다.

'당신 역시 소르트의 핏줄입니다. 역겨운 위선자.'

헉, 숨을 들이켜며 눈을 떴다. 등이 땀투성이었다. 거칠게 숨을 몰아쉬며 주위를 확인했다. 꿈. 또 꿈이었다. 이것이 꿈이라는 것을 인식하고 나서야 제대로 숨을 쉴 수 있었다.

"하아……."

어느 정도 익숙해졌던 악몽이 이제는 그 지독함을 더하고 있었다. 삼 일째였다. 그래도 이전에는 깼다가 다시 눈을 감으면 잘 수는 있었다. 하지만 이제는 아니었다. 잠들면 같은 장면이 반복됐다. 그 장면은 결코 몇 번이나 다시 볼 수 있는 것이 아니었다. 결국 며칠째 새벽에 깨어나곤 했다.

그날 이후 디온은 내게 아무런 말도 걸지 않았다. 눈조차 마주치지 않았다. 나는 그에게 철저히 모르는 사람이었다.

"하아……."

다시 한 번 깊게 한숨을 내쉬었다. 그래. 원인은 나였다. 하지만 내가 그에게 먼저 다가갈 수조차 없는 일이었다. 나는 그저 기다려야 했다. 아니, 기다린다는 표현 자체가 옳지 않겠지. 그는 나를 떠났다. 과연 다시 돌아올까? 내게 예전과 같은 신뢰를 줄까?

"하하."

나는 이 순간에도 지독하게 이기적이었다. 그가 내게 돌아올지 돌아오지 않을지, 다시 그가 내 곁에 설지, 영영 떠나갈 것인지, 그것만을 생각하고 있었다.

나는 침대에서 일어났다. 이미 자기는 글렀다. 이렇게 깼으면 잘 수가 없었다. 책상 위에는 오르도의 서신이 놓여 있었다. 제도로 돌아간 후 그는 매일같이 자신이 무사함을 알려왔다. 아아, 그에게는 이 상황을 어떻게 설명해야 할까? 풀리지 않을 매듭이었다.

신학 수업이 끝났다. 오늘도 몇 시간 자지 못했고, 모자란 잠은 수업 시간에 조는 것으로 채웠다. 요즘의 일상이었다. 교실 밖으로 나가는 내 옆으로 쉬얌이 따라붙었다. 아델라이네는 이전만큼 가깝게 다가오지 않았다. 1황자 때문이었다. 인사하고, 대화하고 지내기는 했지만 이전만큼 공개직으로 가깝게 지낼 수는 없었다.

우리 둘이 여전히 교제 중이라는 소식이 1황자의 귀에 들어간다면 아델라이네는 무사하지 못할 것이다. 뿐만 아니라 나조차도. 그녀는 그것을 걱정하는 것이 분명했다.

쉬얌이 몇 마디 장난을 던지더니 성큼, 한 발자국 걸어 내 앞을 가로막았다. 그러고는 마치 무엇이라도 관찰하듯 내 얼굴을 살펴보았다.

"괜찮아? 너 지금 얼굴이 반쪽이야. 눈 아래가 검은데, 잠은 제대로 자긴 하는 거야?"

예상외의 걱정이었다.

"잘 만큼 자고, 먹을 만큼 먹습니다."

"아닌 것 같은데. 무슨 일……."

물론 사실은 아니었지만, 굳이 내 상태를 그에게 낱낱이 고하고 싶지는 않았다. 쉬얌이 뭐라고 한마디를 보태려는 순간, 내 옆으로 디온이 지나갔다. 그는 내게 시선조차 주지 않았다. 일부러 피하고 있었다. 그리고 나 역시 그를 온전히 바라볼 수가 없었다. 우리 곁을 휑하니 스쳐 지나가는 디온을 쉬얌이 빤히 바라보았다.

"너네 싸웠어?"

"아닙니다."

대답이 반사적으로 나왔다. 그와 나의 관계를 그 누구에게도 말하고 싶지 않았다. 하지만 아까 그의 행동을 보면 알 수밖에 없겠지. 쉬얌의 미간 주름이 더욱 짙어졌다. 정말로 걱정하고 있는 표정이었다. 그의 걱정이 조금은 의외였다.

"아니긴, 누가 봐도 알 만하게 행동해 놓고서는. 맨날 붙어 다니던 애들이 아는 척도 안 하는데 그거 모를 사람이 어디 있어? 너네 분위기가 흉흉해서 말을 못 걸 뿐이지 다들 짐작하고 있다고. 어때? 나 나름 한 상담하는데, 상담해 줄까?"

"쓸데없는 참견은 삼가주셨으면 좋겠네요."

나름의 호의겠지만 나는 더 이상 이것을 주제로 말하고 싶지 않았다. 생각조차 깊게 하고 싶지 않았다. 쉬얌이 내 기분을 알아차린 모양인지 작게 한숨을 내쉬었다.

"나도 딱히 참견하고 싶지는 않은데, 다들 나한테 물어본단 말이야."

"뭘 말입니까?"

"둘이 싸웠냐고."

"누가요?"

"학생회들부터 여기저기서."

"언제부터 내 생활에 그리도 관심이 많았다고 고작 이런 거 하나로 물어보고 말고 한답니까?"

"인기투표 1위가 할 말은 아닌 것 같은데? 어찌 됐건 알았어. 당사자가 말하고 싶지 않다는데 꼬치꼬치 묻는 건 내 전문 분야도 아니고. 그래도 웬만하면 빨리 화해해. 사이 좋아 보이던 둘이 떨어져 다니면 생각보다 시선이 계속 간단 말이지."

그는 손에 들고 있던 책을 한 번 던졌다가 받았다. 시선을 위로 잠시 향했다가 큼큼, 헛기침을 하고는 말을 이었다.

"그리고 그렇게 반쪽짜리 얼굴로 다니는 것도 보기에 딱히 편하지도 않다고."

나와 시선조차 마주치지 못하고 있었다. 의외의 표정이었다. 부끄러움? 아니, 천하의 쉬얌이 부끄러워할 리가.

"아니, 내가 할 말은 이게 아니었는데. 이거 말고, 수석을 노리고 있다고 예전에 말했던 것 같아서 확인했나 싶었는데, 왠지 이 상태면 확인도 안 했을 것 같은데?"

"발표됐습니까?"

그러고 보니 성적이 발표될 시기였다.

나는 걸음을 돌려 공지 게시판으로 향했다. 그 앞에는 공지를 확인하려는 학생들이 가득이었다. 그 무리를 뚫고 붙은 종이 앞으로 나갔다.

－1학년 수석 마벨 세그다드, 2학년 수석 스테라 세르펜스를 소르트 황제 폐하의 임시 보좌로 임명하는 바이다.

임시

마벨 세그다드－제국력 872년 11월 12-13일

스테라 세르펜스－제국력 872년 11월 16-17일

✠

　성적이 발표되고 삼 일이 지났다. 그 삼 일 동안 나와 디온 사이에는 단 한마디도 오가지 않았다. 우리는 서로를 피했다. 그에게 얼굴을 들고 말을 걸 용기가 없어서였다. 디온은 내게 어떤 감정으로 말을 걸지 않는 것일까? 묻지 않아도 짐작이 가능했다. 체념과 불신.

　디온은 나와 눈조차 마주치지 않았다. 가끔 그의 시선이 느껴지는 것도 같아 고개를 돌리면 그는 다른 곳을 바라보고 있을 뿐이었다. 그의 눈 안에 더 이상 내가 없다는 사실이 처절하게 나를 찢어댔다.

　학생회에서는 아무도 우리 둘에게 동시에 말을 걸지 않았다. 몇 번 우리 둘을 화해시키려는 시도가 보였지만 우리 둘 중 아무도 그것을 원하지 않았다.

　디온은 나에 대한 혐오로 내게 철저하게 등을 돌렸고, 나는 그런 그의 차가움을 더 이상 마주할 용기가 없었다. 그는 나와 오르도를 제외한 모두에게 냉정한 시선을 보내곤 했다. 센과 페른에게는 그보다는 조금 덜했지만, 그들에게조차 그렇게 섬세하고 따뜻한 시선을 주는 사람이 아니었다.

나는 디온의 시선이 내게 오는 순간 온기를 품는 것을 보며 몇 번이나 안심했었다. 그러나 이제 디온이 타인을 바라보는 그 시선으로 나를 볼 것이라는 사실을 견딜 수가 없었다.

삼 일이라는 시간은 빠르게 흘러 황제의 임시 보좌직을 수행해야 되는 날이 다가왔다. 일전에 디온은 내가 황성에 갈 때 호위를 자청한 적이 있었다. 그것이 지금 임시로 황성에 돌아갈 때를 말하는 것은 아니었지만, 왠지 그러면 나와 함께 황성에 갈 방법을 찾아내지 않았을까 하는 생각이 들었다. 아니, 분명 찾아냈을 것이다. 내가 거절하더라도. 그러다가 피식, 웃음이 나왔다. 아직도 드는 비현실적인 생각에 나온 자조적인 웃음이었다.

하지만 그는 내게 아무런 말도 걸지 않았고, 나는 황성에서 보낸 호위를 받아야 했다. 사이가 멀어지기 전엔 내가 황성에 들어가게 되면 어찌 될지 무던히도 걱정해 주던 그였는데, 결국 입성일이 다가올 때까지 그와는 아무 말도, 어떠한 행동도 할 수 없었다. 그것이 우리 사이를 확실하게 보여주는 것 같았다.

그래도 그나마 다행이었다. 그가 이능의 존재를 모르고 나를 따라나섰다면 정말 어찌할 수 없는 사태에 몰렸을 수도 있으니. 디온의 기억은 이미 한 번 바뀌었기에 더 이상 바꿀 수가 없었다.

즉, 디온이 내 정체에 대해 알고 있고 나의 모든 것에 대해 알고 있다는 것을 황가 사람들에게 들킬 수도 있다는 말이었다.

납득되는 이유를 듣지 않는 이상 그가 자청한 호위에서 물러날 리도 없었고 그것에 애를 먹었겠지. 어차피 그래봤자 일어나지도 않을 일이 되었지만.

나는 교복을 단정히 했다. 셔츠를 목까지 올리고 재킷의 단추를 바르게 잠궜다. 추워진 날씨에 장 속에 넣어뒀던 코트도 꺼냈다. 그렇게 입고 나니 황성에 출입할 만한 옷차림새로 보였다. 다시 한 번 제국 아카데미 교복의 위엄을 느꼈다.

기숙사를 벗어나 교문까지 가는 길에 쉬얌이 따라붙었다. 분명히 지금은 수업 시간일 텐데. 이제는 땡땡이치면서도 당당하게 활보하는 게 그다웠다.

"디르케온은?"

성적 발표 날 이후로 그는 한 번도 내게 디온에 대해 묻지 않았다. 하지만 황성 방문이 걱정이라도 된 모양이었다. 언제나 웃으며 내게 말을 거는 그였지만, 오랜만에 디온에 대해 질문을 던지는 그의 얼굴에는 더 이상 웃음이 없었다. 나는 별일 없다는 듯 대답했다.

"수업이 바쁜 모양이죠."

내 대답에 그의 표정이 조금 어두워졌다.

"너 정말 괜찮은 거야?"

"예."

"긍정인 게 더 무서워. 마음 같아선 내가 호위라도 해주고 싶은데, 내가 거길 갈 순 없으니까."

"바라지도 않았습니다."

"쏘아붙이는 거 보니까 또 괜찮은 것 같기도 하고. 어쨌든 잘 다녀와. 들키지 말고. 들키면 마벨뿐만 아니라 다 위험한 거 알지?"

평소처럼 받아치는 내 대답에 그제야 쉬얌이 표정을 조금 풀었다. 덧붙이는 말이 표면적으로는 제 무사를 걱정하는 듯하지만, 속뜻은 나를 걱정하는 것이었다. 그래도 그의 안에서 내가 여전히 조력자인 모양이었다.

"알고 있습니다."

"그리고, 돌아오면······."

그가 턱짓을 했다. 어느새 수업이 끝난 모양인지 건물 밖으로 디온이 나오고 있었다. 선명한 붉은 머리카락이 멀리서도 그가 디온이라는 것을 알려주었다. 마치 비밀 이야기라도 하듯 쉬얌이 목소리를 낮췄다.

"어떻게 좀 해봐라. 사랑싸움 그렇게 오래하는 거 아니다. 둘이 쌍으로 얼굴이 반쪽이 돼가는 걸 보고 있자니 일방적인 것도 아닌 것 같은데. 그만 좀 피 말리고 화해해."

이어지는 말은 별로 상대하고 싶은 내용이 아니었다. 알지도 못하면 가만히 계시지요. 쏘아붙이고 싶은 걸 삼키며 그의 말을 무시했다. 등을 돌려 황성에서 보낸 자들이 기다리는 교문으로 다가가는 내 뒤에서 그가 다시 한 번 크게 소리쳤다.

"잘 다녀와라! 무사히!"

누가 들으면 사지로 걸어가는 줄 알겠다. 물론 내게는 사지였지만.

운동장을 가로질러 아카네미의 정문에 서 있는 자들에게 다가갔다. 걸어가는 와중에 몇몇이 힐끔 나를 쳐다봤다. 지금 외출하는 자는 황제의 임시 보좌라는 것을 전교생이 알고 있었다. 나를 기다리고 있던 호위기사가 먼저 인사를 건넸다.

"오늘부터 이틀간 마벨님을 모시게 된 황실 직속 호위기사 올리비에입니다."

황성에서 일할 정도라면 분명 평민보다 지위가 높을 텐데 그는 평민인 내게 예를 다하고 있었다.

"잘 부탁드립니다."

"저 역시 이틀간 잘 부탁드립니다."

"고작 평민에게 그리 예를 차릴 필요 없습니다."

평민에게 예를 차리는 황실의 호위라. 혹여 괜한 불똥이 내게 튈 수도 있다 생각해 건넨 말이었다. 황제의 임시 보좌라지만 어찌 됐건 나는 지금 평민이고, 평민은 평민다운 대우를 받을 때 제일 무난하게 지낼 수 있었다. 내 말에 호위는 아무런 표정 변화 없이 답했다.

"황제 폐하의 명입니다."

아, 황제의 명. 그렇다면 이해가 갔다. 아무리 그래도 평민에게 예를 차리는 것이 그리 내키지는 않을 텐데 상당히 충직한 자인 모양이었다. 설마 황제의 직속 호위인가? 나는 그의 눈을 마주쳐 기억을 읽었다. 나에 대해 황제가 무어라 언급했는지를 보기 위함이었다. 내 안에서 황제는 나의 정체를 모른다고 잠정적으로 결론 내렸지만 확신은 아니었다. 황제는 마술사와 계약을 이행할 만큼 탐욕스러운 자였다. 이제 나도 그를 정의 내릴 수 없었다. 혹시 가는 길에 나를 사살할 수도 있었고, 그것이 아니라도 나에 대해 무언가 언질을 주었을 수도 있었다.

읽어낸 호위의 기억 속에서 내 이야기는 별로 없었다. 1황녀의 이야기도 별로 없었다. 말 그대로 이 호위는 나를 무사히 황성으로 데려오라는 명령을 받았을 뿐이었다. 그가 몸을 펴 황성으로 출발했고, 나는 그의 뒤를 따랐다. 드디어, 황성으로 다가설 차례였다.

아카데미 근처의 신전에서 호위는 황가의 인장을 보여주었고, 신녀는 일상과도 같은 인사를 하며 우리를 배웅했다. 제도의 신전에 도착할 줄 알던 이동진은 나를 황성 안으로 데려다주었다.

도착한 곳은 커다란 정원 앞이었다. '이곳이 로스티스 성입니다' 하는 호위의 설명을 듣고 그의 뒤를 따랐다. 커다란 분수와 웅장한 성체가 나를 맞이했다. 짙은 갈색의 몸체에 화려하게 금빛을 두른 조형물들이 빛을 받아 반짝였다. 황제가 거하는 곳이라고 할 만한 화려함이었다.

하지만 일일이 감상에 젖을 정신 상태가 아니었다. 여기서부터 본게임이다. 나는 정신을 바싹 차렸다. 디온을 잃은 만큼, 세그다드라는 가족을 잃은 만큼, 철저하게 저 화려함을, 그 안의 황제를, 더 나아가 황가를 무너뜨릴 것이다.

성 안으로 들어가 호위의 뒤를 따랐다. 수많은 방이 내 옆을 지나갔고, 수많은 조형물이, 그림들이 내 옆을 지나갔다. 이윽고 호위가 멈춰 섰다. 주변이 전부 트여 있었다. 붉은색이 섞인 짙은 갈색의 휘장 뒤에 하얀 벽. 곳곳에 장식된 황금색 조형물. 그리고 그 한가운데 제일 높은 곳에 황제가 앉아 있었다. 고개를 숙였다.

"소르트의 영광, 황제 폐하를 뵙습니다."

"그래, 왔는가? 고개를 들게. 이제 이틀간 가까운 곳에서 지낼 텐데 너무 어렵게 생각하지 말거라."

고개를 들었다. 여전히 인자한 낯짝이었다. 어찌 보면 1황자보다도 더 철저한 자였다. 그의 표정 어디에서도 더 많은 권력에 대한 욕심, 타국 변방의 국민들을 쳐 냈을 잔혹함이 보이지 않았다. 정말 그가 네르아테안과 계약을 한 자인지 의심될 정도였다.

나는 이 안에 들어설 때부터 내 안에 내린 암시를 계속 되뇌었다. 저자는 내가 존경하는 황제다. 내가 존경에 마지않는 제국의 황제다. 그렇게 되도 않는 암시를 해야지만 그에게 예를 표할 수 있을 것 같았다.

"제국의 하늘에 계신 분을 쉽게 생각하는 것이 더욱 어렵지 않겠습니까?"

"하하하, 맞는 말이네. 그래, 아카데미 생활은 평안하고?"

"덕분에 잘 지내고 있습니다. 제국의 아카데미가 편치 않으면 어떤 곳이 편하겠습니까."

내 대답에 기분이 좋은 듯 황제가 빙긋이 웃었다. 부드러운 웃음이었다. 마치 나에게 지극한 호감을 갖고 있는 듯한.

"요즘 아카데미에서는 황제의 기분을 좋게 할 수 있는 화술이라도 가르쳐 주나?"

"평민인 제가 제일 높은 곳에 다다를 수 있는 기회인데 이 기회를 허투루 보낼 수는 없는 노릇 아니겠습니까?"

"수석으로 입학하고, 시험에서도 수석을 해 이곳까지 온 자인데, 누가 그대를 저 아래에 두려고 할까?"

"감사합니다."

그는 내게 계속 호의적인 말을 던졌다. 오면서도 무던히 했던 걱정이 조금씩 작아질 정도였다. 그가 내가 반역자 1황녀인 것을 알고 부른 것이라면 어쩌지? 내가 오르도의 목숨을 살린 것에 연루되어 있다는 것을 안다면? 하지만 그 걱정들은 기우라고 여겨질 만큼 황제는 일관되게 내게 호의적이었다.

"며칠 전에 데비스를 만났다고 들었네."

"황태자 전하 말씀이십니까?"

그가 화제를 돌렸다. 아카데미에서의 연회 얘기였다.

"그래, 그가 결례를 저질렀다던데."

"결례라니요. 황태자 전하께서 평민에게 한 행동에 대한 단어 선택이 너무 과하십니다."

"결례는 결례지. 그대만 아니라 아델도 있었는데."

조금 언짢은 표정으로 그가 말했다. 황태자가 2황녀에게 한 행동은 나와의 교제를 중단하라는 협박이었다. 그것 말고는 없었다. 황제가 지금 그것을 언급하는 것인가? 아니면 혹 다른 일이라도 있는 것인가? 황태자가 무엇을 황제에게 고한 것인가?

"무엇을 말씀하시는지⋯⋯?"

"아델라이네와 만나지 말라고 데비스가 엄포를 두었다 들었네. 하지만 글쎄, 나는 다르게 생각하고 있어."

역시나 아델라이네와 나와의 교제에 대한 언급이었다. 그리고 표면적으로 그가 나를 이곳에 부른 이유이기도 했다. 그는 일전에 나와 2황녀, 제 딸인 아델라이네 사이의 교제를 허락한 적이 있었다.

"무슨 말씀이신지 정확하게 말씀해 주셨으면 합니다."

"아델과 계속 교제해도 좋다는 이야기네. 그대가 후에 대신관이 될 수도 있겠지만 아닐 수도 있지 않은가? 우리 아델은 그 누구를 데려와도 교제를 거부하던 아이네. 그런 아델이 선택한 자라면 나도 굳이 말릴 생각은 없어."

제 딸을 지극히 생각하는 진심이 느껴졌다. 그렇기에 더더욱 의심이 돌았다. 정말인가? 정말 황제가 아델라이네를 생각해서 나와의 교제를 찬성하는 것인가? 아니라면 도대체 그는 왜 나를 아델라이네의 곁에 두려고 하는 것인가? 아무리 생각해도 이유를 알 수 없었다. 혼란스러움을 애써 감추며 짧게 대답했다.

"⋯⋯감사합니다."

"표정이 좋지 않은데, 불만이라도 있는 건가?"

"아, 아닙니다. 그저 갑작스러워서⋯⋯."

"하하, 그럴 만도 하지. 아, 그리고 임시 보좌라 명을 하기는 했지만 사실 일을 시킬 생각은 없었네. 아델라이네의 부군으로 어울리는 자인지 시험해 봤을 뿐이야. 물론, 그렇다고 아무 일도 안 할 수는 없을 테니, 그저 하는 척만 하면 된다네."

이 말 역시 의외였다. 그가 2황녀, 아델라이네를 정말 사랑할 때 할 수 있는 이야기들이었다. 정말 그 외에는 아무런 의도가 없는 것인가?

"감사합니다."

"우선은 황성을 구경하겠나? 내가 안내하지."

"영광이옵니다, 폐하."

황제가 직접 나를 안내했다. 영광스러운 일이었다. 일반 평민이라면 그렇게 생각하고도 남을 일이었다. 하지만 나는 혼란스러웠다.

그는 내게 너무 큰 호의를 보여주고 있었다. 물론 딸의 부군이 될 수 있는 입장이고, 그가 나를 인정했다면 충분히 그럴 수도 있겠지만. 나는 그것을 온전히 믿을 수가 없었다.

황제는 먼저 집무실을 보여주겠다고 했다. 집무실로 가려면 가운데가 뻥 뚫린 계단을 내려가 사람 열은 지나갈 수 있는 통로를 지나야 했다. 정말 어마어마한 규모의 성이었다.

순간 황제가 멈춰 섰다. 뒤따르던 호위가 멈추고, 나 역시 멈췄다. 황제의 앞에 한 여자가 서 있었다.

사십대는 되어 보이는 중년의 여자였다. 높이 틀어 올린 머리에 화려한 장식이 들어가 있었다. 중년임에도 고운 피부, 목에 걸린 커다란 다이아몬드 목걸이, 몸을 감싼 고급진 원단의 풍성한 드레스. 한눈에도 높은 지위의 여자라는 것을 알 수 있었다.

황제의 앞에서도 꼿꼿하게 허리를 세우고 있을 수 있는 여인. 갈색 머리카락과 자수정빛 눈동자, 단번에 그녀가 누군지 알 수 있었다.

황후. 네르아테안에게 나의 죽음을 사주한 악독한 계집. 그러면서도 제 아들에게는 맹목적인 어미. 황후, 율란 소르트였다.

"높이 뜬 태양, 황제 폐하를 뵈옵니다."

"오오, 황후. 이곳에는 어쩐 일인가?"

"황제 폐하의 존안을 뵈올 겸 새로운 보좌관이 온다 하여 와 봤습니다."

"하하, 새로운 보좌라고 하기엔 아직 떠오르는 인재일 뿐이네."

황제의 답에 황후의 시선에 내게 향했다. 나는 허리를 숙였다. 그녀에겐 이능이 없지만 그녀가 나를 알아보지 못한다고 확신할 수 없었다. 어릴 때 유모 다음으로 가장 많이 마주친 자였다. 내게 어미인 척 다가왔었고, 그것이 나의 목숨을 더욱 쉽게 쥐락펴락하기 위함이었다는 걸 나중에야 알 수 있었다.

황후의 시선이 나를 훑는 것이 느껴졌다. 최대한 그녀의 시선에서 벗어나기 위해 몸을 숙였다.

"그 소년이 제국 아카데미의 수석인가요?"

이렇게 허리를 굽혀 인사를 할 때면 고개를 들라던 황제나 1황자와는 달리 그녀는 내게 아무런 말도 고하지 않았다. 나의 정체에 대해 물을 뿐이었다.

"그래. 어때, 총명해 보이지 않는가? 수석으로 입학해 이번 시험에서까지 수석을 따낸 자라네. 게다가 아카데미에서 최연소 학생이기까지 해. 우리 아델이 보는 눈이 있어."

"그 소년이 마벨인가요?"

"오, 이름도 아는가?"

"예, 황태자가 제 여동생을 어찌나 걱정하던지요. 아끼는 여동생이 평민과 결혼이라도 할까 걱정이 이만저만이 아니었어요."

"그래, 데비스의 걱정도 충분히 이해가 가."

숙인 고개 너머로 황후의 가식적인 목소리가 들려왔다. 황제에게 잘 보이기 위한 노력이 여기까지 뚜렷이 느껴졌다. 황태자의 행태를 모를 리가 없는데, 그녀는 황태자의 좋은 면만을 얘기하고 있었다. 황제는 그리 특별하지 않다는 듯 편하게 대꾸했고, 둘의 대화가 진행되는 동안 잠시간 내게서 거둬졌던 시선이 다시 나를 훑는 것이 느껴졌다. 분명 호의적인 시선이 아니었다. 무관심도 아니었다. 관찰도 아니었다. 의심. 몇 번이나 날카롭게 나를 훑는 그녀의 시선에는 의심에 더불어 뜻 모를 악의가 담겨 있었다.

무엇으로 인한 악의인가? 제국의 황후가 고작 공작가의 후원을 받는 평민에게 안 좋은 감정을 가질 리가 없다. 황후는 고작 평민에게는 아무런 관심도 두지 않는 여자였다. 악의도, 호의도 그 어떤 평가도. 하지만 그녀는 첫 만남에 내게 악의를 보이고 있었다. 도대체 어디서 기인한 악의지? 조금씩 불안해지기 시작했다.

숙이고 있지만 흘끔 바라본 시선에 그녀의 입이 보였다. 뜻 모를 미소가 그녀의 입술에 걸려 있었다. 묘한 승리감이 담겨 있었다. 황후가 입을 열어 나긋한 목소리로 황제에게 질문을 던졌다.

"그런데 이 소년, 어디선가 많이 본 듯한 얼굴이지 않습니까? 몇 년 전 황성에서 굉장히 자주 본 것 같은데요."

심장이 철렁 내려앉았다. 번쩍 고개를 들 뻔한 것을 가까스로 눌렀다. 황후가 허락을 내리지 않았다. 뿐만 아니라 지금 고개를 들어서 내 생김새를 보이는 건 좋지 못한 선택이었다.

심장이 쿵쿵 뛰기 시작했다. 과연 모르고 하는 말일까? 우연히 던진 한마디일까? 그녀가 닮았다고 하는 사람이 1황녀가 아닌 다른 사람일 수도 있지 않을까? 하지만 그렇다 하기에 방금 전 고개 숙였을 때 얼핏 보았던 황후의 미소가 거슬렸다. 그 미소는 무언가를 알고 있는 자의 표정이었다.

"황후, 오늘 들어온 평민 소년이 누구를 닮았다는 말인가? 말도 안 되는 말을 할 거면 물러나게."

"하나, 폐하. 자세히 보십시오. 누구를 닮았는지 말하면 저뿐만 아니라 폐하께서도 그리 생각하실 겁니다. 아마 황성의 그 누구도 상상도 하지 못한 사람일 겁니다."

목소리에 웃음기가 담겨 있었다. 알 수 있었다. 황후는 확실하게 의심하고 있었다. 내가 육 년 전 반역죄로 화형당한 1황녀라는 것을.

어떻게 해야 하지? 여기서 황제가 고개를 들라 하고, 내 얼굴을 자세히 살핀다면 내 정체가 발각되는 건 시간문제였다. 아니, 지금 당장 황제기 내 눈을 마주해 이능이 먹히지 않는다는 걸 확인하기만 하더라도. 지금 당장 내 옷을 벗겨 내가 남자가 아니라는 것을 알아채는 방법도 있었다. 내 정체를 들킬 방법은 너무나도 많았다.

여기서 내 복수가 가로막히는 것일까? 이대로 황제의 손에 두 번째 처형당하는 것일까? 지금이라면 절대 죽음에서 도망칠 수 없을 것이 분명했다.

"물러나라는 내 말이 들리지 않는가?"

하지만 황제의 답은 내 예상과 전혀 달랐다. 최소한 내 얼굴을 살피기라도 할 것 같았는데, 황제는 점점 언성을 높이고 있었다.

"하오나 폐하! 저 얼굴은 육 년 전……."

"듣기 싫소! 며칠 전에도 아델을 음해하여 좋지 않은 말을 해대더니 이제는 아델과 교제 중인 소년에게까지 그 손길을 뻗는 겐가?"

너무 뜻밖의 반응이었다. 나는 지금조차도 고개를 들 뻔한 걸 겨우 참아냈다. 황후의 의심에 동조할 줄 알았다. 하지만 황제는 황후의 이야기를 중간에 자르고는 아델라이네를 들먹이며 그녀에게 언성을 높였다. 그 덕에 황후의 뒷말은 이어지지 못했다.

"하오나……."

억울한 듯 내뱉어진 한마디가 변명을 담아내지 못하고 있었다. 보지 못했지만 지금 그녀가 어떤 표정일지 뚜렷이 알 것 같았다.

"죄송합니다. 폐하께 무례를 끼쳤습니다."

육 년, 황후가 분명 육 년이라 말했다. 황후가 나와 닮았다고 말한 사람이 누구인지 정확하게 알 수 있었다. 육 년 전 반역죄를 뒤집어쓴 벤지안스. 1황녀를 정확히 지칭하고 있었다. 황후가 의심만으로 말한 것인지, 아니면 확신을 갖고 말한 것인지 도무지 알 수가 없었다. 확실한 것은 죄인을 색출해 내려던 그녀의 시도는 결국 실패했다는 것이었다.

"제국의 떠오르는 인재에게 황후도 좋은 모습을 보이길 바랐건 만……. 나는 이만 가보겠소. 어찌하여 내가 그대에게 이리도 화를 내는지 한번 잘 생각해 보았으면 좋겠군."

황제가 걸음을 옮기자, 그 옆의 호위들도 따라 움직였다. 나는 그제야 고개를 들고 황제를 따랐다. 나를 부른 자는 황제고, 그의 명령을 따라야 했기에 당연한 행동이었다.

황제의 뒤를 따르는 내게 날카로운 시선이 따라붙었다. 흘끗 뒤돌아보니 이제는 고개를 들고 표독스럽게 나를 노려보는 황후가 눈에 들어왔다. 제 뜻대로 되지 않은 사태에 이를 갈고 있었다. 확실하다. 그녀는 나를 의심하고 있었다. 아니, 이 정도면 확신이라고 할 만했다. 아무도 보이지 않게 이빨을 꽉 깨물었다. 사태가 생각보다 좋지 않게 흘러가고 있었다.

머리는 복잡했지만 황제의 걸음을 무시할 수는 없었다. 잠깐의 소동을 뒤로한 채 다다른 곳은 황제의 집무실이었다. 황제는 넓은 집무실 책상에 앉았고, 내게 앉으라는 턱짓에 나는 그 앞의 소파에 앉았다.

테이블 위에는 각종 서류가 쌓여 있었다. 편하게 앉은 그가 서류 하나를 집어 들고는 확인하고 옆으로 치웠다. 무언가 찾기라도 하듯 그 행동을 반복하던 중에 황제가 내게 말했다.

"방금 전의 소동은 개의치 않으면 좋겠네."

"괜찮습니다. 황성에 많은 사람이 들어오고 나가니 그런 착각을 할 수도 있다고 생각합니다."

"황후가 요즘 심기가 불편한 모양이네. 평소에는 저러지 않는데, 아델라이네 일만 걸리면 객관성을 잃을 때가 꽤 돼. 하지만 말이 되지 않는 말 아닌가? 게다가 지성소에 드나들 수 있는 자를 믿지 않으면 누구를 믿을 수 있겠는가?"

황제가 빙긋 웃었다. 그는 아까부터 내게 믿는다고 말했다. 하지만 오늘이 황제와의 두 번째 만남이다. 고작 두 번의 만남으로 그런 신뢰가 생길 수 있을까? 그가 내게 신뢰를 쌓을 계기는 아델라이네밖에 없었다. 하지만 황제가 아델라이네를 그리 두텁게 신뢰한다고? 저 황제가? 도무지 믿을 수 없는 상황이었다.

"그래도 영 그대가 찜찜하다면, 기사들을 불러 황후의 말이 맞는지 확인해 볼까?"

갑작스레 황제의 표정이 바뀌었다. 조금 전 장난스러운 표정은 연기라는 듯 금세 엄숙한 표정을 지어 보였다. 잠시 할 말을 찾고 있는데, 그가 말을 이었다.

"하하, 장난이네. 뭘 그리 긴장하는가. 정말 내게 해코지라도 할 것처럼."

그가 너털웃음을 지으며 다시 표정을 편하게 풀었다. 표정 변화가 너무나도 다양해서 무엇이 그의 진짜 감정인지 모를 지경이었다. 그가 뒤적이던 서류 중 원하던 것을 찾은 모양인지 행동을 멈추었다.

"황성과 같이 높은 곳에 들어오는 것이 처음인지라 아무 죄가 없음에도 움츠러들게 됩니다. 한낱 평민인지라 어쩔 수 없는 모양입니다."

"알고 있네. 장난일 뿐이야. 내가 그대를 처음 본 것도 아니고, 여신의 축복 아래 있는 자인데 그것 하나 이해 못 할까? 아, 그래, 이것이 무슨 서류인지 알겠나?"

황제는 손에 든 서류를 한 번 살펴보고는 내게 건넸다. 나는 그것을 읽어 내렸다. 점점 표정이 굳는다. 아니, 굳을 뻔한 것을 가까스로 펴냈다.

무엇인지 정확히 알 수 있었다. 신학 수업 때 배운 내용이 있다. 신력이 강해 대신관의 후보가 된 자들은 후천적으로 그 이름 가운데에 다인이라는 신명이 들어간다. 신명인 다인은 대신관 후보만이 넣을 수 있는 신명이었다. 그리고, 그 서류에 쭉 적힌 이름들에는 공통적으로 다인이라는 이름이 들어가 있었다. 즉, 이것은 대신관 후보를 지칭하는 서류였다.

"대신관의 후보…… 서류 맞습니까?"

"오오, 바로 알아보는군. 어떻게 알아보았는가?"

"적힌 사람들의 신분에 공통점이 없이 평민과 귀족들이 뒤섞여 있습니다. 더불어 가운데에 다인이라는 이름이 들어가 있습니다."

"하하, 신학 시간에 공부를 많이 한 모양이군. 정확히 맞췄네. 대신관 후보에 오르는 자들은 그리 많지 않아 대신관 후보가 생기면 내가 직접 지성소로 그 이름을 받으러 가지. 자네를 만났던 날도 대신관 후보의 이름을 받으러 갔던 날이야. 그리고 그건 대신관 후보들이 적혀 있는 리스트네."

나는 입술을 깨물 뻔한 것을 참아냈다. 처음 듣는 이야기였다. 게다가 나를 만난 날 지성소에 왔던 이유가 대신관 후보의 이름을 받으러 온 것이었다니. 황제가 고작 대신관 후보의 이름을 받기 위해 거기까지 행차하려나 싶었지만, 또 생각해 보면 지성소는 황태자조차 쉽게 들어갈 수 없는 신성한 곳이었다. 그 신성한 곳에서 황제가 대신관 후보의 이름을 받아오는 것이 생각보다 큰일일 수도 있겠다는 생각도 들었다.

나는 속내를 최대한 숨긴 채 그의 표정을 살폈다. 무슨 의도지? 내가 대신관의 후보라 내 입으로 말했다는 것을 황제가 알고 있었다. 1황자를 통해서였다. 하지만 사실 나는 대신관의 후보가 아니었다. 그저 1황자에게 내 정체를 들키지 않기 위해 그 자리에서 지어낸 변명일 뿐이었다. 나는 대신관의 후보가 어떻게 정해지는지, 또 어떻게 알려지는지, 후에 대신관은 어떻게 되는지 단 하나도 알고 있지 못했다. 그것은 대신관이 알고 있을 것이었다. 그리고 1황자가 내게 그리 반응한 것을 보니 1황자도 알고 있지 못하는 것이 분명했다.

하지만 과연, 황제도 알지 못할까? 주기적으로 지성소에 출입하는 황제가? 그가 내게 대신관 후보들이 적힌 서류를 보여준 이유는 무엇이란 말인가?

"한데 이 서류는 어째서……?"

"그곳에 없는 이름이 하나 있을 걸세."

"아,"

그가 내게 넘겨준 서류에는 없는 것이 하나 있었다.

"그래, 알겠나? 자네 이름이 없어."

그가 나를 바라보며 말했다. 그의 시선은 여전했다. 나를 몰아붙이는 것도, 내게 화를 내는 것도 아니었다. 내게 어떠한 악감정조차 갖고 있지 않았다. 하지만 내가 대신관의 후보가 아니라고, 그가 말하고 있었다. 확신했다. 그는 대신관의 후보는 어떻게 되는지, 또 후보는 어떻게 대신관이 되는지 정확히 알고 있는 것이 분명했다.

그렇기에 내가 대신관의 후보라 말을 했음에도 어째서 나는 그곳에 없느냐 묻고 있는 것이었다. 아니, 과연 질문인가? 아니면 추궁인가? 아니면, 압박인가? 협박인가? 그의 의도를 알 수가 없었다.

적절한 대답을 생각해야 했다. 하지만 아무리 머릿속을 뒤져도 적절한 대답이 떠오르지 않았다.

그는 내 대답을 원하던 것이 아닌지 계속해서 말을 이었다. 여전히 한결같은 표정과 시선이었다. 그것이 더더욱 위화감을 불러일으켰다. 화를 내지도, 그렇다고 내 정체를 알게 되었다는 승리의 웃음도, 그 아무것도 없었다. 아까부터 한결같이 그의 얼굴엔 호의가 자리 잡고 있었다.

리스트에 없다는 것은 내가 대신관 후보가 아니라는 말이었다. 축제 때 1황자의 이능이 내게 적용되지 않는 걸 대신관 후보라 생각하도록 긍정도, 부정도 하지 않았다. 만약 내가 대신관 후보가 아니라면 이능이 적용되지 않는 이유를 설명할 길이 없어진다. 그런데 어째서 그는 내게 아무런 추궁도 하지 않는 것인가?

"사실 내가 지성소에 가는 이유는 차기 대신관 후보가 추가될 때마다 그 리스트를 받으러 가는 거라네. 그건 내가 이번 지성소에 갔을 때 받은 리스트야. 그런데 자네 이름이 없더군. 그것이 내가 방금 전, 황후에게 자네를 낮게 보지 않을 것을 충고한 이유라네."

심장이 덜컥 내려앉았다. 그의 말을 해석하고자 머리를 굴렸다. 도둑이 제 발 저리다는 것이 지금 꼴인가?

그는 계속해서 내 이름이 대신관 후보의 목록에 없음을 추궁하고 있었다. 지금까지 황태자와 황제와의 대화로 유추하건데, 둘은 나에 대해 꽤 많은 이야기를 나눈 것이 분명했다. 1황자는 내게 이능이 적용되지 않음을 발했고, 그 과정에서 대신관 후보의 이야기가 나온 것이 분명했다. 그의 말을 해석하자면 이것이었다. 나는 대신관 후보에 없음에도 이능이 적용되지 않는다. 억측일 수도 있지만, 그 말은 너는 황족이기 때문에 이능이 먹히지 않는 것은 아니냐고 해석되기도 했다.

하지만 내 정체를 알고 그리 말하기엔, 그는 내게 아무런 화도 내지 않았다. 과거에 1황녀를 그리도 매몰차게 떼어내던 그가 내 정체를 알고 있음에도 아무런 반응을 하지 않는다니. 이제는 그의 의중을 알 수가 없었다.

"소인이 이해력이 부족합니다. 폐하께서 친절하게 풀어 설명해 주시리라 믿겠습니다."

"아니, 내가 자네에게 묻고 싶네. 자네의 이름이 이 리스트에 없는 이유가 무엇이라고 생각하나?"

황제의 질문이 어떠한 답을 유도하는 것이란 건 나의 과한 의심일까? 하지만 그는 내게서 어떠한 답을 기대하고 있었다. 내 감이 그렇다고 말하고 있었다. 그가 내가 거짓으로 덧씌운 진실에 계속 다가가는 느낌이 들었다. 아니, 어쩌면 이미 다가섰을지도. 하지만 그가 내게 정확한 것을 말하지 않는 이상 나는 그가 내 정체를 아는지 모르는지에 대해 확신할 수가 없었다. 나는 머리를 굴렸다. 답을, 적절한 답을 찾아야 한다.

그가 모든 것을 알고 있을까? 알고 나를 떠보는 것일까? 확신할 수는 없었다. 하지만 나는 내 목이 날아가더라도 그에게 진실을 고할 생각이 없었다. 그가 진실을 알고 있다면 내가 그에게 거짓을 고해도 내 목숨을 끝일 것이다. 더불어 그가 진실을 알지 못하고 그저 의심만을 가진 채 묻는 것이라면, 내가 그에게 진실을 고하는 것은 더더욱 내 발목을 스스로 묶는 것이다. 어떤 상황이든 나는 거짓을 고해야 한다.

"제가 원치 않아서, 라고 생각합니다."

"원치 않는다 대신관에게 고했는가?"

"여신님은 모든 것을 알고 계신다 들었습니다."

"하하, 맞네. 내 자네보다 신앙심이 부족해서야."

그가 사람 좋은 웃음을 지어 보이며 내 답변에 긍정을 표했다. 이것인가? 그가 원하는 답을 내가 말한 것일까? 확신할 수는 없었다. 하지만 방금 전, 그가 내게 리스트에 이름이 없다는 사실을 추궁할 때 들었던 긴장감이 어느 정도 이완되어 있었다.

그렇다고 이 긴장감이 완전히 사라진 것은 아니었다. 나는 아직도 그의 궁극적인 의도를 알지 못했다. 심지어 그가 내 정체를 알고 있는지, 아닌지조차 확신할 수 없었다. 처음에는 그가 내가 1황녀인 것을 모른다고 생각했다. 하지만 지금은? 도저히 확신할 수가 없었다.

황제가 나를 이렇게까지 궁지에 넣을 수 있는 이유는, 그가 내가 내 정체를 숨기기 위해 했던 행동들에 대해 추궁하고 있었기 때문이다. 이것이 과연 우연일까? 모두 우연인데 내가 괜히 찔려 긴장하고 있는 것인가? 그가 과연 나의 정체를 모르고 있는가? 하지만, 만약 그가 알고 있다면?

황제가 나의 정체를, 내가 1황녀인 것을 알고 있다는 가정 하에 생각해 보기로 했다. 하지만, 그 최악의 가정을 해도, 그가 내게 하는 행동이 도무지 이해가 가지 않았다. 만약 그가 나의 정체를 알고 있다면, 어째서 1황자의 말을 묵살한 채, 아델라이네와의 교제를 허락해 주었나? 어째서 황후의 의심에서 나를 구해주었나? 충분히 미심쩍은 내 변명에 순응하고 있는가? 어째서 내게 호의가 가득한 시선을 보내고 있는가?

아무리 생각해도 납득이 가는 것이 없었다. 그의 의중을 도무지 알 수 없었다. 생각으로 틀어 막힌, 답을 찾지 못한 내 상태를 아는지 모르는지 황제가 입을 열었다. 또다시 질문이었다.

"그렇다면, 자네가 정말 원하는 것은 무엇인가?"

날카로웠다. 질문이 형태를 갖고 있다면 이 질문은 칼날일 것이 분명했다. 그 칼끝이 내 목을 향하고 있는 기분이었다. 그는 내게 바라는 답이 있는 것 같았다. 아니, 그는 내게 바라는 답이 있었다. 확신할 수 있었다. 그리고 그에 대한 내 답이, 지금 내 목숨줄을 틀어쥐고 있었다. 여기서 대답을 잘 해야지만 이 황성에서, 내 발로 걸어 들어온 사지에서 다시 내 발로 걸어 나갈 수 있을 것 같은, 그런 느낌이 강하게 들었다.

그렇다면 그가 원하는 답은? 첫 만남부터 거짓투성이였던 황제와의 관계에 진실 된 답을 댈 수는 없었다.

우선적인 핑계를 대기로 했다. 아델라이네. 황제가 내게 호의를 보이는 표면적인 이유가 그의 딸인 만큼, 나 역시 아델라이네를 이용하기로 했다.

"아델라이네에게 어울리는 사람이 되는 것입니다. 그녀의 옆에 계속 서 있는 것을 목표로 하고 있습니다."

"그렇다면, 자네의 궁극적인 목표는 2황녀의 옆자리인가?"

황제는 내 질문에 질문을 더했다. 그의 표정이 조금씩 풀어지는 것이 보였다. 그의 표정에서, 분위기에서, 그가 원하는 대답에 차곡차곡 다가가고 있다는 것을 알 수 있었다. 황제가 원하는 것. 황제가 원하는 답이 과연 무엇일까? 아델라이네를 사랑해서 그녀를 높이겠다는 말? 아니, 아닐 것이다. 그는 권력이라는 것을 아는 자다. 그는 욕심이라는 것을 중요하게 생각하는 자다.

욕심. 권력. 아, 그는 내게, 내 욕심이 무엇인지 묻고 있었다. 내가 무엇을 목표로 삼고 있는지를 묻고 있었다. 그렇다면 나의 욕심인가? 아델라이네의 부군으로서의 욕심인가?

지금까지의 대화를 보자면 아델라이네의 반려로서 대답해야 했다. 하지만 내 본능이 말하고 있었다. 그는 내게 그것을 묻는 것이 아니었다. 나의 욕심을 묻고 있었다.

"제 옆에서 그녀가 빛나는 것입니다. 그 누구 앞에서도 아델이,

그리고 제가 퇴색되지 않길 바랍니다."

"그것이 나, 황제라고 해도 말이냐?"

뭐라 대답하는 것이 좋을까? 그는 권력욕이 지대한 자다. 제 손안에 모두 넣어야 만족할 자다. 제 권력에 욕심내는 발언을 반기지 않을 게 분명했다. 하지만, 아니라고 말하고 싶지 않았다. 어떠한 계산도 아니었다. 본능이었다. 그 본능으로 대답했다.

"예. 그것이 제가 갖고 있는 욕심입니다."

내뱉고 아차 싶었다. 그가 정말로 원하는 답이 이것이었을까? 알 수 없었다. 혹여나 그의 권력욕을 자극했다면 나는 죽은 목숨이나 마찬가지였다. 나는 곧바로 입술을 뗐다.

"아, 송구합니다."

"그대를 혼내려는 것이 아니네. 그래, 사내라면 그 정도의 포부는 있어야지."

예상외였다. 불쾌해하거나 혹은 최악의 사태로 내 목숨을 그의 손에 맡겨야 될지도 모른다는 생각과 달리 황제는 너무나 태연하게 내 대답을 수용했다. 여전히 내게 호의를 보내고 있었다.

"황송합니다."

"어허, 그렇게 극도의 예를 차리지 말라고 몇 번이나 말했건만. 조금 더 나를 편하게 대해줬으면 좋겠어. 자주 보게 될 것 같으니 말일세."

다시 분위기가 편안해졌다. 그는 여전히 내게 호의적이었다. 마치 내 대답이 그가 바라는 답이라도 되는 것처럼. 하지만 그 무엇도 알 수가 없었다. 내 대답의 어디에 그가 원하는 뜻이 있었던 것인지. 아니, 애초에 그가 나를 의심을 하기는 했는지. 그 아무것도 알 수가 없었다.

지금 확신할 수 있는 것은 단 하나였다. 나는 무엇인지 알 수 없는 황제의의 시험에 통과했다.

황성에서의 하루가 무사히 지나갔다. 황제는 처음 내게 했던 말대로 과한 일을 시키지는 않았다. 내가 오늘 한 것은 황제를 따라다니면서 그의 일과를 보고 들은 것뿐이었다. 그가 나를 시험해 본 몇 가지 질문, 그리고 내 대답을 제외하고는 큰 사건이 없었다. 그는 줄곧 나를 집무실에 데리고 있었고, 그 한정된 공간은 별다른 압박도, 별다른 사건도 만들어내지 않았다. 걱정했던 것에 비해 너무나도 평화로운 하루였다.

몇 번 그에게 마술사에 대해 언질을 주기 위해 기회를 노렸으나 마땅한 때를 찾지 못했다. 나는 내일도 황성에 방문해야 했고, 황제를 만나야 했다. 하루의 여유가 더 있었다.

황제의 제안에 응해 식사를 하고, 영양가 없는 이야기를 나누었다.

아카데미로 돌아갈 시간이라며 황제가 나를 보냈고 그에 나는 황성을 나왔다. 6시가 넘어서 아카데미로 돌아갈 것이라 생각했는데, 생각보다 일찍 끝났는지 시간은 고작 4시쯤이었다. 기숙사로 가는 길, 한 걸음 한 걸음이 너무 무거웠다. 황성에서는 알지도 못했던 긴장의 무게가 황성을 빠져나온 순간 내 몸을 누르고 있었다.

스스로 사지로 들어갈 것을 각오했을 때, 그만큼 내 목에 칼이 들어올 각오 역시 끝낸 상태였다. 그리고 참 다행스럽게도 내 목은 여전히 내 몸에 잘 붙어 있었다.

피곤이 밀려왔다. 오늘 밤에는 푹 잤으면, 내 간절한 소망이었다. 하지만 알 수 있었다. 그 사소한 바람은 이뤄지지 않을 것이다. 나는 오늘도 악몽에 뒤척이다 눈을 뜨고, 내일 아침에 호위를 따라 황성으로 향하겠지.

계단을 오르는 내 발소리가 기숙사 안에 울려 퍼졌다. 나 혼자였다. 이 넓고 호화로운 기숙사 안에 나 혼자였다.

디온과 항상 같이 다녔던 지난날들이 이제는 생각조차 나지 않았다. 아니, 사실 잊을 수가 없었다. 하, 언제부터 내 옆에 누군가가 붙어 있던 것에 익숙했다고. 그가 보이는 호의를 마치 전부터 당연히 갖고 있던 것처럼 취급했다. 그 역시 내가 만들어낸 주제에. 남의 감정을 후벼 파지 않고서는 내 곁에 누군가를 둘 수도 없는 존재인 주제에. 그렇게 누군가가 내 옆에 있었으면 좋겠다고 생각했고, 그렇게 누군가가 내 옆에 있어서 만족했다.

그리고 어느 순간부터 그가, 디온이 내 옆에 있는 것에 익숙해져 있었다. 나를 맹목적으로 바라보는 존재가 있다는 것 자체만으로 그것이 내게 구원이었다. 그것을 이제야 알게 됐다. 그가 내 옆에서 사라지자 뼈저리게 각인된 사실이었다.

상념에 빠져 걷다 보니 어느새 방 앞이었다. 문을 열었다. 어두운 거실을 밝히는 것은 창문에서 들어온 달빛뿐이었다. 당연한 풍경이었다. 그는 철저하게 내게서 등을 돌렸다. 그 거실에 디온이 앉아 있을 리는 없었다. 그래, 없었는데. 문을 열고 들어선 순간 눈을 깜빡였다. 소파에 앉아 있는 사람이 있었다. 그 실루엣이 너무나도 익숙해, 굳이 가까이서 확인하지 않아도 알 수 있었다.

디온. 내가 기억을 바꾼 자. 그와 시선이 마주쳤다. 아니, 마주친 걸까? 불이 꺼져 있는 거실, 어둠이 더 크게 차지하고 있는 공간. 그곳에서 나는 그가 무엇을 보고 있는지, 어떤 표정을 짓고 있는지 알 수가 없었다.

아니, 그가 맞기는 한 걸까. 내가 미쳐서 환상을 보고 있는 것일 수도.

나는 그 자리에 못 박힌 듯 서 있을 수밖에 없었다. 그가 나를 기다렸나? 헛웃음이 새어 나오려는 것을 삼켰다. 아직도 나는 무엇을 기대하는 걸까. 그가 거실에 앉아 있는 것이 나와 무슨 상관이란 말인가? 나는 이미 그를 난도질했고, 그는 내게서 등을 돌렸다. 며칠 동안 눈조차 마주치지 않은 우리의 행동이 우리의 관계를 정의 내리고 있었다.

정신을 차렸다. 그는 그저 그곳에 있을 뿐인 거다. 나와는 상관 없이. 잠시라도 그런 기대를 했다는 사실이 스스로도 어이없었다. 내가 얼마나 이기적인지 다시 한 번 깨닫는 순간이었다.

잠시간 붙어 있던 발을 떼어냈다. 그와 한 공간에 있을 자신이 없었다. 내 방 문고리를 잡고 문을 열려는 순간이었다. 목소리가 들려왔다.

"식사는 하셨습니까?"

나는, 그 자리에서 멈춰 섰다. 시선을 돌렸다. 여전히 그가 나를 바라보는지는 보이지 않았다. 하지만 알 수 있었다. 그가 나를 바라보고 있었다. 익숙한 온기. 익숙한 울림. 익숙한 톤. 익숙한 목소리. 그렇게도 듣고 싶었던, 그렇게도 나누고 싶었던, 그렇게도 함께하고 싶었던, 그렇게도 바라고 바랐던 그가 내게 말을 걸고 있었다.

나는 문고리를 잡은 채 그 자리에 가만히 서 있었다. 침묵이 감돌았다. 정말 디온의 목소리가 맞는 건가? 내가 잘못 들은 게 아닐까? 저기, 저 소파에 앉아 있는 남자가 디온이 맞기는 한 걸까? 온갖 생각이 머릿속에서 부유했다.

이 상황이 이해가 가지 않았고, 믿기지가 않았다. 몇 번이나 눈을 깜빡였다. 그를 향해 발을 옮기는 것은 내 의지가 아니었다. 나조차 끝을 알 수 없는 간절함이 나를 그의 앞으로 이끌었다.

확인해야 해. 그가 내게 말을 건 것이 맞는지. 그가 정말 디온인지. 정말 그가, 나를 보고 있는지. 그의 눈 안에 나를 향한 벼려진 혐오가 존재하지 않는지.

어디까지 걸었는지 알 수가 없었다. 내 눈에 그의 표정이 보일 때쯤 걸음을 멈춘 것 같았다. 창을 통해 들어오는 달빛이 그의 얼굴을 비추고 있었다. 수척해진 그의 얼굴에 떠오른 것은 나를 향한 증오가 아니었다. 무관심도 아니었고, 냉정함도 아니었다. 그 사실이 옥죄던 내 심장을 풀어주었다. 그가, 나를 바라보고 있었다.

며칠 만에 제대로 바라본 그의 얼굴은 반쪽이었다. 쉬얌이 줄곧 내게 말했던 얼굴이 반쪽이라는, 그 말이 무슨 의미인지 정확히 알 정도였다. 무엇이 그를 힘들게 한 것일까? 그래, 알고 있었다. 나란 존재. 내가 도대체 무슨 자격으로 그를 힘들게 만들 수 있다는 것일까? 고작 나라는 인간이 어떻게 그를 이다지도……

생각이 이어지지 않았다. 내가 무슨 생각을 하고 있는지, 이 많은 생각을 추려낼 수도 없었다. 그를 보면 생각이 요동쳤다. 감정이 요동쳤다.

아, 그가 내게 질문을 던졌었지? 그래, 식사는 했냐고, 내게 물었지. 그렇다면, 나는, 그에게 대답을 해도 되는 걸까? 내가 심장을 난도질한 사람에게 다시 한 발 다가서도 되는 걸까?

나를 바라보는 그의 얼굴을 마주했다. 그는 내 대답을 기다리고 있었다.

"……네."

입을 떼었다 붙였다. 몇 번이나 머릿속에서 단어를 고르고 고르다 내뱉은 한마디였다.

"다행입니다."

내 대답에 그는 아무렇지도 않다는 듯 대꾸했다. 너무 일상과 같아서, 내게서 손을 빼내고 등을 돌리기 전의 그와 같아서, 정말 그가 디온인지 확신할 수가 없었다.

"……그."

디온이 맞아요? 하려는 말보다 먼저 손이 움직이고 있었다.

정말인지, 혹여나 또다시 지독한 꿈은 아닌지, 또다시 눈을 뜨고 나면 내 앞에서 그가 사라지는 것은 아닌지. 나는 그것을 확신할 수가 없어서, 그가 디온인지 확인을 해야지만 안심을 할 수 있을 것 같아서, 나도 모르게 그에게 손을 뻗었다. 그 뻗은 손에 온기가 닿았다. 그가 내 손을 잡아왔다. 내 손을 거부하지 않고 잡아주었다.

현실이었다. 어떻게 잊을 생각을 했는지 모를 따스함. 동시에 그의 목소리가 심장에 내려앉았다.

"걱정했습니다."

너무나 듣고 싶던 부드러운 한마디. 아무렇지 않은 한마디에 그제야 몸 안에 피가 도는 느낌이었다. 그제야 내가, 여기에 존재하고 있다는 느낌이었다.

나를 바라보는 그의 시선에 온기가 담겨 있어서, 그러면서도 그 안, 더 깊은 곳에 나는 모를 수많은 고뇌가 보여서, 나는 그의 말에 무어라 답을 해야 될지 알 수가 없었다.

"저는, 그, 미안해요."

말을 뒤지고 뒤지다가 겨우 한마디를 내뱉었다. 내 옆에 계속 있어준 고마움에, 다시 돌아와 준 고마움에, 그것이 그리고 또 계속해서 이어질 것이라는 걸 확신하는 내 안일함에, 더불어 그가 내 옆에 계속 있다 하더라도 나는 그에게 끝끝내 진실을 밝히지 못할 것이라는 이 터무니없을 정도로 끔찍한 현실에, 내가 내뱉을 수 있는 말은 단 한마디였다.

"미안해요."

계속 되뇌었다. 미안하다 말을 할수록 내가 할 수 있는 건 미안하다는 말밖에 없었다. 그의 손이 너무 따뜻해서, 그것이 너무 미안했다. 순전히 내 욕심으로 그를 찾아낸 것이, 그의 집을 찾아가 내 몸을 의탁한 것이, 그가 나를 바라보도록 만든 것이, 결국 내 의지대로 그를 또다시 내 옆에 두고 싶어 하는 그 모든 것들이 너무 미안해서, 이 한마디밖에 나오지가 않았다. 내 옆에서 떨어지라고, 나는 당신의 맹목적인 사랑을 받을 자격이 없다고 외쳐야 하는데도, 또 그리 말하면 정말로 그가 내 곁에서 떠날까 봐 그 말을 할 수 없는 지금이 너무 미안했다.

"미안해요."

감정이 북받쳤다. 목소리가 떨리고 있었다. 시야가 흐려졌다. 그가 정말 영영 내 옆을 떠나가면 어쩌지, 전전긍긍했던 그 감정이 터져 버린 것이 분명했다.

미안해요, 미안해요, 미안해요. 이곳의 주인공인 당신 옆에 진짜 저주받은 내가 와서 미안해요. 전부 미안해요.

따뜻한 손이 내 눈가에 닿았다. 조심스럽고도 섬세한 손길이 다시 한 번 그가 디온이라는 것을 알려주었다. 언제 일어섰는지 모를 그가 손을 뻗어 내 얼굴을 그의 품에 당겼다. 처음으로 안긴 그의 품이 너무나 생소해서, 그러면서도 익숙해서 나는 그의 가슴에 이마를 댄 채 계속 그에게 내 감정을 뱉어낼 수밖에 없었다.

"미안해요, 정말 미안해요."

"괜찮습니다."

내 머리를 토닥이며 그가 나직하게 말했다. '괜찮습니다'. 내가 미안하다고 말할 때마다 그는 괜찮다고 했다. 괜찮습니다. 당신이 다시 내 옆에 있어도 괜찮습니다. 내 마음대로 그렇게 해석해 버리고 마는, 내 속 깊은 곳에서 올라오는 이 간절함을 쳐 낼 수가 없었다.

확신했다. 나는 또다시 그의 옆에서 그의 따뜻함을 축낼 것이다. 그의 온기를 집어삼켜 그마저 얼어붙게 만들겠지. 그럼에도 그의 곁에서 떨어질 수 없을 것이다. 나는 결국 또다시 그의 손길을, 그의 온기를 찾아 헤맬 것이다.

그의 품에 안긴 채로 감정을 터뜨렸다. 멈추지 않을 것 같은 감정의 소용돌이가 잦아들고 조금씩 숨이 돌아왔다. 잦아드는 숨에 토닥이던 그의 손이 조금씩 느려졌다. 얼굴을 그의 품에서 떼어내곤 시선을 올려 그를 바라봤다. 그냥, 그의 표정을 확인하고 싶었다. 올려다본 그의 얼굴에는 옅고 온화한 미소가 걸려 있었다. 그것 하나만으로도 나는 충분히 위로받는 기분이었다.

"다 우셨습니까?"

"미안해요."

반사적으로 사과가 튀어나왔다. 생각하면 할수록 미안했다. 계속 이어질 관계가 미안했다. 생각하면 할수록 계속 미안해서 감정이 북받쳐 올라왔다. 또 흐려지려는 시야에 고개를 푹 숙이자 그가 다시 나를 잡아당겼다. 이제는 익숙한 그의 품 안에서 그의 목소리가 울렸다.

"뭐가 그리 미안합니까?"

"전부 말하지 않은 것……."

내 다음 말을 기다리는 듯 숨죽인 그 침묵에 말을 이었다.

"그리고 말할 수 없는 것…… 전부 다요."

"그냥, 아무 말도 하지 않으셔도 됩니다."

그의 말이 무엇을 뜻하는지 알 수 있었다. 그는 무슨 생각을 했는지 모르겠지만, 내가 누구든지, 어떤 사람이든지 간에 다시 돌아오기로 마음먹은 것이 분명했다. 아무런 언질도 없이 제 형의 기억을 바꾸고, 더해 제 기억을 바꿨을지도 모르는 자를 그는 용서하기로 마음먹은 것이었다.

"도대체 왜……?"

그렇게 맹목적이에요? 알면서도 물어보고 싶었다.

"알고 계신 것 아니셨습니까?"

내 끝맺지 못한 질문에 그가 반문했다. 커다란 바늘로 심장을 찌르듯, 나를 관통하는 질문이었다. 하지만 그 어조에는 일말의 혐오도, 증오도, 원망도 들어 있지 않았다.

"제가 실수한 겁니까?"

내가 말을 잇지 못하자 그가 걱정스러운 표정으로 물었다. 아아, 그 어디에도 나를 향한 원망은 없었다. 그리고 동시에 깨달았다. 그는 내 본성을 파악하고 있었다. 내가 어떤 사람인지 정확히 알고 있었다.

그가 도대체 어떤 생각으로 하루하루를 보냈을지 도무지 종잡을 수가 없었다. 무엇을 가정하고 무엇을 무너뜨리며, 어떻게 나를 정의하고 쌓고 부수고, 또 쌓고. 그렇게 나와의 관계를 정립했을지, 나는 짐작조차 할 수가 없었다. 그저 확신할 수 있는 것은, 그는 나라는 사람을 파악했고, 그럼에도 내 옆에 있기로 마음먹었다는 사실이었다.

"아니요. 디온이 실수한 건 없어요."

"한 번도 먼저 말을 걸지 않으시더군요."

그는 섭섭했다는 듯 말했다. 마치 내가 먼저 말을 걸기를 기다렸다는 듯한 반응이었다. 나는 그를 보며 잠시간 눈을 깜빡였다. 내가, 디온에게? 그럴 수 있을 리가.

"그야, 당연히 디온이 나를……."

나는 그의 품에서 빠져나오려 몸을 뺐다. 하지만 그 시도는 실패했다. 그가 다시 팔에 힘을 줘 나를 제 품 안에 넣었다. 나는 잠시 당황해 말을 끊었다가, 다시 이었다. 그의 품 안에서 말하는 통에 웅얼거리는 모양새가 되었다.

"나를 싫어할 거니까."

"제가 말입니까?"

얼굴을 보지 않음에도 그가 어떤 표정을 지을지 알 수 있었다. 그 정도로 터무니없다는 어조였다.

"내가 한 짓을 알았는데, 당연히 싫어할 수밖에 없잖아요."

"사실, 싫어하려, 당신을 잊으려고 노력도 해봤습니다."

고백하듯 담담한 어조에 숨이 덜컥 막혔다. 지금은 아닌데도, 시도했다는 말만으로도 내 숨을 막히게 했다. 그리고 그다음에 이어지는 한마디가 틀어 막힌 숨을 놓아주었다.

"그게 안 되어 이렇게 나와 있을 수밖에 없군요."

한숨처럼 내뱉은 그의 한마디가 진심이 되어 흘러들어왔다. 이 와중에도 그의 옆에서 계속 있어도 된다고, 그의 입으로 확인받고 싶은 내 이기심이 고개를 쳐들었다.

"혐오하지 않아요?"

"할 수가 없더군요."

"떠나지 않아요?"

"그것 역시 못 하겠습니다."

"어째서요?"

"이유를 물으셔도, 조목조목 설명할 만큼 말주변이 없습니다. 하지만, 황녀님이 아무 이유 없이 행동하시지는 않았다고 생각합니다."

그의 그 한마디가 내게 말해주고 있었다. 그것이 악한 이유든, 선한 이유든, 어떤 이유든지 간에 그는 나를 받아줄 것이라고. 온몸을 짓누르는 그의 사랑이었다. 내 안으로 담아내기에도 벅찬 감정이었다.

"그렇지 않으십니까?"

아무 말도 하지 못하는 내게 그가 확인하듯 물었다. 하지만 그 이유보다는 이유가 만들어낸 결과가 당신의 형을, 당신을, 나를 이렇게 만들었는데, 그것마저 받아들이겠다 말하는 걸까.

"이유보다는 결과가."

"예, 하지만 지금 제게 보이는 감정이 거짓은 아니지 않습니까?"

어르듯이 말하는 그를 향해 고개를 끄덕였다.

"형님 역시, 형님의 목숨이 위험했기에 한 행동 아니었습니까?"

확신하듯 내뱉는 그의 말에 다시 한 번 고개를 끄덕였다. 그가 말하는 것이 사실이기에 망설임 없이 고개를 끄덕일 수 있었다.

"그렇기에 됐습니다."

그렇기에 됐다. 최종으로 내려진 허락이었다. 그에게 있어 내 본질적인 존재에 대한 허락.

이렇게 거대한 감정을 받아도 되는 것일까? 너무 커서 내가 다 담지도 못할 것 같은 감정을 내가 감내할 수 있을까? 가만히 그를 바라보자 그가 옅게 웃었다. 그래도 된다고, 또다시 허락이라도 받은 느낌이었다.

"팔찌, 잠시 주시겠습니까?"

뜬금없는 말에 '팔찌?' 하다가 알아차렸다. 오르도가 준, 그날 이후 차마 할 수가 없어서 품 안에 넣어두고 있던 팔찌였다. 품에서 팔찌를 꺼내 그에게 건넸다.

"형님께 가족의 징표라고 들었습니다."

디온은 내 색을 담은 팔찌를 내 오른팔에 채워주었다. 은색과 바다색이 어우러진 팔찌가 내 팔목과 상당히 잘 어울렸다. 잠시간 그의 손이 다녀간 내 팔목을 보았다. 가족의 징표. 내 팔에서 보이면 그대로 온 심경을 도려낼 것 같아 차지 못했던 팔찌가, 이제는 아무 아픔 없이 내 팔에서 달랑거리고 있었다. 산뜻한 디자인이었다.

"계속 하고 다니십시오."

팔목에 닿아 있던 따스한 디온의 손이 내 손으로 내려갔다. 굽히고 있던 허리를 폈다. 그리고 동시에 그의 입술이 내 이마에 닿았다 떨어졌다. 새털처럼 가벼운, 순식간의 입맞춤이었다.

화들짝 놀라 고개를 들었다. 두 눈 가득 상냥함을 담아 따스하게 웃으며 그가 덧붙였다.

"그러셔도 됩니다."

그날 밤, 나는 잠을 잘 자지 못했다. 어제의 일이 꿈인지, 현실인지 아직도 가늠을 할 수 없었다. 디온이 다시 내게 돌아왔고, 평소와 같은 모습을 보여주었다. 그의 행동과 말 한마디 한마디가 내게 너무나도 큰 구원이라, 그것이 꿈은 아닌지 계속 확인하고 확인해야 했다. 그 증거는 내 오른팔에 채워져 있는 팔찌뿐이었다. 팔찌를 볼 때마다 심장이 떨렸다. 기쁨의 설렘이었고, 어떻게 될지 모를 미래에 대한 불안이었다.

그가 다시 내게 애정이 담긴 눈빛을 보내는 데에 대한 만족감이 나를 채울수록, 불안감 역시 그 크기를 더해갔다. 그의 손짓, 행동, 눈빛 하나하나에 설렐수록, 또 언제 다시 그가 나를 떠나지 않을까라는 불안감과 불안해하는 스스로에 대한 혐오가 나를 괴롭혀 댔다.

나는 괜찮다고, 나 자체가 괜찮다고, 그렇기에 괜찮다고, 그 믿음 가득한 디온의 말이 자꾸 머릿속에 맴돌았다. 디온은 맹목적인 만큼 아마 끝까지 나를 버리지 않을 것이다.

니는 디온을 믿는다. 하지만 나는 나를 믿을 수가 없었다. 나는 내가 나를 위해 어떠한 행동을 할지 모른다. 어떻게 또다시 디온의 심장을 후벼 팔지 알 수가 없었다. 다시 한번 디온을 실망시켰을 때, 그가 내게 어떤 행동을 보여줄지 알 수가 없었다. 그래, 나는 또다시 불안해지고 있었다. 나는 어떤 행동을 하게 될까? 내 목적을 위해서 나는 어떤 짓까지 할 수 있을까? 그건 나조차도 알 수 없었다.

문득 생각이 들었다. 내가 다시 그를 상처 입힐 일이 생긴다면, 그것은 모두 내 복수를 위한 행동 때문에 벌어지게 될 것이다. 그렇다면, 계속 그의 곁에 있기 위해서, 이 복수를 그만두는 것은……?

여기까지 생각한 나는 소스라치게 놀라며 고개를 저었다. 순간적으로 '복수를 그만둬도 되지 않을까?'라는 생각이 머릿속을 스쳐 갔다. 내가 내 복수를 포기함으로써 이들이 조금 더 안전하게 살 수 있다면, 복수를 포기할 수도 있겠다, 라는 터무니없는 생각이 스쳐 지나갔다. 그렇다면 내가 지금까지 내 멋대로 기억을 바꾸면서까지 이 악에 받친 지랄을 해댄 이유가 무엇이란 말인가?

내 흔들리지 않을 목표는 황가의 멸문, 그것 하나였다. 그것만을 위해 달려왔고, 그렇게 이들의 심장을 후벼팠다. 하지만, 그 와중에도, 자꾸만 복수에 대한 회의감이 점점 고개를 들이밀고 있었다.

디온이 내 곁으로 돌아와서 기쁜 것과는 별개로 악몽은 여전히 나를 찾아왔다. 그나마 다행인 것은 깨어났다가 다시 자면 그래도 그 악몽은 반복되지 않는다는 사실이었다. 잠에서 깰 때마다 팔찌를 보며 그가 내게 돌아왔음을 상기시키고는 잠들었다.

아침이 밝았고, 어제와 같이 준비를 끝내고 방을 나섰다. 거실에는 디온이 기다리고 있었다. 그의 얼굴을 보고 있자니 혼자 있을 때 들었던 온갖 부정적인 상념이 사라지는 기분이었다. 그래, 그는 지금 내 옆에 있어. 그 사실 하나만으로도 안정감이 느껴졌다.

그가 어제 내게 했던 말이 생각났다.

"많이 고민했습니다."

말문이 막혀 무엇을 고민했냐고 눈으로 묻는 내게 그가 잔잔한 미소를 지어 보였다.

"말을 걸까 말까 하는걸요. 마벨이 황성에 가고 나서야 후회했습니다. 혹 멀리서 봤던 모습이 마지막이지는 않을까, 하는 생각이 하루 종일 저를 괴롭혔습니다. 그제야 깨달았습니다. 제가 마벨을 놓을 수가 없다는 걸."

한마디 한마디에서 그의 진심이 묻어 나왔다. 어제의 말이 사실이라 말해주듯 나를 기다리고 있던 그를 보자 나도 모르게 웃음이 입에 걸렸다. 그의 팔에 매여진 팔찌가 눈에 들어왔다. 이유 없이 뿌듯했다. 디온은 접힌 줄도 몰랐던 내 옷깃을 펴주었다. 이제는 이런 사소한 스킨십이 자연스러웠다.

사실 아직도 그가 가까이 다가오면 움찔하긴 하지만 그것이 거절이 아닌 것을 용케도 눈치챈 디온은 조금씩 자연스럽게 다가오곤 했다. 옷매무새를 바르게 해주고는 내 머리카락까지 살짝 정리해 주며 그기 걱정스러운 표성을 지어 보였다.

"지금이라도 제가 호위로 같이 가는 것은 어떻겠습니까?"

어제 황성에서의 일을 설명해 주었더니 걱정이 된 모양이었다. 황후의 의심은 충분히 걱정할 만한 심각한 상황이었다. 하지만 그렇다고 디온을 데려간다면 더 큰 문제가 생길 수도 있었다.

여태까지 어떻게 운이 좋아 디온이 황가의 사람들을 피할 수 있었지만 그와 함께 황성으로 간다면 이제 디온은 황족의 이능을 피해내지 못할 것이다.

"아니요, 오지 말아요. 최대한 황제와 황태자의 시선에서 벗어나야 해요."

"괜찮으시겠습니까?"

황가의 이능에 대해 알게 된 그는 더 이상 고집부리지 않았다. 이제 그는 무엇이 위험한지 충분히 인지하고 있을 터였다. 여전히 걱정을 한가득 담은 그에게 살짝 웃어줬다. 왠지 그래야만 그가 안심할 수 있을 것 같아서.

"괜찮을 거예요."

"확신은 아니지 않습니까?"

"제 감이 생각보다 잘 맞거든요. 무엇보다 디온이 가면 저뿐만 아니라 디온도 위험해져요. 더불어 오르도도 말이에요. 그렇게 되면 오르도의 기억을 바꾼 이유가 없어지잖아요."

비겁한 짓이기는 했지만 오르도의 핑계를 댔다. 절대 그를 황성에 데려가서는 안 된다.

그는 작게 한숨을 내쉬었다. 그 한숨이 의미하는 바는 내 말에 대한 납득이 분명했다.

"너무 걱정하지 말아요. 괜찮아요. 이만 다녀올게요."

나는 다시 한 번 괜찮다 그를 안심시키고는 몸을 돌렸다. 문고리를 잡으려 손을 뻗는 순간이었다.

무언가가 걸리는 느낌과 함께 '투둑' 하는, 끊어지는 소리가 들렸다. 나는 화들짝 놀라 소리가 난 곳으로 몸을 돌렸다. 살짝 튀어나온 나무 때문에 끊어진 팔찌가 바닥으로 떨어지고 있었다. 뜻밖의 상황에 나는 주울 생각도 하지 못하고 떨어진 팔찌를 멍하니 바라봤다.

오르도가 준 팔찌. 가족의 증표. 그것을 의미하는 팔찌가 바닥에 떨어져 있었다. 분명 그저 우연이겠지. 가죽이니 어딘가에 걸려서 충분히 끊어질 수 있었다. 생각보다 그렇게 튼튼하지 않았을 수도 있다. 그래, 전부 우연이었다. 그런데 어째서 이리도 불안함이 파도처럼 밀려오는 것일까?

멍하니 팔찌를 바라보는 내 시야로 손이 하나 들어왔다. 팔찌를 줍는 디온의 손이었다. 그는 팔찌를 주워서는 그것을 말없이 바라보았다.

나와 같은 생각일까? 그 역시 불안해하고 있을까? 우리 둘은 한동안 말이 없었다. 팔찌를 고쳐 보려는지 이리저리 손을 움직이던 그가 이내 한숨을 내쉬었다. 나를 바라보는 그 눈빛에는 아까의 걱정과는 비교조차 할 수 없는 불안이 가득했다.

"꼭 가셔야겠습니까?"

그가 물었다. 당연한 질문이었다. 이 일이 혹시 있을 불행을 암시하는 게 아닐까 걱정된다면 과한 생각일까. 하지만 그럼에도 불안한 것은 전조도 없이 끊어진 그 물건이 처음으로 생긴 가족의 증표이기 때문일 것이다.

꼭 가야 하나? 하지만 이는 어찌할 수 없는 일이었다. 황제와의 약속이고, 내 목이 떨어지지 않는 이상 꼭 가야 하는 곳이었다. 가지 않겠다 댈 수 있는 핑계가 하나도 없었다.

나는 입술을 깨물었다. 나도 모르게 손톱이 손바닥을 파고들만큼 꽉 쥐었던 손을 디온이 잡아 펴주었다. 작은 한숨과 함께 그가 체념하듯 말했다.

"가셔야겠지요, 어쩔 수 없는 질문이라는 것 잘 알고 있습니다."

어쩔 수 없다는 것은 그 역시 알고 있었다. 그래, 그가 그것을 모르고 물어본 것이 아닐 테니. 알고 있음에도 나처럼 불안해서

물은 것일 테니.

나는 그의 손 위에 올라가 있는 팔찌로 시선을 돌렸다. 아무래도 저걸 지금 고치기라도 하면 이 불안이 조금은 완화될 것 같았다.

"지금 고칠 수 있나요?"

"이쪽이 제 전문 분야는 아닌지라……. 우선 두고 가시면 한번 고쳐 보겠습니다."

디온도 고칠 수 있을지 확신하지 못하는 듯했다. 하긴, 매듭이 풀린 것도 아니고 가죽 끈 자체가 끊어졌다. 그것을 디온이 고치기에는 무리가 있겠지.

"네. 별일, 없겠죠?"

나는 확인하듯 그에게 물었다. 그가 손을 뻗어 팔찌를 쥐고 있는 내 손을 꼭 잡았다. 마치 걱정하지 말라는 의미로 보였다. 그역시 불안할 텐데, 드러나지 않게 애쓰는 것이 눈에 보였다.

"없을 겁니다."

그가 두어 번 내 손을 토닥이며 따스하게 말했다. 낮고 울림좋은 목소리가 그나마 불안하게 요동치는 심장을 안심시켜 주었다.

"다녀올게요."

그래, 아무 일도 없을 거야. 나는 본래 미신을 믿지 않는다. 팔찌가 끊어진 건 그냥 우연일 뿐이다. 그렇게 속으로 계속 되뇌었다. 그래야지만 아무 일이 없을 것 같아서. 그래, 오늘도 무사히돌아올 거야. 나는 문고리를 돌렸다.

황성으로 가는 길은 어제와 같았다. 나를 기다리던 호위와 짧은 인사를 나누고는 이동진을 이용해 황성으로 향했다. 도착한 황성은 여전히 웅장하고 아름다웠으며, 익숙했다. 고작 두 번 만에 이 황성이 익숙해졌다.

그리고 이내 그것이 두 번 만에 익숙해진 것은 아니라는 생각이 들었다. 과거에 황성에 살았었던 기억이 이곳을 익숙하게 만들고 있었다.

어제처럼 역겹다거나 이곳을 산산이 부숴 버리고 싶다는 생각은 들지 않았다. 복수를 향한 내 열망이 무뎌진 것일까? 어젯밤 이후로 복수에 대해 조금씩 회의적인 생각을 무의식적으로 하고 있던 것일까?

여전히 생각을 정리하지 못한 채 앞서가는 호위의 뒤를 따랐다.

황제의 집무실 앞에 서 있던 시종이 목소리를 높였고, 황제의 허락과 함께 문이 열렸다.

황제는 어제처럼 책상 앞에 앉아 업무를 보고 있었다.

"소르트의 영광, 황제 폐하를 뵙습니다."

"이렇게 믿음직스러운 사를 이틀 연속으로 보니 기분이 좋군."

"황송합니다."

황제는 호의가 가득한 미소를 지으며 반갑다는 듯 나를 맞이했다. 그 뜻 모를 호의가 여전히 불편했다. 그 호의가 어디에서 기인한 것인지 나는 아직도 이유를 알 수가 없었다. 황제를 처음 만났을 때부터 계속 느꼈던 불안함과 불편함을 떨치지 못한 채 황제의 인사를 받았다.

문득 끊어진 팔찌가 생각났다. 혹여나 생겨서는 안 되는 일이 생긴다면, 그것이 내가 아무것도 파악하지 못했기 때문은 아닐까, 문득 그런 생각이 들었다.

그때, 내 상념은 허락하지 않겠다는 듯 황제가 말을 이었다.

"이틀째 황성에 방문하는 기분은 어떤가?"

"제가 있어야 할 곳이 아닌 것처럼 과분하군요."

"이제 곧 익숙해질걸세."

황제의 임시 보좌직을 수행하는 건 오늘이 마지막이었다. 오늘이 지나면 내가 황성에 올 일은 없었다. 하지만 황제는 마치 내가 황성에 더 오래 머물 것처럼 말하고 있었다.

"하지만 임무는 이틀뿐이라고 알고 있습니다."

"꼭 지금만이 날이 아니지 않나."

황제는 의뭉스럽게 웃으며 답했다. 그의 말만 들어보면 황제는 나를 높게 평가했고, 유능한 인재를 옆에 두기 위해 나를 그의 곁에 둘 거라는 말 같았다.

하지만 과연 그것뿐일까? 정말 아무것도 알 수 없는 노릇이었다.

"무엇보다 자네가 아델과 교제를 계속한다면 충분히 올 수도 있지 않겠나? 아니, 그보다 내가 자네를 정말 내 보좌로 임명할 수도 있고 말이네. 자네, 너무 나를 믿지 못하는 것 아닌가?"

충격적인 발언이었다. 이 자리에 다른 누군가가 있다면 '무슨 말씀이십니까!' 하고 소리칠 만큼 터무니없는 말이기도 했다. 황제의 보좌는 아무나 할 수 있는 자리가 아니었다. 최소한 후작가의 적통 후계 정도는 돼야지 넘볼 수 있는, 그런 자리였다. 그 적통자들 사이에서도 여러 방면으로 뛰어난 자가 차지하는 자리. 나 같은 평민은 임시로라도 보좌를 한 것에 감사해야 하는 상황이었다.

황제가 무슨 생각을 하는지 짐작조차 할 수 없었다. 정말 나를 보좌관으로 삼을 생각인 건지, 아델라이네를 허락할 생각인 건지, 아니, 다 떠나서 정말 내가 누군지 모르는 건지.

"예? 황송하신 말씀이오나, 어찌 평민인 제가 감히 황제 폐하의 제일 가까운 곳에."

"그게 무슨 상관인가? 내가 마음에 들었다면 그만인 것을."

"후한 평가에 황공하옵니다."

"자네는 그 딱딱한 태도부터 고칠 필요가 있어."

어쩔 수 없다는 표정을 짓는 그에게 다시 한 번 머리를 숙였다. 저것이 전부 연기인 것인지, 무엇을 노리는 건지, 그가 정말 내가 마음에 들은 것인지, 마음에 들었다면 도대체 무엇 때문인 것인지, 그 아무것도 알 수가 없었다.

당황스러움은 묻어둔 채, 표면적으로나마 감사인사를 올리려는 때였다. 집무실 문이 벌컥 열렸다. 빠른 보폭으로 황태자가 들어왔다. 무언가에 화라도 난 것처럼 걸음걸이가 꽤 거칠었다.

"전하!"

집무실 밖에서 시종들이 말리는 소리가 들려왔다. 하지만 이미 들어온 황태자를 밀릴 수 있는 자는 없었다. 잔뜩 화를 내며 들어오는 그를 황제가 평안한 시선으로 내려다보았다. 황태자가 왜 저리 흥분했는지에 대해서는 큰 의미를 두지 않는 모습이었다.

"아바마마!"

빠르게 황제 앞으로 걸어온 그가 언성을 높였다. 내가 알고 있던 그의 성격과는 달리 상당히 흥분된 어조였다. 황제는 무미건조한 눈으로 잠시간 황태자를 응시했다. 그 시선에서 아무것도 읽히지가 않았다. 그가 황태자에게 갖고 있는 감정이 호의인지, 신뢰인지, 증오인지, 불쾌인지 알 수가 없었다.

내 예상과 너무나도 달랐다. 황제가 황후를 총애한다고 알고 있었다. 하지만 어제 내가 목격한 바로는 그것이 아니었다. 더불어 황제가 1황자를 황태자로 책봉하고 그 기반을 단단하게 하고자 황태자에게 애정을 쏟는다고 알고 있었다. 하지만 지금 상황을 보면 그것 역시 믿을 수 없는 소문이었다. 이쯤 되니 뭐가 뭔지 알 수가 없었다. 황태자에 대한 지지가 무너진 것인지. 무너진 것이라면 도대체 어느 시점부터 무너진 건지.

원작에서는 끝까지 황제가 황태자의 등을 밀어주었다. 무엇 때문인지, 어떤 시점부터인지 모르겠지만 상황은 원작과 판이하게 바뀌어 있었다. 황제는 냉랭한 표정을 유지한 채 황태자에게 말했다. 그의 표정에서 황태자에 대한 총애는 찾아볼 수 없었다.

"황태자로서의 예의는 어디에 버리고 온 게냐?"

"죄송합니다, 하나 어마마마께서."

황제를 향했던 그의 시선에 내게 꽂혔다. 이제야 나를 발견한 그의 눈썹이 위로 치켜 올라갔다. 언짢은 기색이 뚜렷했다.

아카데미 연회에서 그가 내게 보였던 감정은 명백한 증오가 아니었다. 물론 호의는 아니었지만, 그렇다고 극에 달하는 혐오도 아니었다. 하지만 지금 그는 내게 명백한 반감을 내비치고 있었다. 황제가 없었다면 바로 내 목이라도 쳤을 것 같은 그런 흉포함이 그의 표정에 나타났다가 사라졌다. 날것의 감정을 급하게 갈무리한 것이 분명했다.

연회부터 지금까지 그 얼마 되지 않은 며칠 사이에 도대체 어떤 일이 있었던 걸까. 나를 향한 그의 감정이 내 존재 자체에 대한 부정인지, 아니면 제 어미가 황제의 면전에서 밀려난 이유에 대한 불만인지 나는 알 수가 없었다.

그가 내게 불쾌한 시선을 보임에도 나는 그것을 모른 척해야 했다. 나는 고개를 숙여 그에게 예를 표했다.

"제국의 떠오르는 태양, 황태자 전하를 뵙습니다."

그가 나를 가만히 쳐다보았다. 무슨 생각을 하는지 알 수가 없었다. 그렇게 황태자는 나를 봤다가 황제를 봤다가 몇 번이나 우리 둘을 번갈아 보았다. 숙인 시야에 황태자가 내 앞으로 걸어오는 것이 보였다.

"고개를 들어보지?"

그러고는 이내 무언가 깨달았다는 듯, 하, 헛웃음을 내뱉었다.

"하, 아바마마, 결국."

황태자는 의미를 알 수 없는 한마디를 내뱉고는 팔짱을 꼈다. 그의 미간에 잡혀 있는 주름이 그가 내게 얼마나 분노하는지 보여주었다.

"이봐, 너는 지금 네 상황을."

"아들아, 내 아직 네게 황좌를 물려주지 않은 것을 모르고 있느냐?"

그가 내게 쏘아붙이려던 찰나였다. 황제가 그의 말을 가로막았다. 황태자를 향한 그 시선이 평소와 다를 것이 없었다. 하지만 어조에는 황제의 권위가 가득 묻어나오고 있었다. 황제는 권력을 이용하여 황태자를 누르고 있었다.

그의 한마디에 내게 향해 있던 황태자가 거칠게 몸을 돌려 황제를 똑바로 바라보았다. 그의 얼굴에 극도의 짜증, 그리고 미세한 불안감이 엿보였다. 다른 것은 몰라도 그것만은 알 수 있었다.

"제게 주지 않으시면 누구에게 주실 겁니까? 남아 있는 자 중 자격이 있는 자는 저밖에 없습니다."

"네 권력욕이 참 좋았다. 하지만 권력욕에는 그에 따른 능력 역시 필요한 게지."

"지금 제 능력이 부족하다 말씀하시고 계신 겁니까? 이미 아바마마의 후계는 저밖에 없는데, 그렇게 제가 만들었는데 말입니다."

"아직 황가에는 황가의 핏줄이 남지 않았느냐?"

"그들이 후계 자리에 오를 수 없다는 것은 아바마마도 잘……하, 하하!"

황태자는 흥분하고 있었고, 황제는 담담했다. 그 감정의 격차가 너무나도 커서 이 상황을 제대로 분석하기가 힘들었다. 저들 대화 너머의 진실을 파악하기가 상당히 힘들었다.

내가 여기서 파악한 것은 하나였다. 황제는 더 이상 황태자를 전적으로 지지하지 않았다. 하지만 유일한 후계인, 황태자를 지지하지 않으면 도대체 누구를 생각하고 있다는 말인가? 황제와 황태자를 제외하고는 남아 있는 이능을 가진 황족은 없었다. 황후와 황태자가 그렇게 만들었다.

황제에게 무어라 대답하려던 황태자가 제 말을 멈추곤 갑자기 웃기 시작했다. 광기 어린 웃음이었다. 제 아비를 향한 불신에서 나오는 웃음.

"하! 그럴 생각이십니까? 또다시 황성에 피바람을 몰고 올 생각이십니까!"

"어찌하여 너는 항상 이 아비의 말을 곡해하는 거냐? 그저 네 위치에 걸맞은 능력을 조금 더 쌓으라 충고했을 뿐인 것을. 나는 단 한 번도 네 자리의 확고함에 대해 논한 적이 없다. 그 자리는 네 손으로 쟁취한 것이 아니냐? 그렇다면 유지하는 것 역시 네 능력이라는 말이지."

"제가 누구의 아들인지 잊으신 겁니까?"

"그것을 내 모를까?"

"그렇다면 제 성정을 모르실 리가 없을 텐데요."

"협박하는 게냐, 이 황제를?"

"협박이라니요, 제가 어찌 감히 태양에 닿아 계신 아바마마께 협박을 하겠습니까. 혼자 하는 다짐이라 생각하십시오, 아바마마가 어떤 일을 하시더라도 제가 그곳에 설 것이라는."

황제와 황태자의 대화가 이상했다. 그 대화의 중심에 있어선 안 되는 자가 있는 느낌이었다. 나. 살아 있는 1황녀. 그들은 1황녀를 사이에 두고 이야기하고 있었다.

황제는, 황태자는, 1황녀가 살아 있다는 것을 알고 있고, 그것에 대해 상반된 의견을 갖고 있었다. 황제는, 황태자를 지지하지 않았다. 그 이유는 그 외에도 살아 있는 후계자가 있기 때문이었다.

머릿속이 복잡해졌다. 1황녀, 벤지안스, 내가 살아 있는 것과 그것이 무슨 싱관이란 말인가? 벤지안스는 황제를 죽일 의도로 그를 노렸다가 황제의 손에 목숨을 잃은 자다. 한데 왜 이제 와서 후계 운운하며 그들 대화에 1황녀가 오르내리는가.

황제의 의도는 무엇인가? 아니, 이제 와서 더더욱 궁금해지는 것이 있었다. 정말, 황제와 황태자는 지금 이 자리에서 서 있는 내가 1황녀라는 사실을 모르고 있는가? 그렇다면 내가 이 자리에서 내 정체를 밝힌다면? 그렇다면 그들의 의도를 알게 되지 않겠는가? 아니, 아직은 아니다. 나는 아직 누명을 벗지 못했고, 여전히 반역자였다. 아직까지 나는, 절대 들켜서는 안 되는 대역 죄인이었다.

욕망이 가득한 그의 눈빛이 날카롭게 나를 훑어 내렸다. 마치 그대로 내 목이라도 틀어 줄 듯한 시선이었다. 황태자가 그대로 뒤돌아섰다. 올 때처럼 거친 걸음으로 집무실을 빠져나가는 그의 등 뒤로 타오르는 권력욕이 보이는 듯했다. 육중한 문이 닫히는 소리가 방 안에 울려 퍼졌다.

닫힌 문을 잠시간 바라보던 황제가 내게로 시선을 돌렸다. 여전히 별다른 감정 변화가 없는 표정이었다.

"미안하네, 마벨. 내 자식 교육을 잘못 시킨 모양이야."

사람 좋게 웃어 보이며 그가 내게 사과했다. 아들의 철없는 투정이라도 본 듯한 어조였다. 그리고 문득 그런 느낌이 들었다. 내 감이었지만, 황제는 지금 어떠한 것에 대해 나를 시험해 보고 있었다. 그리고 나는 그 시험에 완벽히 통과하지 못했다. 그러한 느낌이 들었다.

내 누명을 풀지 않고, 바로 그에게 지금 내가 1황녀인 것을 밝힌다면 그는 내게 보내던 호의를 바로 바꾸어 내 목에 칼을 들이댈 것이다. 육 년 전의 그날처럼.

"아닙니다, 밖에는 황태자 전하가 황제 폐하의 뒤를 잇는 성군이 되실 거라 소문이 자자합니다. 그 소문이 황제 폐하의 귀에 들어가지 않았을 것이라고는 생각하지 않습니다."

"위로하는 건가, 듣기는 좋군."

황제는 가볍게 웃곤 서류를 몇 개 뒤적이며 다시 업무를 보기 시작했다. 그는 황실의 인장을 들었다가 잠시 무엇이라도 생각하듯 행동을 멈췄다. 그것을 이리저리 살피다가 서류에 힘주어 종이에 내리찍었다. 그리곤 시선을 내게 돌렸다.

"그래, 마벨."

"말씀하십시오, 폐하."

"자네는 황제가 되기 위해서는 무엇이 필요하다고 생각하는가?"

특별한 감정이 느껴지지 않는 표정, 눈빛이었다. 하지만 그가 지금 내게 향하는 그 말투에서, 분위기에서 어제의 황제가 겹쳐졌다. 내게 대신관 후보의 이름이 적힌 리스트를 보여줬던 그때와.

"백성을 아우르는 포용력과 지금의 세를 유지하며 나아가 더 키울 수 있는 능력, 그러면서도 나라의 기강을 흔드는 자는 즉결 처분할 수 있는 단호함이라고 생각합니다만."

여기까지는 이상적인 말이었다. 좋은 황제가 되기 위한 이상적인 요소들. 포용력과 단호함, 그러면서도 자애로움을 잃지 않는 자세.

하지만 지금 황제도 과연 그렇게 생각할까? 그에게 중요한 것은 황좌를 지키기 위한 욕심일 것이다.

방금 전, 황제와 황배사 사이의 대화를 통해서도 짐작할 수 있었다. 황제는 분명 황태자의 권력에 대한 뚜렷한 욕망을 높이 평가한다고 말했다. 그리고 오르도는 황제 역시 그 권력욕을 갖고 있었다 말했다. 황제의 생각 안에 욕심은 필수적인 요소일 것이라는 것이 내 예상이었다. 그리고 황제의 앞에서 나는 최대한 그가 원하는 대답을 뱉어야 했다.

"제일 중요한 것은 내 나라를 부국하게 만들겠다는, 더 나아가 대륙을 통일이라도 하겠다는 그 욕심이 아닌가 싶습니다. 앞서 말한 저것들도 내 나라를 위해서라면 자연스레 나오는 행동이라 생각합니다."

황제가 나를 빤히 바라보았다. 탐색하는, 관찰하는 자의 눈빛이었다. 나는 그 눈을 피하지 않았다.

잠시간의 침묵이 이어졌다. 마침내 황제가 크게 웃음을 터뜨렸다. 알 수 있었다. 그는 내 답이 마음에 들었다. 그의 성정을 생각해 꾸며낸 내 대답에 그가 기꺼워하고 있다.

내 안에서 황제는 그저 조연이었다. 원작에서 그러했다. 황제는 별로 나오지 않았고, 심지어 황태자의 손에 사라졌다. 제 아들의 손에 죽은 자가 그렇게도 권력에 욕심이 가득할 것이라는 생각은 도무지 들지 않았었다.

하지만 이곳에 오고 나서, 점점 진실을 파고들수록, 원작을 읽으며 내가 파악했던 것과 전혀 다른 사람이라는 것을 알 수 있었다. 문득 나는 어떤 사실을 깨달았다. 원작에서 조연이라 짧게 묘사되고 등장하는 이들이야말로 지금의 흐름을 바꾸고 있다는 것을. 조연에 대해 한두 줄 적힌 그 표현들이, 그 뒤의 무수한 가능성을 만들어내고 있었다.

나는 황제를 바라봤다. 저자는 그 뒤에 무엇을 더 숨기고 있는가?

황제의 웃음이 점점 잦아들더니 그가 빙그레 미소를 지었다.

"하하하! 역시 자네에게 내 보좌를 맡기고 싶어."

"하지만 너무 과분한……."

"아니, 아니야. 어쩜 그리 내 마음에 쏙 드는 대답만 하고 있는지 의문일 정도로 마음에 들어."

고개를 끄덕이던 그가 제 앞에 있던 서류를 옆으로 밀어냈다.

"그래, 그보다 더 마음에 든 것이 하나 있지."

"그것을 여쭈어도 되겠습니까?"

"자네의 눈."

황제와 눈이 마주쳤다. 저 눈 안에 어떤 기억이 있는지, 어떤 일들을 겪었는지 알아내고 싶었다. 하지만 여전히 불가능했다. 내게 보이는 것은 암흑이었다.

"무엇을 위한 욕망인지 모르겠지만, 바득바득 이를 갈아내는 그 욕망 서린 눈빛이 좋다는 말이네."

황제가 웃었다. 의뭉스러운 웃음이었다. 드디어 그가 내게 보이는 호의의 이유를 엿본 느낌이었다. 지속적으로 내게 호의적이긴 했지만 그 이유가 잡힌 것은 처음이었다. 순간 깨달았다. 지금이다. 지금이, 내 누명을 벗기 위한 미끼를 던지기에 적합한 시점이었다.

황제는 욕심이 좋다고 했다. 위를 향한 욕심이 마음에 든다 말했다. 그 욕심이 제 목숨을 노렸던 것은 알지도 못한 채.

"하지만 그 욕망이 폐하의 목숨을 노린다면 어찌하실 겁니까?"

날카로운 욕망의 칼날이 황제의 목을 노렸던 사실을 상기시켰다. 그것이 내가 아닌, 또 다른 누군가의 소행이라 그에게 넌지시 전해야 했다. 내 한마디에 흥미로운 시선이 나를 향했다.

"자네가 내 목숨을 노린다는 말인가?"

"아니요, 제 이야기가 아닙니다. 평민들 사이에 도는 소문이 있습니다."

저와는 전혀 다른 영역에서 도는 소문임을 강조했다. 황제가 이 소문을 듣지 이유를 납득시키기 위해 '평민'이라는 단어를 끼워 넣었다.

"알지 못하네. 내 아래의 세상에 무지했던 듯하군. 그래, 무슨 소문인가?"

"그 소문이 너무 악독하여 감히 입에 올리기가 송구스럽습니다만."

나는 정말로 입에 담기 힘들다는 표정을 지어 보였다. 지금부터 내가 할 말은 황제가 총애하는 황후를 공격하는 발언이다. 지금도 총애하는지 확신할 수는 없지만, 어찌 됐건 황족을 모독하는 발언이었다. 잘못하면 내 목이 날아갈 수도 있는 커다란 사안이었다.

하지만 기회는 지금뿐이라고 생각했다. 어제라면, 아니, 황태자가 들어오기 전이라면 나는 이 말을 하겠다는 생각조차 하지 못했을 것이다. 하지만 지금은 알 수 있었다. 내가 그를 직접 공격하지 않는 한, 그는 나를 공격하지 않을 것이라는, 뜻 모를 확신이 들었다.

"그렇다면 더더욱 들어야 하지 않겠나?"

황제는 내 말에 흥미를 보였다. 나는 입을 열었다. 과거의 내가 무심코 한 짓을 칭찬해 주어야 할 판이었다.

사실 이 소문이 평민 사이에서 도는지, 돌지 않는지는 알 수가 없었다. 하지만 하나는 확신했다. 최소한 아라온 남작가의 기사들 사이에서는 돌고 있을 것이다. 너무나도 변방이라 고인 물처럼 그곳에서만 맴돌고 있겠지만. 유모를 죽일 때, 나는 그 자리에 있던 기사들의 기억을 바꿨다.

'황제를 암살한 자는 황후다. 마술사와 결탁하여 황제의 목숨을 노렸다!'

유모가 그렇게 외치는 소리를 들었다고. 반역자가 죽음 직전에 외친 말. 자, 과연 이 말이 그들 사이에 돌지 않을까?

나는 그 이야기를 황제에게 던지기로 했다. 남작이 관리하는 변방에서 도는 소문. 반역자의 입에서 나온 말. 그 소문을 내가 내 입으로 황제에게 전할 것이다.

"카르디안에서부터 시작된 소문이라 하더군요. 그곳에서 붙잡힌 반역자, 전 백작부인의 입에서 황후마마가 언급되었다고 합니다."

"그런가? 처음 듣는 소문이군."

황제는 놀란 표정을 지으며 미간을 찌푸렸다. 하지만 내게 향한 불쾌함은 아니었다. 소문 자체에 대한 의심과, 그 자체에 대한 불쾌감이었다.

나는 조심스럽게 입을 열었다. 이 일을 내 입으로 발설하는 것 자체에 거부감을 갖고 있는 척, 더불어 내가 황제에게 황족 모독과도 같은 말을 할 정도로 황제의 안위를 걱정하는 척, 가증스러운 표정까지 덧붙였다.

"그리고 그 이유는 황태자 전하의 황위 계승을 위해서라고 합니다만, 거기까지는 알 수가 없습니다. 악독한 소문인지라 높은 사람들의 귀에 들어가지 않도록 노력하는 것 같지만, 폐하께서는 꼭 알고 계셔야 할 것 같아 감히 입에 올려봅니다."

"내 모르던 소문이군. 한번 진상을 파헤쳐 봐야겠어. 허어, 그것이 사실이든 아니든 너무 큰 사항 아닌가? 내 제대로 조사해 보고 싶은데, 시작이 어디라고?"

"아라온 남작이 다스리는 카르디안입니다."

나는 목표를 이뤘다. 그리고 생각보다 얻은 것도 많았다. 생각보다 결과가 좋았다. 나는 무사히 황성을 나왔고, 이대로 호위를 따라 기숙사로 돌아가면 끝이다. 아침에 갑자기 끊어졌던 팔찌가, 내게 어떠한 안 좋은 일이라도 암시하나 싶었다. 하지만 나름 별일 없는 하루였다.

그래, 괜한 기우였다. 물건 하나에 그렇게 의미 부여를 하는 것이 정말 터무니없던 일인 거지. 그렇게 안심하고 있던 중이었다. 누군가가 내 등을 살짝 두드렸다.

"마벨."

나는 고개를 돌렸다. 익숙한 얼굴이 그 앞에 서 있었다.

"오르도?"

너무 뜻밖의 얼굴이었다. 물론 공작이고, 고위 귀족이니만큼 황성에 자주 출입하겠지만, 그래도 여기서 마주친 것은 정말 의외였다. 그는 여전히 밝은 표정으로 나를 바라보고 있었다. 몸은 괜찮은지, 이렇게 돌아다녀도 무사한 건지 여러 가지 생각이 들었다. 내 생각을 아는지 모르는지 그가 가볍게 손을 흔들며 반갑게 인사했다. 그 모습이 역시나 오르도답다는 생각이 들었다.

"오랜만이야. 아, 오랜만이라고 하기엔 며칠 지나지 않았나?"

"여기에 어쩐 일로? 아니, 그보다 몸은 괜찮은 겁니까?"

"공작이라면 황성에 출입하는 게 당연한 거잖아? 게다가 마농에 사신으로 다녀온 직후였단 말이지. 몸은 보다시피 괜찮고 몸이 좋지 않더라도 마농에 다녀온 보고는 올려야 할 것 아니야. 어른들은 금방금방 건강해지거든. 어린애들은 모르겠지만 말이야."

"장난 거는 걸 보아하니 괜찮은 모양이군요."

오르도는 제 팔을 휘휘 돌리며 말했다. 표정에 여유가 보였고, 어디 아파 보이지도 않았다. 그나마 다행이라는 생각이 들었다.

"그런데 마벨. 아카데미에 바로 돌아가야 되는 건가?"

"아니요. 보좌 실습 중에는 수업 면제입니다. 정문이 닫히기 전에만 돌아가면 상관없어요."

공작저도 아닌, 아카데미도 아닌 곳에서 우연히 마주친 적은 처음이었다. 이대로 아카데미로 돌아가면 방학 때까지 아카데미 밖으로 나오지 못한다. 나 역시 그와 바로 헤어지는 건 조금 아쉬웠다. 오르도는 내 대답을 듣더니 호위를 향해 물었다.

"그래? 그럼, 내 동생 좀 잠시 빌려가도 될까?"

"이 소년이 아카데미에 무사히 돌아가는 것까지 호위하는 게 제 임무입니다."

"이쪽 호위도 나름 믿음직스럽다고? 무엇보다 내 남동생과 재미난 이야기를 나누고 싶은데, 형님의 자그마한 소망을 이루어주지 못하겠단 말인가?"

오르도는 손가락으로 제 뒤를 따라오는 호위를 가리켰다. 이제는 세그다드가의 호위라 하면 썩 신뢰가 가지는 않았지만, 나름 선별해서 데리고 다닌다는 말을 믿어보기로 했다. 게다가 이곳은 황성이었고, 황성 밖에 나간다고 하더라도 벌건 대낮이었다. 더불어 그 누구도 아닌 세그나드 공작과 함께 있는데 별일이 있기가 참 힘든 일이었다.

"그렇다면 두 시간 후에 그쪽으로 찾아뵙겠습니다."

"황제 폐하의 명이라면 껌뻑 죽는 시늉이라도 하겠군. 융통성 없는 건 디온에게 견주어도 뒤지지 않을 정도야. 무슨 죄수 면회도 아니고 말이야. 알겠네, 알았어."

나는 오르도를 따라 황성 밖으로 나갔다. 그는 디온에 대한 것, 아카데미 생활, 황제의 임시 보좌 업무 등 여러 가지를 물어봤다. 안부 인사 같은, 별로 중요하지 않은 내용들이었다.

황성을 나가서 조금 더 걷자, 티룸이 눈에 들어왔다. 대로변의 조금 뒤편이라 그런지 걸을수록 보이는 사람들이 점점 줄어들고 있었다. 원래 이곳을 알고 있지 않은 자라면 잘 찾지 못할 곳에 위치하고 있는 티룸이었다.

쾌나 자주 오는 모양인지, 그를 따라 티룸 안으로 들어가자 주인이 오르도를 알아보았다. 주인이 그의 옷을 받아 들고는 자연스럽게 방으로 안내했다. 티룸이라 오픈형 테이블이 가득일 줄 알았건만 이곳은 각각 작은 방으로 나뉘어 있었다.

내부는 엄청 호화스럽지는 않지만 그렇다고 너무 검소하지도 않은, 내가 느끼기에 적당한 분위기를 풍기고 있었다. 시종이 자연스럽게 의자를 빼주었고, 우리는 다과를 주문한 후 시종을 물렸다. 문이 닫혔고, 작은 방 안에는 우리만 있게 되었다. 오르도는 자리에서 일어나 벽을 몇 번 두드렸다. 마치 주변의 소리가 얼마나 차단되는지 확인하는 듯한 행동이었다.

"공작저로 갈까도 생각했는데, 거리 문제도 있고, 괜히 폐하의 총애를 받는 널 데리고 공작저로 가는 것도 좋게 보이지는 않을 것 같아서 여기로 왔어. 게다가 그나마 보안이 철저한 곳은 이곳뿐이라. 덕분에 좀 좁지만 상관없지?"

벽을 몇 번 두드리고 주위의 소리를 듣는 시늉을 하던 그가 만족스러운 듯 고개를 끄덕이며 다시 자리에 앉았다. 나는 조금 의아해졌다. 그가 방금 전에 했던 행동, 그리고 지금 내게 한 말로 보자면 그는 내게 무언가 비밀 이야기를 하려는 것 같았다. 그것 자체가 이해가 되지 않았다. 나는 그에게 있어 그저 평민 소년일 뿐인데, 그런 내게 할 비밀 이야기가 무엇이라는 말인가? 1황녀, 살아 있는 벤지안스가 아닌 내게 그가 비밀을 털어놓을 만큼의 신뢰는 갖고 있지 않다고 생각했다. 이렇게 소리가 전부 차단된 곳으로 부를 일은 황가의 일과 같은 극단적으로 위험한 안건일 테고, 그것은 내게 말할 종류의 것이 아니었다.

"원래 분위기에 중요성을 두는 것도 아니니 상관없습니다만, 보안을 말씀하시는 걸 보니 중요한 이야기를 하실 것 같은데요."

"우선 주문한 음식이 오면……, 아 지금 들어오네."

서버가 다과를 가져와 테이블 위에 두고 정중하게 인사한 후 나갔다. 탁, 하고 닫히는 문소리와 함께 방은 다시 소리에서 차단된 상태가 되었다.

"음, 그래. 어디서부터 말해야 할까?"

오르도는 찻잔에 우유를 조금 따르고는 티스푼으로 한 바퀴 휘저었다. 무언가를 고민하는 듯 잠시 뜸을 들이던 그는 이내 생각이 정리된 모양인지 티스푼을 잔 옆에 내려놓았다. 달칵, 소리가 작은 방 안에 울려 퍼졌다

"그래, 우선 사과부터 하고 시작해야 할 것 같다."

"제게 말입니까?"

"그래, 아무래도 미벨의 의도와는 달리 내가 내 스스로 모든 걸 알아버린 모양이라서."

심장이 덜컥 가라앉았다. 그리고 이내 빠르게 뛰는 심장을 진정시켰다. 아닐 거야. 그가 말하는 것이 꼭 지금 내가 생각하는 것이라는 확신은 없잖아? 그저 내가 한 일 때문에 스스로 찔리는 것이 분명할 것이다. 그가 말한 '모든 것'. 내 의도. 그 두 단어가 무엇을 의미하는가? 이 두 단어랑 제일 밀접한 것은 한 가지 결론이었다. 아니야, 설마. 아니, 어떻게? 그걸 어떻게 알 수가 있지?

하지만 아무런 소음도 새어 나가지 않을 밀폐된 방과, 평소와 달리 고민하다가 내뱉은 그의 발언을 종합해 보면 계속 한 가지 사실에 도달할 수밖에 없었다. 부디 아니어야 했다. 나는 목소리가 떨리는 것을 최대한 가다듬었다.

"모든 것이라면, 무슨 말씀이신지 풀어서 설명해 주셨으면 합니다."

"네가 벤지안스 D. 마블라 소르트, 디온이 그리도 찾아 헤맸던 1황녀라는 것 말이야."

그가 말하면 안 되는 진실이 그의 입에서 나왔다. 눈앞이 아찔해지는 느낌이었다. 내가 그에게 한 짓을 그가 알게 되느냐 마느냐는 둘째였다. 그가 그것을 알아냈고, 그것을 입 밖으로 내뱉었다는 사실이 가장 큰 문제였다. 기억을 읽는다는 것은 생각과 의식의 흐름을 읽는다는 것이 아니다. 본 것, 들은 것, 말한 것, 상황을 읽는다는 말이었다.

즉, 그가 이 사실을 입 밖으로 내뱉지 않는다면, 1황자와 황제역시 오르도를 의심할 여지가 없다는 말이었다. 게다가 지금, 내느낌이 맞다면, 황제와 황태자는 내 정체를 알고 있다. 내가 1황녀인지 아닌지가 중요한 시점이 아니었다. 오르도가 내 정체를 알고도 숨겨주었는지 아닌지의 문제였다.

부정해야 했다. 여기서 수긍할 수는 없었다. 절대 안 된다. 그가 터무니없이 넘겨짚은 사실이고, 나는 여전히 그의 안에서 평민소년이어야 했다.

"오해입니다."

"거기에 더불어 황가의 이능까지도 알아낸 것 같아."

내 말은 들리지 않는다는 듯, 그가 말을 이었다. 제발, 그의 입을 틀어막고 싶었다. 오르도가 어떻게 어디까지 알고 있는지는 모르겠지만, 지금 그가 하는 말이 가져올 파장이 컸다.

나는 침묵했다. 격렬하게 부정하는 것도 기억을 읽는 자의 입장에서는 이상할 것이다. 나는 최대한 담담한 표정을 지었다. 나는 끝까지 정체를 숨기는 자여야 했다. 기억을 읽는 자에게 나는 끝까지, 오르도와 긴밀한 사이로 보여서는 안 된다. 내 반응에 쐐기를 박듯, 그가 말을 덧붙였다.

"기억에 관련된 이능인 것 같은데. 내가 내린 결론으로는 그래."

"아닙니다, 절대로."

기다렸다는 듯 곧바로 부정했다. 그가 정확하게 진실에 다가가 있었다. 너무나도 진실에 가까워서 생각할 틈도 없이 부정할 수밖에 없었다. 도대체 어떤 경로로 알게 됐는지 알 수가 없었다.

디온은 오르도에게 말하지 않았다. 디온과 오르도 둘 모두 내 정체에 대해 기록 같은 걸 남겨놓지 않았다고 했으니 뭔가를 본 것도 아니었다.

혹시 이능이 풀렸나? 하지만 그럴 일은 없었다. 내가 알기로 이능은 절대적이었다.

머릿속에서 맹렬히 돌아가는 생각과, 계속 소용돌이치는 감정을 애써 숨겼다. 그런 나를 바라보며 오르도가 난처한 웃음을 지었다.

"이걸 내가 내 입으로 말하면 안 되는 사항이었나? 하지만 내가 무얼 하든 황가에서는 내 목을 노릴 거야."

어떻게 보면 맞는 말이었다. 마농에서 알아낸 사실로 이미 황가가 오르도의 목을 노리고 있는 상황에서 그가 나, 공식적인 반역자와 긴밀한 연관이 있는지 없는지는 그저 그의 목숨이 공개적으로 노려지는지 은밀하게 노려지는지 그 차이일 뿐이었다.

"하지만, 그……."

그래서는 내일 당장 오르도의 목이 날아갈 수도 있어요. 내뱉으려던 말을 집어삼켰다. 여기서 조금의 긍정이라도 해서는 안 된다.

계속 황성에 드나들어야 하는 그는 나, 1황녀와 전혀 모르는 사이여야 모든 것이 좋았다. 또다시, 가족을 잃고 싶지 않았다. 아아, 그래, 그 마음이 제일 컸다. 나에 대한 기억을 지웠음에도 계속해서 나를 가족이라고 말해주는 그를 도무지 잃을 수가 없었다. 어떤 수를 써서라도 그가 나를 인지하지 못하게 막아야 한다.

오르도의 얼굴에는 여전히 조금 미안한 웃음이 떠올라 있었다. 그는 여전히 내게 미안해하고 있었다.

"아, 내 목숨이 아니라 마벨이 위험하기도 한 걸까?"

그는 여전히 내 안위를 살피고 있었다. 강제로 기억을 바꿨는데도 그는 왜 기억을 바꿨냐고, 도대체 왜 내게 숨긴 것이냐고 아무런 화도 내지 않았다. 오히려 지금 자신의 행동이 해서는 안 되는 짓일까 내게 미안해하고 있었다. 그가 전혀 미안해할 일이 아닌데도.

가족. 가족이었다. 내가 꿈에서 생각하던, 정말로 나를 울타리 안의 사람이라 생각하는 가족.

디온에게 느낀 것과는 다른 감정이었다. 오빠, 아니, 아빠가 있었다면 이런 기분이었을까? 뜨거운 무언가가 울컥 가슴속에서 치밀어 올랐다. 디온은 내가 한 짓을 알고서도 나를 받아줬다. 하지만, 오르도는 다를 거라고 생각했다. 나를 내칠 것이라 생각했다. 하지만 나는 여전히 세그다드 안에 있었다. 원작에 서술되었던 세그다드가의 따뜻함이 내게 고스란히 다가오고 있었다. 내가 받아들이기에 벅찰 정도로.

입술을 깨물었다. 동요해서는 안 된다. 그런 내 시도를 잘못 이해한 모양인지 오르도가 당황한 표정을 지었다.

"아, 뭐랄까, 혼내려고 말한 건 아닌데, 이거 마벨이 혼날 상황인 거야? 그렇게 울 것 같은 표정을 해버리면 좀 미안한데."

"저는 당신이 지금 무슨 소리를 하시는 건지 모르겠습니다. 어째서 그런 터무니없는 생각을 하게 되신 겁니까?"

끝까지 나를 밝힐 수 없었다. 도대체 나는 왜 이 몸에 들어온 것인가? 나는 왜, 어째서 그 많고 많은 캐릭터 중에 정말로 저주받은 조연 캐릭터의 안에 들어와서, 복수만을 바라며 아등바등 살아가고 있단 말인가? 내가 누군지, 무엇인지, 아무것도 밝히지 못한 채 그가 다가간 진실마저 부정하고 있어야 하는가?

이런 일은 오지 않았으면 했다. 조금, 이상하다 생각할 수는 있겠지만 이렇게 완벽하게 진실에 다가갈 리는 없다고 생각했다. 디온은 이제 내 의도를 파악했고, 오르도에게 절대 진실을 밝히지 않을 것이었다. 그러나 오르도는 알아버렸다. 나는 내 정체는 끝까지 부정하는 것과 동시에 어떻게 그가 이 사실을 알게 되었는지 물었다. 그것이 궁금했다.

"표정을 보니까 내가 잘못 넘겨짚은 모양이야. 근데 왜 이렇게 터무니없는 결론을 냈는지는 궁금한 것 같은데, 맞아?"

그는 자신의 추론이 잘못됐음을 스스로 인정했다. 하지만 아까 내게 물었을 때의 어조는 긴가민가한 의심이 아니었다. 이미 제 안에서 확신을 내렸고, 그것을 내게 확인받으려던 것이었다. 지금 그가 자신이 틀렸다고 인정하는 것은 내 반응을 보고 그래야 한다고 판단했기에 태도를 바꾼 것뿐이었다.

나는 고개를 끄덕였다. 어차피 어떤 추론이라 하더라도 뚜렷한 물질적인 증거는 없을 것이고, 그와 내가 이 사실 자체를 부정한다면, 오르도가 죄를 덮어쓰는 일은 없을 테니.

"음, 어떻게 설명을 해야 할까? 어디서부터 설명을 해야 할까?"

오르도는 몸을 편히 의자에 기대었다. 말을 고르는 모양이었다. 황가의 시선을 피하면서 나를 납득시킬 수 있는 말.

"물론 결론은 아니다로 나왔지만, 정황을 생각해 보면 그럴 수밖에 없었어. 자세히 설명할 수……, 아니, 설명하고 싶지는 않은데. 그냥 한 가지만 알아줬으면 좋겠어. 나는 아무에게나 가족이라고 하지 않거든. 그 팔찌 같은 경우도 아무에게나 사주지 않고 말이야."

그가 시선을 돌려 내 팔을 바라보았다.

"음, 안 하고 있네?"

"아, 아니요. 오늘 아침에 끊어져서."

오르도는 과장되게 시무룩한 표정을 지어 보였다. 그가 진심으로 섭섭해하고 있지 않다는 것은 알고 있었지만 왠지 해서는 안 되는 짓을 한 느낌이었다. 나는 서둘러 품을 뒤적였다가 디온에게 맡기고 온 것이 생각났다. 새삼스레 괜히 아침에 끊어져 새삼스레 내게 불안을 안겨준 팔찌를 원망해 봤다.

당황하는 내 표정을 보고는 그가 가볍게 웃었다. 순식간에 바뀌는 표정이 역시나 장난이었다는 것을 보여주었다.

"아, 그냥 장난이었어. 어찌 됐든, 이것저것 고려해 봤을 때 그렇지 않을까? 하고 생각했을 뿐이야. 그런데 아니라니 어쩔 수 없지."

그는 전부 두루뭉술하게 둘러서 표현했다. 하지만 어떤 경로로 알게 되었는지를 추측해낼 수 있었다. 오르도는 아무나 가족이라고 생각하지 않는다. 하지만 나는 가족이라고 생각했다. 그가 일개 평민을 가족이라고 인정하기에는 그가 가지고 있는 기억이 충분치 않았을 것이다. 왜? 라는 질문이 꼬리에 꼬리를 물었을 것이고 생각은 팔찌에 다다랐을 것이다. 그리고 결론이 지금이겠지.

내가 그가 진실에 다가가는 것을 필사적으로 거부하는 것을 알아내고는 지금처럼 애매하게 설명하는 것이 틀림없었다. 나는 그의 말을 듣고 아무 말도 하지 못했다.

그가 진실에 다가가게 된 시작점이 내게는 너무 과했다. 그가 가족이라고 생각해서. 내가 그럴 자격이 되는 사람이라서. 그 사실이 내게 너무 과분했다. 받아들이기에도 벅찬 위치였다.

내가 아무 말이 없자 오르도가 부드럽게 웃었다. 그 얼굴이 마치 걱정하지 말라는 위로처럼 보였다.

"그냥 내 추론은 그래. 근데도 아니라면, 어쩔 수 없는 거지. 그러고 보니 마벨에게 이미 죽은 반역자라고 하는 것도 실례였네. 내가 말도 안 되는 생각을 했었나 봐. 지금 또 생각해 보면 그럴 리가 없지. 정말 새로운 동생이 생겨서 기뻤나 봐. 그래도 하고 싶은 말이 있었는데. 마벨이 1황녀가 아니라는 건 알겠지만 그래도 이 말은 해야겠어."

물증이라고는 하나도 없었다. 스스로의 감정에서 기인한 의심이었다. 그러던 중 디온의 조금은 어색한 반응이 떠올랐을 것이며, 내게 준 팔찌라는 결정적인 증거를 통해 이 결론까지 다가선 것이었다.

유능했다. 너무나도 유능해서 심장이 아릴 정도였다. 그가 전부 알게 된 이 상황에서조차 나는 그의 말이 사실이라 답하지 못했다.

나는 고개를 들어 그를 바라봤다. 나를 바라보는 그의 눈 안에는 안쓰러움과, 그에 더불어 어디를 향하는지 모를 따스함이 담겨 있었다. 그래, 그 따스함이 향한 곳은 벤지안스, 1황녀였다.

"수고했다."

오르도는 나를 바라보며 미소 지었다. 예상치 못한 한마디였다.

"제일 힘든 것은 아무것도 몰랐던 내가 아니겠지. 어떤 일이 있었을지 정확히는 아니지만 어느 정도는 짐작할 수 있어. 수고했다. 전부 감내해 내느라 고생했다."

아아, 이 형제는 너무나도 따뜻했다. 너무나도 착했다. 바보같이 착하고 바보같이 올곧았다. 나라는, 내 앞날만 생각해 저들을 이용해 먹은 나라는 불순물을 받아줬다. 그것 자체가 너무나도 큰 구원이었다.

북받쳐 올라오는 감정을 눌렀다. 나는 모르는 자의 이야기를 듣고 있는 것이다. 몇 번이나 스스로를 세뇌시켰다. 그래. 나는 모르는 사람을 향한 그의 격려를 듣고 있는 거야. 하지만 그의 눈을 마주칠 수는 없었다.

"형님의 마음은, 누군가는 알고 있을 겁니다. 잘 알아들었을 겁니다."

"그래, 그러면 됐어. 그럼 이만 나갈까. 생각보다 시간이 꽤 지난 것 같네. 비밀로 해야 할 얘기는 끝났으니 나가서 에바인 거리라도 걸을래? 여기 앞은 다른 곳에 비해 사람도 별로 없고 시끄럽지 않거든."

오르도가 길게 기지개를 켰다. 할 말은 다 한 듯 후련한 표정이었다. 그는 내 정체를 알아냈다. 나는 부정했지만, 그것이 진실이 아니라는 것은 그도 알고 있겠지. 그가 모든 것을 알고 있음에도 나는 여전히 마벨 세그다드인 것이다. 그 사실이 나를 안심시켰다.

"감사합니다."

마음 같아서는 깊게 고개라도 숙이고 싶었지만, 그럴 수 없었다. 그저 감사하다는, 무엇에 감사하는지 모를 모호한 인사를 해야 했다. 내 대답에 잠시 나를 바라본 오르도가 밝게 웃었다.

시계를 봤다. 시간은 벌써 한 시간가량이 지나 있었다. 밖에 나다니는 것을 좋아하지는 않았지만, 가족과의 산책은 내게 오랜 로망이기도 했다.

'그 거리를 산책하다 가죽을 취급하는 상점에 가면 내 팔찌에 대해 물어볼 수도 있지 않을까?'라는 희망적인 생각도 들었다. 끊어진 팔찌는 하루빨리 고치고 싶었다.

아무리 밀폐된 방이었다지만 누군가 우리의 대화를 들었을지도 모른다는 걱정을 놓을 수는 없었다. 하지만 가게 문을 나설 때까지 별다른 일은 일어나지 않았다. 오르도의 말대로 가게 근처는 한산했다. 지나다니는 사람은 그리 많지 않았다.

"그나저나 아카데미 생활은 어때? 디온은 잘……."

오르도가 디온의 안부를 물으려던 순간이었다. 그의 말이 끊겼다. 동시에 들려서는 안 되는 소리가 들렸다.

카앙!

금속과 금속이 마찰하는 소리였다. 익숙한 소리. 절대 다시 재생되어서는 안 되는 소리. 축제 연회가 끝난 후, 오르도를 찾아 헤매던 골목에서 들었던 소름 끼치는 마찰음. 고개를 돌렸다. 보고 싶지 않은 장면이 눈에 보였다. 오르도의 호위가 칼을 빼내 괴한의 습격을 막아내고 있었다.

맞닿은 칼이 바르르 떨렸다. 호각이었다. 오르도는 호위의 뒤에 있었다. 세그다드가의 호위는 철저하게 오르도를 지키고 있었다.

누구지? 지금? 해가 지기도 전에? 나를 노리는 것인가? 오르도를 노리는 것인가? 도대체 누구를? 오르도를 노리는 것이라면, 1황자인가? 황제? 기억, 기억을 읽어야 해. 아니, 오르도를 살려야 해.

살려야 해. 어떻게? 호위, 호위가 저들을 이길 수 있을까? 황제가 내게 붙여준 호위가 온다면? 아니, 저 괴한을 누가 보냈는지 알 수가 없었다. 저 괴한을 황제가 보냈다면, 황제의 호위는 이곳에 오지 않을 것이다.

생각에 생각이 꼬리를 물었다. 먼저 이곳을 벗어나야 한다. 오르도의 팔을 붙잡는 순간이었다. 괴한이 말했다.

"비켜라. 목표는 네가 아니다."

그것은 호위를 향해 하는 말이 아니었다. 오르도를 향해 하는 말이었다. 목표는 오르도가 아니다. 그렇다면 남은 건 한 명이었다. 나. 그는 나를 노리고 있었다.

나는 이 괴한들을 보낸 자가 황제일 거라고 생각했다. 아카데미에서 오르도를 노린 자가 황제였으니까. 하지만 괴한의 목표가 오르도가 아닌 나라는 것에 혼란이 찾아왔다. 황제가 나를? 하지만 황성에서 내게 했던 행동을 보면 납득이 가지 않았다. 그는 내게 호의가 있는 걸로 보였다. 그렇다면 누구지? 황태자인가?

얼굴을 가린 복면 사이로 눈이 마주쳤다. 그의 살기가 뚜렷이 나를 향하고 있었다. 기억, 기억을 읽고 바꿔야 해.

"무슨, 자메스, 마벨을 지켜!"

오르도가 소리쳤다. 동시에 호위 자메스가 칼을 내려쳤다. 카앙! 또다시 끔찍한 마찰음과 함께 자메스가 한 걸음 물러섰다.

그 바람에 괴한의 시선이 나를 비껴갔다. 제길. 도망쳐야 하나? 아니면 여기에서 그를 막아야 하나?

젠장, 오르도가 낮게 읊조렸다. 그 역시 전혀 예상치 못했던 상황임이 분명했다. 누구라도 그럴 것이다. 황성과 멀지 않은 곳에서 공작을 암습할 것이라 누가 상상이나 할 것인가? 누가 이런 간 큰 짓을 벌인 것이지? 배후는 누구? 황제? 황태자?

"도망가십시오!"

괴한의 칼을 막아내며 자메스가 소리를 질렀다. 둘은 호각이었다. 괴한의 신형은 사정없이 흔들리고 있었고, 나는 괴한과 눈을 마주칠 수조차 없었다. 도망, 도망가야······.

생각을 끝맺기도 전에 누군가 내 팔을 잡아끌었다. 오르도였다.

"뛰어! 우선은 대로변으로 도망쳐야 해! 여기는 자메스에게 맡기고 가라. 네 무력으로는 도움이 안 돼!"

제일 적절한 상황 판단이었다. 그래, 저자에게 맡기자. 자메스가 괴한을 막아내고 있었다. 이대로 대로변으로 나가자. 최소한 사람이 많은 곳으로 나가자.

오르도에게 붙잡혀 달음박질을 하려던 순간이었다. 오르도의 걸음이 멈췄다. 나를 잡고 있던 손도 떨어졌다.

까앙—!

끔찍한 소리가 지척에서 들렸다. 오르도가 내 앞을 막고 있었다.

"듣던 대로 호위는 한 명이군."

음습하고 낮은 목소리가 들렸다. 방금 전 괴한과 같은 차림새를 한 다른 자였다. 나는 다급하게 뒤를 돌아봤다. 자메스는 여전히 괴한을 상대하고 있었다. 칼이 맞부딪치는 소리가 아직까지도 들려왔다. 젠장, 괴한은 하나가 아니었다.

괴한을 상대하는 오르도의 무위가 나쁜 건 아니었다. 하지만 나를 노리는 괴한은 디온과 실력이 비슷해 보였다. 오르도가 그를 당해낼 수 있을 리 없었다.

오르도가 그와 싸우게 해서는 안 된다. 괴한이 그를 노리게 해서는 안 된다. 이능, 이능을 사용하자. 그와 눈을 마주치자. 그와 눈을 마주치기 위해서는 어떻게 해야 하지?

괴한들의 목표는 나였다. 그는 분명 나를 따라올 것이다. 그가 나를 공격하려고 할 때, 그의 눈을 마주하면 된다. 나는 오르도의 뒤에서 빠져나와 도망쳤다. 달렸다. 숨이 턱까지 차올랐다. 내가 숨은 쉬고 있는지 알 수조차 없을 정도로 숨이 턱턱 막혔다. 하지만 달려야 했다. 내가 죽는 한이 있더라도 오르도를, 그를 죽게 해서는 안 된다.

그렇게 한 발자국 더 내디디려는 순간이었다. 지척에서 들리던 칼과 칼이 부딪치던 소리가 멈춤과 동시에, 내 앞을 괴한이 막아섰다. 그의 입에 미소가 걸려 있었다. 괴한이 칼을 높이 쳐들었다. 내 목을 노리고 있었다. 동시에 나는 그와 눈을 마주쳤다.

너에게 명령을 내린 게 누구지? 동시에 낯익은 이의 모습이 머릿속에 들어왔다. 황태자. 아득, 이가 갈렸다. 결국 그였다. 그래, 그럼 이제 기억을 바꿀 차례야. 서서히 칼이 나를 향해 내려왔다.

'너는 황태자의 명……'

생각을 심기도 전에 눈앞이 막혔다. 괴한과 나 사이에 벽이 생겼다. 아니, 벽이 아니었다. 익숙한 등. 익숙한 복장. 나와 방금 전까지만 해도 차를 마시던 자가 입고 있던 옷과 똑같은 색깔. 그게 왜 여기에. 왜. 내 눈앞에……?

이유를 알아채기까지는 오래 걸리지 않았다. 알 수 있었다. 오르도가 내 앞을 막아섰다.

"아니야!"

비명과도 같은 소리가 입에서 튀어나왔다. 비켜! 한마디를 말할 새도 없었다. 날카로운 것이 천과, 살을 찢어발기는 소리가 들렸다.

내 앞에 선 이를 관통한 칼날이 내 눈앞에서 멈췄다. 피에 젖은 날카로운 예기가 드리워졌다가 다시 사라졌다. 내 눈에 닿는 그 칼을 쥔 자의 얼굴을 볼 겨를도 없었다. 그저 내 눈앞에 보이는 것은, 오르도의 등이었다.

칼이 빠져나갔다.

칼날이 사람의 몸을 빠져나가는 소리가 뚜렷하게 들렸다. 작은 소리임에도 귀에 파고드는, 천둥과도 같은 소리였다. 동시에 붉고 따뜻한 것이 내게 튀었다. 후드득, 비껴갈 틈도 없이 내게 튀었다.

눈앞에서 그가 주저앉았다. 무너져 내렸다. 오르도가, 눈앞에서 무너져 내리고 있었다.

"오르도······?"

쓰러지는 그를 붙잡았다. 아니, 붙잡기 위해 손을 뻗었지만, 그는 허무하게 무너져 내릴 뿐이었다. 그의 몸에서 흐르는 피가 내 손을 적시고 있었다. 그 피는 멈출 생각이 없었다. 아무리 닦아도 흐르고 또 흐르고 흘렀다.

입술이 덜덜 떨렸다. 공포도, 두려움도 아니었다. 아니, 두려움 인가? 정의 내리기 어려운 감정이 격하게 내 안에서 요동쳤다.

그 가운데에 계속 다가오는 한 가지 사실. 오르도가, 죽어가고 있다. 내 앞을 가로막고 있던 오르도가 사라지자, 괴한이 보였다. 그가 나를 향해 칼을 들어 올렸다. 그 끝에서 붉은색의 끈적한 액체가 떨어지고 있었다.

괴한은 웃었다. 마치 자신의 임무가 성공이라는 듯, 만족스러운 웃음이었다. 저 웃음을 짓뭉개 줘야 했다. 그를, 내 눈앞에서 치워야 했다. 그는 마지막 인사라도 나누라는 듯, 나를 공격하지 않은 채 그대로 보기만 했다. 나는 그의 눈을 바라봤다.

죽일 것이다. 죽이고 싶다. 죽여야 한다. 오르도를 살리기 위해선 저자를 먼저 죽여야 한다. 그의 목숨을 거둘 수 있는 기억을 찾아내야 했다. 생각났다. 이제 나의 목숨을 거두기 위해 그가 움직이기 시작했다. 내게 괴한의 칼날이 들이밀어졌다.

맨 처음에는 황제라고 생각했다. 이전에 오르도를 죽이고자 한 것이 황제였기 때문에 당연히 그가 이 괴한들에게 명령을 내렸을 것이라 생각했다. 하지만 아니었다. 이들에게 명령을 내린 자는 황태자였다. 그들은 오르도가 아니라 나를 죽이려고 온 것이다. 황태자의 명령은, 오르도가 아닌, 나를 죽이는 것. 나는 괴한의 눈을 마주했다. 이능을 사용해야 한다. 그의 기억을 바꿔야 한다.

"황태자가 내린 명령은 너의 자결이다."

황태자의 심복. 황태자에게 충성을 바친 자. 그런 그에게 황태자의 명령은 절대적이다. 그의 눈을 마주쳐 이능을 행했다. 쳐들어 내게 겨눠졌던 칼이 속도를 멈췄다. 마주친 그의 눈에 혼란이 일었다. 임무를 수행했다고 자신하던 미소가 사라지는 것을 보았다. 내게 향하던 칼날이 뒤집혔다. 그 속도 그대로 괴한은 제 목을 그었다. 피가 분수처럼 솟았다. 피 웅덩이 옆에 또 다른 피 웅덩이가 생겨났다.

모든 것이 찰나였다. 모든 것이 순식간이었다. 그 짧은, 몇 초인지 몇 분인지도 모를 시간 동안 모든 것이 끝났다. 모든 것? 무엇이? 아니, 끝나지 않았어. 오르도를 살려야 한다.

"오르도?"

바닥에 쓰러져 있는 오르도에게 다가갔다. 다리에 힘이 풀렸다. 나도 모르게 주저앉았다. 무릎으로 기어 그에게 다가갔다. 나는 바닥에 쓰러진 그를 멍하니 바라봤다. 손을 뻗어 그를 안아 들었다. 숨은 쉬고 있는 건가요? 내 손에 피가 묻었다. 이 피를 멈춰야 하는데. 시혈, 지혈? 내가 지혈을 할 수 있는가? 천, 천을……. 나는 입고 있던 재킷을 벗었다.

오르도의 손이 나를 저지했다. 미약하긴 했지만 그가 힘겹게 팔을 올려 내 손을 밀어냈다.

"오르도……?"

컥, 그가 숨을 토해냈다. 그 기침 한 번에 조금 멈췄나 싶었던 피가 다시 새어 나왔다. 그럴 수밖에 없었다. 그가 관통당한 곳은 가슴이었다. 빨리 의사에게 데려가거나 지혈을 하거나, 도움을 받지 않으면…… 그래, 도움. 나는 주변을 살폈다.

오르도의 호위. 그가 이겼을까? 누가 이겼을까? 이 주변을 지나가는 자는 없는가? 하지만 주변에는 아무도 없었다. 멀리서 자메스가 이쪽으로 달려오려고 했지만 번번이 괴한에게 막히는 것이 보였다.

그때, 괴한과 싸우던 자메스 뒤로 누군가가 난입했다. 황제가 붙여준 호위였다. 그래. 황태자와 적대관계를 보였던 황제. 그 황제의 호위가 받았던 명령은 나를 무사히 아카데미에 보내라는 것, 그것밖에 없었다.

"도와주세요!"

제발 누가 도와주세요. 누가, 한 명이라도 제발, 의사를 데려와 주세요.

덜덜 떨리는 내 손 위에 오르도의 손이 올라왔다. 다 굳은 피와 계속 흘러나온 피가 덕지덕지 엉겨 있었다.

"그만."

"말하지 말아요. 살릴 거예요. 죽게 못 둬."

"늦었, 큭."

입을 열려던 오르도가 다시 한 번 피를 한 움큼 토해냈다. 말을 할수록, 피를 토해낼수록 그의 몸이 점점 식어가고 있었다.

"늦긴 뭐가 늦어. 아니야. 살아야 해요. 안 돼. 절대 안 돼. 안 돼. 제발. 또다시, 내가 여기 오는 게 아니……, 제발, 오르도!"

뚜렷이 알 수 있었다. 차가워진다. 죽는다. 그가 죽어가고 있다.

"죽지 마. 죽지 마세요. 세그다드가에 찾아가는 게, 디온을, 아니, 제발."

그를 감싸 안은 내 손 위를 그가 토닥여 주듯 몇 번 두드렸다.

너무나도 약한 힘이었다. 그가 안간힘을 내고 있다는 것을, 이제 그 행위조차 얼마 후 끊어지리라는 것을 나는 알고 싶지 않음에도 너무나도 분명히 알 수 있었다. 나 따위가 뭐라고. 나 대신 내 앞에 왜.

나는 죽어도 상관없었다. 오히려 이곳에 필요한 것은 오르도지, 저주받은 내가 아니었다. 제국을 사랑하는 오르도가 왜, 나 때문에, 왜, 그가……

그를 바라봤다. 오르도는 나를 보고 웃고 있었다. 끝까지 나를 안심시키려고, 나를 보며 웃었다. 너무 바보같이 착했다. 그것이 내 심장을 후벼팠다. 그가 입을 벌렸다. 쇳소리가 났다. 말하지 말라고 해야 하는데, 내 목이 잠겼다.

"네, 탓이, 큭, 네 탓이 아니야."

"아니야."

내 탓이야. 내가 이곳에 와서, 내가 괜히 괴한과 마주 보려 해서, 아니, 내가 괜히 디온을, 세그다드를 찾아서.

"너를, 원망하지 말아라. 원망할 곳을, 너로, 잡지 마."

"말하지 마세요. 유언, 같은 말은, 제발."

"너를, 탓하지, 큭, 마. 너는, 세그다드의 가족…… 이, 야……."

"오르도?"

식었다. 차가워졌다. 힘겹게, 약하게, 하지만 계속해서 내 손을 토닥이던 그 손에 모든 힘이 빠져나갔다. 힘이 빠져나갔고. 그륵거리던 쇳소리가 멈추고, 그리고, 피가, 계속, 나오고, 손이, 흥건해지고, 그가, 말을, 멈추고.

"오르도? 오르도! 대답해 봐요. 날 봐요! 네?"

색색, 새어 나오던 숨이 멎었다. 왜 아무도 도와주지 않는 거야. 왜, 왜 황가의 이능은 왜 이따위인 거야. 고작 기억을 바꾸는 능력인 거야!

오르도가 숨을 쉬지 않았다. 내 손 위에 올라왔던 손이 떨어져 내렸다. 아무것도, 아무 소리도 들리지 않았다.

나 때문이다. 내가 이곳에 와서, 내가 디온을 찾아서, 내가 그의 기억을 바꿔서, 내가 오르도를 따라나서서…….

내가 수석을 하지 않았더라면, 황제를 만나지 않았더라면, 복수를 꿈꾸지 않았더라면, 그의 기억을 바꾸지 않았더라면, 그가 나를 이곳에 데려오지 않았더라면.

모든 가정이 세워졌다 무너졌다 세워졌다가, 내 안에서 결과를 바꿨다가 다시 돌아왔다. 그 끝에 내린 결론은 단 하나였다. 모두 나 때문이다. 내가, 그를 죽인 것이다.

"아……."

나 때문에.

"아아……."

내가 이곳에 떨어져서. 역겨운 내 운명을 갖고 와서. 그래서 그가 죽었다.

"하……."

이것이 내 운명이었다. 저주받은 운명. 결국 이렇게 만들고 마는 운명의 굴레. 가족은 어떤 형태로든 나를 떠나간다.

"하하하하!"

죽일 것이다. 황태자, 황제. 오르도의 목숨을 노린 모두를 죽일 것이다. 나 때문에 그가 이렇게 되었다면, 이것이 어쩔 수 없는 운명이라면…… 나는 세그다드와 나를 노리는, 모든 자를, 모든 존재를 말살할 것이다. 모두를 죽일 것이다. 끔찍하게. 사지를 비틀어서. 어떤 일이 있더라도. 고통에 몸부림치도록.

그의 팔에서 떨어져 나간 팔찌를 봤다. 괴한과 싸우던 중 잘려 나간 듯 깔끔하게 절단되어 있었다. 아침에 끊어진 내 팔찌와 같은 모양. 오르도의 머리 색과 눈 색을 담은 팔찌. 결국, 그래, 결국 이렇게 될 것이었어. 나는 피 묻은 팔찌를 집어 들었다.

그 꼴이 꼭, 오르도 같잖아.

더 이상 내 품 안의 사내는 숨을 쉬지 않았다. 숨이 막혔다. 눈물도, 울음도 나오지 않았다. 나오는 것은 웃음뿐이었다. 나는 이 공터를 다 메울 만큼 웃음을 토해냈다. 구역질하듯 토해냈다.

"하하하하하하하하하하하!"

울고 있는지, 웃고 있는지 나조차도 알 수 없었다. 시야가 흐려지는데, 계속 나오는 것이 웃음뿐이었다. 목을 타고 찢어질 듯이 웃음만이 나왔다. 우스워서, 내 꼴이, 내 운명이, 결국 오르도를 사지로 몰아 저승에 처박아 버린 내 운명이 우스워서, 웃음만 나왔다.

"괜찮으십니까?"

고개를 들었다. 나를 아카데미에 데려다주기로 했던 황제의 호위였다. 그의 뒤로 이쪽으로 다가온 자메스가 믿을 수 없다는 표정으로 제 주인을 향해 무릎을 꿇었다.

"신호탄을 쏘아 올렸습니다. 곧 황실의 사람들이 올 겁니다."

황제가 내게 붙여준 호위의 입에서 나온 말이었다. 고개를 들었다. 화약과 같은 것이 지나간 길이 보였다. 수사대를 부르기 위해 쏘아 올린 신호탄이 분명했다.

나는 몸을 일으켰다. 더 이상 웃음도, 눈물도 나오지 않고 있었다. 머리가 맑아지는 기분이었다. 뚜렷한 목적만이 머릿속에 가득했다. 멸문시킨다. 황가를 말살한다. 황가를 저 아래, 지옥에 처박아 버릴 것이다.

"언제쯤 오죠?"

나는 허리를 펴고 물었다. 더 이상 눈물도 나오지 않았다. 곧 수사대가 올 것이다. 대비를 철저하게 하는 것이 좋았다. 황가의 사람들은 내 이능이 어디까지인지 알지 못한다. 오르도 옆에 쓰러진 괴한은 황제의 호위가 죽인 것으로 꾸몄다. 나는 내 능력의 끝을 숨긴 채 너희, 소르트 황가의 목줄에 조금씩 다가갈 것이다.

신호탄을 보고 달려온 수사대는 내게 이것저것을 물었고 대답하는 데는 시간이 얼마 걸리지 않았다. 대답할 것도 별로 없었다. 갑자기 괴한 둘이 우리를 습격했고, 그 둘 중 하나는 세그다드의 호위와 황제가 보낸 기사에게 졌으며, 자결한 괴한은 황제의 호위가 처리한 것이 되었다.

남작도, 자작도 아닌 공작의 죽음은 제도를 뒤흔들었다.

수사대는 괴한의 시체만을 수거해 갔다.

나는 세그다드가의 이름으로, 오르도의 시신을 황가에서 손대지 못하게 저지했다. 오르도의 유언인 것처럼 그렇게 전했다. 오르도의 시체는 그의 기사에 의해 공작저로 옮겨졌다. 표현할 수 없는 슬픔이 자메스의 얼굴에 드러났다. 그는 내게 원망 서린 눈빛을 보내고는 등을 돌렸다.

그래, 이게 당연한 반응이지. 미안해 얼굴을 들 수가 없었다. 나는 보잘것없는 평민 소년이고, 위대한 세그다드가의 가주는 하찮은 평민 소년을 구하다 목숨을 잃은 것이다.

이제 디온을 공작저로 불러야 했다. 자메스가 디온에게 서신을 보낸다는 것을 말렸다. 그에게 오르도의 죽음을 알리는 건 내가 해야 할 일이었다. 내가 내 죄를 고해야 했다.

황제의 호위는 그가 받은 명령답게 나를 아카데미까지 안전하게 호위했다. 아카데미로 향하는 내내 머릿속이 점점 새하얘지는 기분이었다. 모든 것이 증발하고, 남은 것은 끝없는 분노와 나를 향한 혐오, 끓어오르는 파괴 욕구였다. 황가를 파괴하겠다는, 날것 그대로의 욕심. 그것만이 나를 지배했다.

아카데미 정문에 다다랐을 때, 익숙한 인영이 보였다. 제 머리색만큼 붉은 석양을 등지고 아카데미 앞을 서성이는 자였다. 멀리서도 그가 디온인지 알아볼 수 있었다. 황제의 호위는 제 임무를 끝내고는 돌아섰고, 나는 발걸음을 떼어 디온에게 향했다.

붉은 머리가, 그렇게 붉을 수가 없었다. 그것이 내 눈앞에서 차가워지던 오르도와 겹쳐 보였다. 내 손에 끈적하게 들러붙던 그의 피, 끈적이게 들러붙던 내 운명.

나는 홀린 것처럼 그에게 다가섰다. 동질감? 속죄? 그리움? 말로 표현할 수 없는 감정들이 파도처럼 밀려왔다. 그 해일과 같은 감정들을 속으로 밀어 넣지도 못한 채 나는 기계적으로 그에게 다가갔다.

나에게 다가오던 그가 화들짝 놀라 내게 오는 걸음을 빨리했다.

"무슨 일이십니까?"

나를 본 디온의 얼굴이 딱딱하게 굳었다. 그의 시선이 내 옷에 닿아 있었다. 소매, 옷깃. 새하얀 셔츠 위에 선명하게 물들어 있는, 이제는 굳어져 딱딱해진 검붉은 방울들이었다. 누가 봐도 핏자국이었다. 그의 얼굴이 대번에 구겨졌다.

"디온."

어떤 말을 해야 할까? 나는 어떤 말을 전해야 할까? 어디서부터 어떻게 말해야 할까?

맑아졌다고 생각했던 내 머리에 먹구름이 꼈다. 울컥 가슴속에서 빗물이 치밀고 올라왔다. 목을 뚫고 튀어 나온 소리는 눈물로 변해 있었다. 그가 내 손을 강하게 잡아당겼다.

"무슨 일이 있었습니까?"

"디온."

나는 그저 그의 이름만 불렀다. 그의 이름만이 나를 안심시켜 주기라도 할 듯, 맥락 없이 그의 이름만 불렀다. 나도 모르게 휘청거렸다. 그가 급히 내 손을 잡고 부축했다. 그의 얼굴에 떠오르는 불안을 지울 수는 없었다.

"말씀하십시오."

"나 때문이에요."

앞뒤 없는 말이 튀어나왔다.

"도대체 무슨 일이십니까?"

"나 때문에, 나 때문에……. 내가 이곳에 와서, 내가 세그다드가를 찾아서, 나 때문에, 나를 노렸는데, 그가, 아니, 누군가가, 아니, 그가…… 디온, 나 때문에."

다시 시야가 흐려졌다. 내 말은 문장이 되지 못하고 있었다. 생각나는 단어 단어가 그대로 튀어 나와 무슨 얘기인지 나조차도 알 수도 없는 말을 지껄이고 있었다.

디온의 눈이 크게 흔들렸다. 마지막 말. 그가 마지막 말을 기다리고 있었다. 나는 그가 기다리는, 하지만 절대 기다렸을 리는 없는 한마디를 내뱉었다. 목구멍을 쑤셔 억지로 진실을 토해냈다.

"나 때문에 오르도가 죽었어요."

디온이 웃었다. 그 웃음이, 무엇을 의미하는지 뚜렷이 알 수 있었다.

"형님께 장난이 옮으셨군요."

있을 수 없는 일에 대한 불신. 하하하, 디온은 소리 내어 웃었다. 하지만 그 웃음은, 명확히 일그러져 있었다. 디온의 눈이 나를, 하늘을, 내 뒤를, 제 팔찌를, 어딘지 모를 곳을 계속 부유했다.

하하, 다시 그가 빈 웃음을 토해냈다. 나는 그가 그 웃음 안에 어떤 감정을 욱여넣었는지 알 수 있었다. 불신.

"그렇지 않습니까?"

그의 얼굴이 잘 보이지 않았다. 볼 수 없었다. 그의 말에 대답할 수 없었다. 나는 아무 말도 하지 못한 채 그 자리에 못 박혀 서 있었다. 그에게 붙잡힌 손을 빼내려 했다. 더 이상 그의 온기를 느끼고 있을 자격이 없었다. 내가 그의 곁에 왔기 때문에 이렇게 됐는데, 그의 손을 잡고 있을 수가 없었다. 빼내려고 안간힘을 쓰는 손을 그가 더더욱 강하게 잡아왔다.

"제 눈으로 보아야 믿겠습니다."

디온은 내 손을 잡은 채 아카데미 정문 밖으로 나왔다. 평소에는 내 속도에 맞춰 걷던 자가 나를 잡아끌 듯 앞서 걸었다. 빠른 보폭이었다. 그가 얼마나 초조한지, 얼마나 혼란스러운 상태인지 충분히 알 수 있었다.

나는 아무 말도 없이 그의 뒤를 따라 걸었다. 곧 직시해야 하는 진실이 너무나도 날카로워서, 한 걸음 한 걸음 내디딜 때마다 베이는 기분이었다.

이동진을 이용하고, 제도의 신전에서 공작저로 향하는 그 짧은 시간이 영원처럼 느껴졌다. 절대 다가오지 않았으면 하는 바람이 나를 짓무르는 느낌이었다.

오랜만에 오는 공작저는 여전히 커다랗고 웅장하고 아름다웠다. 다시 오고 싶었지만 이렇게는 아니었다.

발걸음이 점점 무거워졌다. 앞서가는 디온이 아니었다면 내지도 못할 속도였다. 점점 지옥이 다가오고 있었다.

저곳에 들어가고 싶지 않았다. 나는 그에게 무어라 말해야 하며, 나는 다시, 어떻게, 내 눈앞에서 목숨을 다한 자를…….

"우웁."

헛구역질이 나왔다. 또다시 그 지옥과도 같은 풍경을 마주칠 것에 대한 거부감이었다. 그것이 여과 없이 목구멍으로 올라오고 있었다. 열 걸음, 아니, 다섯 걸음만 더 걸으면 입구인데. 나는 결국 멈춰 섰다. 디온이 나를 따라 잠시 돌아보았다. 그의 얼굴에는 초조함이 가득했다.

"죄송합니다, 먼저 들어가도 되겠습니까?"

평소라면 그 자리에 멈춰서 나를 걱정할 디온이 내게 물었다. 그의 표정은 무어라 형용할 수 없는 것이었다. 코앞까지 다가온 지옥과 아닐 수도 있다는 손톱만큼의 희망, 그 사이에서 몇 번이나 뱅뱅 돌고 돈 자의 표정이었다.

"아니요, 같이 들어가요."

나는 고개를 저었다. 그와 함께 가지 않는다면 이곳에서 한 걸음도 움직이지 못할 것을 알기에, 그의 강제력에 업혀서라도 들어가야 했다. 그렇지 않는다면 나는 현실에서 도망쳐 버릴 것이다. 그가 없다면, 도망치고, 후회하고, 나 때문에 떠난 자의 최후를 보지 못하고, 또 후회하겠지. 그를 따라서라도 들어가야 했다.

공작가 앞을 지키던 호위들이 고개를 숙였다. 엄숙하고 우울한 느낌이 감도는 인사였다. 그 짧은 행동 하나에서 이 거대하고 웅장한 공작저 안에 어떤 분위기가 감돌고 있을지를 알 수 있었다. 검은 공기. 지옥.

디온의 걸음이 빨라졌다. 그가 내 손을 놓았다. 그조차 설명할 수 없는 어떤 감정이 그를 움직였을 것이다. 나는 그의 뒤를 따랐다. 눈을 감고 걸어보고, 뜨고도 걸어보았다.

그 걸음 사이사이마다 내가 고용한 집사와 정원사들이 보였다. 참담한 낯빛의 고용인들을 보며, 오르도가 그들에게 얼마나 좋은 고용주였는지 새삼 느낄 수 있었다.

보이는 풍경마다 그와의 추억이 없는 곳이 없었다. 고작 한 달 남짓한 기간에 추억들이 생겼다. 티타임, 분수, 정원. 오르도가 방학이 되면 다시 돌아와 또다시 티타임을 하자 말했던 곳. 다음 방학 때는 겨울이라며, 유리온실을 하나 장만해야겠다 말하던 테라스. 모든 곳을 지났다.

앞서 걷던 디온이 걸음을 멈췄다. 그가 걸음을 멈춘 곳이 어디 앞일지는 확인하지 않아도 알 수 있었다. 나는 그 광경을 다시 눈에 담을 수가 없어서, 디온의 뒤에 섰다. 눈에 담는 행동 자체가 내게 고문과도 같아서, 그것을 확인할 수 있는 두 걸음을 걷지 못하고 있었다. 나는 디온의 등을 방패로 삼아 현실을 외면했다.

"형님."

디온이 그를 불렀다. 하, 웃음기가 젖어 있었다. 웃을 수가 없는데, 그가 짧게 웃고 있었다. 그 웃음이 발작과도 같았다.

"형님, 일어나 보십시오. 하, 무슨 꼴이십니까, 공작이 돼서 바닥에 드러눕고 말입니다."

디온은 몸을 낮췄다. 오르도를 일으켜 세우려고, 몸을 낮췄다. 나는 눈을 감았다. 보였다. 내 앞에서 눈을 감던 그가. 그래서 볼 수가 없었다. 주먹을 꽉 쥐었다. 손톱이 손바닥을 파고들었지만 아픔이 느껴지지 않았다. 그것을 확인하면, 눈앞의 광경이 내 온 몸을 난도질할 것이 분명해서, 눈을 제대로 뜰 수가 없었다.

"형님! 일어나십시오, 형님."

디온이 말했다. 소리 질렀다. 외마디 비명이었다. 현실을 부정하는 자의 웃음이 사이사이에 섞여 있었다. 그것이 비명을 더욱 처절하게 만들고 있었다.

"마벨, 형님이, 일어날 생각이, 없으십니다. 도대체, 무슨……."

그가 나를 불렀다. 눈을 감아 외면하고 싶은데, 그의 부름에 외면할 수조차 없었다. 디온과 눈이 마주쳤다. 담긴 것이라고는 절망밖에 없는 그 공허한 눈빛을 더 이상 마주할 용기가 없어서 나는 그곳에서 눈을 돌려 버렸다. 외면했는데, 내 눈에 보이는 것은 쓰러져 가는 오르도란 말인가? 악몽과도 같았다.

"아니죠? 마벨이 농담한 거 아닙니까? 형님은 항상 질 나쁜 농담을 던지셨잖습니까? 어디서 못된 장난을 배워오셨답니까?"

디온이 뻣뻣하게 굳은 오르도를 흔들었다. 마치 깊은 잠에서 깨우기라도 하듯, 격렬하게 흔들어댔다. 일어날 리 없는 자를 깨우려 했다.

몸을 일으킨 디온이 나를 바라봤다. 모든 것이 실감 나지 않는 표정이었다. 그가 목소리를 쥐어짜고 쥐어짜서, 오열하듯 내게 질문을 던졌다.

"형님은 언제 일어나십니까?"

돌아갈 시간이었다. 현실로, 우리의 큰형님이 없는, 그 지옥으로. 나는 눈을 다시 한 번 꾹 감았다가 뜨고는 그를 바라봤다. 감은 눈에서도, 뜬 풍경에서도. 오르도가, 무너져 내리고 있었다. 입을 열었다. 나조차도 이해할 수 없을 정도로 담담한 목소리였다.

"오르도는 죽었어요."

나 때문에.

뒷말을 내뱉을 수가 없었다. 소리가 나오지 않았다. 목소리를 내는 방법을 잊어버린 사람처럼, 나오지 못한 말은 목 안에서 멈춰 있었다.

디온이 무너져 내렸다. 찢어질 듯한 울음소리가 공작저를 울렸다. 그가, 디온이, 오열하고 있었다.

☦

장례식은 조용히 치르기로 했다. 디온의 뜻이었다. 많은 사람에게 굳이 형님의 죽음을 공공연히 알리고 싶지 않다고 했다. 나는 고개를 끄덕였다. 그의 형이었고, 그의 뜻대로 하는 것이 옳았다.

디온은 생각보다 빨리 정신을 차렸다. 아니, 정신을 차렸다고 보기에는 어려웠다.

하루가 지나고, 그는 내게 자초지종을 물었다. 나는 설명했다. 그의 눈에서 피어나는 분노를 보았다. 날카로운 예기를 보았다. 그 말을 하면서 우리는 지나치게 냉정했다. 정확히 알 수 있었다. 그는 나와 같은 감정을 공유하고 있었다. 원작에서 서술됐던 그

날카로움이, 드디어 디온에게 생겨났다.

장례식은 사망 확인 후 하루가 지나 시작했다. 그 절차는 집사의 조언을 받아 디온의 의견대로 진행했다. 사람들은 많이 오지 않기를 원했고, 최대한 내부에서, 조용히 진행할 것을 원했다.

그 결과, 이곳에는 기사 몇과 집사, 고용인 셋, 기도문을 올릴 신녀, 그리고 디온과 나뿐이었다.

공작저와 멀지 않은 묘지에 공작의 관을 묻을 땅을 팠다. 일꾼이 판 땅에 관이 들어갔다. 관이 땅 아래 깊숙이 내려졌다.

그것을 나와 디온이 바라봤다. 이제는 눈을 감지 않아도 바라볼 수 있었다. 더 이상 그와 내 안에 남겨진 감정은 슬픔이 아니었다. 나는 땅 속 깊이 묻힌 관을 바라보며, 끝을 모를 분노와 스스로를 찌르는 혐오감을 느꼈다. 그렇다면 나를 찌르는 이 칼날을 그대로 돌려 소르트 황가를 향해야 한다. 그것이 내 다짐이었다. 그 이후의 나는, 내 자신에 대한 처리는, 그때 생각하기로 했다.

오르도가 안치된 검은 상자. 세그다드의 문양이 새겨진 관 위로 흙이 덮였다. 덮이고, 덮였다. 그것은 내 슬픔을 분노로 덮는 것과 같았다.

"이제 제게 남은 것은 마벨, 당신뿐입니다."

디온이 낮게 읊조렸다. 내게만 들릴 정도로 작은 소리였다. 그의 시선은 나를 향하지 않았다. 오르도를 향하고 있었다. 세그다드의 문장이 새겨진 비석을 바라보고 있었다.

나는 고개도 끄덕일 수가 없었다. 그의 말은 내게 칼끝과도 같았다. 양심을 관통하는 무기와도 같았다. 나는 더 이상 그에게 그런 말을 들을 자격이 없었다. 내가 이곳에 왔기 때문에 일어난 일인데. 오르도 세그다드를 죽게 한 내가 그의 동생인 디온 옆에 아무렇지 않게 붙어 있을 수는 없지 않은가?

"오르도가 죽은 것은 나 때문이에요."

이제는 내 안에서 진실이 된 말을 내뱉었다. 디온이 나를 한번 봤다가, 비석에 새겨진 오르도의 이름을 보았다가, 다시 나를 바라봤다.

"형님께서 그렇게 말씀하셨습니까?"

진실의 추궁이었다. 나를 용서하기 위해서가 아니라, 진실로 오르도가 내게 그리 말했는지, 이제는 사라진 제 가족의 의중을 내게 묻고 있었다. 나는 거짓말을 할 수는 없었다. 그것은 오르도에 대한 모독일 테니.

"……아니요."

나는 힘겹게 토해냈다. 내 스스로 내린 결론과 실제의 괴리감 사이에서 겨우겨우 입 밖으로 꺼낸 한마디였다.

"마지막에 뭐라고 하셨습니까?"

"……제게 가족이라고."

그 질문에 이렇게 답할 수밖에 없었다. 마치, 이런 상황이 올 것을 알고, 오르도는 그런 말을 남긴 것 같았다. 디온이 내게 무어라 말할지는 듣지 않아도 알 수 있었다.

"그렇다면 그런 겁니다. 당신이 적대해야 하는 것은 당신 스스로가 아니라, 결국 그렇게 만든 황가입니다."

그래, 이런 말. 제 옆에 있어도 된다는 허락. 계속, 그의 따스함을 축내도 된다는, 허락. 오르도가 내게 주는 선물인 것 같아서 나는 어찌해야 할지 알 수가 없었다. 나는 그렇지 않은데, 모든 것은 나 때문인데, 디온은 또다시 계속 내 옆에 있어야 된다고 스스로 되뇌는 것 같았다. 나는 그에게 무어라 말해야 할지 적절한 문장을 찾을 수가 없었다.

"하지만."

"그리고, 그 이유를 따지자면 오히려."

그가 말허리를 잘랐다. 마주친 그의 눈에는 내 얼굴에 떠올랐어야 할 자기혐오와 속죄가 떠올라 있었다. '어째서?'라는 질문과 동시에 대답이 떠올랐다.

아아, 그가 지금 무슨 생각을 하고 있는지 알 수 있었다. 그는 스스로를 저주받은 자라 되뇌고 있었다. 그는 그런 자였다. 결국, 오르도마저 제 옆을 떠나갔다. 그는 제 저주가 완성되고 있다고 생각하고 있을 것이 분명했다.

"아니에요!"

그것을 깨닫자마자 나는 서둘러 부정했다. 디온이 웃었다. 자조, 스스로를 비웃는 웃음이었다. 나는 입술을 깨물었다. 그가 지금 하는 생각은, 정확히 내 생각과 같아서, 어찌 말해야 할지 알 수가 없었다.

"마벨이 내 탓이 아니라고 하는 것처럼, 제가, 그리고 형님이 당신에게 말하는 겁니다. 당신 탓이 아닙니다. 모든 것은 당신 탓이 아닙니다."

그렇게 말하는 디온의 얼굴은 여전히 속죄와 자조에 젖어 있었다. 그는 제 스스로를 갉아먹고 있었다. 나처럼. 그것은 내 몫인데, 디온이 하고 있었다.

"하지만."

"형님의 마지막 말을 부정하지 말아주십시오."

디온은 내 말을 잘라냈다. 그의 시선은 다시 오르도를 향해 있었다. 평평해진 땅, 그 위에 세워진 세그다드의 비석.

"절대 당신만큼은, 그들 손에 빼앗기지 않을 겁니다."

디온이 짓씹듯 말을 뱉어냈다. 제 스스로 다짐하고 다짐하는 모양새였다.

아아, 알 수 있었다. 나는 그의 안에 있었다. 그의 저주를, 그가 생각하는 그의 저주를 완성하는 것은 나의 죽음이었다. 이제 그는, 오로지 나를 위해, 내 생존을 위해 움직일 것이다. 원작에서 그가 2황녀, 아델라이네에게 했던 것처럼.

쾌감과 동시에 나를 깊숙이 찌르는 혐오감이 소용돌이처럼 일었다. 나는 디온의 목숨을 절대 황가의 손에 맡기지 않을 것이다. 디온 역시 마찬가지였다. 그가 이런 다짐을 하는 것이, 내가 그런 다짐을 받을 자격이 되지 않는다는 것을 알면서도, 그것이 기뻤다.

순간이었다. 장례식의 공기가 흐트러졌다. 가라앉았던 분위기가 갑자기 소란스러워졌다. 누군가가 목소리를 높인 것도 아닌데 부산스러워진 분위기를 모두가 느낄 수 있었다. 고개를 돌렸다.

"왜들 이리 놀라는가? 나라를 위해 힘을 쏟은 공작의 장례식에 조의를 표하고 싶어 왔네만, 그렇게 바라보면 내가 마치 못 올 곳에라도 온 것 같지 않은가?"

황제였다. 이곳에 있을 리 없는, 하지만 있다고 해도 이상하지 않는 자였다.

황제와 오르도는 공적인 일을 제외하고는 어떠한 사적 친분이 없었다. 그렇기에 굳이 황제가 친히 걸음을 옮겨 이곳에 올 필요는 없었다. 하지만 그는 또 올 수도 있는 자였다. 황제는 여신의 성역을 제외하고는, 어디든지 제 마음대로 걸음을 옮길 수 있는 자다. 그것이 황제다. 하지만 그가 왜 하필 이곳에? 눈엣가시였던 세그다드 공작의 죽음을 직접 눈으로 보고 싶어서?

찢어 죽이고 싶은 자였다. 하지만 아직은, 그에게 감정을 내비쳐서는 안 된다. 나는 고개를 숙였다. 고작 평민인 내가 복수를 위해 지금 할 수 있는 것은, 이따위 인사밖에 없었다.

"하늘에 닿아 계신."

"아니, 예는 넣어두게. 이런 자리에서까지 인사를 받을 생각은 없어. 그저 꽃 한 송이 놓고 싶어 들렀을 뿐이야."

나는 고개를 들었다. 황제의 얼굴에는 침통함이 가득했다. 그러나 그는 연기에 능한 자였다. 태연한 얼굴로 누구를, 얼마나 많은 사람을 죽여왔을까.

황제는 천천히 걸음을 옮겼다. 손에 든 꽃을 묘비 앞에 헌화했다. 흰 꽃이, 마치 그가 진심으로 이곳에 애도를 표하러 왔다고 말하는 느낌이었다.

황제의 행동에서는 공작의 죽음을 기뻐하는 티도, 세그다드를 위협하려는 어떠한 기색도 보이지 않았다. 그는 진실로 나라를 위해 일한 공작을 애도하듯이 움직일 뿐이었다.

마지막으로 여신을 따르는 신녀가 기도문을 읊을 때가 되었다. 하지만 그것을 위해 황제에게 이제 그만 가달라고 요구할 수는 없었다. 찢어 죽이고 싶은 황제를 이곳에 둔 채 기도문을 읊어야 했다.

신녀가 기도문을 읊기 시작했다. 신녀의 기도문을 들으며, 나는 울지 않았다. 내 등 뒤에 있는 자를 향한 혐오가 나를 가득 채웠다. 온몸을 찔러대는 혐오감이 분노로 화했다.

잠시 바라본 디온의 얼굴에서 나는 같은 것을 볼 수 있었다.

지독한 분노. 무뚝뚝하기만 했던 얼굴에 씌워진 칼날 같은 날카로움. 그것은 등 뒤의 황제에게 향하고 있었다.

신녀가 기도문은 읊는 것으로 장례식은 끝이 났다. 황제가 몸을 돌렸다. 염치도 없는 자. 권력에 찌든 자. 그 속을 열어 내면을 보고 싶은 자. 그 목을 떼어내 뇌를 열어보고 싶은 자. 돌아선 그가 몇 걸음 내딛다가 멈춰 섰다.

"마벨."

나는 고개를 숙였다.

"예. 말씀하십시오."

"자네는 계속 세그다드가에 있을 생각인가?"

장소에 맞지 않는 질문이었다. 동시에 깨달았다. 그가 이곳에 나타난 이유는 나 때문이었다는 것을.

"무엇을 의도하시는지 소인이 부족하여 이해하기가 힘듭니다."

"혹시라도 조금 더 높은 자리가 있다면 자네는 그 자리에 올라설 생각이 있냐는 말일세."

머리 좋은 그가, 제 표정을 감출 수 있는 자가, 자리에 맞지 않는, 분위기에 맞지 않는 말을 던지는 것에는 이유가 있을 것이다. 그는 내게 의사를 묻고 있었다. 그가 나와 대면해 내 의사를 물을 수 있는 날이, 공식적으로 아카데미 밖으로 나올 수 있는 유일한 장례식 날이었다. 나는 확신했다. 그가 장례식장에 온 이유.

"그것을 이 자리에서 언급하시는 것은 상황과 맞지 않은 것 같습니다만."

공적으로 해야 할 말이었다. 세그다드의 이름을 빌린 자로서 내 입으로 해야 할 말. 하지만, 황제가 원하는 답변은 그것이 아니겠지. 이제는 그가 무엇을, 어떤 답을 원하는지 알 것 같았다.

그는 나를 부르고 있었다. 공작가보다 더 높은 곳. 어디인지는 말하지 않아도 알 수 있었다.

내가 대답을 한다면, 모두가 나를 욕할 것이다. 오르도를 아끼던 사람들은 모두 내게 손가락질을 할 것이다. 그럼에도 나는 답해야 했다. 그것이 정답임을 알고 있기 때문에 내 입으로 말해야 했다.

"그런 곳이 있다면 언제든 환영입니다."

"잘 알아들었네. 그럼 나는 조의를 표했으니 이만 가보겠어. 괜히 나 때문에 분위기가 어질러졌다면 미안하네. 다시 한 번 명복을 비네."

나는 즉답했고, 그는 받아들였다. 돌아서는 그의 등을 향해 나는 미소라 불릴 만한 것을 입에 걸었다. 목표에 다가가고 있는 미소를.

⚜

장례식은 금방 끝났다. 오르도를 땅에 묻고, 흙을 덮고, 기도문을 올리는 것 자체만으로도 버거웠다. 며칠간이나 나를 짓누르는 이 무거운 감정을 날것으로 받아들일 수는 없었다.

세그다드가에 마지막으로 남은 사람은 디온이었다. 디온은 나와 만났을 때부터 세그다드 공작가의 후계였다. 즉, 이제 오르도를 이어 공작위에 오를 자는 디온이라는 이야기였다.

아카데미 입학 당시, 그는 후계가 아니었다. 그렇기에 아카데미에 입학한 것이었다. 하지만, 일 년 남짓한 시간이 지나고, 그것이 마치 정해진 흐름이라는 양, 결국 디온은 소르트의 공작이 되었다. 위세가 대단하다는 세 개의 공작가 중 하나의 가주가 되는 것이다. 하지만 그것을 축하할 수는 없었다. 그가 공작이 됐다는 것은, 그에게서 모두가 떠났다는 의미니까.

모든 것이 원작의 커다란 흐름 때문이라고 합리화하려 했지만 나는 이내 고개를 저었다. 그렇다고 하기엔 이미 바뀐 것이 너무 많았다.

생각은 돌고 돌아 결국 오르도의 죽음은 나 때문이라는 결론에 다다랐다. 아무리 디온이, 그리고 오르도가 내 탓을 하지 않는다 하더라도, 나는 무의식중에, 그리고 의식중에 내 탓을 하게 되는 것이었다. 내 안에서는 그것이 진리였기에.

그날 이후, 디온은 타인에게 선을 긋기 시작했다. 제 안에 담긴 자를 제외하고는 더 이상 허용하지 않겠다는 선이 뚜렷이 생겼다. 제 울타리에 칼날을 꽂아 넣고 외부의 침입을 허용하지 않았다. 그것이 겉으로도 뚜렷이 보였다. 그렇기에 아카데미에 돌아와 만난 학생회들이 여타 위로의 말도 꺼내지 못한 것이리라.

그는, 어중간한 자들을 제 안에서 밀어내고 있었다. 그것이 그에게 좋지 않을 것이라는 것을 뻔히 알고 있음에도 나는 그에게 어떠한 조언도, 충고도 해줄 수 없었다. 그럴 때마다 오르도가 생각났다. 그라면 다르지 않았을까, 그가 죽지 않았다면 이런 일도 없지 않았을까. 결국 모든 것은 같은 결론으로 다가섰다. 나 때문에. 내가 이곳에 와서.

나는 이미 수천 번은 하고도 남았을 생각을 다시 꾸역꾸역 집어넣으며 짐을 싸고 있는 디온에게 시선을 돌렸다.

오늘은 그가 아카데미에 있는 마지막 날이었다. 자퇴 서류는 필요 없었다. 오르도의 죽음을 확인한 순간부터 그는 아카데미에 있어서는 안 되는 존재였다. 아직 계승식은 진행하지 않았지만 그는 이미 공작과 다를 바 없었다. 귀족가의 가주가 된 이를 아카데미에 잡아둘 강제성은 아무것도 없었다. 그는 혼자서 지옥 같은 세그다드가로 돌아가야 하는 것이다.

"저는 이제 아카데미를 나가야 합니다. 마벨은 어떻게 하시겠습니까?"

디온이 가방을 닫으며 내게 물어왔다. 짐을 다 싼 모양이었다. 원래는 디온이 졸업할 때 나 역시 자퇴하는 것이 목표였다. 그때까지 나는 황제가 아무것도 모른다고 생각했고, 황후의 죄목을 그가 알게 해 내가 원할 때 황성에 돌아가는 걸 생각하고 있었기에. 하지만 지금은 아니었다. 나는 아카데미에 계속 다녀야 했다. 황제가 나를 용서한 것처럼 보였지만, 아직 공식적으로 나는 반역자였다. 반역자의 신분으로 마음 놓고 제국을 활보할 수는 없었다.

그에게 이미 내 의사를 전했음에도 그가 다시 질문하는 것은, 내가 걱정되기 때문이겠지.

"우선은 아카데미를 다녀야죠. 그나마 황가와 닿아 있는 곳이 이곳이니까요."

그에게 담담하게 답해줬다. 내 안에서 내가 할 수 있는 최선이었다. 나는 황제에게 황후가 육 년 전의 진범이라는 실마리를 던졌고, 그가 나를 황성으로 부르고 싶은 이상, 그는 시골 변방에 사람을 보내 조사를 시행할 것이다. 그렇게 한다면 황후의 죄가 밝혀지는 것은 시간문제였다. 변방에 심어놓은, 유모가 크게 떠들어댄 그 한마디. 죽어가는 반역자가 말한 진범만큼 결정적인 증거가 어디에 있을까? 그는 이내 그 증거를 찾을 것이고, 나를 다시 부를 것이다. 나는 그때까지 아델라이네를 이용해 황성의 정보를 조금씩 알아낼 생각이었다.

내 대답에 그가 확연하게 걱정스러운 표정을 지어 보였다. 그날 이후로 그는 눈에 띄게 내 안위를 걱정했다.

그 모든 것들이 이해가 갔다. 그에게 남은 것은 나뿐이었다. 그 안에서는 내 죽음이 그의 저주를 완성하는 것이었다. 나는 그것이 아니라고 몇 번이나 말했지만, 그의 안에서 그것은 이미 기정사실이었다.

나는 다시 한 번 탄식했다. 원작에서 설정된 정확성. 주인공이기에 갖고 있는 강제성. 그것은 어떻게 할 수 없었다. 디온에게 더이상 그의 속죄를 부정하는 말은 건네지 않았다. 그저, 내 무사를 확신하는 의미로 고개만 끄덕일 뿐이었다.

"정말 괜찮으시겠습니까?"

"어차피 곧 돌아가요. 황가가 돌아가는 꼴을 보면 이번 학기가 끝나기 전에는 어떤 움직임이 있을 거예요. 한 달도 안 남았는걸요."

"부디 무사하십시오."

"그건 내가 디온에게 하고 싶은 말인걸요. 공작 계승식까지 며칠이 남았죠?"

"열흘 남았습니다."

"그 사이에 황제를 만날 일이 있나요?"

"아니요. 없습니다.

열흘. 공작 계승식을 준비하는 기간이었으며, 그가 황가의 눈에서 자유로울 수 있는 마지막 기간이었다. 그 열흘이 중요했다. 열흘 안에 내가 황성으로 다시 돌아갈 가능성은 높았고, 그 안에 디온이 황제를 만나서는 안 됐다.

아직 나는 누명을 벗지 못한 상태였다. 내가 공식적으로 1황녀로 돌아가지 않는 이상, 황태자가 꼬투리를 잡아 디온을 음해하려 할 것이 뻔했다. 하지만 내가 다시 황가로 돌아가 황녀가 된 이후라면, 디온이 나에 관련된 기억을 갖고 있다 하더라도 디온이 공범자가 될 리는 없었다.

"그럼 다행이네요."

고개를 끄덕였다. 디온은 나를 잠시간 걱정스러운 눈으로 바라보더니 제 품을 뒤적였다. 품에서 꺼낸 것은 익숙한 모양의 상자였다.

"염색을 푸는 약입니다. 드시는 방법은 염색약을 드시는 것과 똑같습니다. 공작저에 갔을 때 드린다는 것이 경황이 없어 깜빡했습니다."

아마 디온은 내가 황성으로 돌아갈 때를 대비한 듯 싶었다. 나는 그 상자를 받아 이리저리 살피다가 그대로 닫아 품에 넣었다.

"고마워요, 디온."

"염색을 풀 일이 있으십니까?"

"혹시 모르는 일이니까요."

그 말 그대로 혹시 모르는 일이었다.

내 감상에 그가 짧게 고개를 끄덕였다. 지금 이 상황이 어쩔 수 없다는 것을 인지한 자의 태도였다. 디온이 제 옆에 놓여 있던 가방을 집어 들며 자리에서 일어날 채비를 했다.

"저는 이만 가보겠습니다."

"조심해요."

진심이었다. 황가는 세그다드 공작가를 노리고 있다. 지금의 황가는 전전대 때부터 세그다드가를 좋지 않게 보고 있었다. 그것은 디온이 공작이 되었다고 달라질 것 같지는 않았다.

나는 더 이상 내게 의미 있는 자가 목숨을 잃는 것을 원치 않았다. 그것을 내 눈으로 직시할 자신이 없었다.

나는 확신했다. 디온마저 내 옆을 떠난다면, 나는 무너져 내릴 것이다. 이제 그는, 내게 남은 유일한 소중한 것이었다.

"제발, 부디 무사하십시오."

그가 내 눈을 마주하며 말했다. 그 안에는 간절함이 가득했다. 구태여 말하지는 않았지만, 그가 하지 않은 말이 들리는 것도 같았다. 내게 남은 것은 이제 당신뿐입니다. 장례식 이후로 줄곧 내게 해오던 말. 그 스스로 다짐하듯 몇 번이나 되뇌고 되뇌던 그 한마디.

그가 간절함을 가득 담아 손을 뻗어왔다. 이제는 아무렇지 않게 잡아오는 손길이었다. 검술 수련에 잡힌 몇 개의 굳은살마저 부드러운 손으로 자연스레 내 손을 잡았다. 부드럽고 따뜻한 입술이 내 손등에 닿았다 떨어졌다. 무사의 기원. 우리가 살아 있다면 영원할 나에 대한 맹목적인 연성. 그 모든 것들이 그 단순한 하나의 행동에 모두 담겨 있었다.

그의 입술이 떨어져 나갈 때, 나는 다시 한 번 다짐했다. 절대, 디온을 잃지 않을 것이다. 디온에게 황가의 손길이 닿는다면 그 손을 철저하게 박살 낼 것이다.

기숙사에서 정문으로 향하는, 아카데미에서 그와 마지막으로 걷는 길이었다. 운동장을 가로지를 때였다. 운동장이 꽤나 소란스러웠다. 축제는 끝났고, 이 시간에 이렇게 많은 학생들이 모여 있을 일은 없었다. 이렇게 모여서 소란을 피울 일도 없었다. 그런데도 이상할 정도로 많은 학생들이 모여 있었다. 학생들이 모여 있는 곳은 공지 게시판이었다. 그들은 그 앞에 모여 저들끼리 놀란 표정으로 이야기를 나누고 있었다. 지금 이 시기에 이렇게 모든 학생들이 집중할 정도로 중요한 아카데미 일정은 없었다. 그렇기에 저 모습이 더더욱 익숙지 않았다. 뿐만 아니라, 그곳에는 교수들까지 서성대고 있었다.

그렇다면 이유는 단 하나뿐이었다. 아카데미 내부의 일이 아니라 외부의 일이 붙었을 것이다. 나는 그쪽으로 움직였다. 제국에서 올릴 소식. 이상하게 그것은 나와 연관이 있을 것만 같았다. 그런 느낌이 강하게 들었다.

학생들의 틈새를 비집고 들어가 게시판을 확인했다. 그곳에는 짧지도, 길지도 않은, 하지만 내 예상을 정확하게 관통하는 내용의 글이 적혀 있었다.

나에 관련된 내용. 이곳의 그 누구도 모를, 하지만 나는 알아챌 수 있는, 나와 연관된 제국의 공지였다.

　

　-육 년 전 황제 암살 시도로 반역을 도모한 사건의 진범이 밝혀졌음을 알리는 바이다. 진범은 황후, 율란 소르트이며, 성내 시종들의 증언 및 이미 참형에 처해진 대역죄인 세니아의 마지막 증언을 통해 과거의 사건이 잘못 해결되었음을 확인했다. 율란 소르트는 암살자를 이용해 반역을 도모했으며, 실패로 돌아가자 1황녀, 벤지안스 D. 마블라 소르트에게 그 죄를 뒤집어씌웠다. 벤지안스 D. 마블라 소르트는 무죄이며 다시 1황녀로 복원시킨다.

　

　"무슨……."

나는 그 자리에서 내가 읽은 내용이 맞는지, 몇 번이고 읽어 내렸다. 벤지안스 D. 마블라 소르트는 무죄이다. 언젠가는 알려질 줄 알았다. 하지만 이렇게 빨리 해결될 줄은 몰랐다. 더불어 이렇게 빨리 공지될 줄은 몰랐다. 모든 진상이 밝혀지고, 귀족가에 먼저 알려지고, 그 이후에 공표될 것이라 생각했다. 이것은 일러도 너무 일렀다.

내가 황제에게 황후의 범죄 가능성을 흘린 지 며칠 지나지 않았다. 변방에 사람을 보내고, 조사를 하고, 육 년 전 일을 뒤집을 만한 증거를 찾기에는 일주일도 지나지 않은 지금은 일러도 너무 일렀다.

그리고, 한 가지 더 있었다. 내가 계속 이 게시판을 확인하는 이유. 모든 것은 그대로였다. 하지만 한 가지가 너무나도 달랐다.

황후가 황제를 죽이려고 한 방법.

황후는 마술사와 계약해서 황제를 죽이려고 했다. 암살자를 이용한 것이 아니었다. 게시판에는 주변의 증언을 통해 그녀의 유죄를 확인했다고 적혀 있었다. 하지만 모든 것을 조사 후 진상을 밝히고 잡아들였다면, 황후는 마술사, 네르아테안과 계약한 것으로 밝혀졌어야 한다. 암살자를 사주한 것이 아니라는 말이었다. 모든 진실을 밝혔는데 그 방법이 틀릴 리는 없었다.

게다가 암살이라니. 나는 마술사와 계약한 것으로 화형을 당했는데, 나를 누명으로 몰아서 죽인 황후가 암살자를 사주했다니. 그 말 자체가 내게는 이해가 가지 않는 말이었다.

나는 황가의 이능을 알고 있다. 황제는 기억을 읽는 이능을 갖고 있었다. 내가 흘린 말을 듣고, 그것에 의심을 갖고 조사 후 황후를 심문하는 것이 아니라는 말이다. 황후의 기억을 읽고, 사건의 진상을 확실하게 확인한 뒤 역으로 추적해 나가는 것이 이능을 가진 황제가 했을, 제 목숨을 노렸던 반역 사건의 진상에 다다르는 방법일 것이었다.

변방의 소문은 내가 만들어낸 것이었다. 황제는 내 말을 듣고, 그 소문이 실제로 존재하는지 확인한 후 황후의 기억을 읽으면 읽었지, 맞지도 않은 증언을 추적했을 리가 없었다.

모든 과정이 엉망인데, 결론은 진실에 닿아 있었다. 내가 무죄라는 것. 황후가 내게 죄를 뒤집어씌웠다는 것.

이렇게 빠른 진상 규명도, 과정은 엉망진창인 것도, 결론만은 진실인 것도, 모두 이해가 되지 않는 것들이었다.

그 순간, 나는 고개를 번쩍 들었다. 뇌리에 번개처럼 내리꽂히는 사실이 하나 있었다.

그래, 마치…… 처음부터 내가 범인이 아니라는 것을 알고 있었던 것처럼. 육 년 전부터 내가 범인이 아니라는 것을 알고 있었다면, 황제가 이미 황후의 죄를 알고 있었다면 이 모든 것이 설명이 가능했다. 갑자기 모든 것이 맞아떨어지기 시작했다.

이상할 정도로 빠른 조사 기간. 중간 과정이 비틀려 있음에도 다다른 최후의 결론. 네르아테안에게 추가됐다던 두 개의 계약. 황제의 성정. 모든 것이 맞물리기 시작했다.

네르아테안과 황가의 계약은 두 개가 추가되었다고 했다. 하나는 1황자 그리고 하나는 황제. 그렇다면 황제와 네르아테안의 접점은 어디서 나타났을까? 이제는 알 수 있었다. 황후, 그리고 1황자. 그 셋이 계약한 마술사는 네르아테안이었다.

이제야 모두 이해가 가기 시작했다. 황제는 겉으로는 인자해 보이지만, 한없이 어질어서 멍청해 보이기까지 하지만, 절대 그런 자가 아니었다. 그는 발톱을 감춘 사자였다. 과연 그가 제 목숨을 노렸던 진범을 찾지 않았을까? 과연 그가 황후의 말만 듣고 나를 반역자라 확신했을까?

아니, 절대 아니었다. 그는 황후의 기억을 먼저 읽었을 것이고, 황성 내에서 반역 사건과 관련된 기억을 갖고 있을 것으로 추정되는 자들의 기억을 모두 읽었을 것이다. 그리고 알아냈을 것이다. 진범이 누구인지.

황후가 마술사와 계약한 것, 그리고 황제를 죽이려 했다가 그 반동을 1황녀에게 들이댄 것. 1황녀에게 누명을 씌운 것. 그 모든 것을 알고 있었을 것이다.

아아, 그렇기 때문에 그는 1황녀를 그렇게 매몰차게 쳐 낼 수 있었던 것이다. 그의 다리에 울며 매달리는 나를, 그렇게, 아무 표정 없이 내칠 수 있었던 것이다. 더 이상의 조사도 없이. 내가 진범이 아니라는 것을 알았기 때문에.

황제는 마벨인 나와 만난 후, 내내 나를 시험하고 있었다. 그의 모든 행동이 이해가 되었다. 그는 내가 1황녀, 벤지안스 D. 마블라 소르트인 것을 알고 있었다. 그럼에도 나를 가만히 두었던 이유는 단순했다. 내가 제 목숨을 노리는 자가 아니었으니까. 나는 그의 목을 노린 적이 단 한 번도 없었으니까. 그는 그것을 알고 있었으니까. 그렇기에 내게 아무런 화도, 증오도 내비치지 않았던 것이다.

"마벨?"

나는 게시판 앞에서 몸을 돌렸다. 옆에서 나를 부르는 디온의 목소리가 들렸지만 아무런 대답도 해줄 수가 없었다.

분노가 끓어올랐다. 황제가 나를 화형시켰고, 나를 죽이고, 내가 살아남아 도망치고, 그것이 어떤 원인과 결과를 수도 없이 만들어냈는지, 결국 그것이 지금 이 상황을 만들게 됐는데, 그걸 전부…… 그가 알고 있었다고?

"하."

웃음이 나왔다.

"하하하하하하!"

나도 모르게 웃음이 터져 나왔다. 어이가 없어서. 내 꼴이 우스워서. 이것이 모두, 찢어 죽일 황제라는 작자 때문이라니.

황제는 모든 것을 알고 있었다. 그렇게밖에 설명이 되지 않았다. 그렇다면 그는 왜 황후를 감싼 걸까? 아니, 생각을 바꿨다. 그가 황후를 감싸? 아니지. 그라면 절대 그럴 리가 없지. 황제는 누구를 감쌀 자가 아니었다. 황제의 자리에서, 저보다 아래의 자가 자신을 제일 높은 보좌에서 끌어내리려 하는 것을 눈감아줄 자가 아니었다. 그는 그렇게 너그러운 자가 아니었다.

황후를 감싼 것이 아니라면? 아, 그렇다면, 그는 나를 밀어내려 한 것인가? 황가에서? 그렇다면 왜? 내가 진범이 아님에도, 황후를 남기고 1황녀를 내친 이유가 뭐지? 그것은 내가 그의 목숨에 위협이 되어서가 아니었다. 분명 다른 이유가 있었다.

그가 1황녀를 밀어낼 이유. 내가 알게 된 그의 성격과 부합되는 이유. 그의 욕심, 그리고 그의 목적.

"디온, 잠시만요."

육 년 전의 1황녀는 착하고 순했다. 남을 해치지 않고, 남을 위하는 소녀였다. 그것이 내 기억에도 있었고, 읽었던 원작에서도 서술됐던 바였다. 그 옆에서 나와는 정반대로, 제 권력을 위해 칼을 갈던 1황자. 그리고 나는 그런 1황자보다 이능의 발현마저 늦었다.

나는 자비로웠고, 심신이 약했고, 독기가 없었고, 권력욕이 없었고, 능력이 없었다. 이제야 알 수 있었다. 나는 황제의 시험에서 매번 탈락했다. 나도 모르게 황제가 냈던 후계의 시험에서 나는 매번 낙제생이었다.

그래서, 그는 나를 내쳤다.

그리고 황제는 지금, 독기가 생긴 나를, 자비가 없어진 나를, 욕심이 생긴 나를, 이능이 한껏 꽃핀 나를, 후계에 적합하다 생각하는 것이다. 그것이 내가 다가간, 확신에 가까운 추측이었다. 이것은 모두 내 추측이었다. 하지만 이것이 아니라면 모든 상황은 설명하기가 힘들었다.

나는 디온을 바라봤다. 걱정 어린 표정으로 나를 쫓아와 초조하게 바라보던 디온에게 말했다.

"디온, 그는 모든 것을 알고 있었어요. 내가 무죄라는 것도 이미 육 년 전부터."

황제가 나를 불렀다. 이 공지는 내게 단 한 가지를 말하고 있었다. 평민 소년의 신분을 벗고, 다시 1황녀로 돌아갈 시간이라는 것을.

"그것이 무슨 말씀이십니까?"

앞뒤를 생략한 내 말에 디온이 물었다.

"나중에 설명해 줄게요. 황제는, 전부 알고 있었어요. 이제야 모든 것이 설명되네요. 디온, 먼저 가 있어요. 나는 이제 곧 황성으로 돌아갈 거예요. 아마 곧 만날 수 있을 거예요."

그는 혼란스러워했지만 여기서 그에게 설명할 것이 아니었다. 조금 더 안전한 곳에서, 어디서부터 어디까지 말해야 하는지 생각한 후에 꺼내는 것이 좋았다.

이제 황제의 본심을 알게 됐다. 그가 원하는 것이 무엇인지 알게 되었다. 그가 원하는 것은, 소르트 황가에 맞는 후계자를 찾는 것.

그리고 내가 그에게 복수하기 위해서는, 그것에 맞는 역할을 수행해야 한다. 그와 더 가까운 곳에서, 더 처절하게 그를 무너뜨릴 방법을 찾아야 한다.

나는 디온을 보냈다. 서로의 무사를 기원하며, 우리의 아카데미 생활은 이렇게 끝이었다. 그는 원작대로 공작이 되어 아카데미를 나섰고, 나는 그것을 지켜봤다.

나는 곧 황성으로 돌아갈 것이다. 내 무죄가 제국에 밝혀졌으니, 내가 살아 있다고 하더라도 내게 죄를 물을 자는 아무도 없었다. 더불어, 제국 전체에 내려진 나의 무죄 공지는 내게 황성으로 돌아오라고 말하고 있는 것과 같았다.

내가 임시 보좌의 자리에 있을 때, 그가 내게 했던 질문들, 그리고 며칠 전, 장례식에서 내게 했던 질문. 그 질문들의 결과가 이 공고였다. 그는, 너무나도 명확히 나를 부르고 있었다. 돌아갈 것을 생각할수록, 황제의 행동을 생각할수록, 분노에 찬 헛웃음만 나왔다. 나는 황제의 손바닥 위에서 놀아나고 있었다. 그는 이미 모든 것을 다 알고, 계획하고, 나를 시험했다. 내가 할 수 있는 것은 그 시험에 통과하는 것, 그것뿐이었다. 그것이 너무나도 이가 갈렸다. 그의 계획대로 움직였다는 것이, 진실을 이제 와서야 파악했다는 것이, 계속 나를 분노케 했다.

이제는, 더 이상 그의 계획대로 놀아나지 않을 것이다. 그의 계획을, 그의 욕심을, 그의 미래를 산산조각 낼 것이다.

황성으로 돌아가기 전에 해야 할 일이 있었다. 아델라이네의 기억을 바꿨기 때문에 그녀와 만날 필요는 없지만 쉬얌이 남았다. 디온을 제외하고는 내 정체를 알고 있는 유일한 사람. 그와의 계약을 파기할까, 그의 기억을 바꿀까 생각도 해봤지만 이내 고개를 저었다. 그는 마농의 왕자고, 마농은 현재 소르트를 좋지 않은 시선으로 보고 있다. 적국의 병력이 내게 도움 될 일이 있을 것이다. 그와의 계약을 유지하는 것이 좋다는 것이 내 판단이었다.

나는 쉬얌을 찾아갔다. 그에게 조언을 던질 차례였다. 황제는 생각보다 뒤가 구린 작자였다. 모든 것을 제 표정 뒤에 숨길 수 있는 자였다. 겉으로는 아닌 척하고 뒤로 움직일 줄 아는 자였다. 그런 그가 쉬얌이 사실 마농의 왕자, 라마난 옴카르라는 사실을 모르고 있을까? 아니, 황제는 그의 정체를 알고 있을 것이다.

그리고 그는 그것을 빌미로 쉬얌을, 아니, 마농을 공격할 적당한 기회를 노리고 있을 것이다. 그는 권력을 탐하는 자였다. 마농을 집어삼키기 위해 계획을 세우고 있음이 틀림없었다. 그렇기에, 나는 쉬얌에게 조언을 해야 했다. 나는 내 손에 들린, 조금이라도 나에게 유리한 패를 버릴 여유가 없었다.

쉬얌을 황제의 눈이 닿지 않는 곳으로 보내야 한다.

디온을 배웅하기 위해 나는 오늘 아무 수업에도 들어가지 않았다. 아니, 장례식 이후로 아카데미 수업은 내게 의미가 없어졌다.

기숙사에서 나와 쉬얌이 수업을 듣는 교실로 향했다. 시간을 잘 맞춰온 모양이었다. 교수의 목소리가 끊기고, 아이들이 움직이는 소리가 났다. 교실 밖에서 쉬얌을 기다리고 있자니 교실 밖으로 나오는 몇몇이 나를 흘끔거리다가 시선을 피했다. 오르도의 죽음 이후로 지속된 시선이었다. 지금 제국에서 제일 큰 사건의 당사자이기도 하니 내게 흥미를 느낄 수밖에 없겠지. 그들이 나를 어떤 눈으로 바라보든 상관없었다. 어차피 이곳을 떠나게 될 테니까.

학생들 사이에 섞여 있어도 쉬얌은 언제나 눈에 들어왔다. 그는 나를 발견하고는 의외라는 눈빛을 했다. 하긴, 내가 먼저 그를 찾아오는 것은 처음이었으니.

"웬일이야? 먼저 찾아오고?"

"할 말이 있어서요. 여기서 할 말은 아니고요."

"고백이라면 환영이야."

"농담할 기분은 아닙니다."

"그래, 바라지도 않았어. 어디서 얘기할까요, 수석님?"

쉬얌은 능글맞게 웃었다. 내 소식을 전부 들었음에도 그가 나를 대하는 태도는 여전했다. 그래도 그 장난의 정도는 약해져 있었다. 나름의 배려인 모양이었다. 내 앞에서 어쩔 줄 모르고 절절매는 학생회들보다 차라리 아무 일도 없다는 듯, 그저 계약 관계로 대하는 그가 차라리 편했다. 감정적으로 아무것도 바라지 않는 느낌이기에.

내 말에 그가 책을 어깨에 얹고는 어디로 갈까, 눈으로 물었다. 나는 학생들을 피해 걸음을 옮겼다. 인적 드문 공터에서 주변을 살폈다. 예전, 아델라이네가 엿들었던 경험으로 주변에 숨을 만한 곳이 있는지도 샅샅이 살폈다. 아무도 없는 것을 확인한 후에야 나는 목소리를 낮췄다.

"마농으로 돌아가요."

"왜?"

그가 곧장 반문했다. 불쾌한 표정은 아니었다. 말 그대로, 내가 어째서 그렇게 생각하는지를 묻고 있었다. 나는 내 추측을 그에게 전했다.

"그는 당신이 이곳에 있는지 알고 있을 겁니다."

"확신해?"

"추측일 뿐이지만, 높은 확률이죠."

"그걸 갑자기 왜, 그리고 내가 돌아가면 우리 둘의 계약은 끝 아닌가?"

지금 그에게 제일 중요한 것이겠지. 그가 소르트에 제 신분을 숨기고 들어온 이유일 테니. 그는 우리의 계약이 아카데미에서 진행된 것인 만큼, 우리 중 한 명이라도 아카데미를 벗어나는 순간 그 계약이 깨질 것이라고 예상하고 있었다. 나는 고개를 내저었다.

"아니요. 계속될 겁니다. 황제의 눈을 피해 마농으로 돌아가세요. 평민과 지방 귀족의 자제로 만나는 것보다는 소르트의 후계자와 마농의 후계자로 만나는 것이 우리에게도 좋을 겁니다."

"니, 그 말은……."

"나는 아카데미를 나갑니다. 다시 황녀로 돌아갈 거예요. 이제 우리의 계약이 유지되기 위해서는 당신이 어떤 위치에 서야 되는지 스스로 판단한다면 잘 알 수 있을 거예요."

내 말을 들은 그는 잠시 동안 침묵했다. 무언가 생각하는 것이 분명했다. 나는 그에게 내 의사를 뚜렷하게 전달했다. 우리의 계약은 끝나지 않았다고. 우리의 목표는 여전히 동일하다고.

"좀 더 물어보고 싶은데, 아무리 생각해도 지금 물어볼 타이밍은 아닌 것 같거든."

"그렇다면 물어보지 않는 것이 좋을 거예요."

단호한 내 대답에 그가 짧게 고개를 끄덕였다. 제 안에서 무언가 결정을 내린 모양이었다.

"마벨이 어떤 근거로 그런 판단을 했는지는 물어보지 않을게. 하지만 내가 마농으로 돌아가는 건 마벨이 소르트 황가로 돌아간 이후야. 그것만은 명심해 둬."

"곧이에요."

"그래, 그리고 그렇게 되면 놀러 와라."

"예?"

지금 그와 나 사이에는 나름 심각한 분위기가 흐르고 있었다. 언제나 그의 얼굴에 걸려 있던 나른한 미소도 사라진 상태였다. 하지만 갑자기 끼어든 그의 한마디는 너무나도 분위기에 맞지 않는 것이었다.

쉬얌이 어깨를 으쓱했다. 뭘 당연한 걸 묻고 있냐는 표정이었다. 언제 심각했었냐는 듯 다시 능글맞은 웃음을 지으며 그가 별거 아니라는 어조로 답했다.

"우리 집에 초대한다니까?"

"그거, 진심이었어요?"

"뭐, 장난 반 진심 반이었는데, 마벨 말대로 되면 황녀님 한번 초대하고, 소르트 차기 황제랑 인맥도 쌓고, 나쁠 것 없잖아? 놀러 와."

호감으로 인한 것이 아닌, 제 목적을 위한 초대였다. 제 지위에서 나와의 계약으로 취할 수 있는 제일의 이점만을 생각하는 그의 태도가 마음에 들었다. 그에게는 어떠한 감정도 만들어낼 필요가 없으니까. 그의 말에 나는 가볍게 고개를 끄덕였다.

"예. 조만간 보죠."

"그리고, 잘 추슬러라."

뒤돌아 움직이려던 그때, 그가 내게 던진 말이었다. 의외였다. 위로인 건가? 쉬암이? 다시 몸을 돌려 마주친 그는 여전히 별로 달라진 것 없는 표정이었다. 평소와 같은 장난 같았다.

"너도 그렇고 디르케온도 그렇고, 그날 이후로 눈빛이랑 표정이 달라졌거든. 제일 가까운 자의 죽음을 겪었을 때 가장 중요한 것은 사실을 객관적으로 보는 거야. 너무 감정적으로 분석하지 마, 라고 내 친한 친구가 말했거든. 그냥 너희를 보고 있자니 그 말이 생각나네."

친구를 이야기할 때, 그의 시선이 잠시 먼 곳을 향했다가 다시 돌아오는 것을 느꼈다. 객관적. 객관적이라. 나는 그가 말한 객관적이라는 말의 의미를 알 수가 없었다. 그렇기에 그의 말을 그저 가볍게 흘러 넘겼다.

"마치 겪어본 것처럼 이야기하는군요."

내 말에, 그의 얼굴에서 생전 처음 보는 표정이 나타났다가 순식간에 사라졌다. 능글맞은 웃음도, 의심도, 경계도, 흥미도 아닌, 멀리 있는 무언가를 그리워하는 자의 표정이었다. 그것도 잠시, 다시 그 특유의 웃음이 얼굴에 자리했다. 씨익, 웃음을 입에 걸며 그가 제 어깨를 책으로 두어 번 두드렸다.

"우리 집에 놀러 오면 말해줄게. 아무튼, 다음에 볼 때는 둘 다 위치가 달라져 있겠어."

"예, 다음에 보죠."

우리의 계약은 계속 진행 중이었다. 어떤 형태로든, 쉬암은 마농에서 내게 서신을 보낼 것이다. 마농. 황제에 의해 학살이 일어난 나라. 오르도가 무언가 알아낸 나라. 그곳에 황제가 도대체 무엇을 꾸미고 있는지 알아낼 수 있는 실마리가 있을 것이다. 쉬얌이 내게 아카데미에서의 마지막 인사라며 손을 흔들었고, 나는 고개를 끄덕이고는 등을 돌렸다.

나는 학생 본부를 찾아갔다. 자퇴서를 작성했고, 아카데미 측에서는 받아들였다. 자퇴서를 처리한 후, 디온에게 서신을 보냈다. 아카데미를 자퇴하고 황성에 들어갈 거란 내용이었다. 짐을 챙겨 우선 세그다드로 돌아갈까 했지만 그렇게 한다면 황가에서 고깝게 볼 가능성이 높았다.

아쉬움이라든지, 미련 같은 것은 하나도 없었다. 황성에 다시 들어가기 위해 아카데미를 나서는 것이 내가 이곳에 들어온 궁극적인 이유였다. 과정이 어찌 됐건 나는 목표를 달성했다. 그 발걸음에 미련 따위 붙어 있을 리가 없었다. 오전에 디온을 보내고 이렇게 바로 돌아갈 것이라면 차라리 디온과 함께 출발하는 것이 낫지 않았을까 하는 생각도 들었다.

기숙사에서 짐을 쌌다. 올 때와 마찬가지로 교복과 편한 옷, 그리고 간단한 생필품이 끝이었다.

두꺼운 문을 열고 계단을 내려와 기숙사를 나섰다. 운동장을 가로질러 정문으로 향하는 내 눈에 익숙한 사람들이 보였다. 학생회들이었다. 시선이 내게 향하는 것을 보니 아무래도 나를 기다리고 있던 듯싶었다.

내가 교문을 향해 걸어가자 그들이 내게 다가왔다 그들의 얼굴에는 아쉬움이 한가득이었다. 그들이 나를 배웅하러 나온 것이 의외였다.

"디온도 가고, 마벨도 가고. 학생회에서 동시에 둘이나 빠지다니. 아쉬운걸."

센이 서운한 티를 냈다.

"어쩔 수 없는 상황이니까 우리도 말릴 수는 없고요. 이렇게 아카데미 학생으로 보는 것도 마지막이니 인사하러 왔어요."

센의 말을 받아 라이가 덧붙였다. 그 역시 아쉽다는 표정이었다. 그래, 여기 있는 모두가 비슷한 표정이었다. 홀가분한 나와는 달리, 이 헤어짐에 아쉬움을 느끼는 그들에게 무어라 말해야 할지 알 수가 없었다. 다시 한 번 깨달았다. 역시 나는 내게 이런 감정을 내비치는 자들이 불편했다.

그 옆에 서 있는 쉬얌을 보았다. 그는 말없이 팔짱을 끼고는 나른하게 웃어 보일 뿐이었다.

"나중에는 연회에서나 보겠지?"

"그때는 어쩔 수 없이 신분 차가 있겠지만, 그래도 평민이라고 무시는 안 할 테니까 걱정하지 마라."

페른과 베른이 덧붙였다. 나는 할 말을 찾지 못하고 그저 가볍게 고개를 끄덕였다. 나중에 만날 때, 우리는 신분 차가 있을 것이다. 귀족과 평민이 아니라 귀족과 황녀라는, 혹은 귀족과 황태자라는 신분 차. 그것을 차마 말할 수가 없어 입을 다물었다.

"어찌 됐건, 잘 지내고. 디르케온도 잘 위로해 주고. 나중에 볼 일 있으면 보자."

페른의 인사를 마지막으로 끝나려나 싶을 때였다. 아델라이네와 눈이 마주쳤다. 그녀가 움찔했다. 아델라이네는 내게 말을 걸고 싶은 듯, 입을 열었다 닫았다 망설이고 있었다.

왜 그러냐 물어야 할까? 아니, 굳이 그럴 필요는 없겠지. 그녀는 이제 내 정체를 모른다. 이제 곧 공식적으로 내가 그녀의 언니가 되겠지만 그걸 지금 말해줄 필요도, 의무도 없었다. 그녀의 시선을 뒤로 넘겼다.

"그럼 나중에 봐요."

나는 짧게 말하고는 등을 돌렸다.

"마벨."

등을 돌리는 내 팔을 아델라이네가 잡았다. 무언가 복잡한 표정이었다. 혼란스러움이 가득인 표정이었다.

"아델라이네?"

"잠시만요."

아델라이네가 나를 붙잡아 세웠다. 내게 하고 싶은 말이 한가득인 것처럼 보였다. 급하게 내 팔을 잡아챈 그녀가 난감하다는 표정으로 주변을 살폈다. 마치 남들이 들으면 안 된다는 느낌이었다. 그녀가 내게 이런 식으로 해야 할 말이 있었나? 우리의 계약은 없던 일이 된 지 오래였다. 나는 그녀의 기억을 바꿨고, 그녀는 그저 나를 제가 이용하는 평민 소년으로 알고 있었다. 즉, 그녀가 내게 이렇게 급하게 할 말은 없었다.

하지만 겉으로 보기에는 달랐다. 그녀와 나는 공식적으로 연인 사이였고, 그녀의 행동은 마치 연인 사이에 마지막으로 하고 싶은 말이 있는 것처럼 보였으니. 우리 둘의 분위기를 보며 학생회들이 가볍게 웃음을 터뜨렸다.

"그래 그래, 둘의 마지막 인사인데 빠지자고."

'우리 잊지 말고'란 마지막 인사를 하며 학생회들이 멀어졌다.

아델라이네가 나를 이끌고는 인적 드문 곳으로 향했다. 아델라이네가 나를 바라보았다. 혼란, 그리고 조금은 당황스러운 표정으로 그녀가 목소리를 낮춰 내게 물었다.

"오라버니가 서신을 보냈는데, 저로서는 이해가 되지 않는 말이 왔어요. 마벨이, 남자가 아니라고."

아, 이제야 이유를 알 수 있었다. 1황자, 데비스가 그녀에게 서신을 보낸 것이다. 내 정체를 그대로 밝혀낸 서신을. 내가 남자가 아니라는 사실을 알렸다. 그렇다면 내가 1황녀라는 것 역시 밝혔겠지.

그는 무슨 생각일까? 아델라이네가 사실을 알게 되면, 그것이 나를 위기로 몰아넣을 거라 생각한 것일까? 하지만 아쉽게도, 승리의 여신은 내 손을 들어주었다.

내가 곧 황성에서 보자고 말하려는 찰나였다. 갑자기 주위의 공기가 급변한 것이 느껴졌다. 사람들이 웅성거리는 소리가 들려왔다. 아델라이네에게 인사할 겨를도 없었다. 이 소란의 이유를 알아내야 한다는 생각이 먼저였다. 나는 다시 운동장으로 향했다.

언제 소란스러웠냐는 듯 순식간에 모두가 조용해졌다. 나는 고개를 돌려 그 원인을 찾기 시작했다.

예상치도 못한 자가 보였다. 며칠 전, 내 임시 보좌 때문에 이틀간 얼굴을 마주했던 자. 황제가 아카데미 정문으로 들어오고 있었다.

그의 등장에 모두 입을 다물었다. 모두가 허리를 숙이고 황제에게 예를 갖추었다. 동시에 총장이 달려 나왔다. 그를 시작으로 교수들과 학생들까지 건물에서 쏟아져 나왔다. 황제가 행차했는데, 감히 귀족들이 그를 무시할 수는 없는 노릇이었다.

나 역시 고개를 숙여야만 했다. 내 옆으로 다가온 아델라이네는 놀란 표정을 짓고 있었다. 그녀도 모르는 일정임이 분명했다.

달려 나온 총장이 허리를 숙이며 황제에게 극도의 예를 표했다.

"갑자기, 아무런 예고도 없이 어쩐 일이십니까?"

"갑자기 찾아와서 미안하네."

"아, 아닙니다, 폐하. 그것이 아니오라 조금 더 편히 모실 수 있었음에도 하지 못한 것이 아쉬워서 올린 말입니다."

"아카데미가 벌써 이백주년이니 제국의 황제인 내가 와봐야 하지 않겠는가? 제국의 미래가 밝은지 한번 확인하고 싶었을 뿐이네. 더불어."

황제가 사람 좋게 웃어 보이며 총장의 말을 받았다. 그리고, 그가 시선을 돌렸다. 그 시선은 정확히 나를 향해 있었다.

황제가 아카데미에 굳이 행차한 이유는 이백주년 어쩌고가 아니었다. 그것이 큰 이유가 될 리 없었다. 그는, 나 때문에 아카데미에 방문한 것이다.

"데려갈 사람이 있고 말이야."

"데려갈 사람이라고 하시면."

"내 딸 말이네."

"아, 2황녀님."

정수리가 따가울 정도의 시선이 느껴졌다. 황제일 것이 분명했다. 데리러 온 자. 딸. 그리고 나를 향해 꽂힌 시선. 총장이 보는 것은 아델라이네였다. 그래, 황제의 딸. 지금 이곳에 있는 자. 공식적으로는 2황녀겠지. 하지만, 그가 말한 자는 아델라이네가 아니었다. 나, 벤지안스 D. 마블라 소르트였다.

황제는 나를 데리러 왔다. 그 사실에 웃음이 나왔다.

"큭, 하…… 하하하하!"

참으려던 웃음이 터져 나왔다. 그래, 지금은 당신의 손바닥 위에서 움직여 주겠다. 하지만 그것은 여기까지다. 이제, 당신이 나를 데리고 황성에 들어서는 순간, 그 손바닥은 뒤집힐 것이다. 나는 당신의 손등에 칼을 박아 넣을 것이다. 그리고 그 칼로 당신의 목을 꿰뚫어 버릴 것이다.

"무례하게, 감히 황제 폐하께서 말씀하시는데."

적막한 운동장에 한가득 울려 퍼졌다. 내 웃음에 총장의 노성이 들렸다. 하지만 무시했다. 아델라이네를 제외한 모두가 허리를 숙이고 있었다. 나는 그곳에서 허리를 폈다. 아델라이네와 같은 위치. 황녀. 그 위치를 견고히 하기 위해 허리를 폈다. 모두가 나를 바라보고 있었다. 미친놈 보듯 바라보는 시선들이었다. 그것마저 우스웠다.

아델라이네가 믿을 수 없다는, 혼란스러운 표정으로 나를 바라보았다. 나는 그녀에게서 시선을 돌렸다. 허리를 꼿꼿하게 펴고 황제를 바라봤다. 그는 여전히 나를 바라보고 있었다. 그의 눈빛이, 나를 부르고 있었다.

나는 앞으로 걸어 나갔다. 허리를 펴고, 고개를 들고, 황제를 똑바로 마주하며 그를 향해 걸어 나갔다. 염색약을 풀 방법. 그것을 이렇게 빨리 써먹을 줄은 몰랐다. 품에 넣어뒀던 약을 꺼내 목으로 넘겼다.

바람에 흩날리는 머리카락의 색깔이 변하기 시작했다. 짙은 갈색에서 은발에 가까운 블론드, 백금발로. 제국에서 유일하게 단한 명만이 갖고 있는 색으로.

장내가 술렁이기 시작했다. 심지어 고개를 드는 자도 있었다.

아카데미 안에 혼란이 감돌기 시작했다. 나는, 내 머리 색이, 내 눈 색이 변하는 것을 느끼며 한 걸음 한 걸음 황제에게 다가갔다.

그가 웃고 있었다. 기다린 자를 반기는 웃음이었다. 나는 그를 향해 허리를 숙였다.

"소르트의 영광, 황제 폐하를 뵙습니다."

영광의 예를 차리고는 고개를 들었다. 이제는 나와 정확히 같은 색을 갖고 있을 그의 눈을 마주쳤다. 그는 웃고 있었다. 나를 데리러 온 것이 맞았다. 나는 허리를 폈다. 미소를 지으며 그의 눈을 마주했다. 입을 열어 또박또박, 그가 기다리고 있을 한마디를 내뱉었다.

"오랜만입니다, 아바마마. 벤지안스 D. 마블라 소르트, 1황녀가 아바마마를 뵈옵니다."

외전

외전 . 잠시간 따듯했던 햇빛

디르케온, 꽤 자주 봐왔던 사촌 동생이었다. 아버지의 쌍둥이 동생이셨던 숙부, 이스타엔 체스터의 아들.

오르도는 누가 봐도 흡사한 생김새를 가진 아버지와 숙부님을 볼 때마다 그 둘을 분간하기가 힘들었다. 그렇기에 두 분은 어릴 때부터 오르도를 안아 들고는 아버지를 찾아보라며 그를 놀리곤 했다.

아주 어릴 때는 그것이 무서웠다. 제 아버지가 둘이 된 것 같은 착각에 언제나 엉엉 울어댔다. 그것이 열 살 무렵까지의 일이었다. 오르도는 아버지와 숙부가 쌍둥이라는 사실을 알게 되었고, 그제야 그 둘을 분간할 수 있게 됐다.

그리고 그 둘을 분간하지 못하고 엉엉 울어대는 역할은 오르도에게서 다른 붉은 머리의 꼬마에게로 넘어갔다.

오르도가 열 살쯤 되었을 때, 이제 막 걸어 다니기 시작한 아이가 가족 행사에 나오기 시작했다. 사촌 동생이었다. 디르케온 세스터. 세스터 후작가의 외동아들이었다. 눈 색깔을 제외하고는 마치 오르도의 어린 시절을 그대로 빼다 박은 모습이었다. 하지만 완전히 같다 말할 수는 없었다.

세그다드 공작가에는 무거운 어둠이 감돌고 있었다. 공작이 죽었다는 사실은 공작가의 후계, 아니, 이제는 공작이 된 오르도 세그다드의 어깨를 무겁게 짓눌렀다. 가주의 사망을 비롯해 사용인들 절반 이상의 교체라는, 공작가에는 있기 힘든 피바람이 한바탕 몰아친 후 사라졌다.

일가족의 재앙 이후, 디온이 후계가 되었다. 자식이라고는 둘뿐이던 공작가에 유일하게 살아남은 오르도 세그다드 공작과 그 후계 디르케온 세그다드. 당연한 결과였다.

장례식이 끝난 후, 디온은 사람을 찾으러 떠난다고 말했다. 뜬금없는 말에 오르도는 설명을 요구했다. 디온의 대답은 뜻밖에도 살아 있는 1황녀를 찾으러 간다는 것이었다.

처음에는 동생을 말렸다. 하지만 동생의 눈을 마주한 순간, 오르도는 깨달았다. 말릴 수 있는 것이 아니구나. 평소에도 고집이 센 디온이었지만 저런 눈빛을 할 때는 무슨 일이 있어도 그 일을 행하곤 했다.

그래서 보냈다. 대신 기한을 정해줬다. 딱 일주일. 일주일 동안 찾지 못하면 더 이상 그녀를 찾지 않을 것. 그것이 오르도가 동생에게 내건 마지막 조건부 허락이었다.

오르도에게 있어서 살아 있을지 모르는 1황녀란 위험 분자 그이상도 이하도 아니었다. 아무리 디온이 어릴 적 1황녀를 자주 찾아갔었다고 하더라도 그래도 그건 어릴 때의 인연일 뿐이니까. 진실이 어찌 됐건 1황녀는 반역자였다. 가뜩이나 공작가가 어수선해진 지금, 반역자까지 숨겨준다는 것은 오르도의 사전에 절대 있을 수 없는 일이었다.

일주일. 빡빡한 일정에도 디온은 고개를 끄덕이고는 공작저를 떠났다. 떠나는 동생의 눈에는 열망이 담겨 있었다. 황제의 재목을 찾아올 열망. 어릴 적 추억을 찾아올 열망. 그 열망에 오르도는 내심, 조금이나마 디온이 1황녀를 찾아왔으면 좋겠다는 생각마저 들 정도였다. 1황녀를 찾아왔으면 좋겠으면서도, 찾다가 포기했으면 좋겠다는 모순된 감정으로 일주일을 보냈다.

일주일이 지나고 약속된 날에 동생이 돌아왔다. 다 자라지 않은 느낌이 물씬 풍기는 곱상하게 생긴 소년과 함께였다.

입고 있는 옷과 동생의 가방을 든 채 뒤에서 조용히 서 있는 모습이 시종의 모습, 딱 그것이었다.

그 모습이 의아했지만 우선은 여독을 풀고 이야기하는 것이 좋겠다고 생각했다. 1황녀를 찾지 못한 것에 제일 아쉬운 자가 디온일 테니. 오르도도 한편으론 조금 아쉬웠지만, 그래도 거추장스러운 반역자를 집 안에 들이는 것보다는 낫다고 생각하며 디온에게 평소처럼 장난을 걸었다. 일상처럼 투덜대는 디온에게서 자연스럽게 소년을 살폈다.

그 시선을 느낀 모양인지 집 안을 관찰하듯 태연히 이곳저곳을 살피던 소년이 고개를 들었다. 눈이 마주쳤다. 저를 관찰하듯 훑어 내리는 그 눈을 마주한 순간, 오르도는 깨달았다. 저 소년은 시종으로 있을 평범한 평민이 아니었다.

공작을 대하는 눈빛에 아랫사람의 복종이라고는 눈 씻고도 찾아볼 수 없었다. 그것을 느낀 순간, 디온이 장난스레 던진 오르도의 물음에 답했다.

"말을 조심하십시오."

디온의 말을 듣는 순간 깨달았다. 찾았구나. 처음으로 자신에게 도전적인 눈빛을 내보이는 동생을 보며 오르도는 헛웃음을 삼켰다. 그런 동생 뒤에 서 있는, 욕심도, 오만함도 아닌 무언지 모를 열망 하나만을 눈동자에 담은 소년, 아니, 소녀를 바라봤다.

만만치 않은 자를 데려왔군. 그것이 오르도가 처음 1황녀를 보고 머릿속에 떠올린 생각이었다.

황가의 후계 중 제일 황제가 될 자격이 있는 사람. 디온이 1황녀를 지칭하며 말한 바였다. 오르도는 1황녀와 이야기하며 디온의 의견에 동의하기 시작했다. 단순히 욕심만 앞선 소녀가 아니었다.

상황을 보고 말해야 할 것과 말하지 않아도 될 것이 무엇인지 빠르게 판단한다. 주변을 살피고 정보를 섭렵해 분석한다. 그 정보를 올바른 인과관계의 틀에서 배열하여 순식간에 진실에 다다른다. 그녀는 영민하고, 영악했다. 바라는 바가 높았으며, 그것을 위해 인정사정 보지 않을 것이 분명했다.

황녀가 바라는 것은 황좌가 아니었다. 그녀에게는 황좌에 닿고 싶다는 광대한 권력욕이 없었다. 오르도는 그것이 제일 마음에 들었다. 짧은 만남이었지만, 그녀에게서 풍기는 분위기가 그에게 말해주고 있었다. 그녀는 황제의 재목이다. 남아 있는 황족 중, 황제의 자리에 제일 적합한 자였다.

하지만 부족했다. 완벽하지 않았다. 처음으로 자신을 기백에서 밀어낸 소녀의 안에는 온기가 없었다. 슬픔도, 기쁨도, 아무것도 느낄 수 없었다. 그저 한 가지 목표를 향한 단 하나의 갈망. 그 하나의 감정이 성인도 채 되지 않는 소녀 안에 가득 들어차 있었다.

오르도는 소녀를 보며 처음으로 생각했다. 안쓰럽다고. 그리고 동시에 기시감을 느꼈다.

어디서 많이 본 눈빛이었다. 그리고 그 눈빛을 어디서 봤는지 오르도는 만찬장에서 확인할 수 있었다.

"가족이군요."

1황녀가 지나가듯 말했다. 식사를 하면서, 아무렇지도 않다는 듯 자연스럽게 던진 그 한마디에 십년은 족히 지난 과거의 일이 머릿속에 떠올랐다.

디온이 처음 입양되던 날. 몇 번 집안 행사에서 봤던 사촌 동생이 세그다드가에 입양되던 날. 체스터 후작가 모두가 목숨을 잃고 유일하게 살아남은 디르케온이 세그다드가에 입양된 첫날 갖고 있던 눈빛이었다.

주변에 아무도 남지 않는 것에 대해 그 이유를 스스로에게 돌리고 그것으로 스스로를 갉아먹는 자의 눈빛이었다. 가족을 갈망하는 자의 눈빛이었다. 그러면서도 선뜻 스스로 가족 안에 다가서지 못하는 자의 눈빛이었다. 디온이 십여 년 전 지니고 있던 그 눈을 1황녀가 갖고 있었다.

오르도에게 가족이란 그렇게 강박적인 의미가 아니었다. 날 때부터 있던 것이 가족이었고, 편하고 따뜻한 자들이 가족이었다. 자연스럽게 사랑하게 되고 사랑받게 되는 것. 그것이 가족이었다. 가족이라는 단어에 대해 그렇게 깊게 생각하지도, 깊게 생각하게 되지도 않았다.

오르도는 눈앞의 둘을 바라봤다. 이제는 조금 무뎌지고 따뜻해진 눈빛을 가진 디온이 보였다. 그 옆에는 모두에게 칼날을 두른, 그 날카로움에 저 자신까지 저며내고 있는 1황녀가 보였다. 그 모습을 보며 오르도는 저도 모르게 미소를 지었다.

"그러니 그냥 원래 내 집이었다고 생각하고 지내세요. 오라비 한 명이 생겼다 편하게 대해주셔도 좋습니다."

그 한마디에 변하는 소녀의 얼굴을 살폈다. 제 발로 찾아왔으면서도 한껏 관찰하고 경계하던 소녀의 얼굴에서 순간적으로 경계심이 사라졌다. 그 빈자리를 채운 것은 당황이었다. 그 말을 들을 것이라 상상조차 못했던 곳에서 뜻밖의 말을 들은 데에 대한 갑작스러움. 갑자기 누그러진 경계심이 순간적으로 그녀를 제 나이로 보이도록 만들었다.

그 모습이 오르도는 퍽 유쾌했다. 동시에 손이 많이 가는 가족이 한 명 더 늘겠구나, 싶었다. 처음 1황녀를 맞닥뜨렸을 때의 복잡함이 사라진 것은 아니었다. 하지만 그렇다고 쳐 낼 생각도 들지 않았다.

그저 유일하게 남은 그의 동생 디온이 세그다드가의 진정한 가족으로 자리매김한 것처럼, 눈앞의 1황녀, 벤지, 아니, 마벨도 그렇게 될 수 있지 않을까? 그런 생각이 우선적으로 들 뿐이었다. 오르도는 가볍게 웃으며 한마디 덧붙였다.

"어찌 됐건 세그다드가에 오신 걸 환영합니다."

늦었다면 늦은 환영 인사에 1황녀는 무어라 할 말을 찾다가 그 시선을 디온에게 돌렸다. 그러나 디온 역시 가볍게 웃으며 환영한다 말할 뿐이었다.

당황함이 가득하던 소녀의 얼굴에서 조금씩 부끄러워하는 기색이 떠올랐다. 새하얀 얼굴에 잠시 떠오른, 따뜻한 감정의 파편이 말해주고 있었다. 세그다드가에 또 다른 가족이 한 명 늘었다는 것을.

　오르도는 1황녀, 아니, 마벨을 정말 막냇동생처럼 대했다. 그러면서도 그녀가 언젠가는 제국을 위하는 마음을 갖기를 바랐다. 그렇게 된다면 정말로 그녀가 황제가 되도록 제 목숨이라도 다할수 있을 것 같았다.

　몇 주간 관찰한 그녀는 절대 열여섯의 소녀가 아니었다. 나이의 문제도 아니었다. 핏줄 역시 문제가 아니었다. 그녀 자체에서 기품이 흘렀다. 그녀의 안에는 제가 위라는 개념도, 제가 아래라는 개념도 없었다. 그것은 말하고, 행동하고, 제가 고용한 자들을 대할 때 볼 수 있었다. 사람을 사람으로 대했다. 그것이 그녀가 사람들에게 말을 높이면서도 그녀를 절대 낮게 보이지 않도록 만들고 있었다.

　소르트는 신분이 철저한 나라였다. 황족으로의 습성이 남아있다면 오만하고 귀족적인 태도를 보였을 것이고, 육 년간 지낸 평민으로서의 생활에 익숙해졌다면 공작가 사람들에게 비굴하고 낮은 태도를 보였을 것이다. 하지만 그녀는 둘 다 아니었다. 그것이 그녀를 오묘하게 만들었다. 열여섯의 나이임에도 사용인들이 그녀를 따르는 것은 그 이유 때문일 것이다.

　마벨을 어느 정도 파악하는 동시에 오르도가 깨달은 것이 있었다. 그의 동생, 디온이 마벨을 마음에 담고 있다는 것. 물론 디온이 1황녀를 각별하게 생각했다는 것은 알고 있었다. 동경이라고 해야 할지, 연정이라 해야 할지 확실히 정의 내리기는 힘들었지만 디온이 어릴 적 1황녀에게 갖고 있던 감정이 조금 특별하기는 했다. 그걸로 오르도가 몇 번이나 디온을 놀려대기도 했다. 그때 돌아오는 반응으로는 어린 디온의 감정을 쉽사리 정의 내리지는 못했다. 그저 1황녀는 디온에게 조금 특별한 사람, 그뿐이었다. 하지만 최근, 둘이 같이 있는 모습을 보고 있자면 피식피식 웃음이 새어 나오는 것을 참을 수가 없었다.

육 년 전, 아니, 그보다 전부터 봐왔던 황녀에 대한 디온의 감정은 조금 더 특별해졌다. 디온은 1황녀를 사랑하고 있었다. 가족으로서? 주군으로서? 아니, 그건 지나가는 개도 웃을 소리였다. 여자로서.

아무리 아카데미 방학에다가, 급작스럽게 받게 된 세그다드가의 후계인지라 눈앞에 급하게 할 일이 없다고는 하지만, 디온이 그렇게까지 마벨과 붙어 다닐 필요는 없었다. 누가 보면 마벨이 디온의 시종이 아니라 디온이 마벨의 시종인지 알 터였다.

말만 낮추면 뭘 하나? 하는 꼴이 꼭 주인 뒤를 졸졸 따라다니는 충견인 것을. 차라리 충견이면 충성심만 있겠지, 거기에 연정까지 더해지니 옆에서 보고 있는 오르도로서는 정말로 적응이 힘들었다.

디르케온 세그다드. 제 동생이지만 잘생겼다. 머리도 비상하고 그에 더해 검 솜씨까지 뛰어나다. 아니, 뛰어나다 뿐인가? 대륙에 천재가 났다고 호위대장부터 근위대장까지 전부가 칭찬했다. 성품도 좋았다. 가문도 좋았다. 거의 무결점에 가까운 남자였다. 이건 동생을 사랑하는 형으로서가 아니라 객관적으로 봤을 때의 결론이었다. 그 증거로 하루에 디온이 받는 연서만 해도 수십 장이었다. 그것을 철벽을 세워 쳐 내는 것이 디온이었고.

오르도는 디온이 이렇게 잘 웃는 사내인 줄 몰랐다. 가족에게조차 잘 내비치지 않은 미소였다. 그 미소를 마벨에게 일상처럼 보여주고 있었다. 시도 때도 없이.

그뿐인가. 배려심이 아주 그냥 하늘을 찔렀다. 디온이 눈치가 빠르다는 것은 어느 정도 알고 있었지만, 그 배려심이 감정을 극도로 내비치지 않는 소녀의 기분까지 파악할 수 있을 것이라고는 꿈에도 생각하지 못했다.

오르도가 보기에 마벨은 감정 표현에 박했다. 기뻐도 웃지 않고, 슬퍼도 울지 않았다. 언제나 평온함만을 유지하며 제 할 일을 묵묵히 할 뿐이었다. 그런 마벨의 기분에 맞춰서 움직이는 것이 디온이었다. 하루 종일 얼마나 한 사람을 바라보고 있어야지 가능한 행동인지 생각하는 것조차 힘들었다.

오르도는 그 둘을 바라보며 웃다가 고개를 절레절레 저었다가, 참 여러 가지 감정을 느끼고 있었다. 제 동생이 연정을 내비치고 있다. 물론 다른 자들이 보면 그렇게 크게 차이 나지 않는 무뚝뚝함이라 눈치채지 못할 수도 있겠지만, 오르도의 눈에는 모든 것이 뻔히 보였다.

디온이 여인을 연모한다. 다른 자였다면 잠시 스쳐 지나가는 열병이라 치부할 수도 있었다. 하지만 오르도가 알고 있는 디온은 스쳐 지나갈 감정을 가지는 사람이 아니었다. 더불어 그런 가벼운 감정으로 저리도 크게 티를 낼 사람이 아니었다. 그래서 그 모습이 재밌으면서도 안쓰러웠다.

디온의 진심 어린 마음이 마벨에게는 아무런 감흥이 되지 못하는 것 같았다. 아니, 감흥이 되는가? 아무것도 알 수가 없었다. 그만큼 마벨의 얼굴에는 아무런 동요도 보이지 않았다. 물론 처음보다는 디온을 향한, 세그다드가를 향한 경계가 풀리고 마음을 열고 있었지만 그렇다고 디온에게 마음을 주느냐고 물어본다면 전혀 아니올시다. 였다. 오르도의 눈에는 절절히 구애하는 남자와 그를 받아들이지 않는 여자로 보였다. 그 모습이 참 우스우면서도 안쓰러웠다.

연서를 쓸어 모으는 천하의 인기남, 디온이 한 여인의 마음을 잡지 못해서 저렇게 뒤꽁무니만 졸졸 따라다닌다 하면 과연 누가 믿을까?

이쯤 되니 오르도는 마벨이 남장을 한 것이 참 다행이라는 생각이 들었다. 더불어 집에서 꼭 말을 낮출 것을 명한 마벨이 고맙기까지 했다. 디온이 마벨에게 말이라도 낮추지 않았더라면 누가 봐도 마벨이 시종으로 보이지 않았을 것이다.

여기까지 생각한 오르도는 퍼뜩 고개를 들었다. 설마, 알고서 그런 건가? 디온이 자신을 연모하는 줄 뻔히 알고?

여기까지 생각하고 오르도는 고개를 내저었다. 설마. 저렇게 감정에 무딘 마벨이 그것을 알고 그랬을까? 하지만 다르게 생각한다면 저렇게 대놓고 티를 내는데 모를 수가 있을까 싶었다. 물론 몇 년간 같이 지낸 오르도의 눈에만 보이는 모습이지만. 어찌 됐건, 거기까지 생각한 오르도는 절레절레 고개를 내저으면서도 저 만만치 않은 1황녀라면 그럴 수도 있겠다 싶었다. 그럴 리야 없겠지만 또 만약에 그렇다면 괘씸한데?

거기까지 생각한 오르도는 머리를 굴리기 시작했다. 잔머리 굴리기에 능한 오르도가 남동생의 연애에 손을 뻗은 순간이었다.

오르도는 바로 제 계획을 실행하기로 했다. 마벨은 곧 아카데미에 들어갈 것이니 세그다드가의 성을 빌려주기는 했다. 하지만 그저 빌려준 것뿐이다. 저 둘이 맺어진다면 정말로 마벨이 가족이 되는 것이다. 이만큼 완벽한 계획이 있을까?

오르도는 조금 더 생각했다. 마벨이 복수가 끝나면 과연 황좌에 앉을까? 지금 그녀의 모습을 보면 절대 아니라고 단언할 수 있었다. 그저 지금에 기인해 생각해 본다면, 마벨이 복수에 성공을 한 후에는 그녀 스스로 무너질 수도 있겠다는 생각마저 들었다.

그렇다면, 피를 통한 가족이 아니라도 돌아올 가족이 있다면 그것이 모두에게 좋지 않을까? 그녀가 돌아올 곳이 세그다드라면 더더욱. 오르도는 만족스러운 웃음을 지었다.

기회는 금방 다가왔다. 마벨이 아카데미 시험을 치르러 떠난 날, 오르도는 디온을 불렀다. 티타임이라는 명목 하에 불려 내려온 디온의 얼굴에 의아함이 내비쳤다.

그곳에 앉아 차를 마시며 마벨의 시험은 어떨까, 수석을 하지는 않을까, 평민이라 무시받지는 않을까, 쓸데없는 여러 가지 대화를 나누며, 오르도는 말을 던질 타이밍을 찾았다. 오르도가 차 한 잔을 더 요구하고, 시종이 그걸 가져왔다. 그리고 오르도는 이때다 싶었다.

"이 이후로 내가 테라스 밖으로 나갈 때까지 이 근처로 아무도 들이지 말게."

"네, 명심하겠습니다."

사용인들이 전부 테라스 주위에서 물러간 것을 확인한 오르도는 만족한 미소를 지었다. 그 모습에 디온이 못마땅한 시선으로 오르도를 바라보았다.

"또 무슨 속셈이십니까?"

"허? 이제 후계가 됐다고 형님께 막말하는 것이냐? 나는 이제 공작이다."

"그걸 아니까 이러는 것 아닙니까? 정말 중요한 일이라면 집무실로 부르거나 제 방으로 직접 찾아오셨겠지요. 약속되어 있지도 않던 티타임을 대뜸 잡아놓고는 시종을 물렸으니 묻는 겁니다. 다시 한 번 물을까요? 무슨 속셈이십니까?"

허허, 오르도는 헛웃음을 흘렸다. 아끼는 남동생이지만 이럴 때는 참 잘못 키웠나 싶기도 했다.

사실 디온이 제게 이러는 게 하루 이틀이 아니긴 했다. 요즘 디온이 마벨에게 하는 모습을 떠올리자니 오르도는 갑자기 울컥했다. 마벨에게는 그렇게도 살살 잘 웃고, 네네 하며 잘 따르더니 형님에게는 이렇게 대든다는 말이지? 웃지도 않고? 자식 키워봤자 아무 소용없다더니. 물론 오르도가 할 생각은 아니었지만, 그가 지금 느끼는 심정으로는 그러했다. 그래, 어디 그렇게 싸고도는 황녀님, 이어줄 테니까 잘해보라지.

오르도는 접시 위의 과자를 있는 힘껏 뚝 부러뜨렸다. 그 나름의 반항이었다. 또각, 소리를 내며 과자가 반 조각이 났다. 오르도의 소심한 짜증 분출이었지만 디온은 눈 하나 깜짝하지 않았다. 그저 '어서 무슨 속셈인지 말해보시지요'라는 시선만 보낼 뿐이었다.

"아우야."

"말씀하시지요."

여전히 불신이 가득한 디온의 눈빛을 받으며 오르도는 가루가 묻은 손을 탁탁 털었다. 조금 과장해서 신경질적으로 털었지만 여전히 디온은 신경 쓰지 않았다.

오르도는 테이블에 턱을 받치고는 심드렁하게 디온을 쳐다봤다. 그 시선에 여전히 아무렇지도 않게 응수하는 디온이었다. 오르도는 다시 한 번 자식새끼 키워봤자 아무 소용없다 생각하며 입을 열었다. 애초에 디온을 이곳으로 불러낸 이유였다.

"디온, 마벨을 좋아하지? 아니, 단어 선택이 잘못됐네. 사랑하지, 1황녀님을?"

오르도의 질문에 디온이 마시던 차를 내려놓고는 콜록거렸다. 사레가 들렸는지 몇 번이나 기침을 하는 디온을 오르도는 물끄러미 바라보았다. 이 반응은 정곡이 찔린 자의 반응이었다. 적잖이 당황한 디온이라니. 그 모습을 바라보는 오르도의 얼굴에 기가 질린 표정이 떠올랐다.

여인을 사랑하냐는 질문에 이렇게 당황하는 자가 내 동생이라고? 사랑에 빠지면 사람이 그렇게 바뀐다는데 그 표본을 눈앞에서 보고 있자니 정말이구나 싶을 지경이다.

오르도는 어이없음 반, 재미있음 반의 감정을 담아 차를 한 모금 마시며 디온이 진정할 때까지 지켜봤다. 드디어 진정한 모양인지 디온이 흠흠, 한 번 헛기침으로 목을 가다듬었다. 그리곤 본래의 무뚝뚝한 표정으로 오르도의 질문에 답했다.

"아닙니다."

기대한 대답은 아니었지만 예상한 대답이었다. 오르도는 웃음이 나오려는 것을 참았다. 저렇게까지 뻔히 보이는 반응을 해놓고는 아니라니. 사실, 아무렇지도 않은 표정을 보면 '아니었나?'라 생각할 수도 있었다. 하지만 그렇게나 기침을 해놓고는 아니라니. 청춘이다, 청춘이야. 오르도는 가볍게 어깨를 으쓱였다. 아무런 미련 없다는 듯 가벼운 반응이었다. 물론 미련이 없지는 않지만 꼬치꼬치 캐묻는 건 디온에게 역효과만 불러올 것이 뻔하니까.

"그래? 그럼 아쉽네."

"뭐가 말입니까?"

"네가 마벨을 좋아하면 둘을 이어줄 좋은 방법이 생각나서 물어봤거든."

양심에 조금 찔리는 일이었지만 오르도는 얼굴에 철판을 깔기로 했다. 두 사람을 이어줄 좋은 방법은 사실 딱히 없었다. 남녀 둘 이어주는 데 필요한 것이 뭐 있겠는가? 그저 둘이 같이 붙어 있게 하고, 손도 좀 잡게 하고 어디도 보내고 하면 되지. 그걸 공작이 나서서 공개적으로 해주겠다는 이야기였다.

디온의 눈동자가 잠시 흔들렸다. 둘 사이에 침묵이 흘렀다. 몇 년간 같은 집에서 같이 자랐으니 오르도는 알아챌 수 있었다. 지금 디온은 솔깃했다.

그다음에는 뭔가 말을 하겠지. 오르도는 차를 한 모금 마시며 디온이 무슨 말을 할지 기다리고 있었다. 왠지 모르게 스스로와 싸우던 디온이 애써 표정을 관리하며 질문했다.

"무슨 계획입니까?"

디온의 질문에 오르도가 회심의 미소를 지었다. 걸려들었다. 오르도는 그 미소를 안으로 숨긴 채 태연하게 대꾸했다. 지금은 놀리는 걸 대놓고 티 내서는 안 된다.

"마음 없다며?"

"그, 형님께서 괜한 오해로 마벨에게 혹 실례라도 하실까 물어보는 겁니다."

핑계도 좋군. 오르도는 올라오려는 웃음을 꾹꾹 눌렀다. 아, 놀리고 싶다. 사랑의 열병에 못 이겨 안절부절못하는 남동생을 놀리고 싶었다. 흔치 않은 기회였다. 하지만 아직 아니었다. 여기서 놀렸다가는 지금까지의 노력이 허사가 된다. 지금만 잘 넘기면 평생 놀림감 하나가 생기는 것이다. 그 생각을 하며 그는 표정 관리에 들어갔다.

"뭐, 동생이 아니라는데 내가 굳이 말할 필요는 없잖아? 난 아니라고 하면 곧바로 믿는 성격이란 말이지. 걱정하지 않아도 돼."

오르도는 남은 차를 다 마시고는 자리에서 일어났다. 어차피 찻잔은 비워졌고, 이 정도면 시간도 끌 만큼 끌었다. 줄을 당겨 티타임이 끝났음을 알리려는 오르도의 손을 디온이 막았다. 어찌나 억센 손길이었는지 오르도가 저도 모르게 움찔할 정도였다.

"잠시만요, 형님."

마주친 디온의 표정이 다급해 보였다. 걸렸구나. 이제 오르도는 웃음을 숨길 수가 없었다. 비집고 나오는 장난스러운 웃음을 입에 건 채 디온을 바라봤다.

"왜?"

"곧 마벨이 돌아옵니다. 그전에는 말해야 하지 않겠습니까?"

모른 척하던 태도는 다 집어치운 채 다급한 말투였다. 나라의 중대사를 말해줄 때도 이런 태도는 아니었던 것 같은데. 이제는 대놓고 웃으며 오르도가 디온의 말을 받았다.

"관심 없다며?"

"그러니까 이건 마벨을 위해서……."

지금 동생은 자신이 무슨 소리를 하는지 알고 있는 걸까? 말 끝마다 마벨, 마벨. 어휴, 이 정도면 모르던 사람도 알겠네. 오르도는 고개를 절레절레 저으며 그에게 물었다.

"아우야, 지금 그거 알고 있나?"

"무얼 말씀하시는 겁니까?"

"지금 네가 부정하는 그 이유조차 빼도 박도 못한 긍정이라는 거 말이야."

무어라 말하려던 디온이 말을 삼켰다. 저도 깨달았던 것이다. 변명하겠다며 대는 이유가 족족 마벨이라는 것을. 마벨의 안위, 마벨에게 피해가 갈까 봐. 과연 다른 여인이었어도 디온이 그랬을까? 아니, 절대 아니지. 그는 그렇게 타인을 챙기는 사람이 아니었다. 그건 아마 스스로도 알고 있을 것이었다.

오르도의 정곡을 찌르는 한마디에 그를 막느라 반쯤 몸을 일으켰던 디온이 자리에 앉았다.

내가 너무 훅 들어갔나? 오르도도 덩달아서 다시 자리에 앉았다. 하지만 이제 와서 물러날 수는 없는 법. 여전히 태연자약하게 어깨를 으쓱여 보였다. 아무렇지도 않다는 모습을 계속 보여줘야 했다.

"뭐, 동생이 아니라는데, 아닌 모양이지."

"그, 형님."

"응? 할 말이 남았느냐?"

오르도는 과자를 입에 넣으며 말했다. 애처로운 눈빛으로 오르도를 바라보던 디온이 한숨을 내쉬었다. 오르도는 그 한숨의 의미를 알고 있었다. 패배의 표시였다.

"하아, 맞습니다. 그래서 계획이 뭡니까?"

드디어 저 천하의 디온이 인정했다. 오르도는 드디어 마음 놓고 웃었다. 뭐, 원래 짐작하고, 아니, 확신하고 있던 바였지만 이렇게 본심을 직접 들으니 그 뿌듯함이 상상 이상이었다.

더불어 생각했다. 정말로 도와줘야겠다고. 도와준다는 말 한마디에 제 마음을 고백하는 동생이라니, 너무 지고지순해서 말이 안 나올 지경이었다. 그러니까 이 둘을 좀 밀어줘야겠다. 그것도 좀 팍팍.

오르도는 몸을 앞으로 쭉 뺐다. 비밀 이야기를 해야 하니 다가와서 협조 좀 하라는 제스처였다. 그것을 알아들었는지 디온 역시 몸을 앞으로 빼 오르도의 말을 경청했다.

내용은 별것 아니었다. 둘이서 피크닉을 다녀와라. 다른 시종은 붙이지 않고 마벨만 보내겠다. 그리고 중간에 불량배를 보낼테니 처치해 남자다움을 뽐내라고 말하는 순간, 디온의 눈과 마주쳤다. 어이없다는 그의 눈빛에 오르도는 뒷계획은 속으로 삼켰다. 왜? 얼마나 완벽해?

"형님을 믿은 제가 바보입니다."

오르도가 억울하다는 표정을 지어 보였지만 디온은 그저 무시할 뿐이었다. 그래도 피크닉까지 걸고넘어지지 않는 걸 보아하니 그 부분은 마음에 든 모양이었다.

이제 곧 마벨이 시험을 마치고 공작저로 돌아올 시간이었다. 거참 까다로운 동생이라 생각하며 오르도는 물렸던 사용인들을 불러 차를 한 잔 더 주문했다. 이제 곧 마벨이 올 거라며 디온은 사용인에게 그녀가 좋아하는 차를 우릴 것을 명령했다.

지금 시간이라면 시험장에서 빨리 나와야지 도착할 시간이었다. 즉, 마벨의 합격이 확정됐을 때 이야기였다. 곧은 눈빛으로 말하는 디온을 바라보며 오르도는 나지막이 중얼거렸다.

"저 콩깍지를 어떻게 벗겨야 하나?"

오르도는 그것이 디온의 콩깍지라고 생각했다. 하지만 그런 오르도의 생각을 깨부수기라도 하듯 마벨은 디온이 말한 시간에 도착했다. 이 시간에 돌아온 것이면 수석이다. 아카데미의 관례상 그러했다. 하지만 마벨에게서 돌아온 대답은 터무니없는 것이었다.

"저랑 맞지 않는 시험이었나 봅니다. 아무래도 뽑아놓은 집사는 오지 말라고 해야 할 것 같네요. 아무것도 안 하고 여기서 지내기에는 제 양심이 조금 아파서요."

계속 의심하고 물어봤지만 돌아오는 건 불합격이라는 대답이었다. 워낙 표정이 없는 자라 아쉬워하는지, 장난을 치는지 알 수가 없었다.

"정말이야?"

"제가 무엇 하러 거짓말을 하겠어요?"

"말도 안 돼! 마벨이 떨어지면 누가 합격을 한다는 거야?"

몇 번 더 물었음에도 여전히 같은 대답이 돌아왔다. 드디어 마벨의 말을 믿는 모양인지 디온이 등을 돌려 자리를 떠버렸다.

"저는 자퇴 서류를 준비하러 가봐야겠습니다. 더 이상 그곳에 다닐 이유가 없으니까요."

디온의 말이 맞았다. 어차피 후계이고 아카데미에 계속 다닐 필요는 전혀 없었다. 자퇴를 할까 계속 다닐까 고민하던 차에 마벨이 왔고, 마벨이 아카데미에 다니게 되자 돌아가겠다고 마음먹은 것. 그런데 마벨이 가지 않는다니 굳이 다시 돌아갈 필요는 없었다.

마치 다짐이라도 하듯 등을 돌리는 디온의 모습에 오르도가 무어라 덧붙이려는 찰나, 청량한 웃음소리가 세그다드 공작저를 울렸다. 한 번도 들어본 적 없는 웃음소리였다.

"하하, 자퇴보다는 제 교복을 맞추는 게 우선인 것 같은데요."

고개를 돌려 웃음소리의 근원지를 찾았다. 마벨이었다. 그녀는 모든 것이 장난이었다고 말하며 밝게 웃고 있었다.

처음에는 날이 잔뜩 서 있던, 한껏 경계를 높인 야생동물처럼 보이던 소녀였다. 점점 그 경계심을 낮추고 있는 게 보였지만, 완연히 풀지는 않았었다. 하지만 지금 이 순간 정확하게 알 수 있었다. 아슬아슬했던 소녀가 드디어 세그다드가를 제 안으로 받아들였다.

진심으로 웃는 소녀의 모습에 오르도와 디온은 눈을 뗄 수가 없었다. 감정 한 톨도 내비치지 않던 소녀가 드디어 감정을 보여주었다. 그것도 부정적이 아닌, 긍정적인 감정. 티 없이 맑고 깨끗한 웃음이 그것을 여실히 보여주고 있었다. 뿌듯했다. 제집에서 한 사람이 그 따뜻함을 받아들이고 있다는 사실 자체가 너무나도 대견했다.

"화난 건 아니죠?"

디온과 오르도가 말없이 바라보고 있던 것을 잘못 해석한 모양인지, 마벨이 조금 민망하고 미안한 표정으로 물었다.

"나, 마벨이 소리 내서 웃는 거 처음 봐."

오르도는 그 말에 제 심정을 입 밖으로 내뱉었다. 아직도 얼떨떨한 감이 적잖이 있었다. 한껏 날을 세우던 소녀가 아무 사심 없이 터뜨린 웃음은 그만큼이나 화사했다. 얼떨떨한 감정을 여전히 가진 채 디온을 바라봤다. 순간적으로 오르도는 헛바람을 들이켰다. 디온의 눈이 마벨에게서 떠나지 못하고 있었다.

저녁이라 해는 서서히 지고 있었다. 붉게 물들어가는 석양이 새하얀 마벨의 얼굴을 물들이고 있었다. 아름다운 소녀의 웃음과 합쳐진 석양은 그만큼 보석과도 같아 누군가의 정신을 쏙 빼놓기에 충분했다.

"저도입니다, 형님."

그래, 예를 들자면 멍하니 눈앞의 마벨을 바라보고 있는 디온 같은 자 말이다. 오르도는 허허, 속으로 웃음을 집어삼켰다. 원래도 마벨을 따라다니던 디온이 또 한 번 그녀에게 반한 게 분명했다. 청춘이구나! 오르도는 그 둘을 바라봤다. 뭐, 나름 잘 어울리네. 험난한 길이 되겠지만 이 정도면 꽤나 잘 어울리는 한 쌍이었다.

디온과 나눴던 피크닉에 관한 이야기는 합격 축하 파티에서 전했다. 축하 파티라기보다는 조금 더 특별한 특식이 차려진 저녁이었지만, 어찌 됐건 나름 특별한 만찬이니 파티가 맞긴 맞았다. 아카데미에 수석으로 입학도 할 테니 잠시 나가서 바람 쐴 여유는 충분했다.

"둘이 다녀와. 나는 일이 너무 많아서."

"방금 전에 일이 얼추 마무리됐다고 하지 않았어요?"

이런저런 이야기를 나누며 나온 피크닉 이야기에 마벨이 별다른 표정 없이 물어왔다. 아뿔싸. 오르도는 입술을 깨물었다. 이 입이 방정이지. 둘이 피크닉 보낼 생각을 하면서 저도 모르게 내뱉은 말이었다. 와인이 한 잔 두 잔 들어가니 입도 참 뻥뻥 뚫렸다. 저 막냇동생은 순간 집중력이 참 좋기도 하다. 지나가듯 자랑한 그 말을 똑바로 기억하고 말이지.

연애 징검다리의 기본 원칙은 당사자가 모르게였다. 하지만 이제 와서 일이 생겼다고 둘러대기에는 마땅한 핑계가 없었다. 디온을 놀리느라 마벨이 시험을 치르러 간 낮에 자신의 서류를 어느 정도 그에게 떠맡긴 걸 그렇게 떠벌거린 것이 잘못이었다. 오르도는 애꿎은 민망함에 와인만 한 모금 더 마셨다.

아무리 생각해도 별다른 변명거리가 없었다. 빤히 쳐다보는 마벨의 시선에 별수 없이 고개를 끄덕일 수밖에. 그 긍정 아닌 긍정에 그녀는 별다른 고저 없이 깔끔하게 대답했다.

"그럼 셋이 같이 가죠."

"그, 그래."

다시 눈앞의 음식으로 시선을 돌리며 내뱉는 마벨의 말에 오르도는 그저 고개를 끄덕일 뿐이었다. 딱히 무어라 댈 거절의 이유가 없었다. 그리고 솔직히 말하자면, 저 둘의 데이트를 조금 훔쳐보고 싶기도 했다. 뭐, 보다가 중간에 일이 갑자기 생각났다고 빠져나와도 되고 그러니까. 디온이 오르도를 잠시 흘겨보았다. 도와준다 했으면서 왜 끼어드냐는 무언의 눈빛이었다.

오르도는 상큼한 샐러드를 입에 넣으며 생각했다. 그래, 저 꼴이 싫어서라도 꼭 같이 가야겠다. 저 둘을 꼭 이어주겠다는 낮의 다짐과는 정반대되는 생각을 하고 있는 스스로를 자각조차 하지 못한 오르도였다.

계속해서 원망스러운 눈빛으로 바라보는 디온의 시선을 오르도는 애써 무시하며 눈앞의 스테이크를 썰었다. 에라, 모르겠다 모르겠어. 청춘사업은 스스로 하는 거지.

디온의 눈총을 잔뜩 받던 저녁이 지나고, 아침이 밝았다. 피크닉 준비는 끝이 났다. 집사도 뽑아놨겠다, 마벨이 공작저에서 더 일을 할 필요가 없었다.

또한 현재 공작저에서 마벨의 위치는 디온의 전속 시종이었다. 피크닉에 다른 시종이 따라가지 않는 핑계는 충분했다. 더불어 디온은 일당백까지는 아니어도 몇 십은 상대할 정도의 검술에 뛰어나니 호위기사의 역할도 충분했다. 즉, 셋만 공작저를 나갈 수 있다는 말이다.

가방은 마벨이 들었다. 시종으로 따라가니 당연한 이치였다. 그 뒤에서 안절부절못하는 디온을 보며 오르도는 속으로 고개를 저었다. 겉으로 보기에는 평정심을 유지하는 것처럼 보이지만 오르도가 보기에는 전혀 아니올시다였다. 아마 지금 주변에 아무도 없고, 모두가 마벨의 정체를 알고 있었다면 디온의 입에서 '어찌 황녀님께서 이런 걸 드십니까?'라고 자연스레 나오고도 남을 눈빛이었다. 그 감정을 아는지 모르는지 마벨은 그저 디온의 뒤에서 피크닉 가방을 든 채 가만히 있을 뿐이었다.

그때였다. 마벨의 다리에 달려든 생소한 생명체가 있었다. 그 생명체가 마벨의 다리 근처를, 그리고 디온과 오르도 사이를 뛰어다니더니 '왕왕!' 짖었다. 붉은 기가 도는 갈색 털을 가진 강아지였다. 크기는 대충 성인 남성 손보다 조금 더 큰 정도. 다 자라지 않은 것 같은 강아지가 마치 저를 봐달라는 모양새로 여기저기 뛰어다녔다. 그러고는 마벨의 다리에 다시 한 번 그 몸을 치대었다. 그 이후로는 마벨의 주변만 맴돌 뿐이었다.

"웬 강아지?"

강아지를 빤히 바라보다가 마벨이 중얼거렸다. 말 그대로였다. 웬 강아지? 강아지가 있을 곳이 아니었다. 더해 강아지가 이 안에 있다는 건 공작저의 정문을 통과했다는 이야기였다.

그 생각을 하자 오르도는 인상을 찌푸렸다. 문 앞을 지키는 기사가 있을 텐데 작은 강아지라고 소홀히 보낸 게 아닌가 싶었다. 오르도는 기분이 썩 좋지 않았다. 공작저에는 얼마 전 좋지 않은 일까지 휩쓸고 지나간 후였다. 사소한 일이겠지만 예민해지는 것은 당연했다.

오르도는 정문 쪽으로 다가갔다. 그 뒤를 마벨과 디온이 따랐다. 정문을 지키는 기사들은 오르도를 보고 거수경례를 했다. 언제나 웃는 낯이던 오르도의 얼굴에 웃음이 사라진 걸 보아하니 썩 좋지 않은 일이라는 것을 파악한 모양인지 기사의 얼굴에 긴장의 빛이 역력했다.

"공작저에 허락받지 못한 것이 출입한다는 것이 말이 된다고 생각하나? 그것이 사람이 아니더라도 말이야. 이 개에 혹시 어떤 사특한 마술이라도 걸려 있었다면 공작저는 끝이야."

기사들은 머리를 조아리기만 했다.

"죄송합니다."

별다른 변명조차 없었다. 그저 죄송하다는 사죄 한마디였다. 사실 말로 치자면 오르도의 말이 맞았다. 그 앞에서 어떠한 변명도, 이유도 댈 수 없는 것이 기사들이었다. 어떻게 이들을 벌해야 할지 고민하던 오르도를 디온이 불렀다.

"마벨이 할 말이 있는 것 같습니다, 형님."

마벨이 헛기침을 하자, 디온이 그 의미를 귀신같이 파악한 모양이었다. 오르도는 옆에서 허락하지 않고 뭐 하냔 듯한 눈빛을 보내는 디온과 눈이 마주쳤다. 그렇게 말하지 않아도 하려 했다. 그 말 한마디를 속으로 숨기며 고개를 끄덕였다.

"세그다드가의 내부 사정인 것 같아서 그냥 가만히 있던 건데, 말해도 됩니까?"

"말해도 돼. 이제 마벨도 엄연히 세그다드가의 성을 빌려 쓰고 있으니까."

"외부에서 들어온 강아지가 아닐 수도 있습니다."

"그럼?"

마벨은 새로운 가능성을 말하고 있었다. 밖에서 들어온 강아지가 아닐 수도 있다. 그렇다면?

"공작저 내의 사용인들이 많이 늘지 않았습니까? 그들 중 한 명이 키우는 강아지일 수도 있다고 생각합니다."

"하지만 단 한 번도 개를 키운다는 말을 들은 적은 없는데."

"새로 들어온 사용인들이 많으니까요. 그리고 그런 것까지 허락을 받아야 하나 생각했을 수도 있어요. 계속 키우던 개라면 당연히 같이 사는 가족이라고 생각할 테고, 새로 고용한 고용인들은 가족까지 같이 데려와서 공작저에서 지내는 경우도 꽤 되니까요. 아무리 생각해도 문 앞의 기사가 그렇게 허투루 공작저를 지키는 자들도 아닌 것 같고. 강아지가 아무리 작다고는 하지만 저 철문을 뚫고 공작저 안으로 들어오는 것도 힘들고 말이죠. 무엇보다, 개들은 눈치가 좋아요. 이 와중에 얘가 가려는 곳은 공작저 밖이 아니라 저쪽인 것 같은데요."

마벨의 말은 하나같이 다 맞는 이야기였다. 오르도는 마벨의 품 안에서 낑낑거리는 강아지를 바라봤다. 왕왕, 몇 번 짖지만 그 방향이 마벨의 말대로 공작저 밖이 아니라 안쪽, 사용인의 거처 근처였다.

생각해 보면 마벨의 말이 일리가 있었다. 오르도는 잠시 생각에 잠겼다. 고작 강아지다. 하지만 어디에서 왔는지, 누가 주인인지 알 수가 없었다. 아무리 작은 동물이라도 정체 모를 강아지를 집 안에 두기에는 영 찜찜했다.

무엇보다 곧 피크닉을 위해 나가야 했다. 그렇다면 저 강아지 혼자 공작저에 두는 것인데 그게 더 마음에 걸렸다. 데리고 나가자니 그것도 아니고, 고민할 수밖에 없었다. 동물을 싫어하지는 않지만 찜찜했다. 오르도는 가볍게 고개를 저으며 입을 열었다.

밖으로 내보내든지 처리하자는 말을 하기 위함이었다.

"하지만 아무리 그래도 확인되지 않은 동물은……."

"제가 안고 있을게요. 그러면 되지 않습니까?"

품 안의 강아지를 더욱 세게 안고서 마벨이 물었다. 그 눈에는 평소에는 자주 볼 수 없었던 강요 어린 눈빛이 담겨 있었다. 마치 이 강아지를 어떻게 하려면 각오하라는 듯이. 그 느낌을 알아챈 모양인지 강아지는 그녀의 품 안으로 더더욱 파고들었다. 마벨은 그 조그마한 동물을 한 번 더 쓰다듬었다.

예상 밖의 행동이었다. 저도 알고 하는 건가? 타인과의 접촉을 그렇게도 기피하던 마벨이 동물과는 거리낌 없었다. 오르도는 그 모습이 신기했다. 마벨이 저렇게까지 나오면 괜찮으려나. 그저 가족 한 명이 괜찮다고 강하게 말한다 해서 고개를 끄덕일 오르도가 아니었다. 하지만 상황을 파악하는 데 강한 그녀였다. 그녀의 판단이라면 믿어도 되지 않을까 싶었다. 그리고 무엇보다, 왠지 저 강아지를 마벨의 품에서 뺏으면 두고두고 원망을 들을 것 같았다.

마벨의 원망이라. 들어본 적은 없지만 왠지 무시무시할 것 같았다. 거기까지 생각이 미치자 오르도는 짧게 고개를 끄덕였다. 저렇게 품 안에 얌전히 안겨 있는 걸 보니 괜찮지 않을까 싶기도 했다.

"뭐, 그래."

오르도가 수락하자 기다렸다는 듯이 마벨이 답했다.

"그리고 이대로 공작저 안에 두고 가는 것도 힘들고 바깥에 데려가는 건 더더욱 힘든 것 같은데, 우선은 사용인들한테 먼저 물어보고 주인을 찾아주는 건 어떨까요?"

마벨이 품 안의 강아지를 한 번 더 쓰다듬었다. 강아지를 바라보던 온화한 눈빛이 고개를 들자 순식간에 변했다. 저렇게 따뜻한 눈을 할 수 있는 아이였나? 처음보다 훨씬 말랑해진 마벨이었지만 그래도 모든 경계를 풀어버린 표정을 짓지는 않았다.

그 감정의 간극에 새삼 놀라면서도 오르도는 모른 척했다.

"사용인들 중에 주인이 있다고 확신하는 어조인데?"

"확신까지는 아니에요. 그냥 그럴 가능성이 높은 것뿐이죠."

그렇게 말하는 마벨의 태도는 꽤나 강경했다. 요즘 느낀 것이 있는데, 마벨은 디온만큼이나 고집이 어마어마했다. 저렇게 강하게 나오면 천하의 고집불통 디온보다도 더 다루기가 힘들었다.

하지만 오늘의 피크닉은 오르도가 디온의 마음을 들춰보며 잡아낸 약속이었다. 적어도 그 약속만큼은 지켜주고 싶었다. 디온에게 무언가 말하려 시선을 돌리기도 전에 동생의 목소리가 들렸다.

"그렇게 하죠."

고민조차 하지 않은 수락이었다. 오르도는 기가 막혔다. 이보세요, 아우야. 네가 데이트를 원해서 피크닉을 가려던 것 아니냐? 그런데 그렇게 쉽게 포기해 버리면 내가 뭐가 되냐는 말인지. 그러나 디온은 그 생각을 바꾸지 않을 것이 분명했다.

어휴. 한숨을 속으로 삼켰다. 아무리 가족이지만 동생의 저런 태도는 정말 낯설었다. 마벨과 같이 있는 자리라고 싹 태도를 바꾸는 모습에 기가 차 오르도가 디온에게 무어라 한마디 하려고 입을 여는 순간이었다.

"너."

"싫으시면 두 분이서 피크닉 나가세요. 사용인들이야 제가 더 잘 아니까 그들을 만나는 건 제가 하도록 하죠."

쐐기를 박는 마벨의 말에 오르도는 속으로 고개를 저었다. 마벨이 저렇게 나온다면 이번 피크닉은 물 건너간 거였다.

오르도는 마벨의 손에서 어느새 디온의 손으로 넘겨진 피크닉 가방을 바라봤다. 어떻게 저 둘을 설득할까 고민하다가 이내 포기했다. 혼자선 설득할 자신이 없었다. 설득할 마땅한 명분도 없었다. 그래, 청춘사업에 끼어든 내 잘못이지.

"뭐, 빨리 찾고 나가면 되지."

항복에 가까운 심정으로 내뱉었다. 빨리 찾으면 나갈 수 있겠지. 아니, 나가지 못해도 상관은 없었다. 아쉬운 게 나인가 저들이지. 아니, 디온만 아쉬울 따름이지. 그런 디온이 안 나가도 괜찮다는데 내가 왜 나서야 돼? 그것이 오르도의 심정이었다.

사실 조금 꼴사나운 것도 있었다. 마음대로 하세요, 라는 심정에 가깝기도 했다. 멍석을 깔아줘도 챙겨 먹지를 못하니 그 멍석은 내가 거둬가겠다.

그렇게 강아지 주인을 찾기 시작했다. 우선은 저택 안의 사용인들을 불렀고, 그다음에는 마구간의 사용인들, 그다음에는 요리사들, 정원사들까지.

한자리에 한꺼번에 부르기에는 저마다 할 일이 있을 텐데 방해할 수 없다는 마벨의 의견 때문이었다.

오르도와 디온은 마벨의 뒤를 졸졸 따라다녔다. 누가 보면 공작이 뭐 하는 짓이냐고 하겠지만, 공작저에 들어온 불청객 해치우기라는 명분은 있었다. 무엇보다 그렇게 따라다니는 게 의외로 재미있었다.

어차피 강아지 주인을 찾는 거야 마벨이 나서서 하고 있었고, 그 옆에서 디온은 조금이라도 도와주지 못해 안달이었다. 그 둘을 지켜보는 것이 그리도 재미있을 수가 없었다.

특히, 마벨이 품 안의 강아지를 쓰다듬을 때마다 못마땅해하는 디온의 표정을 관찰할 때가 제일 재밌으면서도 어이가 없었다. 설마, 지금 동물한테 질투하는 건 아니겠지?

그 길다면 길고 짧다면 짧은 여정은 마구간에 갔을 때야 끝이 났다. 마벨의 말대로였다. 주인은 공작저에서 지내며 일하는 자였다. 그는 자신을 직접 찾아온 공작님의 행차에 한 번 놀라고, 그 이유가 제가 키우는 강아지 때문이라는 것에 두 번 놀랐다. 공작의 얼굴을 보고는 마구간지기가 엎드려 싹싹 빌었다.

"죄송합니다, 죄송합니다. 크게 생각하지 않고 데리고 들어왔습니다. 죄송합니다, 죄송합니다."

하는 말 족족 마벨의 예상대로였다. 원래 키우던 강아지고, 거처를 옮기라기에 생각 없이 데리고 들어온 것이란다. 혼내기에도 애매했다.

오르도는 죽을죄라도 지은 것처럼 싹싹 비는 마구간지기를 바라봤다. 옆에서 소중하게 강아지를 끌어안고 있는 마벨을 보고 있자니 딱히 혼낼 마음도 들지 않았다. 어떻게 보면 이미 이유를 알고 있던 것이나 마찬가지였다.

"아니, 크게 문제 될 일은 아니야. 그저 미리 말해줬으면 싶었던 거지."

"감사합니다. 앞으로 평생 세그다드가를 위해 일하겠습니다."

소동 아닌 소동은 생각보다 간단하게 마무리됐다. 정말 간단한 일이라 강아지를 발견했을 때 화를 냈던 스스로가 민망해질 정도였다. 주인을 찾아주고 나니, 시간은 생각보다 늦어 피크닉을 나가기에는 애매한 시간이 되었다.

이쯤 되니 오르도는 꼭 공작저 밖으로 나갈 필요를 느끼지 못했고, 마벨 역시 마찬가지인 것 같았다. 마벨의 결정이 곧 디온의 결정이라, 이제는 디온에게 물어볼 생각조차 들지 않았다.

결국 정원에 테이블을 펴고 싸놨던 피크닉 가방을 열었다. 뭐, 조금 호화로운 티타임이라고 치지.

케이크를 한 입 베어 무는 마벨을 바라봤다. 어제의 웃음이 마치 환상이라도 되는 듯, 오늘의 그녀는 다시 무표정이었다. 하지만 분명 방금 전까지만 해도 저 표정에는 온기가 가득이었다. 품에 안은 강아지를 쓰다듬는 손길은 정말 부드러웠다. 마치 다른 사람을 보는 것처럼.

"의외였어."

"뭐가 말입니까?"

"마벨이 강아지를 좋아할 거라고는 생각 안 했거든."

마벨의 이미지는 얼음과 같은 차가움이었다. 그것은 사람에 국한된 것이 아니었다. 주변의 모든 상황, 생명체에 냉랭하게 대할 것이라 생각했다. 하지만 방금 전의 태도는 그 예상과 정말 다른 반응이었다.

"동물은 좋아합니다."

돌아온 대답은 마벨답다면 마벨다웠다. 동물은 좋아합니다. 생각해 보면 예전에 디온과 같이 나가서 사 온 큐라에게도 따뜻하게 대해줬다. 제 것이라 생각해서 그런 줄 알았는데 동물이라서 너그러운 모양이었다.

오르도는 생각보다 마벨이 그렇게 냉랭한 사람이 아니라는 걸 깨달았다. 스스로가 세운 벽이 너무 두껍고 높고 날카로울 뿐, 그 안에는 상처받은 사람이 움츠려 있었다.

동시에 동물을 좋아하는 사람치고 나쁜 사람이 없다는 말이 생각났다. 이미 마벨을 받아준 오르도였지만, 또 한 번 다행이라는 생각이 들었다. 그런데 동물은 좋아한다, 라면 사람은? 당연히 그 뒤에 붙는 질문이었다.

"그 말은……."

사람은? 하고 물으려던 오르도의 말이 끊겼다.

"그리고 닮았거든요."

담담한 어조였지만 마벨의 얼굴에는 미미한 미소가 떠올라 있었다. 최근 들어 가끔씩 보이는 웃음이었다. 자주 보여주지는 않아 그 희소성이 상당하지만, 그래도 처음에 비하면 많이 보여주는 미소. 그 미소와 함께 그녀는 알아듣지 못할 말을 뒤졌다.

"응?"

닮았다고? 뭘 닮아? 갑작스러운 대답에 반문했지만 돌아오는 것은 그녀의 사과였다.

"아니에요. 그보다 미안해요. 괜히 나 때문에 피크닉도 못 나가게 됐어요."

"아니, 뭐 상관없어. 사과하려면 디온한테 해."

사과할 필요도 없겠지만, 이라는 뒷말은 그냥 속으로 삼켰다. 사과할 필요가 뭐가 있겠는가? 어찌 됐건 계속 같이 있었으니 디온은 별다른 불만도 없을 것이다. 아니, 다 떠나서 이 멍석을 뻥 걷어찬 건 디온이다. 제가 할 말은 없지. 그렇게 생각하며 오르도는 심드렁하게 디온을 바라봤다. 역시나 디온은 오르도의 생각과 정확히 맞아떨어지는 답변을 내놓았다.

"저도 상관없습니다. 그나저나 동물을 좋아하십니까?"

"네."

"그럼 마구간지기에게 강아지를 정원에 내놓아도 된다고 말해 둬야겠군요. 아까 보니 강아지도 마벨을 꽤 좋아하는 것 같아서 말입니다."

"고마워요."

디온은 부드러운 미소로 마벨을 바라보았다. 그래, 네가 그렇지, 뭐. 다시는 도와준다는 생각하나 봐라. 다시 마벨에게 꽂힌 디온의 시선을 보고 있자니 자연스레 드는 생각이었다. 오르도는 그렇게 생각하며 빵을 한 입 떼어 먹었다. 빵이라도 맛있으니 다행이지.

어느새 대화의 꽃을 피워내는 그들을 바라봤다. 파이팅이다, 동생아. 속으로 진심 반 짜증 반의 응원을 던지며 아까 마벨이 지나가듯 던진 말을 떠올렸다.

"그리고 닮았거든요."

닮아? 누굴? 오르도는 문득 마벨에게서 시선을 떼지 못하는 디온을 바라봤다. 응? 잠깐만? 무뚝뚝하고 딱딱한 표정이지만 마벨을 향할 때만 부드러워지는 눈빛, 따뜻해지는 표정. 분명 아까 그 강아지도 자라고 나면 커다랗게 변하겠지. 디온처럼.

"푸하하하하하."

"형님?"

"아니, 아니야. 풉, 하하하하하하!"

그래 이렇게 보니 조금 닮긴 닮았다. 단단해도 선해 보이는 눈빛이며, 계속 마벨에게만 딱 붙어 있는 것까지. 이렇게 보니 머리카락도 좀 개 털 같기도 하고 뭐 그러네.

오르도는 도무지 웃음을 멈출 수가 없었다. 아이고, 나도 디온이 충견 같다고 생각했는데 마벨 역시 그렇게 생각했나 보구나. 하긴, 마벨의 발밑에서 쫑쫑거리며 따라오는 붉은빛 강아지라니. 그렇게 생각할 만도 했다.

도저히 멈추지 않는 웃음을 계속해서 터뜨리는 오르도를 두 사람은 의아한 시선으로 바라볼 뿐이었다. 그렇게 보든 말든, 오르도는 생각했다.

그런 강아지를 소중하다는 듯 품에 안고 있었다는 말이지? 이거, 생각보다 승산이 없지도 않겠는데? 예상외의 수확이었다. 오르도는, 저 강아지를 좀 자주 저택으로 데려와야겠다고 생각하며 남은 차를 입에 털어 넣었다.

그리고 그로부터 이틀 후. 아카데미에서 서신이 도착했다. 그건 오르도에게 아주 좋은 기회나 마찬가지였다.

서신에는 아카데미 입학 날이 언제인지, 무엇을 준비해야 하는지, 그들이 모두 알고 있는 내용과 그 아래에 오르도가 기대하던 내용이 적혀 있었다.

원활한 아카데미 생활을 위하여 기숙사 룸메이트는 신청제로 운영된다. 2학년인 디온과 신입생 마벨의 룸메이트 신청 서류에 오르도는 일초의 고민도 없이 펜을 놀렸다. 디르케온 세그다드라고 적힌 이름 옆 룸메이트의 칸에는 마벨 세그다드를, 마벨 세그다드라고 적힌 이름 옆 룸메이트의 칸에는 디르케온 세그다드를 빠르게 적어 넣었다.

미적대는 남녀는 도망가지도 못하게 꼭꼭 붙여놔야 한다. 강제로라도. 그렇게 휘갈겨 쓴 서류를 뿌듯하게 바라보다가 서신을 접어 아카데미 측으로 보냈다. 아, 오늘도 한 건 했군. 뿌듯하게 웃으며.

그렇게 룸메이트가 정해졌고, 그 건에 대한 조금의 소란이 있었고, 그것마저 지나 마벨과 디온이 아카데미에 가는 날이 되었다.

시간은 참 빨리도 간다. 이 둘을 보내고 나면 또다시 공작저에는 오르도 혼자 남을 것이다. 세대교체가 너무도 빨리 이루어졌다. 이제 혼자서 이 커다란 저택을 지킬 생각을 하자니 동생들과의 마지막 인사가 참으로 아쉬웠다.

"자자, 얼른 아카데미로 가자고. 늦겠어. 이래서 어린애들은 챙겨줘야 한다니까?"

"이게 다 형님 때문이잖습니까!"

그 아쉬움을 표현하다 보니 자연스럽게 디온과 티격태격하게 되었다. 그들이 돌아오는 몇 개월 후까지 이 소란스러움이 많이 그리울 것이다. 오르도는 아쉬움을 애써 웃음으로 감추며 손을 흔들었다. 어차피 곧 보게 되겠지만 그래도 아쉬운 건 아쉬운 거니까. 오르도의 인사에 동생 둘도 마주 손을 흔들어주었다.

"잘 다녀와. 몸조리 잘하고."

"다녀오겠습니다."

그래도 이제는 어느 정도 알 수 있었다. 항상 틱틱대던 디온도, 저 냉랭하던 마벨도 지금 헤어지는 순간을 아쉬워하고 있다는 것을. 오르도는 고개를 끄덕이며 그들이 보이지 않을 때까지 손을 흔들어주었다.

잘 다녀와라. 건강하게.

2부

1. 피어나는 꽃봉오리 (1)

아무도 깨우지 않았음에도 눈이 저절로 떠졌다. 한 번, 두 번 몇 차례 눈을 감았다가 떴다. 뿌옇던 초점이 잡히기 시작했다. 낯설지만 이제는 익숙해져야 하는 풍경이 눈에 담겼다. 땀으로 흥건했던 등이 조금씩 식어가고, 머리를 울리던 두통은 차츰 사그라졌다. 꿈이 현실이 아니라는 안도감에 짧은 숨이 튀어나왔다.

"하아."

기숙사에서부터 시작된 악몽은 아침마다 눈을 뜨게 하는 알람이 된 지 오래였다. 예상한 바였지만 이곳에서도 하루를 흉몽으로 시작하니, 절로 쓴웃음이 나왔다.

시선을 돌려 벽에 뚫려 있는 커다란 창을 바라봤다. 밖에는 해가 떠오르고 있었다. 어둠이 자취를 감추고 그 여백을 햇빛이 채운다. 새까만 새벽이 아니라니, 그래도 조금 푹 잤다고 해야 할까? 아니, 애초에 눈을 감은 시간이 늦었으니 수면 시간은 비슷하겠지.

부드러우면서도 포근한 천의 재질이 느껴졌다. 아카데미 기숙사의 시설도 상당히 고급스럽다 생각했지만, 이곳에 비할 바는 못됐다. 생각할 것도 없었다. 당연한 것. 황성의 시설을 어디에 비하겠는가? 그것도 후계의 자격을 갖고 있는 자가 머무는 곳인 것을. 황제가 머무는 곳 다음으로, 황태자가 머무는 곳 다음으로 고귀한 곳. 그곳이 지금 내가 있는 곳이었다.

아니, 내가 황제의 의도를 제대로 파악한 것이라면 황태자와 비견될 만한 고귀한 곳이겠지. 그는 나와 황태자를 황위라는 트로피를 두고 경쟁하는 링 위에 올려둔 상태니까.

침대에서 일어났다. 편하게 입는 단순한 형태의 새하얀 원피스가, 그 고급스러운 재질이, 걸을 때마다 사라락 소리가 나는 이 생소한 감각이 전부, 내가 다시 황성으로 돌아왔다는 것을 말해주었다.

살갗을 스치는 생소한 감각에 이제는 익숙해져야 한다 생각하며 커다란 창을 반쯤 가리고 있는 커튼을 걷어냈다. 두꺼운 벨벳 재질의 커튼을 걷자 창밖으로 어슴푸레한 구름과 하늘, 말갛게 뜨는 태양이 비치는 아름다운 정원이 한눈에 들어왔다. 아카데미와는 비교조차 되지 않는 커다랗고 화려한 정원이 떠오르는 태양을 맞이하고 있었다.

정원 곳곳을, 무장한 기사들이 지키고 서 있었다. 정원을 가로지르는 통로와 그 가운데에 자리한 분수대, 그것을 또 지나 멀기만 한 길목의 끝에 자리한 성문이 보였다.

저곳에 더 중무장한 기사들이 단단히 성문을 지키고 서 있겠지. 하늘 높은 줄 모르고 치솟은 성벽도 눈에 들어왔다. 저 성벽

안, 어느 방 안의 침대에 누워 살아 숨 쉬고 있을 사람들이 하나 둘 떠올랐다. 내가 숨을 끊어야 하는 역겨운 황제와 황태자, 황후, 소르트 황족들이.

새어 들어오는 햇빛에 밝아지는 방 안을 다시 한 번 둘러봤다. 사람 다섯은 누워도 충분할 듯한 침대가 눈에 들어왔다. 새하얀 천에 덧대어 있는 푸른색 벨벳 재질의 천들이 고급스러움을 더해 주었다. 그 왼편에는 상아색의 커다란 장이, 그 건너편에는 화장대가 있었다. 그 오른쪽을 지나 열 걸음 남짓 걸어가면 안쪽으로는 욕실이, 그 옆에는 가죽과 목재, 금이 박힌 멋들어진 소파가 놓여 있었다. 그중 무엇도 값이 적게 나가 보이는 것이 없었다.

깔끔하면서도, 황녀의 방이랍시고 여자를 위한 가구들이 가득한 이곳이 이제 내가 써야 할 방이었다.

나는 커튼을 열어놓고는 방을 둘러보고, 다시 침대에 앉았다. 분명 생소한 것이지만, 그러면서도 한없이 익숙하다. 우스운 일이었다. 내 생에서 처음 겪는 일인데도, 육 년 전 이 몸이 갖고 있는 기억이 내게 돌아왔다는 감상을 주었다. 그 돌아왔다는 감상이 물론 긍정적인 감정을 야기하지는 않았지만. 어찌 됐건 나는, 이곳에 돌아왔다.

쓸데없는 감상을 끝낼 때쯤, 문밖에서 소리가 들려왔다.

"전하, 기침하실 시간입니다."

이것 역시 낯설면서도 익숙한 것이었다. 나는 단 한 번도 겪어본 적 없지만, 벤지안스가 이곳에서 황녀로 지낼 때 숱하게 들어왔던, 기상을 알리는 시녀의 목소리. 주기적으로 있던 황성 식구들의 조찬에 부르기 위한 목소리. 그리고, 그 자리에서 황제의 발 아래 무릎 꿇었던, 육 년 전의 과거.

괜히 떠오르는 증오 서린 기억에 고개를 좌우로 흔들어 털어버렸다. 이제 그것을 몇 배로 불려 갚으면 될 일. 그것을 속으로 다짐하며 문밖에 서 있을 시녀를 향해 입을 열었다.

"들어와요."

문이 열리고 시녀들이 들어왔다. 입성할 때부터 내 뒤를 따라오던, 황제가 붙여준 자들이었다. 우선 내 눈으로 본 자들은 셋. 한데 지금 들어오는 자들은 넷이었다. 손에 무언가를 들고 들어오는 것이 아마 치장을 하려는 모양이었다.

어제 시녀장이라 저를 소개한 자가 앞장서 들어와서는 허리를 깊게 숙였다. 익숙해져야 할 황족에 대한 예우였다.

"고귀하신 황녀 전하께서는 말씀을 낮춰주십시오."

고귀. 나와 어울리지 않는 단어였다. 말을 낮추라면 못 할 것도 없었지만 별로 편하지도 않았다. 굳이 이 안에서 정해진 법도에 맞추고 싶지도 않았다. 그에 더해 지금이야 황제가 붙여준 시녀를 쓴다지만, 후에는 어떻게 될지 모르는 일이었다.

여러 가지 이유를 갖다 붙이고 있었지만, 한 가지 큰 이유는, 나는 아직 황성에, 내 위치에 익숙지 않았다. 익숙하지 않은 상태에서 모든 것을 받아들이고 싶은 마음도 없었다.

"나는 내게 가까운 사람에게만 말을 낮춰요."

"제가 곧 전하께 가까워질 사람입니다."

"그렇다면 그때 돼서 말을 낮추도록 하죠."

더 이상 내가 말을 낮출 의향이 없다는 걸 읽은 모양인지 그녀는 순순히 물러났다. 그녀가 눈짓하자, 내 옆으로 나머지 시녀들이 달라붙었다.

어제는 황성에 도착하여 내게 주어진 성을 다시 한 번 둘러보고, 시녀를 소개받았다. 황제는 그들이 내 마음에 들지 않는다면 얼마든지 바꿔도 좋다는 말을 덧붙였다. 나는 그저 고개를 끄덕여 긍정의 표시를 내보였을 뿐이었다.

하지만 아직 시녀를 바꿀 생각은 없었다. 아직은 황제에게 이를 드러낼 입장이 되지 못했다. 나에게 있어서 황제는 최후의 목표였다. 그에게는 부릴 수 있는 군사가 있었고, 최고 권위자의 명령권이 있었다.

그가 몇 번 그 손 위의 시험대에 나를 올려 판단했고, 그것을 통과해 황성에 돌아오기는 했지만, 나는 아직 1황녀였다. 계승권을 가진 황녀일 뿐, 내 위로 황태자와 황제가 있었다. 아직까지도 권력의 계단에서 황제에게 제일 맞닿아 있는 자는 내가 아니었다. 우선 내가 해야 할 일은 황태자의 자리에 올라가는 것이었다. 그리고 그것을 위해서는 황제의 신뢰가 필요했다.

내가 황좌를 손아귀에 넣는 것을 갈망하고, 권력을 탐하며, 더 높은 곳을 향할 것이라는 신뢰. 그것을 심어줘야 했다. 끝의 끝까지는 아니더라도 최소한 내가 황태자가 될 때까지 그의 사상에 동조하고 있다는 것을 보여줘야 했다.

그것을 보여주기 위해 우선은 그가 내게 붙여준 인사를 사용할 심산이었다. 물론 전부 다는 아니었지만 표면적으로 그의 말을 받아들이는 척, 시녀 정도는 그의 뜻대로 사용하기로 했다. 마주칠 때마다 그녀들의 기억을 읽어 황제의 의중을 조금이나마 파악하면서, 더불어 불순분자는 적절하게 솎아내며 적당히 황제의 목표에 맞추기로 했다.

나는 내 계획에 제가 이용되고 있는 줄 꿈에도 모를 시녀들의 손길에 눈을 감았다. 그녀들의 손길이 낯설면서도 익숙했다. 황성에 들어와 겪는 것들이 전부 낯설면서도 익숙했다.

"처음 봤을 때부터 생각하는 바지만 머리카락이 참 아름다우세요."

한 시녀가 그저 예의인지, 진심인지 모를 말을 내뱉었다. 아름답게 보일 그 머리카락으로 내가 그 누구의 눈에도 띄지 않을 시골에 처박혀 있던 것을 너는 모를 테지.

기구한 운명의 흐름에 피식, 헛웃음이 나왔다. 그 웃음을 다른 의미로 받아들인 모양인지 다른 시녀가 입을 열었다.

"피부도 너무 하얗고 윤기가 나요."

"전하께서 남자로 다니셨을 때 다들 어찌 믿었는지 궁금할 정도예요."

처음 입을 연 시녀의 말에 용기라도 얻은 건지 다른 시녀가 말을 받았다. 조잘조잘, 그들은 이것저것 나에 대한 찬사를 늘어놓았다. 그들의 행동이 이해 가지 않는 것은 아니었다. 나는 이제 그들이 섬기는 황족이고, 심지어 제위에 오를 수도 있는 후계의 자격을 가졌다. 더불어 밖에서 육 년 동안 어떤 삶을 살다 왔는지 모른다.

하지만 나는 그들보다 위다. 그들에게 있어서 나는 아무것도 알지 못하지만 어떡해서든 비위를 맞춰야 하는 상관이나 마찬가지겠지.

나는 시선이 닿는 곳에 있는 시녀와 눈을 마주쳤다. 그녀들이 내 비위를 맞추든, 뒤에서 욕을 하든 내가 상관할 바는 아니었다. 그저 나는 지금 이 순간조차도 그녀가 황제나 황태자의 사주를 받지 않았는가 확인하는 것, 그것이 중요할 뿐이었다.

"저희가 무슨 잘못이라도……?"

"아니요. 고마워서."

마주치는 시선에 시녀가 흠칫하는 것이 보였다. 겁먹은 듯 내뱉는 말에 가볍게 대꾸해 줬다.

우선은 황제와 그녀가 엮인 것에 대한 기억을 읽었다. 황제에 대한 것은 없었다. 황제가 심은 시녀는 없었다. 나머지도 마찬가지였다. 하긴, 그는 내가 기억을 읽을 수 있다는 것을 안다. 이제 와서 멍청하게 제 사람이 아니라고 대놓고 나를 쳐 낼 황제가 아니었다.

아직 그녀들은 깔끔했다. 하지만 이곳은 황성이고, 황후가, 황태자가 어떻게 나올지 하나도 알 수 없는 노릇이었다.

생각했다. 이제 이곳에서 나는 혼자 살아가야 한다. 디온 없이. 기숙사 문을 열면 부드럽게 미소 지으며 나를 반길 적발의 남자는 더 이상 같은 공간에 없었다.

언제나 문 너머에 그가 있다는 사실이 얼마나 내게 위안이 되었었는지 다시 한 번 깨닫는 순간이었다. 그를 만난 그 순간부터, 내가 거하는 곳에는 항상 그가 있었다. 열 걸음이든, 스무 걸음이든 발 닿는 곳에 그가 있었고, 소리 지르면 달려올 곳에 그가 있었다. 그가 얼마나 내게 힘을 주었었는지, 내 마음에 얼마큼 커다랗게 자리 잡았는지 새삼 뼈저리게 느껴졌다.

디온의 공작 계승식은 이틀 후였다. 계승식 이후로 바로 황제를 알현하기 전까지, 그와 황제가 만날 일은 없다고 했다. 그렇기에 나는 그전까지 디온을 다시 만나야 한다. 나에게는 그것을 위한 충분한 핑계가 있었고, 그 핑계를 더더욱 효율적으로 황제에게 전달하기 위해 곧 있을 황가의 조찬에 참가해야 했다.

나는 별 대답을 하지 않았지만 그럼에도 시녀들은 이것저것 조잘대며 나를 꾸몄다. 드레스를 입히고, 머리를 매만졌다. 사실, 머리를 만질 것이라고는 없었다. 소년으로 지내다가 바로 황성에 들어온 터라 머리는 짧은 상태 그대로였다. 그 머리를 조금 더 여성스럽게 다듬은 것은 황성의 사용인이었다.

드레스도 그에 맞게 준비된 모양인지 그렇게 화려하지도 풍성하지도 않았다. 깔끔하게 떨어지는 심플한 라인이 짧은 머리카락과도 잘 어울렸다.

모든 준비를 끝내고 방을 나섰다. 입성하자마자 황가 전부를 마주한 조찬이라니. 어떻게 보면 빡빡한 스케줄이었다. 마치 얼굴을 익히고 그들의 목을 내 손으로 쥐어 자르라는 무언의 안내처럼 보일 지경이었다.

그곳에 가면 1황자와 3황자, 4황자, 2황비와 황제가 있겠지. 황후는, 그래 황후는? 황후가 어떤 처벌을 받았는지 들은 적이 없었다. 아카데미에 내걸린 공지에도 나오지 않았으며, 그녀의 처벌에 대한 어떤 발언조차 들은 적이 없었다. 어제 황제는 나를 데리고 성에 다다르자 내가 묵을 성을 안내하고, 시녀를 소개한 뒤 자리를 떴을 뿐이었다. 정식으로 얼굴을 마주하고 이야기를 나누는 것은 내일, 즉 오늘 하자는 말을 건네고서.

설마 조찬 자리에 황후가 앉아 있을까? 그녀를 보고 싶지 않았다. 그것이 우선적으로 드는 생각이었다. 하지만 이내 또 다른 생각이 기어올라 왔다. 그녀를 보았으면 좋겠다. 황제가 어떤 방식으로든 그녀의 처벌을 뒤로 미뤘으면 좋겠다. 내 손으로 갈가리 찢어버리기 위해. 내 손아귀 위에서, 내가 계획한 바대로 그녀를 나락으로 끌어 내리기 위해. 그래, 만찬장에 그녀가 있었으면 좋겠다.

생각을 하며 걷다 보니 어느새 주변에 사용인들의 수가 줄어들어 있었다. 다시 정신을 차리고 주변을 살폈다. 까마득한 과거에 남아 있는 기억의 잔재가 알려주었다. 식당에 근접했다.

내가 거하는 레이퓌르성과 본성을 잇는 통로를 지나 식당으로 향하는 통로에 다다르자 나를 따르던 시녀 둘이 자연스럽게 뒤로 물러났다. 금으로 세공된 아치형의 입구 뒤로 이어진 통로 끝에 커다란 문이 보였다. 대충 스무 걸음 정도면 갈 수 있는, 그리 긴 거리는 아니었지만 황족이 아니면 통과할 수가 없는 길이었다.

아무도 없는 통로를 홀로 걸어갔다. 이 통로를 지나면 그리도 그리워하던 얼굴들을 보게 될 것이다. 내가 무너뜨려야 할 소르트 황가의 면면들을. 그 반가움을 기대하며 걸었다. 발을 옥죄어오는 불편한 구두가 바닥과 마찰하며 통로에 발소리가 울려 퍼졌다.

복도 끝에 자리 잡고 있는 커다란 문을 열었다. 육중한 생김새와 달리 가볍게 밀렸다. 그 화려함과 거대함을 감상하고 있을 심적 여유는 없었다. 그저 마주할 얼굴들이 기다려질 뿐이었다. 내가 무너뜨려야 할 소르트 황가가.

문을 열자 안에서 미세하게나마 들려오던 소음이 멎었다. 한 걸음, 두 걸음, 안으로 발을 옮겼다. 그 안에 깔린 침묵 속에서 내 구두 소리만이 울려 퍼질 뿐이었다. 그 침묵 속에서도 그들 모두의 시선은 내게 향하고 있었다.

우스운 일이었다. 그들을 만난 적이 없음에도 누군지 알 수 있었다. 누가 봐도 황제의 자리로 보이는 의자를 두고 오른쪽, 왼쪽으로 자리가 나뉘어 있었다.

나도 모르게 웃음이 새어 나오는 것을 집어삼켰다. 황후가 자리에 앉아 있었다. 우선은 만족스러웠다. 황제가 제 손으로 황후를 처벌하지 않았다. 내 손으로 어찌할 수 있는 수순이라는 말이었다. 그것이 퍽 마음에 들었다. 하지만 그것과 반대로 의문이 들었다. 도대체 황후가 어떻게 이 자리에 앉아 있을 수 있지?

황후는 분명 황제의 목을 노렸다. 과거, 황제가 그것을 알고 있었다고는 하나, 그렇다고 그 죄가 사라지는 것이 아니다. 황제가 나를 내치기 위해 황후를 그냥 두었었지만 지금은 나의 무죄가 밝혀지고 그녀의 유죄가 밝혀진 상황이다.

표면적으로 황제는 이제야 황후의 죄를 알게 되었으니 그에 마땅한 벌을 지금이라도 내렸어야 한다는 이야기다. 육 년 전 나에게 그랬던 것처럼. 하지만 황제는 그러지 않았다. 심지어 황후를 황족들이 모이는 자리에 불렀다. 그것이 무엇을 의미하는지 알 수가 없었다.

고개를 들어 바라본 황후는 의기양양한 표정을 얼굴에 걸고 있었다. 마치 그 얼굴이 내게 '네년과 달리 나는 죄를 지었어도 이 자리에 앉아 있어'라고 말하고 있는 것만 같았다. 승리감에 도취된 표정이었다. 그 표정으로 나를 도발하는 것이 눈에 빤히 보였다. 하지만 나는 그 도발에 넘어가지 않았다. 아니, 넘어갈 이유조차 없었다. 황제가 황후를 특별히 총애해서 그녀의 죄를 면해줬을 리가 없었다. 내가 알 수 없는, 황제 안의 또 다른 계획이 생겨서겠지.

황후가 이 자리에 앉아 있다는 것은 내게 그저 한 가지 사실만을 더해줄 뿐이었다. 황제에게는 그녀의 죄를 벌하지 않을 이유가 있을 것이고, 나는 내 계획을 위해 그 이유를 알아내야 한다는 것. 그리 생각하며 발을 떼려는 순간이었다. 만찬장에 드리웠던 침묵을 깨고 황후가 입을 열었다. 나에게 향했던 묘한 승리자의 미소가 여전히 얼굴에 자리한 채였다.

"황태자보다 늦으면 어떡하느냐? 이제 후계의 무거움을 안고 있으니 남에게 모범이 되어야지."

그녀가 짓고 있는 표정과 상당한 괴리감이 느껴지는 부드러운 말투였다. 눈을 감고 들었다면 마치 나를 걱정해 내게 충고하고 있다고 생각할 수도 있을 법한 어투였다. 이제는 제법 권력자가 되어버린 내게 무례를 보이지 않고서 제 승리감을 표출하는 교묘한 화법. 역시 그 황제의 부인이라는 생각이 들었다.

황후는 부러 제 존재감을 드러내려 했다. 그녀에게 나는 처리하지 못한 권모술수의 잔재였다. 황성 밖으로 억울하게 쫓겨났던 일로 내가 자신을 증오하고 배척한다고 생각하겠지. 물론 틀린 말은 아니었다. 하지만 나에게 있어서 황후는 그저 과정 중 하나일 뿐이었다. 이곳을 무너뜨리기 위한 커다란 목표를 향해가는 과정 중 하나.

내게 그녀는 목표 중의 하나지만 말 한마디로 나를 긁어댈 존재는 아니었다. 그녀의 도발 아닌 도발에 무어라 답하려는데 그 말을 끊는 이가 있었다. 1황자였다.

"어마마마, 화를 가라앉히십시오. 밖에서 들어온 것이 어제라 경황이 없었나 봅니다."

그 역시 부드러운 웃음을 보였다. 황족들이란 다 이런 것인지, 저 두 사람만 이런 것인지 모르겠지만 조금 우스웠다.

그는 이렇게 말하고 있었다. 육 년간 평민으로 살던 황녀가 예의를 알겠냐고. 죄인의 입장이었다가 어제 막 입궁한, 낮은 입지의 황녀라는 것을 그가 굳이 소리 내어 말하고 있었다.

나는 황태자와 황후를 바라보다가 고개를 가볍게 숙여 예를 표하고는 걸었다. 굳이 상대하고 싶지는 않았다.

육 년을 백치로 지냈지만 황녀로 지낼 때의 예절을 잊지는 않았다. 아무리 육 년간 평민들 틈에서 자랐다 하더라도 황성에 살적 몸에 익힌 것들은 그대로 남아 있는 상태였다.

나는 그것을 황성에 와서 알 수 있었다. 기억이라는 것은 참으로 기묘한 것이었다. 내가 직접 겪은 것이 아니지만 겪은 것이 되었다. 배운 적 없는 예법들이 머릿속에 떠올랐고, 그것은 자연스럽게 행동으로 나왔다. 이쯤 되니 어째서 아카데미의 학생들이 내게 평민답지 않다고 했는지 알 것 같았다. 무의식적으로 몸에 익은 버릇처럼 행동하고 움직였던 것이다. 그것은 황성에 들어와서 정확하게 알 수 있었다. 시녀들이 내게 하는 행동을 익숙하게 받아들였고, 황성의 공통 공간을 이용하는 내 몸짓이 익숙했다.

내키지 않는 감정이었다. 겪지 않았지만 익숙했고, 그 익숙함을 느낄 때마다 저 너머의 뚜렷하지 못한 기억들이 파편이 되어 떠오르다 가라앉았다. 황성이라는 공간에 들어온 순간부터 잊었다고 생각했던 황녀로서의 교육이 조금씩 떠올랐다.

즉, 이것 하나만은 알고 있었다. 황후의 말에 내가 고작 몸짓만으로 그녀를 상대해서는 안 된다는 것. 하지만 나는 그렇게 했다. 평민으로 육 년간 황성 밖에서 지내다가 돌아온 사람처럼, 그에 걸맞은 행동거지를 그녀에게 보여줬다. 물론, 빈자리로 향하는 내 몸짓은 잘 교육받은 황녀의 걸음걸이였다.

흘끗 황후를 바라봤다. 그녀의 표정은 아까보다 더욱 표독스러워졌다. 내게 무어라 한마디라도 던질 것만 같았지만 별로 상관은 없었다.

"데비스, 그래, 네 말대로 밖에서 갓 들어온 터라 경황이 없는 모양이구나. 하지만 그렇다 한들 황후와 황태자에게 예의 없이 굴어서는 안 되지. 이 어미가 너를 가르친 것처럼 황녀도 그리 교육을 받았어야 했을 텐데."

짐짓 아쉬운 척 내뱉는 말은 나를 향한 모욕이었다. 너는 밖에서 들어왔으며 교육시킬 어미도 없지 않느냐. 그 말을 그리도 부드럽게 하다니. 배울 것이 늘었다.

나는 테이블을 돌아 내 자리를 향해 걷다가 잠시 멈췄다. 고개를 들어 황후를 바라봤다. 그녀가 말했던 예를 가득 담아 답했다.

"예, 제가 반역의 누명을 쓰고 평민으로 육 년간 고되고 긴 기간을 변방 시골에서 보내느라 황성의 예를 많이 잊었습니다. 황후마마께서 너그럽게 용서해 주시겠지요. 더불어 이 자리에 오기 전까지 황후마마를 이곳에서 보게 될 줄은 꿈에도 몰랐습니다. 황후마마께서 이곳에 앉아 계실 줄 알았다면 조금 더 서둘렀을 것입니다. 그 또한 제 죄겠지요. 용서하여 주십시오."

웃지는 않았다. 굳이 도발하고 싶은 마음은 없었다. 하지만 내가 당신에게 한 행동은 예의를 모르고 한 짓은 아니라는 것 정도는 알리고 싶었다. 그리고 당신이 앉아 있는 그 자리가 확고한 당신의 권력은 아니라는 것 역시 상기시켜 주고 싶었다. 황가에서, 높은 자리에 올라가지 못해 아등바등하는 자는 내가 아닌 그녀였으니.

그리고 더불어 알고 싶었다. 황후가 어떠한 벌도 받지 않은 지금의 상태가 과연 확고한 것인지. 일시적으로 황제가 그녀의 처벌을 미룬 것인지, 황제가 그녀를 완벽하게 용서한 것인지. 과연 지금 이 순간조차도 황후가 믿고 있던 스스로를 향한 황제의 총애가 지속적인지. 당신이 앉아 있는 지금 그 자리는, 사실 앉아서는 안 되는 자리라는 것을 알려주고 싶었다.

내 한마디에 그녀의 표정이 구겨졌다. 의기양양하던 승리자의 미소가 순식간에 사라지는 것이 보였다. 그녀는 이내 다시 입꼬리를 힘겹게 끌어 올렸다.

그것이 전부 눈에 보였다. 그 잠깐의 반응으로 알 수 있었다. 황후는 제 페이스를 유지할 줄 아는 자였다. 하지만 그것이 순간 완벽하게 무너졌다. 황후는 불안해하는 것이 분명했다. 황제의 총애가 완벽히 그녀에게 향하지 않아 그녀는 불안해하고 있었다. 나는 미소를 짓지 않으려고 노력했다. 내게 더할 나위 없이 좋은 상황이었다. 황후는 아직 아무런 처벌도 받지 않았고, 황제의 총애를 잃었다.

그리고 지금 황제는 내게 신뢰를 높여가고 있다. 차기 제위에 오를 재목으로 나를 생각하고 있다는 것을 알 수 있었다. 잘하면, 내가 이용할 수 있는 획기적인 기회였다.

황후는 다시 승리자의 웃음을 짓고 있었다. 내게 하등 아무런 자극도 되지 않는 그 웃음을. 나는 살짝 무릎을 굽혀 황후에게 용서 같지도 않은 용서를 빌었다.

"황제께 받은 자비만큼 제게 깊은 관용을 행하실 줄 압니다. 한데 오라버니, 제가 육 년간 황성에 들어오지 않아 어디에 앉아야 할지 알지 못하는데 알려주실 수 있겠습니까?"

사실 알고 있었다. 황제의 자리를 가운데에 두고 양옆으로 황후와 황비가 앉아 있었다. 황후 옆에는 황태자가, 그리고 황비의 옆에는 자리 하나가 비고, 그 옆으로 3황자, 4황자가 앉았다.

황제와 가장 가까운 자리에 앉는 자들은 그의 부인들. 그리고 그 다음부터는 지위로 자리를 정한다. 미묘하게 황태자가 황제에게 가까웠고, 나는 아주 조금 멀었다. 그 차이가 아주 미세하다는 것이 참 마음에 들었다.

이미 황태자의 신분인 1황자, 그리고 후계의 자격을 가진 나. 묻지 않아도 알 수 있었다. 그럼에도 물었다. 적어도 나는 이곳에서 무시당하고 싶은 생각이 없었다. 계획적으로 나의 능력 혹은 심성을 무시하는 건 몰라도, 지위에서마저 무시당할 생각은 없었다. 나는 내 지위에서 누릴 수 있는 모든 권리를 누릴 생각이었다. 그래야 황가를 뒤흔들 내 계획이 쉬워지기에.

"내 옆자리에 앉으면 된단다."

여전히 부드러운 얼굴로 황태자가 내게 말했다. 그의 연기는 황성 안에서도 진행 중인 모양이었다. 나는 가볍게 걸어 그의 옆자리에 앉았다. 그리고 그와 눈을 마주쳤다. 그래, 그럼 그렇지. 마주친 그의 눈은 며칠 전 황성에서 마주친, 나를 찢어 죽이고 싶어 했던 증오 서린 눈빛이었다. 그것이 마음에 들었다. 나는 웃으며 그에게 답했다.

"역시 오라버니는 제국의 황태자답게 자애롭군요. 감사합니다."

구겨지는 그의 얼굴이 보기가 좋았다. 동시에 육중하고 화려한 문이 열렸다. 들어올 자는 한 명이었다. 제국의 황제.

그는 여전히 인자한 낯짝이었다. 마치 우리를 사랑한다는 듯, 이 황가의 황족들을, 제 가족들을 사랑한다는 듯 표정을 꾸며내 연기하고 있었다. 그러나 나는 그가 어떤 자인지 알고 있다. 그 순간, 그가 나를 바라봤다. 따뜻한 눈빛이었다. 그것이 소름 돋았다.

정말이지, 연기에 탁월한 자다. 어떻게 자라났고, 어떤 사상을 가졌는지 알 수가 없었다. 그가 내게 보내는 감정은 정말로 나를 사랑하는 아비의 모습 같았다. 그리고 그 눈에는 미안함도 담겨 있었다. 저것이 모두 꾸며낸 감정이라는 것이 믿기지가 않을 정도로 너무나도 자연스러웠다. 그가 내비치는 모든 감정이 마치 그의 진심인 것 같았다.

내가 무죄인 걸 알면서도 나를 내친 주제에, 내게 아무런 부정이 없었으면서. 내 효용성을 파악하고 나서야 나를 황성으로 불러낸 장본인이 저렇게 제 감정에 취한 양 쇼를 하고 있다. 우스운 것을 넘어서 소름이 돋을 지경이었다.

원작에서 황제는 만인에게 친절하고 자비롭다고만 묘사되었다. 그 부족한 묘사가 이렇게 커다란 뒷면을 만들어낼 수 있을 것이라고는 생각조차 못했다.

황제는 다른 자들보다 내게 조금 더 길게 시선을 주었다. 황가 사람들은 자리에서 일어나 황제에게 머리를 숙이고는 영광을 담은 인사를 던졌다. 드디어 모여야 할 사람들이 전부 모였다.

황제는 자리로 가서 앉았다. 그의 눈은 계속 나를 좇고 있었다. 그 눈에는 속죄가 담겨 있어, 마치 진실로 내게 용서를 고하는 것처럼 보였다. 역겨웠다. 간간이 내 시선을 피하는 것이 마치 눈치를 보고 있는 것처럼 보이기까지 했다. 죄를 짓지 않은 제 피붙이를 제 손으로 쳐 냈다. 그것은 이 자리의 모두가 알고 있었다. 그리고 마치 그것을 표정으로, 하지만 모두가 알아볼 수 있도록 내게 표하고 있는 느낌이었다. 나는 고개를 깊게 숙이며 그에게 다시 인사를 올렸다.

"황제 폐하를 뵙습니다."

정석적인 인사였다. 황가의 일원이 모여 있는 곳에서 그를 황제 폐하라 칭하며 높은 곳에 올리는 것은 과한 예가 아니었다. 내가 인사한 이유는 단순했다. 그저 과연 그가 여기서 어디까지 제 감정을 내게 보이는지 시험해 보고 싶어서.

원작의 내용은 시간이 지나며 점점 희미해지고 있었다. 그러나 캐릭터들의 성격, 세계관, 큰 틀의 중심 사건은 여전히 기억하고 있었다. 희미한 내 기억에 따르면 원작 속 황제는 제 가족에게 자비로운 자였다. 그는 제 가족을, 아들을, 그리고 특히 딸을 사랑한다. 딸바보라는 느낌의 사랑. 후계자로서의 사랑이 아니라 그저 딸을 사랑하는 아비였다. 그것은 2황녀, 아델라이네의 아비로 묘사될 때 종종 나오고는 했다. 그것이 딸이자 후계의 자격을 갖고 있는 나에게도 적용될까 하는 묘한 궁금증도 있기는 했다.

"이제는 그렇게 거리를 두지 않았으면 좋겠구나. 비록 내 오해로 네가 좋지 못한 생활을 한 것은 안단다. 하지만 지금이라도 아비라고 불러줬으면 좋겠어."

황제가 미소를 지으며 말했다. 하지만 그 미소는 기쁨의 미소가 아니었다. 제가 지은 죄를 고하듯, 처연하기 짝이 없는 미소였다. 뻔뻔하기도 하지. 그 누구도 그가 과거에 내 무죄를 알고 있었다는 것을 알아채지 못할 것이 분명했다.

그것과는 별개로, 그는 내게도 제가 아델라이네에게 보여줬던 아비로서의 모습을 보여줄 모양인 것 같았다. 그의 지금의 태도는 내가 육 년 전, 벤지안스로, 1황녀로 황성에서 살아갔을 때 내게 보였던 모습과 같았다.

공식석상에서 황제를 아바마마라고 부를 수 있는 자는 황녀뿐이었다. 과거, 내가 그를 그렇게 부르기도 했고, 그로 인해 나는 1황자와 황후의 타깃이 되기도 했다. 그들은 황제가 나를 유난히 총애한다고 생각했기에.

과거의 나는 그 허락이 너무나도 마음에 들었다. 아버지의 사랑이 벅차지 않을 리가 없었다. 그것도 황제의 사랑이. 그렇기에 순순히 받아들였고, 순수한 기쁨으로 눈앞의 악귀를 아바마마라 불렀다.

하지만 지금은 아니었다. 나는 내 위치를 견고히 하기 위해서라면 얼마든지 황제를 아버지라 부를 수 있었다. 황제의 총애를 받는, 후계의 길을 걷는 자를 표방하기 위해 더더욱 아바마마라는, 그가 딸에게만 허락한 호칭을 사용할 것이다.

"오랜만입니다, 아바마마."

내 한마디에 1황자의 입매가 가늘게 떨렸다. 바로 옆에 있기에 파악 가능한 변화였다. 구겨지려는 표정을 애써 다잡는 것이 눈에 빤히 보였다. 나도 모르게 미소 지을 뻔한 것을 삼켰다.

"오랜만이다, 벤지. 이렇게 조찬을 함께하는 것이 몇 년 만인지 모르겠구나."

"육 년 만이지요."

"지금이라도 사건의 진상을 바로잡고 네가 여기에 앉게 되다니 정말 기쁘구나."

"제가 이곳에 앉게 된 데에 많은 도움을 주신 것 알고 있습니다, 아바마마."

"아니야, 그래도 미안한 건 어쩔 수 없구나. 그래, 우선은 식사 자리니 이 이야기는 나중에 따로 하기로 하고, 자리에 앉거라."

황제가 말을 마치고 줄을 잡아당겼다. 황족들이 드나드는 커다란 문 대신 작은 문이 열리고, 시종들이 테이블 위에 음식을 채우기 시작했다. 식사를 하는 동안 별다른 말은 없었다. 그저 틀에 박힌 안부 인사가 오갔고, 내 이야기도 오갔다. 어떻게 지냈냐니, 안타깝다느니 하는 그저 그런 위로 같지도 않고, 걱정 같지도 않은 말들이었다. 나는 여상히 대꾸해 주며 그저 음식을 입안에 쑤셔 넣을 뿐이었다.

식사 예절 역시 자연스럽게 몸에 배어 있었다. 왜 오르도나 디온이 내 식사 예절을 지적하지 않았는지 알 수 있었다. 굳이 지적할 필요가 없어서였겠지.

오르도, 오르도에게 생각이 미치는 순간, 나는 손에 들고 있는 나이프로 내 옆에 앉은 황태자의 목을 찍어버리고 싶은 충동을 참아야 했다. 죽여 버리고 싶다. 그 감정만이 내 몸을 타고 올라왔다. 황제도 오르도를 노리긴 했다. 아카데미에 있을 때. 그것 역시 내가 황제에게 거대한 분노를 품도록 만들었다. 하지만 결국 오르도의 목숨을 뺏은 자는 황태자의 심복이었다.

그날의 기억이 떠올랐다. 황태자는 나를 노린 것이었다. 하지만 결국에는 오르도가 죽었고, 황제의 호위가 나를 살렸다.

확신할 수 있었다. 그때 당시, 황태자는 내가 1황녀라는 것을 알고 있었던 것이 분명했다. 그래서 내가 황성에 돌아오기 전에 먼저 처리하려 한 것이다. 그리고 그 과정에서 애꿎은 오르도가 죽었지.

다시 자괴감이 치밀어 올랐다. 그리고 동시에 혼자 공작저에서 계승식을 준비하고 있을 디온이 생각났다. 그는 나를 걱정하고 있을 것이다. 내가 그를 걱정하고 있는 것처럼.

문득, 황성으로 다시 돌아가게 되면 저를 기사로 삼아달라 했던 그의 말이 생각났다. 우리는 오르도의 죽음을 가정하지 않고 있었고, 기사로 삼겠다는 말은 지켜질 수 없는 허무맹랑한 약속이 되어버렸다. 공작이 되어버린 그는 내 호위가 될 수 없었다. 그러기에 나는 새 호위를 찾아야 했다.

끓어오르는 증오심과, 이제 떨어져 있는, 한때는 내 옆에 분신처럼 붙어 있던 디온에 대한 걱정을 애써 누르며 베리 향이 가득한 음료를 한 모금 마셨다. 차가운 음료가 식도를 타고 내려가 조금 끓어오르던 감정을 식혀주었다.

우선 할 일이 생겼다. 디온을 대신해서 나를 지켜줄 수 있는 호위를 찾아야 한다.

생각에 잠겨 있는데 달칵, 식기가 부딪치는 소리가 조금 크게 들려왔다. 고개를 들어 바라보니 황제가 2황비의 앞으로 애피타이저를 챙겨주고 있었다. 그 모습이 자연스러워 보이면서도 의아했다. 황제가 황가 사람을 챙기는 것이 잘못된 것은 아니었다. 하지만 그것이 2황비인 것은 부자연스러웠다.

황제의 행동에는 하나하나 의미가 있었다. 즉, 제 목표에 조금이라도 보탬이 되지 않는다면 눈에 띄는 행동을 할 자가 아니었다. 2황비를 잠시 바라보자 부자연스러운 것이 눈에 걸렸다.

2황비는 아름다운 여자였다. 황제의 시선을 사로잡아야 하는 만큼 그 아름다움은 굳이 말로 하지 않아도 될 정도였다. 오렌지빛이 도는 갈색 머리에 청록색 눈은 그 색채만으로도 뚜렷해 지나가는 사람의 눈길을 사로잡고도 남을, 상당히 아름다운 외양이었다. 2황비의 몸 역시 여성의 미를 한껏 보여주는, 균형 잡힌 몸매였다. 그런 몸에 한 가지 부자연스러운 것이 있었다. 불룩 튀어나온 배.

황제의 태도와, 제 배를 소중히 감싸 안고 있는 2황비의 모습이 한 가지 사실을 내게 가르쳐 주고 있었다. 그녀는 임신 중이었다. 2황비는 황제의 아이를 가졌고, 황제는 그것을 기꺼워해 그녀를 챙겨주고 있었다.

"우웁."

시선을 돌려 다시 내 접시로 향할 때였다. 황성의 테이블에서 나기에는 거슬리는 소리가 들려왔다. 황후였다. 모두의 시선이 그쪽으로 향했다. 구역질? 설마 황제와 2황비가 하는 꼴이 메스꺼워서? 아니, 그럴 리가 없었다. 아니면 아까까지 쌩쌩하던 황후가 갑자기 속이 안 좋아져서? 그럴 수도 있겠지. 하지만 그것들이 아닌, 순간적으로 떠오르는 한 가지가 있었다. 설마. 표정이 굳어지는 것을 바로잡으려고 애썼다. 하지만 숨길 수 있을 거라는 확신을 할 수가 없었다.

"어마마마께서 회임 중이시거든."

내 생각에 확신을 주려는 듯 내 옆에 앉은 1황자가 태연히 말했다. 얼굴에는 예의 미소를 건 채였다. 아비를 쏙 빼닮은, 찢어버리고 싶은 미소를 건 채 마치 승리자라도 되는 양.

아, 임신. 조금 웃긴 일이었다. 동시에 묘한 일이었고, 그러면서도 황성에서 일어나기에는 복잡한 일이었다. 황후와 2황비가 동시에 임신했다. 황제의 건재함을 칭송해야 할지, 제국의 경사를 축하해야 할지, 아니면 훗날 생길지 모르는 후환을 걱정해야 할지 알 수 없었다. 어찌 됐건 둘이 동시에 임신했다는 말이었다. 2황비는 배가 나왔고, 황후는 입덧이다. 먼저 임신한 자는 2황비겠지. 동시에 조금 재밌는 생각이 들었다.

"아, 감축드립니다, 황후마마. 오랜만에 들어온 황성에 경사가 둘이군요."

2황비는 조금 놀란 표정으로, 황태자는 언짢은 표정으로 나를 바라봤다. 나는 짐짓 아무것도 모르는 척하며 말을 이었다.

"황비마마도 회임 중으로 보이는데, 혹 제가 실례한 겁니까?"

저렇게까지 배가 나왔는데 2황비의 임신을 모르고 있었을 리가 없었다. 분위기로 보아도 모두가 알고 있었던 것이다. 하지만 황태자는 황후의 회임만을 입에 담았다. 더불어 황제는 이제 갓 임신한, 원래는 더욱 총애했어야 할 황후를 챙기지 않고 2황비만을 챙겼다.

눈앞에 펼쳐진 광경으로 파악할 수 있는 것은 황제가 황후를 더 이상 총애하지 않는다는 사실이었다. 아니, 더 이상 총애하는 척하지 않는다는 것이다.

이유? 확실히 알 수는 없었다. 그저 지금 처음으로 떠오르는 이유는 황제가 공개적으로 내 눈치를 보고 있다는 것이다. 그것이 황제의 호의가 황후가 아닌 2황비를 향하고 있는 이유 같았다.

물론 내가 2황비의 임신 사실을 입에 올린다고 천지가 개벽할 일이 생기지는 않는다. 그저 조금의 신경전을 만들 수 있을 뿐이었다. 황제의 두 비가 전부 임신 중이라는 사실을 공식적인 테이블 위에 올려두는 것이다. 같은 조건에서, 황후가 2황비에게 밀린다고 여겨지게끔. 그렇게 오는 신경전에서, 내가 원하는 것을 발견할 수도 있겠지.

1황자는 제 어미가 임신 중이라 반역의 죄를 지었음에도 벌을 받지 않은 것이라 말하고 싶은 것이었다. 하지만 그럼에도 황제의 눈 밖에 난 것이 사실이기도 했다. 황제는 더 이상 황후를 눈에 담지 않았다. 내가 보기에도 황제의 총애는 황후에서 2황비에게 넘어가 있었다.

황후의 죄가 황태자에게로 불똥이 튄 것 같지는 않았다. 황제는 황태자에게 평소와 다름없이 행동했다. 겉으로 보기에 황제는 나와 1황자를 동일하게 대했다. 마치 우리 둘을 경쟁시키려는 것처럼.

태연하게 2황비에게 축하를 건네는 나를 본 황제가 자상한 표정을 지으며 인자하게 웃었다.

"하하, 아니. 제대로 봤다. 하긴, 보고도 알아차리지 못했으면 내 실망할 뻔했어. 그 정도 눈썰미는 있어야 내 딸이지."

황제의 대답에 황후와 1황자의 표정이 굳어졌다. 황제는 끝까지 황후의 임신에 대한 언급을 하지 않았다. 확신할 수 있었다. 그는 공식적으로는 내 편의를 봐주고 있었다. 나는 그것에 답했다.

"겹경사군요. 진심으로 축하드립니다, 황비마마. 여신님의 축복이 함께하길 빕니다."

나는 황비만을 향한 축복을 입에 올렸다. 지금 이 상황에서 굳이 자비로운 척 황후의 안위까지 축복할 필요는 없었다. 그렇게 물러 터진 이미지를 각인시킬 생각도 없었다. 내 말에 황제가 웃으며 말을 받았다.

"벤지의 축복이라면 신성력이 충만할 것 같구나. 황가 사람이 아니었음에도 지성소에 출입했었으니."

지성소. 그래, 지성소가 있었다. 나는 황권을 빌리지 않고 지성소에 출입한 자였다. 유일신으로 여신을 믿는 소르트에서, 절대 신성 구역인 지성소에 출입했다는 것은 상당한 축복을 의미했다. 그리고 그것을 황제가 말했다. 스테이크를 썰던 1황자의 나이프가 잠시 멈칫하는 것이 보였다. 위기감을 느끼고 있음이 분명했다.

황성에서 나는 아직 입지가 좁다. 내 생각이 맞다면, 황제는 나와 황태자를 동일 선상에 올려두고 경쟁을 시킬 심산이었다. 그가 생각하는 황제의 자리에 걸맞은 자가 누구인지 또다시 시험하려는 것이다. 나를 제 손바닥 위에 올려두고 재단하고 시험하고

버렸으면서. 다시 주워와서는 또다시 나를 그 위에 올려두려는 것이 분명했다. 그것이 그의 본성이었다. 그가 황족을 대하는 데에는 사랑이라고는 없는 것이다.

황제의 말을 들은 2황비가 깜짝 놀란 표정을 지었다. 그녀는 손바닥을 마주하고는 소녀스러운 감탄사를 내뱉으며 내게 시선을 돌렸다.

"어머, 지성소에 들어간 적이 있다는 말씀인가요?"

"그렇네. 그때 마주하고 처음에는 대단한 평민이라고 생각했어. 그런데 그 대단한 자가 내 딸이었다니. 이제라도 여신의 축복을 받는 딸을 찾아와서 얼마나 다행인 줄 모르네."

"고마워요, 벤지안스. 여신에 가까우며 동시에 소르트에 속한 자의 축복이라니. 마음이 편안해지네요."

2황비가 나를 바라보며 빙긋 미소 지었다. 순수한 소녀 같은 미소였다. 하지만, 사욕이 없는 미소는 아니었다. 욕심이 없었다면 그 시선이 내게 오래 닿았다가 떨어질 리가 없었다.

문득 생각나는 사실이 있었다. 원작에서 5황자가 언급된 적이 있었다. 그중 이능을 가진 이는 1황자와 2황자였고, 2황자는 1황자의 손에 살해당했다. 그래서 지금 이곳에 모인 황자는 1황자 데비스, 3황자 칼리스타, 4황자 로더릭, 이렇게 세 명이었다. 5황자는 어디에도 없었다. 한 명이 부족했다.

황후와 2황비의 임신. 배 속에 있는 자가 아들이라면 아마 곧 태어날 자가 5황자가 될 것이다. 하지만 임신한 여인은 둘, 그렇다면 태어나는 아이도 둘이어야 하는데 원작에서 서술된 황족은 황자 다섯에 황녀 둘뿐이었다.

그렇다면 배 속 아이 중 한 명은 내가 알지 못하는 씨라는 소리다. 왜, 다른 한 명은 책에서 서술되지 않은 것일까?

나는 2황비를 향해 부드러운 표정을 지어 보였다. 그녀에게 호감을 표하며 생각했다. 두 비의 동시 임신. 어쩌면 굉장히 좋은 기회일 수도 있지 않을까. 더불어, 내게 보이는 2황비의 갑작스러운 호의가 내가 생각하는 바가 맞다면 더욱.

2황비의 정확한 의도를 파악해야 했고, 황후에 대한 황제의 의중도 파악해야 했다. 황후는 절대 가볍게 죽여서는 안 된다. 단순히 단두대에 올리거나, 편하게 죽는 독살은 절대 있을 수 없었다. 그녀가 가진 것을 모두 잃게 만든 후 죽일 것이다. 황태자와 함께.

그러기 위해서 나는 우선 황제와 독대해야 했다. 그렇게 생각하는 순간, 황제가 내 생각을 읽기라도 한 것처럼 말했다.

"식사가 끝나고 딸과 오랜만에 담소를 나누고 싶은데, 이 아비의 바람을 들어줄 수 있겠느냐?"

내가 원하는 말을 그가 먼저 해줄 줄은 몰랐다. 나는 고개를 끄덕였다.

"여부가 있겠습니까? 제가 먼저 찾아뵙겠다 말씀드리지 않아 죄송할 뿐인걸요."

내 대답에 황제가 만족스러운 웃음을 지었다. 황제가 청한 독대였다. 그것은 내가 그에게 알현을 청하는 것보다 무게가 더욱 컸다. 그때만큼은 갈무리하지 못한, 적의가 한껏 담긴 황후의 시선이 나를 꿰뚫었고, 그다음으로는 아까부터 헛손질만 하는 황태자가 눈에 보였다. 이제 시작이었다.

오늘의 식사에서 알아낸 것은 하나였다. 2황비의 입지가 올라가 황후와 비슷해졌다. 황후가 반역을 저지르고서야 비슷해진 입지라는 것이 우스웠지만, 어찌 됐건 이제 저 둘의 위치가 동등해졌다.

치열하면서도 일상적인 것만 같은 신경전 속에서 조찬은 끝이 났다. 2황비의 임신 덕에 생각보다 나에 대한 견제는 적었다. 어떻게 보면 적절한 타이밍에 입성했다고도 볼 수 있었다. 한바탕 폭풍이 몰아치기 직전의 황성이었다. 내가 바람을 일으킨다 해서 내 바람이 강해 보이지는 않겠지. 하지만, 그 폭풍에 바람 한 점은 더할 수 있을 것이다.

생각보다 만족스러운 조찬을 끝내고 내 성으로 돌아가 황제와의 독대에 맞는 옷으로 갈아입고서는 알현실로 향했다. 집무실과 멀지 않은 곳이었다. 걸어가는 동안 황성의 시종과 시녀, 기사들이 머리를 조아렸다.

알현실 앞에 다다르자 시종이 문을 열어주었다. 단상 위 황좌를 중심으로, 그 뒤로 소르트를 상징하는 문양이 그려진 휘장이 황금빛으로 물결치고 있었다. 거대하진 않지만, 그렇기에 더 화려해 황제의 권위를 나타내는 곳이었다.

나는 단상의 아래에 섰다. 그 위에서 황제가 나를 내려다보았다. 나는 그 앞에서 무릎을 굽히고 치마를 살짝 들어 예를 올렸다. 황녀의 예였다.

"부르셨습니까?"

"그래, 아직 소년 말투를 못 벗었구나."

"아, 입에 붙어버려서. 하나 별 상관없지 않습니까?"

"그리 생각하는 이유가 있을 텐데."

"더 이상 말투가 위치를 말해주지는 않는다고 생각합니다. 제가 소녀의 말투를 쓰든 소년의 말투를 쓰든 제 위치는 변하지 않으니까요. 이리 섞어 써도 극소수를 제외하고는 불만을 표하지 못할 텐데 말이죠."

"하하하, 그리 들으니 또 맞는 이야기구나. 그래, 네 뜻이 그렇다면 말릴 생각은 없어."

"고집부릴 생각은 없습니다. 폐하께서 불편하시다면 고치겠습니다."

"아니아니, 강요할 생각은 없어. 내 잘못으로 오랫동안 멀리 떠나보냈던 피붙이에게 그런 사소한 것 하나하나 강요할 수는 없는 노릇 아니냐."

황제의 얼굴 위에 미안함이 점점 퍼져 갔다. 아까와는 비교도 되지 않는 속죄의 표정이었다. 정말로 사랑하는 딸에게 미안한 감정을 한껏 내비치고 있었다. 아까는 마치 황제의 위엄을 누를까 걱정되어 자제했던 것처럼.

"미안하다. 아비로서 너무너무 미안해."

덧붙이는 말 한마디 한마디가 헛소리였다. 전부 다 알고 저지른 짓을, 거짓 표정에 감춰 내게 사과하고 있었다. 사실 그의 표정을 볼 때마다, 그의 호의를 받을 때마다 내가 잘못 생각하고 있는 게 아닌가 조금씩 의심하게 되었다. 하지만 아무리 생각하고 생각해도 그 정의를 철회할 수는 없었다. 내가 생각한 황제의 성격이 아니고서는 그를 이해할 수가 없었다. 몇 번을 생각해 봐도 그는 인간의 껍질을 뒤집어쓴 악귀와도 같은 자였다.

황좌에서 내려온 황제는 손을 뻗어 내 머리를 쓰다듬었다. 흠칫, 나도 모르게 뒤로 빼려는 몸에 힘을 줬다. 오소소 올라오는 소름을 들키지 않기 위해 애써야 했다. 내 몸에 손대지 말라고, 그 역겨운 손을 치우라고 소리 지를 뻔한 것을 집어삼켜야 했다.

그가 쓰다듬는 손길이 익숙했다. 황녀의 기억이었다. 마치, 육년 전 그때처럼 나를 쓰다듬고 있었다. 미안함을 가득 담아.

그래, 후에 그의 손목을 먼저 잘라낼 것이다. 지금은 이렇게 그의 손에 머리를 맡길 수밖에 없었다. 그것이 내 위치였다. 하루빨리 황태자를 그 자리에서 끌어내려야겠다 생각했다.

그것과 별개로, 나는 그에게서 얻어낼 것이 있었다. 나는 우선 황성 밖으로 나가 디온을 만나야 했다. 그러기 위해서는 황제의 허락이 필요했다. 명분은 있으니 그가 순순히 허락하도록 만드는 것만 남아 있었다. 나는 그가 표면적으로 내게 사과하는 것을 이용하기로 했다.

"그 미안하다는 말에 과거에 대한 잘못만 담겨 있지는 않으신 것 같은데, 맞나요?"

"정말 영특해졌구나."

황제가 놀란 듯 던지는 그 말이 어이가 없었다. 영특해졌다니. 내가 알기로 벤지안스는 멍청하지 않았다. 그저 착했을 뿐이었다. 남을 이용하지 않고, 남을 먼저 생각했을 뿐이었다. 그는 그것을 멍청하다고 생각하고 있던 것이 분명했다. 그리고 나는 지금 그의 속죄를 이용하려고 집요하게 그의 살가운 태도 밑에 깔린 의도를 묻고 있었다. 노골적인 질문이었고, 그는 그것을 알아챈 것이 분명했다.

"그래, 미안한 것은 그것뿐만이 아니지. 황후에 대한 처우 역시 미안하다."

"이유를 물어도 되겠습니까?"

"아까 보았다시피."

"회임 중이라서 말입니까?"

"그래. 황손이 엮인 문제는 그리 쉬운 일이 아니야."

"하면 황후마마를 그대로 둘 생각이십니까?"

그에게 묻는 표정에는 태연을 가장했다. 당연히 내가 가져야 할 감정은 불쾌함이겠지만 그것을 애써 감추려고 애썼다. 모든 표정이 얼굴에 일일이 드러나는 것을 그가 좋게 보지 않을 것 같았기에.

일부러 황후에 대한 높임말은 생략했다. 황제를 노린 자가 황후인데 그녀를 높여 부르는 게 오히려 좋지 않은 인상을 줄 거 같았다. 역시나 황제는 그 부분에 대해서는 아무런 지적도 하지 않았다.

"네 생각은 어떠하냐?"

"썩 내키지는 않습니다. 제가 육 년간 이리도 변모한 게 누구 때문인지 모르시지 않을 것이라 생각합니다."

"내키지는 않는다라……. 하지만 내 말을 거역하지는 않겠다는 어투로 들린다만."

내키지는 않지만 황후의 처벌에 대해 원하는 것이 있었다. 나는 그것을 전하고 싶을 뿐이었다.

"예, 지금은 황후의 즉결 처분을 하지 않으셔도 됩니다. 하지만 황후가 황손을 출산하고 난 후에는 처벌을 제게 맡겨주실 수 있겠습니까?"

"그것을 원하느냐?"

"예, 육 년간 배운 바에 의하면 그렇습니다."

나는 황제의 눈을 또렷이 마주 보며 단호하게 말했다. 황제가 미소 지었다. 마치 기다린 대답이라는 듯.

"좋다."

당연한 허락이었다. 그는 손속에 사정을 두지 않는 내 모습을 기꺼워하고 있었다. 그가 황후를 봐주는 이유는 황후가 가진 황손 때문이었다. 황제는 욕심이 많은 자다. 이능을 가진 자식이 둘이 있음에도 앞으로 태어날 자가 더 유능할 수도 있겠다는 희망을 갖고 있는 것이 틀림없었다. 그는 자식을 비롯한 가족을 중요히 여기는 자도 아니었다.

"감사합니다."

그리고 하나가 더 필요했다.

"더불어."

"필요한 것이 있느냐?"

"예, 아바마마께서 제게 미안해하시는 것은 황후가 지금 버젓이 황성에 걸어 다니고 있는 것에 대한 것뿐 아니십니까? 저는 아바마마의 말대로 영특해졌습니다. 하여 그에 떨어지는 이득을 조금 더 취할 생각입니다."

"게다가 솔직해졌구나."

"뭐라 해도 제가 이곳에 다시 들어오게 된 것은 아바마마의 도움이 컸기 때문이지요. 조금 더 아바마마께 다가가고 싶은 딸의 마음이라 생각해 주시지요."

마음에도 없는 말을 지껄였다. 나는 황제가 내가 하는 말을 문자 그대로 믿지 않을 것이라는 것을 알았다. 황제는 내가 제게 가족으로 다가오는 것을 기대하지도 않을 것이 분명했다. 나는 그저, 내가 황관에 욕심이 있다는 것을 보여주면 된다. 그것이면 족했다. 황제가 원하는 것은 그것일 것이다. 내가 황제에게 딸로서 총애를 받는 것이 계승권을 가진 자로서 도움이 되지 않을 리가 없다는 것은 그도 알고 있을 터였다. 나는 그저 권력에 욕심이 있다는 것으로 보이면 충분했다.

"하하, 그래. 그래서 원하는 게 무엇이냐?"

"새로운 세그다드 공작의 계승식이 며칠 남지 않았다고 알고 있습니다. 소르트 황가의 후계를 잇는 자로서, 받은 도움은 모른 척하지 않는 것이 도리겠지요."

이제는 다시 디온을 보러 갈 때였다. 황제는 내 요청을 허락했다. 허락할 수밖에 없었다. 나는 그의 사죄를 빌미로 디르케온 세그다드의 공작 계승식에 참여하는 것을 요구했다. 굳이 황제에게 요구하지 않더라도 디온의 계승식에 참석할 명분은 충분했다. 세그다드 공작가는 나를 보호하고 있었고, 나는 그 덕분에 무사히 아카데미를 다닐 수 있었다. 안타깝게 잃을 수도 있었던, 황좌를 이을 수 있는 자를 세그다드 공작가가 보호해 준 셈이었으니 이제는 그 은혜를 갚을 때였다.

이틀은 생각보다 빨리 흘러갔다. 그동안 내게 시비를 거는 자도 없었고, 큰 호의를 보이는 자도 없었다. 황족들이 모여 조찬을 함께하는 것은 큰일이 없는 한 주에 한 번이었다. 그렇기에 모든 황족들이 한자리에 모이는 일은 이틀간 없었다.

이틀은 내가 황성에 어느 정도 적응하는 기간이었다. 황제는 내게 교수 몇을 붙여줬고, 역사, 정치 등을 배우도록 시켰다. 하지만 그것이 빡빡하지는 않았다. 기본이 부족하다 여기지는 않는 모양이었다. 옷장에 드레스가 몇 벌 더 채워지고, 방에 가구가 조금 더 늘고, 액세서리가 몇 개 더 추가됐다. 전부 쓸데없는 것들이었다. 나는 황성에 들어온 이후로 한 번도 성 밖으로 나가지 않았다. 계획이 아직 정확하게 세워지지 않았기 때문에.

나는 황제가 될 생각이 없었다. 이 소르트에서 계승권을 가지고 있는 모든 황족을 없애 버리고 나면, 나 외에 황위에 오를 자는 없을 것이다. 하지만 나는 절대 황제가 되지 않을 것이다. 그렇다면 그 자리에 적합한 자는 디온이었다. 원작대로, 디온을 그 자리에 앉힐 생각이었다. 그렇기에 그와 어느 정도 계획을 같이해야 했다.

곧 디온을 만나서 그가 포함된 계획을 이야기해야 했다. 그전까지는 황성 안에서 잠시간 숨죽일 생각이었다.

더불어, 내게는 아직 호위가 없었다. 황성 안에 있는 기사들은 황제의 사람들이고, 나는 어릴 때부터 나를 따르던 호위도 없었고, 내게 충성을 맹세한 기사도 없었다. 지금 내게 호위기사가 붙는다면 황제 밑에서 그에게 충성을 맹세한 자들이 내게 오는 것이었다. 그것은 절대 사양이었다. 내 계획에 동참하지 않더라도, 적어도 내 일거수일투족을 황제에게 낱낱이 고하지 않을 자가 필요했다. 황제에게 먼저 충성을 바친 자가 아닌, 내게 충성을 바칠 자가 필요했다. 그런 자를 디온의 공작 계승식 이후 찾을 생각이었다.

공작 계승식은 꽤 큰 행사였다. 황족의 참여가 필수는 아니었지만, 공작의 권위보다 높지 않은 가문들은 꼭 참석해야 했다. 특별한 일이 있지 않는 한 가주가 참여해야 했고, 가주가 아니더라도 후계는 참여해야 했다. 사교의 장이었다. 그 자리에서 제 입지를 높이려는, 후계 자격이 없는 귀족들도 참여한다. 내가 황성에 다시 돌아와 처음으로 가는 공식 석상이 그런 곳이었다.

나는 몇 번이나 옷을 바꿔 입고 액세서리를 바꿔 착용했다. 하얀색, 붉은색, 산호색. 대보지 않은 색이 없었다. 액세서리 역시 마찬가지였다. 다이아몬드부터 루비, 자수정 등 여러 가지를 대어 보는 시녀들을 보며 거울 속의 나를 꼼꼼히 살폈다.

결국 결정한 것은 하늘색 드레스와 오묘한 색을 반사시키는 오 팔이었다. 열 벌 가까이 갈아입고 결정한 드레스였다. 지친 것은 나뿐만이 아니라 시녀들도 마찬가지였다. 평소와 달리 까다롭게 구는 나에게 맞춰주느라 많이 힘들었을 터였다.

마지막으로 짧게 정돈된, 하지만 그래도 여성스럽게 다듬은 머 리를 정리해 주며 시녀장이 가벼운 미소를 지었다. 평소에는 제 일만 하던 그녀가 내게 살포시 웃으며 말을 건네었다.

"전하, 오늘은 영락없는 아가씨의 모습이네요."

"무슨 말인지……?"

"평소에는 꾸미는 것에 관심이 하나도 없으셨는데, 오늘 유난 히 치장하시는 모습이 또래 영애들과 비슷해 보여서요. 마치 연 모하는 분을 만나러 가는 소녀처럼 보이셔요. 어머, 제가 별말을 다…… 신경 쓰지 마세요. 다 끝났습니다. 이미 시간을 지체했으 니 어서 움직여야 해요."

"……그래요."

갑자기 할 말이 사라졌다. 정곡을 찔린 기분이었다. 그리고 순 간적으로 깨달았다. 디온을 만나러 간다고 이 와중에 들떠 있었 구나, 하는 생각이 들었다. 이제야 인지한 감정이었다. 그래, 오 늘, 곧, 그를 만난다.

그와 떨어져 있었던 건 고작 일주일 정도인데, 그동안 너무나도 허전했다. 언제나 어딜 가나 붙어 있던 그는 정말 내게 큰 존재였 다. 내 안위를 위해서 항상 나를 찾고 걱정하고 지키려 노력하고, 그러면서도 내 뜻을 거스르지 않으려던 그였다.

그렇게 묵묵히, 계속 내 옆에 있던 그가 어느새 내게 스며들었다. 이제는 없어서는 안 되는 자가 되어버렸다. 며칠뿐이었지만 그 며칠이 너무나도 컸다. 사방이 칼날인 곳에서 디온이라는 커다랗고 안정적인 공간이 없다는 것은 내게 너무나도 크게 다가왔다.

그런 그를 만나러 간다. 평민과 공작 후계자에서 황녀와 공작이 되어 처음으로 만나는 자리였다. 드디어 그를 볼 수 있다. 기묘한 감각에 왼쪽 가슴에 손을 얹었다. 가슴이 뛰었다.

공작저 앞에 마차가 멈춰 섰다. 계승권을 가진 황녀의 공식적인 움직임은 거창하기 짝이 없었다. 황성에서 공작저까지 마차를 타고 오며 이쪽을 향해 머리를 조아리는 평민들을 보았다. 그렇게까지 황족임을 내세워야 하나 생각이 들 정도로 쓸데없었다.

하지만 그 거창하고 달갑지 않은 이동을 그래도 잘 참으며 견딜 수 있었던 이유는 하나였다. 이곳에 디온이 있으니까.

마차 문이 열리며 안으로 사내의 손이 들어왔다. 얼굴을 확인하지 않아도 누군지 알 수 있었다. 익숙한 느낌이었다. 손만 봐도 당황스러울 정도로 한눈에 알아볼 수 있었다. 동시에 내가 그를 얼마나 그리워했는지 알 수 있었다. 그의 손을 보는 순간, 그가 내 곁에 없다는 사실이 더더욱 절절하게 다가왔다.

나는 내 눈앞에 내밀어진 손을 잡았다. 여전히 따뜻했다. 동시에 부드럽고 강한 힘이 나를 마차 밖으로 이끌었다.

무겁고 화려한 구두가 바닥에 닿았다. 문에 부딪칠까 봐 숙였던 고개를 들었다. 올린 시야에는 익숙한, 동시에 그토록 그리웠던 얼굴이 보였다.

디르케온 세그다드. 디온.

그의 얼굴을 보자 감정이 북받쳐 올라왔다. 다시 그의 옆에서 걷고 싶다. 황성으로 그를 데려오고 싶다. 내 옆에 계속해서 그가 있었으면 좋겠다. 하지만 이룰 수 없는 바람이었다. 그 헛된 희망을 애써 떨치며, 하지만 완전히 떨치지 못한 채 허리를 펴 그를 바라봤다.

단호함과 애정, 다정함을 담은 녹안이 곱게 휘었다. 정말, 보고 싶었던 얼굴이었다.

내 손에 닿은 그 손에서 오는 따뜻함이 나를 안심시켜 주었다. 황성에서 한껏 올리고 있던 경계심을 그의 단순한 행동 하나가 녹여내었다. 내 손을 맞잡은 채 그가 고개를 숙였다.

"황녀 전하를 뵙습니다."

그가 갖고 있는 특유의 저음이 듣기 좋았다. 가벼운 웃음이 흘러나왔다. 그다운 인사였다. 마치 제자리를 찾았다는 듯 자연스럽게 고하는 황족에게의 예우였다.

"하지 말아요. 디온에게는 그런 거 받고 싶지 않아요."

나는 나도 모르게 번졌던 웃음을 빠르게 갈무리하고는 단호하게 말했다. 화가 난 것은 아니었지만, 디온에게까지 예를 한껏 차린 인사를 듣고 싶지는 않았다. 내가 황족인 것은 어쩔 수 없었지만 황족으로서 그의 앞에 서고 싶지는 않았다.

"하지만 익숙해지셔야 합니다."

숙였던 허리를 펴며 그가 말했다.

"말도 낮추셔야 하고요."

여전히 손을 잡은 채 그가 내게 한 걸음 다가오며 한마디 더 덧붙였다. 동시에 나를 향하는 그의 표정이 부드러웠다. 하지만 이상하게 꾸짖는 것 같은 느낌이 들었다. 나는 조금 더 단호한 표정을 지어 보였다. 역시나 나는 그에게 지위에서 오는 예우를 받고 싶지 않았다. 그 마음을 담아 조금 뾰족한 어투로 그에게 답했다.

"말은 시녀에게도 낮추지 않고 있어요. 그런데 공작인 디온에게 낮출 필요가 없잖아요."

"시녀에게도 말을 낮추지 않는다는 말씀이십니까?"

따뜻한 웃음을 담고 있던 그의 표정이 순간적으로 굳는 것이 보였다. 아, 이 표정 익숙했다. 제 형에게 잔소리하던 표정 그대로였다. 아무리 생각해도 그 잔소리가 내게 돌아올 것 같았다. 그것만은 막아야 했다. 더 이어질 그의 말을 재빨리 잘랐다.

"나 지금 잔소리 들으려고 여기 온 거 아니거든요."

조금 더 날카로워진 어투였다. 화를 내지는 않았다. 짜증도 아니었다. 투정. 그래, 투정이었다. 이렇게 오랜만에 만났는데 계속해서 잔소리만 해댈 거냐는 내 말을 알아들은 모양인지 그가 잠시 멈칫했다. 그리곤 작게 한숨을 내쉬었다. 하지만 그 한숨에 미미한 웃음이 섞여 있었다.

다시 바라본 그의 표정에는 다정한 표정이 걸려 있었다. 만족스러웠다. 그가 내 손을 잡은 자신의 손에 조금 힘을 주는 것이 느껴졌다.

"오랜만입니다, 전……."

아, 또다. 또다시 '전하'라는 썩 내키지 않는 호칭을 입에 담으려는 그의 말을 중간에 막았다.

"벤지."

지금은 황제밖에 부르지 않는 이름이었다. 이 이름을, 황제 같은 자가 아닌 디온이, 이 따스한 남자가 불러줬으면 좋겠다.

"제가 감히."

디온은 조금 난감한 표정으로 대답을 흐렸다. 그래, 그럴 줄 알았다. 하지만 여기서는 나도 물러설 의향이 없었다.

"벤지라고 불러요."

잠시 멈칫한 그가 이내 마음을 다잡은 듯 싱긋 미소를 지었다. 그가 잡은 내 손을 들어 올렸다. 손등에 부드러운 입술이 느껴졌다. 바로 눈앞에서 보이는 풍경임에도 그가 하는 행동이 마치 천천히 재생되는 것만 같았다. 조심스러운 그의 행동 하나하나가 심지어 경건해 보이기까지 했다.

디온이 고개를 들고는 내 눈을 뚜렷이 마주했다. 그 안에 따뜻하다 못해 타오르는 불꽃이 보인 것도 같았다. 그가 입을 열어 부드럽게 내게 인사를 고했다.

"오랜만입니다, 벤지."

"오랜만이에요, 디온."

내 이름을 붙인 인사에 나도 답했다. 자연스럽게 미소가 지어졌다. 분명 며칠 지나지 않았지만, 참으로 오랜만이었다.

공작저에서 사용인들의 안내를 받아 움직일 때마다 말로 형용할 수 없는 어색함이 흘러넘쳤다. 그럴 만도 했다. 얼마 전까지 나는 조금 출세한 평민이었고, 그들과 한 공간에서 비슷한 신분으로 지낸 자였으니. 하지만 지금 나는 그들은 만나기도 힘든 황가의 황녀다. 급작스러운 신분 차에서 오는 그 어색함이 별로 신경 쓰지 않아도 자연스레 느껴졌다.

그 어색함을 헤치고 디온을 따라 도착한 곳은 세그다드가의 응접실이었다. 공작저에서 집사 일을 하며 몇 번 들어가 본 적은 있었지만, 내가 객으로 발을 들인 적은 없는 곳이었다. 계승식까지는 아직 어느 정도 시간이 남은 상태였다.

응접실에 앉아 있는 디온은 며칠 전까지 봐왔던 교복을 입은 학생의 모습과는 상당히 달라 보였다. 깔끔하게 단추를 잠근 검은색 제복이 단정한 그의 얼굴과 썩 잘 어울렸다. 금사로 왼쪽 가슴에 수놓은 세그다드의 문양은 그가 이 공작가의 가주라는 것을 여실히 보여주었다. 계승식에서 그는 깔끔하고 동시에 강단 있고, 위엄 있어 보일 것이다.

디온은 내가 이곳에서 즐겨 마시던 다과를 준비하라 이르고는 사용인에게 응접실 주변에서 물러날 것을 명했다. 나 역시 나를 따라온 사용인들을 물렸다.

응접실에 앉아 사용인들에게 명령을 내리는 디온의 모습이 상당히 자연스러웠다. 그래, 오르도처럼. 오르도 역시 공작을 오랫동안 역임한 자가 아니었다. 그럼에도 그 자리에 있는 것이 상당히 자연스러웠다. 마치 원래부터 세그다드가의 공작이었던 것 같은 모습이었다. 그리고 지금 디온의 모습이 그러했다. 이 며칠 동안 그는 스스로 세그다드 공작이라고 되뇌고 되뇐 모양이었다.

디온을 다시 한 번 살폈다. 나를 바라보고 있는 그의 눈을 마주했다. 따스함을 담은 그의 눈에 며칠 전부터 끼어든 예기가 있었다. 단호하고 무뚝뚝하기만 했던 그는 이제 나이답지 않은 날카로움을 지니게 되었다.

"괜찮아요?"

나도 모르게 물어놓고서 아차 했다. 괜찮을 리가 없지. 그럼에도 그는 괜찮다 말할 것이다. 그가 언제나 던지는 질문에 내가 답하는 것처럼. 커다란 감정을 내비치지 않고 있었지만, 그의 안에서 얼마나 크고 작은 해일이 일어났을지 나는 듣지 않아도 알 수 있었다. 그 짧은 기간에 어수룩하지 않은 공작의 모습을 보여주는 것이 그것을 증명해 주고 있었다.

내 질문에 잠시 멈칫한 그가 이내 다시 웃어 보였다. 기쁘면서도 묘한 씁쓸함이 느껴지는 웃음이었다.

"제가 할 말을 빼앗긴 기분입니다. 걱정을 끼친 모양이군요."

"걱정 안 하는 게 이상한 거 아닌가요? 그리고, 그럴 수밖에 없잖아요."

그 안에는 여러 가지 의미가 내포되어 있었다. 우리가 처한 상황. 항상 옆에서 어떤 일이 벌어지는지, 어떤 상황에 처해 있는지 모든 것을 알 수 있었던 자가 이제 눈앞에 보이지 않는다. 그리고 서로에게 굉장히 커다란 영향을 미치는 사건이 일어난 후였다. 걱정이 안 될 수가 없지. 그리고 그 커다란 일에는, 오르도의 죽음도 있었다. 그의 형이 죽은 것이다. 유일하게 남았던 혈육이. 그것이 그에게 어떤 작용을 할지는 그 크기를 감히 상상조차 할 수 없었다.

"영광입니다."

내 대답에 디온은 부드럽게 웃었다. 그의 모습이 마치 예상치 못한 걱정을 받았다는 반응처럼 보이기도 했다. 그 반응이 마음에 들지 않아 한마디 덧붙여 줬다.

"냉혈한으로 만들지 말아줄래요?"

괜히 톡 쏘는 내 한마디에 그가 낮게 소리 내어 웃었다. 그 모습이 마치 '황녀님이 이런 모습을 보일 줄은 몰랐습니다'라고 말하는 것 같았다. 도대체 나를 어떻게 보고 있던 건지. 작게 웃는 디온을 빤히 바라보자, 그는 여전히 입가에 웃음을 건 채 말했다.

"그래도 다행입니다."

"뭐가요?"

"아닙니다. 크게 걱정하실 필요 없습니다. 세그다드가는 제국의 역사를 함께한 유서 깊은 가문입니다. 이 정도에 흔들리지 않습니다. 더불어 역사적으로 이렇게 황족이 대놓고 노린 적도 드물죠. 개국공신인 세그다드 공작가를 이렇게까지 홀대하는 경우는 없었습니다."

내 걱정이 담긴 것을 파악한 모양이었다. 디온의 현재 상태뿐만 아니라 그가 속한 공작가 자체도 걱정이었다. 세그다드가는 이제 디온 혼자였다. 생각하기도 싫지만, 만에 하나 그가 목숨을 잃는다면 세그다드의 대를 이을 자가 없는 것이다.

가까운 친척을 입양한다면 후계를 잇는 것에도 문제는 없을 것이다. 하지만 그것은 미래의 문제고, 지금 이 공작저에 공작가 사람으로 남아 있는 이는 디온뿐이었다. 걱정이 되지 않을 수가 없었다. 몇몇의 사용인 중 옛날부터 지내왔던 사용인들과 기사들이 있다고는 하지만 이곳에서 귀족으로서 지내야 하는 자는 디온 혼자였다.

물론 세그다드 공작가가 갑자기 모두에게 무시를 당한다거나 귀족 사회에서 배척되는 일은 없을 것이다. 하지만 가주가 짧은 기간 동안 두 번이 바뀌고, 황가의 노림을 받았다. 예전 기세등등했던 공작가의 위세에 비하면 지금은 그때보다 조금은 위태로울 수도 있다는 생각이 들었다.

"제 입에 올리기는 조금 부끄럽지만 소르트가 세워진 이후로, 세그다드가는 대대로 소르트를 위해 움직였습니다. 소르트의 백성을 지키고 소르트의 번영을 위해 최선을 다했습니다. 그러한 세그다드와 황가가 향하는 방향이 다르다는 것은, 둘 중 하나는 옳지 않은 길을 걷고 있다고 볼 수도 있습니다."

디온의 말이 맞았다. 소르트를 위해 움직이는데 그것에 황가가 반한다는 것은 무언가 잘못됐다는 뜻이었다.

"물론 그것은 세그다드의 관점입니다만, 어찌 됐건, 세그다드가는 언제나 황제를 믿고 나라를 믿었습니다. 선대 때부터 내려오던 그 가르침이, 맹신과도 같은 믿음이 깨어진 것은 아버지 때부터였습니다. 그리고 지금, 그 믿음은 철저하게 부서졌지요. 다행인지 불행인지, 그것은 저희에게만 해당하는 문제는 아니었던 모양입니다. 전부는 아니지만 아마 지금 황가가 몇 가문을 대하는 태도가, 다른 귀족들의 반발을 불러일으킨 모양입니다."

디온의 말에 고개를 끄덕였다. 그럴 법도 했다. 세그다드가는 언제나 황제를 믿었다. 몇 백 년에 걸친 역사에서 세그다드는 단한 번도 반란을 일으킨 적이 없었다. 오히려 몇 번 일어났던 반란 세력을 진압한 것이 세그다드가였다.

그들은 언제나 소르트의 편이었고 황가의 충신이었다. 그런 충성스러운 가문이 황가에 등을 돌린 이유는 하나였다. 지금의 소르트 황가는 마술에 손을 대고 있다. 소르트의 유구한 역사에서 마신의 힘을 빌리는 자는 없었다. 그것이 세그다드가가 움직이도록 만들었고 그것이 황가가 세그다드가를 내치게 만들었다.

물론, 세그다드 공작가는 황가에 처음부터 반발심을 갖고 대하지 않았다. 그들은, 아니, 디온의 아버지는 그저 황제에게 간언을 던질 뿐이었다. 하지만 황가가 마술에 손을 댔다는 사실을 알아챈 것 자체가 황가에게는 걸림돌이었던 것이다. 그것이 황가가 세그다드 공작가라는 충성스럽고 우직했던 가문을 제 손으로 끊어

내려 하는 이유였다.

그리고 그 모습은 귀족들의 반발을 사기 충분했다. 고작 일 년도 지나지 않아 공작가의 일원 중 둘이 목숨을 잃었다. 그것도 둘모두 공작의 자리에 있을 때였다. 황제는 그 죽음에 애도를 표하며 사건의 진상을 밝혀내기 위한 수사를 진행하기는 했다. 물론 표면적으로만. 그리고 그것을 조금이라도 머리가 있는 자들이 모를 리가 없었다.

세그다드가는 소르트가 건립된 순간부터 황제파 가문이다. 비록 지금에 와서 조금 골이 생긴다 하더라도 오랫동안 이어 내려오던 그 충심이 사라지지 않을 것이다. 그렇기에 지금 귀족들의 눈으로 보기에 황가의 태도는 의심스러웠을 것이다. 무너져 내리는 공작가의 위세에 황가의 태도는 너무나도 미적지근했다. 그 모습에 이상한 점을 느끼는 자들이 꽤 있었겠지. 그중 누구는 진실에 다가가고 있을 수도 있었다. 머리를 굴릴 줄 아는 자라면 공작가의 연이은 죽음이 황제, 황태자와 관련이 전혀 없지는 않다는 것을 알아챘을 것이다.

그리고 그것을 알아챘을 때, 충신마저 제 손으로 내칠 수 있는 황가에 대해 두려움, 그리고 반발심을 갖게 될 것이다. 그런 마음을 품은 자들이 아마 세그다드가를 찾았을 것이다. 비록 지금 세그다드가 과거에 비에 위신이 떨어졌다고는 하나 공작가는 공작가였다. 두려움에 세그다드에 등 돌려 황가로 향하는 자들이 많은 만큼, 그와 반대된 두려움에 세그다드가와 연을 유지하려는 귀족가도 적지 않을 것이 분명했다.

"크게 걱정하지 않으셔도 됩니다. 세그다드와 같은 뜻을 갖고 있는 자들이 많습니다. 그리고 그들은 그렇게 호락호락하지 않은 자들입니다."

"음, 그런데 그들이 황가의 방식에 반발심을 가지고 있다면 그
들이 바라는 것은 반역이라는 말 아닌가요?"

얼핏 들으면 디온이, 그리고 그의 편에 선 귀족들이 꿈꾸는 것
이 반역이라는 이야기로 들리기도 했다. 그리고 실제로 원작에서
그는 반역을 꾀했고 성공하기도 했다. 내 질문에 디온이 가볍게
고개를 좌우로 저어 부정했다.

"반역은 그렇게 쉽게 입에 담을 수 있는 것이 아닙니다."

"그렇다면요?"

"황좌에 오를 수 있는 후계가 두 명으로 늘었습니다. 갑작스럽
게 말이죠. 귀족들의 선택권이 늘어났다는 말입니다. 그리고 그
중 한 분을 제가 지지하죠."

나를 향하는 디온의 눈빛에서, 그가 무엇을 말하는지 정확히
알 수 있었다. 그에게 닿은 귀족들은 황태자가 아니라 나를 그 자
리에 올릴 심산인 것이다. 그들은 나를 황제로 만들려고 움직이
고 있는 것이다.

"나는 제위에 오를 생각이 없어요."

올곧게 나를 향하는 그의 눈빛에 나 역시 내 뜻을 담아 던졌
다. 일전에 이미 말한 적이 있는 바였지만, 다시 한 번 확실하게
해야 할 것 같았다.

내 말에 디온은 가볍게 웃어 보였다. 이미 예상한 반응이었다
는 듯, 아무런 미련도 없어 보였다. 정말 미련이 없는지, 그런 척
해 보이는 것인지는 알 수가 없었지만.

"알고 있습니다. 하지만, 후계자라는 타이틀만 갖고 있다 하더
라도, 벤지의 목표를 위해서라면 귀족들의 지지와 그들의 세력이

필요하다고 생각합니다."

곧았던 그의 표정에는 어느새 한가득 걱정이 덧씌워져 있었다. 그제야 알 수 있었다. 그가 나를 걱정했구나. 디온은 제가 할 수 있는 방법을 총동원하여 손이 닿지 않는 곳에서라도 나를 도우려 하고 있었다. 내가 황태자의 세력에 짓눌리지 않도록 말이다. 직접 보진 않았지만, 그가 이를 위해 얼마나 많은 서신을 주고받고, 얼마나 많은 이들을 만났을지 알 것 같았다.

"고마워요."

끝을 모르는 그의 배려에 나는 인사를 건네었다. 그가 나를 돕고자 한 행동이, 내게 도움이 되지 않은 적이 없었다. 나를 지지하는 귀족들은 내게 충성을 맹세하지는 않았지만 정치적으로 나를 도울 자들인 것이다. 그들은 내가 아니더라도 세그다드가를 믿을 것이고, 세그다드가의 충심과 애국을 믿을 것이다.

"제 덕이 아닙니다. 응당 그렇게 됐어야 했던 것입니다. 제가 감사 인사를 받을 이유는 없습니다."

"그래도요."

공작가에서 나를 받아주지 않았더라면 있을 수 없는 일이었다. 나를 지지하는 귀족들에게도, 그리고 내게도 서로 이득인 부분이었다. 만약 디온이, 그리고 이제는 이 자리에 없는 오르도가 나를 받아주지 않았다면 나는 황성에 돌아갔을 때도 훨씬 힘든 싸움을 했을 것이다. 재차 이어지는 내 인사에 그가 겸연쩍은 미소를 지어 보였다.

"감사를 하고 싶으시거든, 벤지의 목적을 이룬 후 하셨으면 좋겠습니다. 그나저나, 황성에서의 생활은 괜찮으십니까?"

더 이상 내 감사를 받는 것이 민망했는지, 아니면 황송했는지 그가 화제를 돌렸다.

"네, 괜찮아요."

그래, 내가 아까 그에게 괜찮냐 묻고, 아차 싶었던 이유가 여기에 있었다. 그는 괜찮다고 답할 수밖에 없으니까. 그리고 지금 선에서 나도 괜찮다고 대답해야 했다. 괜찮아야만 목적을 향해 달릴 수 있으니까.

"진심이십니까?"

내 대답에 다시 한 번 디온이 물어왔다. 사실 그의 질문에 담긴 의도라면, 괜찮지는 않았다. 언제 어디서 나를 향해 갈고 있는 칼이 날아올지 모르는 상태니까. 조금 머쓱해져 그의 눈을 살짝 피했다.

"음, 아직은요? 별다른 일은 없어요. 폭풍 전야 같달까요."

그의 질문이 내 안부도 안부지만 내 주변을 감싸고 있는 상황을 묻는 것도 같았다. 황실 상황이라……. 있는 그대로만 말하자면 사실 좋은 상황은 아니었다. 아직 호위도 없었고, 내 편이라할 사람도 없었다. 그런 상황에서 황태자와 황후는 나를 물어뜯을 기회만 엿보고 있었다.

하지만 이걸 낱낱이 말하기가 좀 그래 두루뭉술하게 답해줬다. 세세하게 설명하면 왠지 디온을 더 걱정시킬 것 같기도 했고, 무엇보다 현재 황실 상황에 대해서는 그 역시 잘 알고 있을 것 같았다.

"황성 상황이 별로 좋지 않다고 알고 있습니다."

황후와 2황비가 임신했다. 황제의 목숨을 노렸던 것은 황후지만 황제는 황후를 아직 벌하지 않았다. 황후의 입지가 줄어든 만큼 황태자의 입지 역시 확실한 것이 아니다. 그런 중에 반역죄를 벗은 1황녀가 후계의 자격을 가진 채 살아 돌아왔다. 말 그대로 폭풍 전야였다.

하지만 나에게는 더없이 좋은 상황이었다. 내가 바람을 일으키는 것보다는 이미 만들어진 바람에 힘을 조금 보태는 것이 더욱 편하다. 이미 불고 있는 폭풍에 얹혀 피해가 더 커지도록 힘만 실으면 될 터였다.

"좋지 않다고 해야 할지, 좋다고 해야 할지 알 수가 없네요."

"적절한 계획이 있다는 이야기로 들립니다."

"아직은 없어요. 그냥, 내가 판을 새로 짜는 것보다는 이미 깔린 판에 들어가는 게 낫겠단 생각을 하고 있을 뿐이죠."

뚜렷한 계획은 없었다. 하지만 불확실한 계획은 있었다. 그것은 2황비와 황후를 만나 그들의 반응을 보고 난 후에나 확신하겠지만, 계획이 있기는 있었다. 하나 더 이상 모든 계획을 디온과 공유할 수가 없었다. 이제 디온은 황제의, 황가의 시선을 피할 수 있는 학생이 아니었다. 황제의 옆에 서야 하는 세그다드 공작가의 가주였다.

내가 오늘 세그다드가에 온 이유는 디온에게 힘을 조금 더 보태주기 위함이었다. 혈육이 살아 있지 않은 지금, 황족이 와서 그의 계승식을 도와주는 것이 보기에도 좋을 것이니. 나의 복수 계획, 복수가 끝난 후 디온을 황제로 만들기 위한 계획 등을 나눠야 하나 하는 생각도 해봤지만, 지금은 적절한 시기가 아니었다.

"나 이제 디온에게 모든 걸 다 얘기할 수도, 계획을 다 공유할 수도 없어요."

"이능……, 때문입니까?"

미안한 마음을 담아 건넨 말에 디온이 물었다. 정답이었다. 나는 고개를 끄덕였다.

"그래요. 사실 지금 대화조차 그와 디온이 만난다면 전부 들키게 될 거예요. 황제가, 황가의 이능을 알고 있는 자를 살려둘 리가 없어요."

"계획을 묻고 싶어도 물을 수가 없군요. 하면 제가 해야 할 행동이라도 있습니까?"

"행동이라기보다는, 곧 알게 될 거예요."

우선 지금의 내 생각으로는 오르도처럼 그를 마농의 사신으로 보낼 생각이었다. 황제가 디온을 만나 모든 걸 알아버리기 전에 황제의 눈앞에서 그를 치워 버릴 생각이었다. 마농에는 아직 소르트와 얽힌, 해결되지 않은 문제가 남아 있고, 그것을 빌미로 사신을 요구한다면 소르트는 거기에 응할 것이었다.

아직 마농과 소르트는 평화협정을 유지한 상태였다. 더불어 이전에 다른 문제로 마농에 갔다가 학살에 대한 정보를 알아낸 오르도도 있었다. 그 동생이자 새로운 공작인 디온을 보내달라고 마농에서 정확히 요구한다면 소르트에서 들어주지 않을 이유가 없었다. 그것을 위해 나는 쉬얌에게 서신을 보낼 생각이었다. 하지만 이 계획을 디온에게 말할 수는 없었다.

그전에 디온이 황제나 황태자를 만날 일이 생길 가능성이 높은 것도 있었지만, 무엇보다 디온이 스스로 이 계획을 거부할 것 같았다. 오늘 행동으로 보더라도 내가 황성에 있는 동안 그가 제 발로 제국을 벗어날 리가 없었다. 더불어 아직 확실하지 않은 계획이기도 하고, 어떤 이유에서든 그에게 말해서 좋을 것이 없었다.

이제 나는 디온과 함께 있을 때는 내 감정을 숨기려 하지 않았다. 그렇기에 지금 갖고 있는 이 불안함이 그에게 고스란히 옮겨간 모양이었다. 그가 걱정을 한껏 담아 나를 보았다.

"확신이 없어 보입니다."

"그럴 만도 해요. 제일 단순한 최선의 방법은 이미."

아차. 나는 입을 다물었다. 병신, 스스로를 속으로 욕했다. 그럴 수밖에 없었다. 어떻게 저 말을 입에 내뱉을 생각을 한 거지?

최선의 방법. 한 가지였다. 디온의 기억을 바꾸는 것. 그는 이미 내 목적이 황가의 멸문임을 알고 있다. 그리고 그 안에는 황제의 목숨도 들어가 있었다.

황제가 만약 이 사실을 알게 된다면 지금처럼 내게 호의를 보일 리가 없었다. 황제는 내가 황좌를 향해 달려가는 데에 목적이 있다고 알고 있었다. 그렇게 알도록 내가 만들었다. 하지만 내 진짜 목표가 무엇인지 들킨다면, 나는 또다시 그의 손바닥 위에 내 목숨을 올려놓게 될 것이다.

내 목표가 복수라는 것은 숨길수록 좋았다. 황제의 목을 칠 때까지 숨기는 것이 불가능하다면, 최소한 황태자를 밀어내고 내가 그 자리에 앉을 때까지만이라도 내 목표를 숨겨야 했다. 그것을 위해서는 디온과 황제가 만나는 일을 없애야 했다. 타국에 외교 사신으로 간다면 최소한 이 주, 길면 한 달까지도 가능했다. 쉬얌을 통해 갖은 핑계를 대면서 내가 황태자위에 오를 때까지 디온을 마농에 있도록 하는 것이 제일 그럴듯한 방법이었다.

하지만. 그래, 사실 디온이 내 곁에 있었으면 좋겠다. 위세 높은 공작의 비호를 받는 것이 내게도 좋을 터였다. 그 모든 걸 가능하게 만들 방법은 사실 디온의 기억을 바꾸는 것이었다. 내 목표가 황가의 멸문이라 말했던, 그 기억을 바꾸는 것이 제일 쉽고 간편한 방법이었다. 그러나 그 방법을 사용할 수는 없었다. 그렇게 내가 만들었다. 디온이 나를 사랑하도록, 내가 만든 것이다.

한 사람에게 단 한 번밖에 사용할 수 없는 그 이능을 이미 사용했다.

그 후로 언제나 후회했다. 더 좋은 방법은 없었는가? 그의 기억을 바꾸는 게 아니라 내가 내 발로 어떻게든 세그다드가에 갔다면 디온이 나를 받아주지는 않았을까? 디온에게 이능을 사용한 것은 언제나 후회하고, 또 후회하게 되는 일이었다.

과거, 디온의 추궁에 나는 침묵으로 답했고 그것은 무언의 긍정이었다. 그것을 디온이 모를 리가 없었다. 하지만 그는 침묵했다. 이후로 그 일에 대해 단 한 번도 언급한 적이 없었다. 그 주제가 입 밖으로 나오면 진실에 대해 논해야 할까 봐 애초에 꺼내지도 않은 사안이었다. 그리고 언제나 노심초사, 그가 그것을 물어볼까, 대화의 주제가 그쪽으로 흘러가지는 않을까 겁냈던 쪽은 나였다. 한데 그 낌새가 될 수도 있는 화두를 내가 던졌다. 제발 그러려니 하고 넘어갔으면. 그가 아무런 질문도 던지지 않았으면. 디온의 기억에 대한 말이 나오지 않았으면. 하지만 내 바람은 처참히 조각났다.

"최선의 방법이 무엇입니까?"

그래, 그럴 줄 알았다. 최선의 방법에 대해 그가 물었다. 최선의 방법. 무어라 대답해야 할까? 그의 질문에 대답을 어떻게 해야 할까? 나는 이미 그에게 사용할 수 없는 방법이라 말했다. 그것은 우리가 쓰지 않을 방법이고, 들켜도 상관없는 계획이라는 이야기다. 즉, 디온에게 말해도 되는 계획이다. 원칙적으로라면 말이지.

하지만 나는 말할 수가 없었다. 디온은 알면서 물어보는 것일까? 다시 오르도 때의 상황이 재생되는 것만 같았다. 나는 입을 꾹 다물었다가, 어렵사리 입을 열었다.

"말할 수 없어요."

그러고는 불가능을 답했다.

"이능에 관련된 것을 말씀하시는 겁니까?"

제발, 평소처럼 모른 척 넘어갔으면 좋겠다. 부디, 모른 척, 아무 일도 없었던 양 넘어갔으면 좋겠다는 내 바람은 역시나 들어주지 않았다. 그가 이능에 대해 물었다. 나는 긍정도, 부정도 할 수가 없었다. 나는 더 이상 말하고 싶지 않은데, 디온은 아닌 모양이었다.

우리 사이에 다시 한 번 침묵이 자리했다. 그때와 같은 상황이었다. 다만 한 가지 다른 것은 그의 얼굴에 무너질 듯한 고통이 보이지 않는다는 것이다. 아직 그 온기가 사라지지 않았다는 것이다.

디온은 나를 믿고 있었다. 내게 묻는 그의 눈에 나를 향한 서늘함은 없었다. 하지만 나는 그것이 더더욱 불안했다. 그가 무엇을 믿는 것인지, 어떤 대답을, 어떤 상황을 예상하고 있는지 단하나도 알 수가 없어서.

나는 입술을 깨물었다. 내 앞에 앉은, 이제는 절대 내 손에서 보낼 수 없는 디온의 입에서 핵심을 찌르는 질문이 튀어나왔다.

"정말로 제 기억을 바꾸신 겁니까?"

정곡을 찌르는 그 한마디에 나는 입을 다물었다. 무어라 대답해야 할지 알 수 없었다. 시선을 어디에 두어야 할지도 알 수 없었다. 그저 한 가지 알 수 있는 것은, 나는 지금 디온을 바라볼 수 없다는 것이었다. 그의 눈빛이 금세 차가움으로 바뀌지는 않을까, 그 두려움에 그의 눈을 바라보지도 못하고 있었다.

우리가 그 주제로 대화를 나눈 이후부터 디온은 알고 있을 것이 분명했다. 그는 내가 그의 기억을 바꿨다는 것을 짐작하고, 거의 확신하고 있을 것이다. 기숙사에서 우리가 나눴던 대화 이후 그는 아마 그 스스로 질문을 삼켰을 테고, 내게 물을 기회가 있었음에도 묻지 않았을 테지. 그런데 왜 하필, 지금.

입술을 세게 깨물었다. 초조함에서 내가 할 수 있는 유일한 행동이었다. 입안에서 쇠 맛이 났다. 그러나 아픔은 느껴지지 않았다. 그저 디온의 입에서 무슨 말이 나올지, 그 말이 칼이 되어 내 심장을 쑤셔놓진 않을지, 그 두려움만이 내 모든 신경을 장악하고 있었다.

디온의 눈을 마주칠 수도 없었다. 그가 어떤 눈을 하고 있을지 확인할 자신도 없었다. 침묵하며 가만히 있는 내 앞으로 손이 다가왔다. 놀라 시선을 들었다. 어느새 디온이 내 앞으로 더 다가와 있었다. 그가 손을 뻗어 내 입술을 쓸어주었다. 입술을 깨물던 행동을 저지하는 손짓이었다. 나는 디온의 표정을 살폈다. 그는 여전히 웃고 있었다. 초조해하는 나를 안심이라도 시켜주듯, 평소의 모습 그대로였다. 입가에 미소가 있었고, 그의 녹안에는 온기가 가득했다.

"깨물지 마십시오. 상합니다."

디온이 내게 닿았던 손을 떼어냈다. 입술에 잠시 닿았던 따뜻함이 달아난다. 그가 건넨 그 한마디가 너무나도 다정하게 느껴졌다. 어떡하지. 나는 이런 그의 한계 없는 따뜻함에 위로받을 자격이 있는 걸까?

"기억을 바꾸는 것에는 한계가 있는 겁니까?"

디온의 질문 안에는 내가 그의 기억을 바꿨다는 전제가 깔려 있었다. 그래, 이어지는 내 침묵에 알아채지 못할 리가 없었다. 믿어왔던 자가 자신의 기억을 바꿨다. 그것이 그렇게 작고 사소한 일일 리가 없다. 하지만 그는 여전히 나를 향해 있었다. 내게서 등을 돌리지 않았다. 하지만 그는 지금 내가 그의 어떤 기억을 바꿨는지 알지 못한다. 내가 바꾼 기억은 정말로 커다란 것이었다. 그가 지금 내게 하는 모든 행동의 이유를 만들어낸 것이나 마찬가지였다. 그가 내게 품은 호의가 만들어졌다는 것을 알게 됐을 때, 그리고 그것을 내가 만들어냈다는 것을 깨달았을 때, 과연 그 때도 그가 내게서 등을 돌리지 않을까?

나는 온갖 최악의 상황을 머릿속에 그리며, 가까스로 입을 열어 그의 질문에 답했다.

"……네, 한 사람당 한 번만 가능해요."

"그리고, 그 이능을 제게 사용했다는 말씀이시고요."

"……네."

디온이 재차 확인했다. 나는 대답했다. 더 이상 도망칠 수는 없었다. 여기서 도망쳐 버리면, 영영 그에게서 도망치게 될 것이다. 그리고 그는, 나를 잡지 않을 것이다. 아니, 잡겠지. 잡겠지만 지금까지처럼 손만 뻗으면 닿을 수 있는 거리에서 나를 잡고 있지 않을 것이다. 나는 그를 피할 것이고, 그는 그 거리를 유지할 것이다.

무엇이 최선일까? 우리가 멀어지는 것? 아니면 내가 진실을 알려주는 것? 어느 것 하나 답을 내리지 못한 채 혼란스러운 머리로 기계처럼 답을 내뱉었다. 그가 다시 물어왔다. 확신을 요하는 물음이었다.

"정말 제 기억을 바꾼 것이 맞습니까?"

"……네."

나는 또다시 목을 쥐어 짜낸 답을 토해냈다. 그에게 머물던 내 시선이 점점 바닥을 향했다. 온몸의 체온이 식는 느낌이었다. 피가 차갑게 가라앉는 기분이었다. 그가 내게 등을 돌리지 않을 것이라는 생각에 맥박이 제자리를 찾았다가도, 또다시 던져지는 그의 질문에 맥박이 요동쳤다. 피가 온몸에 빠르게 도는 것이 느껴지는데, 손끝은 점점 차가워졌다. 차가워진 손을 다른 손으로 감싸 쥐었다. 긴장감에 손만 만지작거렸다. 침묵. 나만이 갖고 있는 그 침묵에 디온의 목소리가 얹어졌다. 그의 목소리에 가시가 있으면 어쩌지. 그가 내게 적의를 보이면 어쩌지.

"추궁하는 것이 아닙니다. 따지는 것도 아닙니다. 상합니다. 깨물지 마십시오. 그저, 그것 하나 알았다고 제가 벤지 곁을 떠날 리는 없다는 것을 알려 드리고 싶었을 뿐입니다."

걱정한 것이 무색하게도 그의 목소리에는 여전히 따스함이 스며 있었다. 디온이 다시 손을 뻗어 나도 모르게 깨물고 있던 입술을 펴주었다. 지독한 긴장감이었다. 입 안쪽 살을 짓씹었다. 따스함이 가시고 나서야 쇠 맛이 느껴졌다. 나는 가까스로 입을 열었다.

"떠날 거예요."

지금 말하는 순간만큼은 내뱉는 말에 확신이 있었다. 그래, 모든 진실을 알게 된다면 그는 나를 떠날 것이다. 그를 향한 내 마음을 자각한 이후로, 그에게 지금껏 이 사실을 알리지 않은 이유는 단 하나였다. 이 사실을 안다면 그는 나를 떠나갈 것이 분명하니까.

"떠나지 않습니다."

"아니요, 떠날 거예요. 무슨 일이 있어도."

내 스스로 들어도 내리꽂히는 단호함이었다. 나는 자리에서 일어났다. 그에게서 멀어지려 했다. 하지만 나를 잡아오는 손이 있었다. 따뜻한 손. 그 손이 나를 잡아 그와 나 사이의 거리를 유지하게 만들었다. 나는 발을 떼지 못했다. 잡아오는 손이 다짐과도 같았다. 마주쳐 오는 그의 눈빛이 계속 나를 옭아맸다. 그것은 이전, 그가 내게 오르도의 기억에 대해 따졌던 때의 추궁이 아니었다. 그래, 그의 말이 맞았다. 그는 내 모든 것을 받아들이려고 준비하고 있었다.

그것이 무엇이더라도, 내 곁을 떠나지 않을 것이라는, 그 끝을 알 수 없는 신뢰와 확신에서 기인한 다짐 어린 표정을 짓고 있었다. 디온이 힘주어, 하지만 그것에 담긴 다정함이 느껴지도록 내 손을 잡아오며 물었다.

"정말로 제가 떠날 것이라 생각하는 것입니까?"

디온의 눈에는 그 가정에 대한 조금의 상처마저 엿보였다. 그가 나를 떠날 것이라고 내가 생각했다는 것 자체에 대해 그는 상처받고 있었다. 저는 나를 믿는데, 나는 저를 전적으로 믿지 않는다는 것을 가슴 아파하고 있었다. 그는 스스로 절대 내 곁을 떠나지 않을 것이라 확신했다. 그리고 나는 반대로, 그가 내 곁을 떠날 것이라고 확신했다.

"절대로, 무슨 일이 있어도 떠나지 않을 것입니다. 제가, 겨우겨우 찾아낸 벤지의 곁을 떠날 수 있을 리가 없습니다. 더불어, 과거의 무언가를 바꾸었다 하더라도 현재의 제게는 영향을 미치지 못합니다."

망설임과 함께 계속되는 내 침묵에 그가 다시 말했다. 여전히 단호한 어조였다. 다짐이며, 맹세며, 내게 향하는 맹목이었다.

디온이 단단하게 덧붙이는 한마디가 마음을 흔들었다. 말해야 할지, 절대 함구해야 할지 갈피를 잡지 못하던 내 마음이 조금씩 말한다 쪽으로 기울고 있었다. 현재의 제게는 영향을 미치지 못할 것이라는 한마디. 그 한마디에 마음이 조금 더 거세게 흔들린다. 그가 떠날 것이라 확신했으면서도, 떠나지 않았으면 좋겠다는 이기적인 바람이 만들어낸 희망이었다. 그리고 디온이 그것에 불을 지폈다.

나는 고개를 들어 그의 눈을 마주쳤다. 디온의 눈은 여전히 단호했다. 그는 여전히 내게 나를 떠나지 않는다 말하고 있었다. 그것이 내 불안함을 꽉 잡아주었다.

말해도 될까, 말해서는 안 되는 걸까? 몇 번이나 계속되는 고뇌에 입을 열었다 닫았다, 달싹였다. 디온은 나를 가만히 바라보고 있었다.

디온이 손을 잡아왔다. 따스하게 감아오는 손이 단단했다. 그 손에서 그의 의지가 보였다. 떠나지 않겠습니다. 나는 눈을 감았다가 떴다. 입을 열었다. 그 따스함을 믿어보자는, 겨우겨우 결심하게 된 고뇌의 결론이었다.

"그렇게 확신하게 된 근간을, 제가 만들었어요."

"정확히 말씀해 주실 수 있겠습니까?"

조금 뭉뚱그려 전한 말에 그가 되물었다. 정확한 한마디. 그래, 정확한 진실을 말해야 해. 지금, 말해야 한다. 나는 눈을 감았다. 그의 눈빛은 여전히 따스함을 담고 있을 것이다. 하지만 내 안에서 치밀어 오르는 죄책감에 차마 그의 눈을 마주할 수가 없었다. 여전히 손을 잡은 채 그가 말을 덧붙였다.

"이 손을 놓는 일은 절대 없을 겁니다. 믿으셔도 됩니다. 혹 제가 지금 한 말을 지키지 않는다면, 온 힘을 다해 세그다드 공작가의 대를 끊으셔도 좋습니다."

터무니없는 발언에 눈을 떠 그를 바라봤다. 여전한 표정, 여전한 눈빛이었다. 하지만 그 발언은 절대 허할 수가 없었다. 제 말이 거짓이라면 내가 세그다드가를 멸문시켜도 상관없다는 말이었다.

그렇게까지 확신하는 그의 말과, 거기서 느껴지는 그의 마음, 그 마음을 만들어낸 과거의 내 행태가 나를 화나게 만들었다. 어떻게, 내가 그렇게 할 수 있을 리가 없는데. 어떻게 내가 그를 해할 수 있을 것이라 생각하는지.

"무슨 그런 말도 안 되는 말을."

말을 내뱉는 순간 알 수 있었다. 아아, 그가 하는 생각이 이거였구나. 어떻게 내가, 감히 디온이 나를 떠날 수 있을 것이라 생각할 수 있는지. 그것에 대한 상처였구나. 조금 올라간 언성에 그가 말허리를 잘라냈다.

"그만큼 명예를 걸고 맹세할 수 있다는 말입니다."

나는 그를 바라봤다. 맞잡은 손은 그대로였다. 눈을 한 번, 두 번, 감았다가 떴다. 그래. 말해야 할 때였다. 입을 열었다. 그 찰나가 영원과도 같았다. 한 글자 한 글자를 던져, 절대 알릴 수 없었던 진실을 그에게 고했다.

"디온이, 나를, 사랑하도록. 당신이 내게 연정을 갖도록. 그렇게 바꿨어요."

우리 사이에 잠시간의 침묵이 흘렀다. 그 침묵을 가르는 것은 디온의 낮은 웃음이었다. 그 웃음에서 내가 건넨 진실에 대한 부정이 전해졌다. 그는 여전히 그의 안에 나를 담고 있었고, 나에게 마음을 주고 있었다. 그러면서 동시에, 그 연정의 근간을 내가 만들어냈다는 것을 부정하고 있었다.

"그럴 리가 없습니다."

그래, 그렇게 믿을 수밖에 없겠지. 그렇게 믿게 만들었고, 그는 그렇게 믿어왔다. 하지만 그것이 진실은 아니었다. 나는 디온이 나를 사랑하도록 그의 기억을 편집했다. 그것이 진실이었다. 확신에 찬 그의 말에 나는 고개를 가로저었다.

"아마 믿기지 않을 거예요. 하지만, 그게, 제가 바꾼, 제가 만들어낸, 당신이 나한테 갖고 있는 내가 만들어낸 감정이에요."

후회를, 하지 않을 것이라 생각했다. 나를 떠나지 않을 것이다, 계속 그렇게 말하는 그의 제스처에 혹해서, 그만 진실을 내뱉어 버리고 말았다. 내 말을 단번에 부정하는 그의 행동이 내게 후회를 안겨주었다.

그가 이것을 단번에 받아들일 리가 없었다. 그렇다면 내가 한 짓거리에 대해, 그에게 몇 번이나 주입시키며 당신의 감정을 내가 만들어냈다고 내 입으로 말해야 한다는 말인가? 치가 떨리는 잔인함이었다. 문제는 그 잔인함조차 내 손으로 만들었다는 것이지만.

마주쳤던 눈을 다시 피했다. 여전히 나를 향해 깜빡이는 그 눈을 바라볼 자신이 없었다. 손을 빼내려 힘을 줬다. 그에게 붙잡힌 손에 느껴지는 온기가, 내게는 과했다. 더 이상 잡고 있을 용기도, 양심도 없었다.

하지만 그는 빼내려는 내 손을 외려 꽉 붙잡았다. 나는 그의 손을 더 이상 잡을 수가 없는데, 그는 여전히 나를 놓아주지 않았다. 내가 내뱉은 진실은 믿지 않으면서, 그럴 리 없다 생각하고 있을 것이 분명한데. 그러니까, 그는 제 감정을 내가 만들어낸 것

이 아니라고 생각하면서, 여전히 그렇게 생각하면서 나를 놓아주
지 않고 있었다.

손을 빼내려는 나와 꼭 맞잡고 있으려는 디온 사이에 몇 번의
소리 없는 실랑이가 계속되었다. 나는 가까스로 입을 열어 그에게
또 한 번 진실을 토해냈다.

"당신은 나를, 사랑하는 것이, 아니에요."

나는 애써 단어 하나하나를 끊어내어 말을 토해냈다. 그 한마
디 한마디가 힘겨워서, 하지만 그럼에도 내가 전해야 하는 것이
이 진실이라. 심장을 쥐어짜낼 수밖에 없었다. 그래, 그런 진실이
었다. 당신이 내게서 등을 돌려도 나는 이제 옷자락 하나, 당신의
그 무엇도 잡을 수도 없는 그런 것.

눈을 꾹 감고 내뱉은 진실이 후회가 되어 흩어진다. 내 말에 이
어지는 디온의 목소리는 더 이상 없었다. 잠시간 정적이 흘렀다.
그는 생각하고 있었다. 무언가를 고민하고, 제 안에서 가늠해 보
고 있었다. 내 말이 진실인지, 믿어야 하는 것인지 스스로 생각하
고 있는 것이 분명했다.

이내 무언가 결심한 듯 그가 입을 열었다. 여전히 우리의 손은
닿아 있었다. 이 와중에도 그가 나를 떠나가지 않겠다는 그 한마
디를 지키고 있는 것과 같아 이 온기를 어찌해야 할지 알 수가 없
었다. 그가 어떤 마음으로, 어떤 생각으로, 어떤 결론으로 이 손
을 잡고 있는 것인지도 명확히 이해할 수가 없었다.

"벤지가 공작저에 처음 왔을 때, 형님께서 벤지에게 자연스럽
게 대했던 것도, 마치 알고 있던 사이처럼 대했던 것도 만들어낸
기억입니까?"

우리가 동시에 거쳐 왔던 과거에 대한 질문이었다. 그는 제 기

억과 내 기억의 차이를 묻고 있었다. 기억을 바꿨다는 것은, 그 기억에서 파생된 곁가지 기억들까지 바뀌었다고 볼 수 있었다. 그 파생된 과거, 그가 기억하는 자잘한 기억들도 바뀐 것인지, 그가 내게 묻고 있었다.

나는 고개를 저었다. 그가 물어본 것은 내게도 있는 기억이었다. 오르도는 나를 자연스럽게 받아들였고, 디온이 나를 대했던 그 행동에 대해 일절 아무런 의심도 하지 않았었다. 문득 뭔가 위화감이 들었다. 갑작스레 다가오는 기묘한 위화감을 뒤로한 채 나는 짧게 대답했다.

"아니요."

맞잡은 그의 손이, 그의 엄지손가락이 내 손등을 한 번 쓸어내렸다. 한없이 다정하고 따스하고 부드러운 손길이었다. 그는 여전히 올곧은 믿음을 담아 내게 다른 질문을 던졌다.

"제가 육 년 전, 벤지가 황성에 있을 때 종종 벤지를 찾아갔던 것도 만들어낸 기억입니까?"

"……아니요."

대답했다. 마치 그가 원하는 대답을 내뱉고 있는 느낌이었지만, 이것이 진실이었기에 그리 말할 수밖에 없었다. 이제는 내 것이라 봐도 좋을 벤지안스의 기억 속에, 유일하게 자주 찾아왔던 자는 눈앞의 디온, 디르케온 세그다드밖에 없었다. 그는 내 유일한 말벗이었으며, 친구였다.

대답을 하며, 해서는 안 되는 기대가 조금씩 스며든다. 그의 온기에, 희망이 조금씩 한 뼘 한 뼘 다가오고 있었다. 그의 입매가 부드럽게 올라갔다. 입을 열어 또 다른 질문을 던졌다.

"제가 육 년 전, 그 지옥에서 벤지를 안고 있는 벤지의 유모를 도운 것도 만들어낸 기억입니까?"

"……아니요."

아니, 아니었다. 디온이 퇴로를 가르쳐 주었기에 도망칠 수 있었다. 그것이 육 년간 기억을 잃고 유모의 손에 백치로 자라나게 된 시초였다. 내가 지금 살아서 그의 앞에 서 있을 수 있는 이유는 그가 그때 그의 의지로 나를 도와줬기 때문이었다. 그것은 내 기억이었으며, 원작에서도 서술된 사실이었다. 도무지 부정할 수 없는 진실 앞에, 나는 고개를 끄덕일 수밖에 없었다.

내 대답에 디온이 입을 열었다. 여전히 부드러운 어조였고, 부드러운 눈빛이었고, 부드러운 손길이었다.

"그럼 아닙니다."

그는 단호하게 말했다. 내 좋지 않은, 딱히 떠올리고 싶지 않은 과거를 언급함에 한없이 밝은 표정은 아니었지만, 어찌 됐건 그의 얼굴에 지금 걸려 있는 것은 확신에 찬 미소였다. 아닙니다. 그가 부정하는 것은 단 하나였다. 내가 그의 기억을 바꾼 것이 아니라고. 하지만…….

"그럴 리가 없어요. 바뀌지 않았을 리가."

그래. 기억이 바뀌지 않았을 리가 없다. 내가 그의 기억을 바꾼 것이 분명하다. 왜냐면 그래야 했으니까. 나는 원작을 알고 있으니까. 그는 내가 아닌, 2황녀 아델라이네와 이어지는 사이라는 것을 내가 알고 있으니까. 그러니까 내가 지금 생각하고 믿어 의심치 않는 이 사실이 진실이다. 그래야만 했다.

하지만 계속해서 저 깊은 심중에서부터 올라오려 애쓰는 빛이 보였다. 그 빛이 나를 사로잡으려 용을 쓰고 있었다. 디온의 질문에 대답할수록, 그의 말대로 내가 그의 기억을 바꾸지 않았을 수도 있지 않을까 하는 희망이 자꾸만 용솟음쳤다. 그럴 리가 없는데, 그럼에도 계속 내가 그의 기억을 바꾸지 않았다고, 그럴 수도 있다고 그렇게 믿으려 발악을 해대고 있었다.

한 번 커진 희망이, 그 희망에서 기인한 의심이 자꾸 나를 좀먹었다. 나는 원작을 알고 있다. 하지만 그게 왜? 원작과 다른 것은 내가 여기에 와서 몇 번이나 목격하지 않았는가? 그래, 분명 원작과 다르게 진행된 일도 있었다. 하지만 큰 흐름은 변하지 않았다.

혼란스러웠다. 이제는 무엇이 진실인지 알 수 없었다. 시선을 올려 디온을 바라봤다. 나는 혼란스러움에 흔들리는데, 그런 나와 달리 디온은 한없이 단호하고 안정적이었다. 흔들림이라고는 찾아볼 수 없었다. 마치 저는 진실을 알고 있다고 내게 말하는 것만 같았다.

"바뀌지 않았습니다."

"바뀌었, 을 거예요."

나는 더 이상 확신할 수 없었다. 내 스스로가 혼란스러웠다. 바뀌었을 건데. 그런데, 또 아니라고 믿고 싶은 마음이 확신을 내게서 앗아가고 있었다. 말끝이 흐려졌다.

"그렇게 생각하신다면 다시 한 번 제게 이능을 사용해 보시는 것은 어떻습니까?"

내 말에 디온이 가볍게 웃고는 입을 열고 제안을 해왔다. 생각지도 못한 제안이었다.

"네?"

왜 이 생각을 못 했지? 그래, 할 생각조차 하지 못했다. 당연히 그의 기억이 바뀌었을 것이라 확신하고 있었으니까.

디온은 아까, 제일 최선의 방법이 그의 기억을 바꾸는 것이라던 내 말을 기억하고 있었다. 그렇다면 그 최선의 방법을 사용해 보라고. 최선의 방법이 적용된다면, 그만큼 좋은 것이 없을 테니까.

"혹 이미 썼던 이능을 또 사용하면 무리가 가거나 잘못되는 경우가 있는 겁니까?"

내 갑작스러운 반응을 그가 다르게 해석한 모양인지 걱정스러운 표정을 지었다.

"그건 아니에요. 디온의 기억이 바뀌었다면 그저 이능이 통하지 않을 것이고, 디온의 기억이 바뀌지 않은 것이라면 바뀌겠죠. 하지만."

디온의 기억은 바뀌지 않을 거예요. 왜냐면 이미 바뀌었으니까. 하지만 그 말이 차마 입 밖으로 나오지 않았다. 내가 그것을 확신하지 못하고 있기에. 아니, 이제는 오히려 디온의 주장이 맞다고 믿고 싶어져서. 믿으면 안 된다고, 저 꿈 같은 희망을 믿어서는 안 된다고 계속 되뇌면서, 그러면서도 기억이 바뀌지 않았다 주장하는 디온의 말을 믿으려고 용을 쓰고 있었다.

디온은 여전히 내 손을 잡고 있었다. 웃음 역시 그대로였다. 아니, 오히려 훨씬 더 따스하고, 훨씬 더 안정적인 웃음이었다. 그는 이제 확신하고 있었다. 내 손을 잡지 않은 손가락으로 제 머리를 톡톡 쳤다. 기억을 다시 바꿔보라는 뜻이 분명했다.

"그렇다면 다시 한 번 이능을 사용해 보십시오."

안 바뀔 것이다. 그래, 바뀌지 않을 것이다. 쓸데없는 기대를 해서는 안 된다. 나는 진실을 알고 있었고, 그 진실은 디온에게 이능이 적용될 리 없다고 말하고 있었다. 그러니까 괜한 기대를 해서는 안 된다. 기대를 하면, 디온의 말이 맞다고 믿어버리면,

그 이후에 오는 실망감을 나는 견뎌내지 못할 것이다.

하지만, 하지만 그럼에도 나는 도무지 이 기대를 던져 버리지 못했다. 그것이 너무나도 달콤한 희망이라서. 내가 그의 마음을 받아줘도 된다는 일종의 허락일 테니까. 디온의 말이 진실이라면, 내가, 그의 마음을 조작하지 않았을 테니까. 온전히 그의 감정 그대로일 테니까.

기억을, 바꿔도 되는 걸까? 이능을 다시 한 번 사용해 봐도 좋은 걸까? 고민하는 내게 디온이 먼저 질문을 던졌다. 시종일관 확고하고 따스했던 그의 표정에 처음으로 걱정이 담겨 있었다.

"아, 혹 기억을 바꾼다면, 제 안에서 벤지가 사라지는 것입니까?"

그의 눈에는 걱정을 넘어선 두려움이 보였다. 만약 내가 그렇다 답한다면 그는 화를 낼 것이다. 아니, 화를 내는 것으로 끝나지 않을 것이다. 하지만 나는 너무나도 이기적이라서 그에게서 나를 지워낼 수가 없었다. 그의 안에 여전히 내가 있어야 했다. 어떤 형태를 가장하더라도, 그의 안에는 내가 존재해야 했다. 그런 내가 그의 안에서 나를 지워낼 수 있을 리가 없었다.

다시 이능을 사용한다면, 내 목표가 황위인 것처럼 그의 기억을 바꿀 예정이었다. 그것이 디온을 잃지 않으면서도 황제의 눈을 속일 수 있는, 내가 생각해 낸, 제일 이상적인 방법이었다. 순간 다행이라는 생각이 들었다. 다행이다, 지금 그에게 거짓을 말하지 않아도 되어서.

"아니요. 그건 아니에요. 그냥 내 목표에 대한 것만 바뀌게 되는 거예요."

"벤지의 목표가 복수였다는 기억이 사라지게 되는 것입니까?"

"네."

나는 고개를 끄덕였다.

"그렇다면 제가 벤지의 목표인 복수에 대해 했던 모든 말들이, 목적이 바뀐 채 제 머릿속에 다르게 기억되는 것입니까?"

"네, 맞아요."

그리고 그는 이 대화에서 이능이 어떻게 작용하는지 정확히 파악하고 있었다. 그래, 그의 안에서 나의 행동의 이유는 복수에서 황위로 바뀔 것이다.

"기억이 바뀌기 전에 묻고 싶은 것이 있습니다."

고개를 끄덕였다. 우리는 어느새 그의 기억이 바뀐다는 전제하에 이야기하고 있었다. 그럴 리가 없는데, 바뀌지 않을 것처럼 깊게 뿌리내린 전제는 이미 바뀌어 있었다.

"복수에 성공하면 어떻게 하실 생각이십니까?"

예상외의 질문이었다. 디온이 복수 이후의 일을 언급할 줄은 꿈에도 몰랐다. 잠시 생각했다. 복수가 끝난 후. 아무런 것도 생각나지 않았다. 복수에 성공한 후, 내가 그려낸 미래는 암흑이었다. 그 이후의 미래는 내게 어떠한 고려사항도 되지 않았으니까.

"계획은 없어요."

"허무하지 않겠습니까?"

디온의 질문에 잠시 고민했다. 허무할까? 그것도 모르겠다. 그저 내 손으로 복수를 할 때의 그 짜릿한 쾌감만을 염두에 두고 있었으니.

"그것도 모르겠네요. 나는 목적만 뒀을 뿐이지 그 이후의 일은 생각하지 않았거든요."

"그렇다면, 벤지의 목적이 성공한 이후에는, 다른 목적을 찾을 때까지 제 곁에 있어주실 수 있겠습니까?"

예상치도 못한 한마디였다. 그것은 내가 그에게 할 말이지, 그가 내게 할 말이 아니었다. 그는 내게 복수의 뒤를 묻고, 그 후를 걱정하고, 내게 새로운 삶의 목표를 주려 하고 있었다. 제 곁이라는, 그와 함께하는 삶이라는 목적. 내게 과분한, 그의 사랑이라는 자리에 대해 그는 내게 허락을 구하고 있었다. 나도 모르게 고개를 끄덕이려다가, 순간적으로 멈칫했다. 만약 기억이 바뀌지 않는다면, 그렇다면 나는 어떤 자격으로 그의 곁에 설 수 있다는 말인지.

"하지만, 저는 그럴 자격이 없는걸요."

내 대답에 디온의 얼굴에 쓴 미소가 스쳐 지나갔다. 그가 잠시 말을 고르더니 다시 입을 열었다.

"만약 지금 벤지의 이능이 제게 적용된다면, 그때는 허락해 주실 겁니까?"

내용을 바꾼 그의 제안은 내가 거절할 수 없는 것이었다. 나는 고개를 끄덕였다. 그렇다면, 내가 그의 기억을 바꾼 것이 아니라면, 나를 향한 그의 연정을 내가 만들어낸 것이 아니라면. 그렇다면 나도 그의 곁에 서도 되지 않을까? 그 욕심이 고개를 쳐들고 올라왔다. 그 욕심을 이기지 못해 고개를 끄덕이고 말았다.

내 긍정에 디온은 웃어 보였다. 그를 만난 후로, 제일 밝은 웃음이었다. 제일 화사하고, 싱그러운 미소였다. 푸르고 청아한 그의 녹안이 화사하게 빛나며 빛을 담아낸다. 그의 얼굴에서 행복이 보였다.

내가, 당신한테 그렇게까지 큰 존재가 될 수 있나? 나 따위가? 내 존재에 대해 스스로 부정하면서도, 그의 사랑을 받아도 되지 않겠냐고, 저 깊은 곳에서 또 하나의 내가 속삭였다. 받으라고, 그래도 된다고. 이제껏 그 누구의 사랑도 온전히 받아본 적 없지 않느냐고. 내 안에서 들려오는 수없이 많은 목소리와, 욕심이 속삭이는 안일함에 나는 재차 고개를 끄덕이고 말았다.

"됐습니다. 이제 제게 이능을 사용해 보십시오."

허락이 떨어졌다. 나는 그의 눈을 마주했다. 그에게 또다시 사용하는 기억의 편집. 그의 따스한 녹안을 마주한 채 생각했다.

'내가 지금껏 당신과 한 모든 일은 황제의 자리에 오르기 위함이다.'

생각이 끝났다. 눈을 감았다가 떴다. 나는 디온의 기억이 어떤 방향으로 바뀔 것인지 그에게 얘기한 적이 없었다. 그렇기에 그는 제 기억이 어떻게 바뀔 것인지 알지 못한다.

나는 그와 눈을 마주하며 물었다. 그의 기억을 읽어도 되지만, 그러고 싶지는 않았다. 그의 입으로, 확인받고 싶었다.

"제가 당신을 찾아내고, 공작저에 머물고, 황성에 돌아온 이유가 뭐죠?"

디온이 입을 여는 순간이 너무나도 느리게 느껴졌다. 기억이 바뀌었을까? 바뀌지 않았을까? 긴장감이 온몸을 옥죄었다. 마침내 그의 입이 열렸다. 마주하고 싶지 않으면서도, 알고 싶던 진실이 그의 입에서 떨어져 나왔다.

"황좌에 오르기 위해서. 그리고 저는 그런 당신을 보좌하고."

그가 한 발 다가왔다.

"당신의 곁에 서기 위해서, 이렇게 같이 있는 겁니다."

"바뀌었어."

신음처럼 흘러나왔다. 기억이, 바뀌었다. 이능이 통했다. 이능은 한 사람에 단 한 번뿐. 그런데…… 통했다. 혼란이 왔다가 사라지고, 환희와 감격과, 말로 형용할 수 없는 감정들이 휘몰아쳤다.

기억이 바뀌었다. 나는, 나는 이전에 디온의 기억을 바꾸지 않았다.

언제나 나를 옥죄던, 디온을 향한 죄책감에서 해방되는 순간이었다. 다리에 힘이 풀렸다. 주저앉을 뻔한 나를 그가 받아냈다. 어느새 나는 그의 품에 안겨 있었다.

나는 고개를 들어 그를 바라봤다. 내 눈이 그의 모습을 온전히 담아내지 못했다. 시야가 흐렸다. 모든 것이 내 의지가 아니었다. 다리가 풀리는 것도, 그를 보고 있는 내 눈에서 눈물이 흐르는 것도.

마음이 벅차서, 정말 그의 말이 진실이라서. 내가 그의 기억을 바꾸지 않아서. 그렇다면 원작은? 아니, 그렇다면 언제부터? 모든 것이 혼란스러웠다. 하지만 그러면서도 관통하는 한 가지 진실이, 그가 나를 사랑하도록 바꾼 것이 아니라는 그 진실이 너무나도 달콤해서 나는 그의 손길을 받아들이고 있었다.

가만히 나를 보던 그가 고개를 숙였다. 눈가에 따스한 입술이 닿았다 떨어졌다.

"울지 마십시오."

"하지만, 나는, 내가, 디온이 나를."

흐릿한 시야에 잡힌 디온의 입가에는 여전히 미소가 머물러 있었다. 부드럽게 휘어진 녹안이 그리도 따스해 보일 수가 없었다.

"내가, 당신의, 디온의 기억을, 당신이 나를 사랑하도록 바꾼 것을 들키면, 알게 되면, 당신이 떠날까 봐. 영영, 내 곁을 떠날까 봐. 내 옆에 디온이 없는 건 도무지 상상할 수가 없어서."

그동안 꾹꾹 참아놨던 말이 단어가 되어 툭툭 튀어나왔다. 드디어 풀린 단어들이, 그렇게 나왔다. 그것이 어떤 의미를 만들어내는지 자각하지도 못한 채. 나는 말을 끝맺지 못했다. 흐려진 시야에 어느새 다가온, 녹안이 보였다. 부드럽고 따뜻한 것이 입술에 내려앉았다. 방금 전, 눈에 닿았던 입술이, 몇 번이나 손등에 닿았던 입술이, 내 입술에 닿아 있었다. 짧게 내려앉았다가 떨어지는 그 따스함이, 부드러움이 아쉬웠다. 한없이 찰나와도 같아서 아쉬웠다.

감았다 뜬 시야에 담긴 그가 너무나도 가까웠다. 심장이 두근거렸다. 조금 전까지 차게 식었던 손끝이, 이제는 그 열을 감당하지 못할 만큼 심장이 쿵쿵, 요동쳤다. 가까이 다가온 그의 눈에는, 내가 담겨 있었다. 그는 시야에 온통 나만을 담고 있었다.

"싫으시면, 제지하십시오."

올곧게 나만을 눈에 담은 채, 그가 내게 허락을 구했다. 거부감. 언제나 남자에게 갖고 있던 거부감이 그에게는 들지 않았다. 아쉬웠다. 더 닿지 못해 아쉬울 뿐이었다. 그의 말에 나는 고개를 저었다. 한순간에 그가 다가왔다.

이곳에서 처음으로 허락하는 낯선 이의 침범이었다. 이렇게 다가오는 행동 하나하나에 부드러움이 담긴 적은 처음이라, 그것이 벅차올랐다. 부드럽게 혀를 감아올렸다가, 다시 옭아맨다. 시간이 얼마나 지났는지도 알 수 없었다. 부드러우면서도, 격렬히 원하는 그의 행동이 다다달았다. 깊은 입맞춤을 끝내고 마지막을 고하듯 짧게 아랫입술을 빨아들이고는 놓았다. 그 눈빛에, 나는 빨려들어 가듯이 그저 그를 바라보고 있을 수밖에 없었다.

그가 웃는다. 온화한 미소. 나에게만 보여주는 미소. 그가 다시 한 번, 가볍게 내 입술에 닿았다가, 떨어졌다.

"사랑합니다."

다시 한 번, 입술에 다가왔다가 떨어져 나가는 부드러움이었다.

"목적을 이룬 후에도, 곁을 허락해 주셔서, 감사합니다."

내가 할 인사를 그가 내게 전한다. 아아, 이제야 깨달았다. 그가 복수가 성공한 후가 아닌, 목적이 성공한 후에, 제 곁에 있을 것을 요구한 것을.

그는, 기억이 바뀐 후에도, 그 기억을 온전히 갖고 있을 방법을 찾아낸 것이었다. 시야가 다시 흐려진다. 내가 받기엔 너무나 과한 사랑이었다. 나는 고개를 끄덕였다. 일정하지 않은 목소리로, 나도 그에게 말해야 했다.

"사랑해요."

내 마음을.

"계속, 곁에 있어줘요, 디온."

지옥과 같던 시간이 끝났다. 그리고 그 끝을 채우는 것은 생전 처음 느껴보는 달콤함이었다. 나는 절대 받을 수 없을 것이라 생각했던 맹목적인 그의 감정을 느꼈다. 순전히, 그의 자의로 만들어낸 감정을 받았다. 내가 타인에게 주는 것이 아닌, 타인이 내게 주는 감정이었다.

북받쳐 오르는 감정에 나도 모르게 눈물이 흘렀다. 그것을 디온이 달래고, 닦아주었고, 다시 한 번 끝없는 그의 감정을 보여줬다. 그것을 내가 받아도 되는지 몇 번이나 의심하면서도, 나는 받아들이고 받아들였다.

그러면서 내 속에서 스멀스멀 두려움이 올라왔다. 의심? 두려움? 불확신? 어느 것이라 단언할 수 없었다. 그 모든 것을 포함한 불안이었다. 내 운명에 대한 불안. 다시금 내 안에서 점점 커지는 그 불안이, 내가 그에게 하지 않겠다고 다짐했던 행동을 하게 만들었다. 이내 나는 그의 눈을 바라보고, 기억을 읽었다.

그 불안이 확신으로 바뀌고, 나는 쾌감에 젖었다. 그의 기억은 온전했다. 그의 기억 속에서 내 목표는 황좌였다. 그는 나를 보좌할 것이라 내게 맹세했고, 모든 것은 내가 황좌를 손에 넣는 것, 그 목표를 중심으로 돌아가고 있었다.

나는 그의 기억을 바꾼 것이 아니었다. 그는 내 이능 때문에 나를 사랑하는 것이 아니었다. 처음부터 그러했던 것이다.

혼란스러웠다. 원작은? 내가 알고 있던 사실은? 만약 내가 그의 기억을 바꾸기 전부터 그가 나를 사랑하고 있던 것이라면, 그렇다면 그와 2황녀와의 관계는 어떻게 되는 것인가?

쾌감이 순식간에 사라졌다. 동시에 근거 없는 불안함이 기저에서 밀려 올라왔다. 오르도의 죽음. 죽지 않았을 수도 있는 자의 죽음이었다. 마치 원래 죽을 운명이었다는 듯. 그것이 뼈에 사무치도록 불안했다. 그것이 원작의 강제성이라면. 그렇다면, 그 강제성이 원작의 주인공인 디온에게 적용되지 않으리라는 보장은 어디 있다는 것인지. 만약 운명이라는 것이 존재하고, 원작의 내용이 그 운명이라면, 결국에는 디온 역시 2황녀와 이어지지 않을까? 내가 어떻게 발버둥을 치더라도?

불안함과 동시에 또다시 자괴감이 밀려왔다. 나는, 여전히 무엇 하나 믿지 못하는구나. 나는 그의 맹목적인 성향을 믿고 그의 안에 나를 넣겠다고 다짐했다. 그리고 그를 내 손안에서 주무르려 했다. 원작에서 언급된 성격을 믿고 행한 일인데, 바로 그 원작의 서술 때문에 그를 믿지 못하게 되었다.

"불안해하지 마십시오."

디온이 나를 제 품으로 끌어당기며 단호한 어투로 속삭였다. 그 목소리에서 뿌리 깊은 믿음이 묻어 나왔다. 믿을 수밖에 없는, 믿고 싶은 그의 말을 가슴에 새기며 나는 고개를 끄덕였다.

"영원히, 당신이 숨을 쉬고 있는 한, 저는 당신 곁에 있겠습니다. 어떤 상황에서든 벤지안스 D. 마블라 소르트, 당신만을 위해 움직이겠습니다."

충성을 바치는 서약이자, 제 마음을 바치는 고백이었다. 깃털 같은 가벼움이 입술을 스쳐 지나갔다. 시종이 밖에서 계승식 시각이 다 됐음을 알려왔다. 둘만의 시간은 잠시 접어둘 때였다. 그의 따뜻함이 이마에 잠시 머물렀다가 사라졌다.

"곧, 공작이 되어 전하를, 벤지를 모시겠습니다."

디온이 제국의 공작이 될 시간이었다.

⚜

작위 계승식은 복잡하면서도 간단한 의식이었다. 가문의 문양이 새겨진 의복을 입고 단상에 오른다. 그러면 그의 친족이나 그보다 더 높은 지위의 자가 가문의 문양이 새겨진 휘장을 왼쪽 가슴에 달아준다. 보통은 전대 공작, 전대 공작이 없다면 뒤를 이을 후계가 행하는 의식이지만 그에게는 아무도 없었다. 그래서 그의 옷에 달아줄 조그마한 금속 휘장은 내 손에 있었다.

새삼 내가 그의 계승식에 온 것이 다행이라는 생각이 들었다. 내가 아니었다면 황족들 중 누구도 여기에 오지 않았을 것이다.

그렇다면 아마 신전에 신관을 보내달라 청했을 것이다. 그것보다는 황녀, 그것도 후계의 자격을 가진 1황녀가 그 의식을 행하는 것이 보기에도, 사람들의 머릿속에 공작의 지위를 세우기에도 좋았다.

시종이 내 앞을 가로막고 있던 무거운 문을 열어젖혔다. 끼이익, 묵직한 소리를 내며 문이 열렸다. 문틈 사이로 내부의 모습이 시야에 들어왔다.

나는 그에게 공작위 계승을 증명해 주기 위해 참석한 자였다. 누구도 곁에 두지 않고 혼자 입장해야 했다. 동시에 1황녀로서 처음 사람들 앞에 서는 자리였다.

문 틈새로 새어 나오던 소음이 잦아들고, 육중한 문이 그 팔을 활짝 벌렸다. 나는 그 안으로 걸음을 옮겼다. 붉은 벨벳 카펫 양옆으로 선 귀족들이 보였다. 한 걸음씩 발을 내디딜 때마다 쏟아지는 시선들이 나를 옭아맸다. 호의와 악의가 뒤섞인, 온갖 감정이 담긴 시선이 내게 닿았다가 사라졌다.

공작파의 호의 어린 시선, 반공작파이자 1황자파의 적의 어린 시선. 그들은 나를 관찰이라도 하듯 훑었다가 내딛는 걸음걸이에 시선을 내렸다. 결국에 저보다 높은 자에게 조아리는 머리였다.

모두의 시선 한가운데에서 나는 담담하게 걸음을 옮겼다. 그들의 태도에 별다른 생각이 들지 않았다. 어차피 내 것이 아니었고, 내 것이 될 일도 없었다. 황좌는 내가 가질 것이 아니니. 그저 내 목표를 위해 잠시 거쳐 가는, 조금은 성가신 것들일 뿐이다.

무거운 구두가 바닥에 깔린 천과 부딪쳐 둔탁한 소리를 자아냈다. 장내에는 크지 않은 구두 소리만이 울려 퍼졌다. 붉은 카펫 위를 걸어 맨 앞, 단상에 다다랐다. 단상에 올라 그 위에 있어야 할 자를 찾았다. 귀족들은 이제 허리를 펴고 있었다. 그들의 시선 역시 있어야 할 자를 찾고 있었다. 대귀족의 승계를 축복하기 위해 대신전에서 보낸 신녀가 있어야 했다. 하지만 그 신녀가 보이지 않았다.

예외적으로 계승식의 주인공인 디온을 제외하고는, 이곳에 나보다 늦게 도착할 수 있는 자는 없었다. 내가 올 때까지 도착하지 않았다는 말은, 믿고 싶지 않지만 대신전의 신녀가 디온의 계승식에 올 수 없다는 뜻이었다.

초조해지기 시작했다. 공작의 계승식이다. 그런데 대신전에서 축복할 자가 오지 않았다. 그것은 상당히 심각한 이야기였다. 장내에 침묵하던 귀족들이 낮게 술렁이기 시작했다. 그럴 수밖에 없었다. 전례에 없던 일이었다. 나는 애써 담담함을 가장하며 초조함을 감췄다. 속으로 간절히 바랐다. 늦어도 좋으니, 부디 디온이 입장하기 전에 신녀가 오기를.

그때였다. 육중한 문이 열리는 소리가 들려왔다. 모두의 촉각이 그곳에 집중된 것이 느껴졌다. 디온인가, 아니면 늦게라도 도착한 신녀인가? 후자이길 바랐지만 전자일 가능성이 컸다. 그렇게 생각하며 홀의 입구를 주시했다.

안으로 걸어 들어오는 자의 모습이 보인 순간, 홀 안은 정적에 휩싸였다. 잠시간 그들 머릿속에 인지한 자가 맞는지 가늠하기라도 하듯, 걸어 들어오는 자에게 시선이 집중되었다. 그리고 이내 그 정체를 확신한 모양인지, 들어오는 자를 바라보는 귀족들은 입을 다물지 못했다. 심지어 몇몇은 눈을 몇 번이나 감았다 떴다. 나 역시 마찬가지였다.

바닥에 깔린 붉은 카펫 위를 한 명의 여성이 걸어 나왔다. 백색의 머리카락과 백색의 신복이 카펫 위에서 존재감을 드러내고 있었다. 그녀는 푸른색과 녹색이 오묘하게 섞인, 깊은 숲속의 호수를 연상시키는 청안을 감았다가 떴다.

고작 한 번 봤지만 잊혀지지 않을 만큼 강렬한 인상을 가진 여자였다. 대신전 견학 때 지성소에서 마주했던 대신관이 귀족 사이를 가로질러 단상을 향해 오고 있었다.

한 걸음 한 걸음 내딛는 그녀를 향해 귀족들이 기도를 올렸다. 황족인 내게 보이던 경의와는 사뭇 다른 모습이었다. 눈을 감고 손을 모아 기도를 올리는 그들과 달리, 나는 눈을 홉뜨고 그녀를 빤히 바라봤다.

대신관이 어째서 이 자리에? 이 세계에는 여신이 존재한다. 나는 그 존재를 믿지만 그녀를 믿지는 않는다. 여신이 도대체 무엇을 꾸미고, 어떤 일을 예견하고 지시하는지 알 수가 없었다. 원작의 내용을 어느 정도 인지하고 있음에도, 여신의 행보에 대해서는 단 하나도 알 수가 없었다.

대신관이 내게 가까이 다가왔다. 그녀의 손에는 금으로 장식된 크리스털 성배가 들려 있었다. 그 안에는 계승식에 사용될 성수가 들어 있겠지.

대신관이 내가 서 있는 단상 위로 올라오고, 귀족들의 기도가 끝났다. 홀 아래에서는 미세한 웅성거림이 퍼지기 시작했다.

전례에 없던 일이었다. 신녀가 도착하지 않는 것도 전례에 없던 일이지만, 대신관이 귀족의 계승식에 참석한 경우는 역사서에서 찾아봐도 없던 일이었다. 대신관은 황제의 즉위식, 혹은 여신이 정한 황태자 즉위식에 가끔 참석한다. 그때가 아니고서는 황제라 하더라도 쉽게 만날 수 없는 자가 그녀였다. 황족은 말할 것도 없거니와 귀족들에게는 더더욱 마주하기도 어려운 존재였다. 그런 존재가 공작의 계승식에 나타났다.

원작에서도 그랬었나? 기억이 나지 않았다. 공작의 계승식에 대한 부분은 대충 읽고 넘겨서 잘 기억이 나지 않았다.

내 옆에 나란히 선 그녀에게 시선을 향했다. 대신관의 청안이 오묘한 푸르름을 빛내며 사르르 휘어졌다.

"오랜만이에요, 여신의 사랑을 받은 자여."

"언제나 와 닿지도 않은 인사 감사하네요."

여신에 관련된 자가 던지는 인사가 상당히 불쾌했다. 디온 덕분에 하늘 위를 걷는 것 같았던 기분이 순식간에 부서졌다.

신녀, 대신관, 여신과 관련된 자들을 만나서 말 같지도 않은 인사를 들으면 항상 기분이 잡치고는 했다. 축복, 사랑. 내게 맞지 않은 단어들이 나를 불쾌하게 만들었다. 나는 그 기분을 숨기지 않았다.

"여신의 사랑이 도대체 무어라고, 그 사랑을 받아봤자 내게 무엇이 좋은지 하나도 알 수도 없고 말이에요."

"많은 것을 바꿀 수가 없었어요."

숨기지 않고 내비친 공격적인 어조에 대신관이 쓰게 웃었다. 그 쓴웃음에 덧붙인 말은 처음으로 듣는 말이었다.

"무슨 말이죠?"

"말 그대로예요. 많은 것을 바꿀 수가 없었어요. 뿌리를 뒤흔들 수가 없어요. 덧붙여 지금 바꾸면, 꼭 필요한 곳에서 바꿀 수가 없어요."

"지금 그 말은 무슨 일이 일어날지, 무엇이 필요할지, 전부 알고 있다는……."

처음 듣는 말이었다. 대신관은 무언가를 말하려 하고 있었다. 그 말을 들어야 할 것 같았다. 하지만 타이밍이 좋지 않았다. 문이 열리고 디온이 들어왔다. 주인공의 등장이었다. 그의 등장이 반가우면서도 동시에 조금 더 늦게 들어왔으면 싶은 마음이 들었다.

양쪽으로 늘어선 귀족들의 한가운데로 디온이 걸어 들어오고 있었다. 우리는 시선을 앞으로 향했다. 계승식의 주인공이 나타났는데 그를 보지 않는 것은 예의가 아니었다. 단상을 향해 걸어오는 그를 보며 대신관이 말했다.

"얼마 남지 않았어요."

무표정의 디온이 조금씩 가까워졌다. 그가 단상에 다다르면, 시종들이 단상 위로 올라올 것이고 대신관이 내게 전하려는 말은 끊길 것이 분명했다. 지금 이 순간만큼은, 디온이 가까이 오지 않았으면, 하는 생각이 들었다.

"모든 것은 벤지안스, 전하께서 원한 거예요."

"내가 원한 것? 아니, 난 원하지 않았어요."

지성소에서도 대신관은 내게 말했었다. 이것 역시 그대가 원했던 것이라고. 하지만 나는 원한 적이 없었다. 이 책 속에 들어오는 것을 원한 적조차 없었다. 이곳에서 디온, 내 삶의 구원자를 만나긴 했지만, 근원적으로 따져 보자면, 그것이 내가 원한 것은 아니었다.

나는 원한 적이 없다. 하지만 그녀는 이전부터 계속해서 내게 말하고 있었다. 내가 원해서 그리된 것이라고. 그녀는 내가 이세계에서 왔다는 것을 알고 있었다. 순간, 퍼뜩 드는 생각에 나도 모르게 옆을 바라봤다. 벤지안스. 그래, 엄밀히 따지자면 나는 벤지안스가 아니지.

"내가 아니라……."

아, 지금 디온에게서 시선을 돌려서는 안 된다. 다시 시선을 앞으로 향했다. 디온을 보고 있지만 옆이 그렇게 신경이 쓰일 수가 없었다. 디온은 어느새 지척이었다. 우리가 대화할 시간이 끝나가고 있었다.

"모든 것은 당신의 행복을 위해서."

대신관의 말이 멈췄다. 디온이 단상으로 올랐다.

"당신의……."

놓친 말이 무엇인지 들으려고 고개를 돌렸을 때 대신관은 이미 입을 다문 채 앞을 바라보고 있었다. 시선이 흩어졌다. 나와 대신관 사이로 시종이 움직이며 이것저것을 빠르게 준비해 갔다. 대신관을 향한 내 시선은 그녀에게 닿지 못했다. 그녀의 시선 역시 내게 닿지 못했다. 그녀의 시선이 나를 향하고 있었는지조차 지금은 알 수가 없었다. 대신관이 내게 하려던 말이 뭔지 생각해 내려 애써보았다. 하지만 애초에 듣지 못한 말이라 아무것도 떠오르지 않았다.

붉은색 카펫을 밟고 단상에 오른 디온이 나와 대신관 앞에 섰다. 고개를 숙였다 다시 든 디온의 시선이 대신관을 향했다. 그 역시 대신관의 등장을 예상하지 못한 모양인지 살짝 표정을 굳혔다가, 다시 나를 바라보고는 그 표정이 풀어진다. 금세 눈동자에 도는 온기가 이상하게 심장을 간질여 잠시 그의 시선을 비껴냈다.

나와 대신관 사이, 그 앞에 선 디온의 등에 망토가 둘러졌다. 짙은 푸른색 천에 은사로 수놓은 세그다드가의 문양이 샹들리에 빛을 받아 제 위용을 뽐내었다. 화려한 세그다드가의 홀 안에, 다른 어느 귀족보다 높은 곳에 자리한 디온이, 지금 어떤 존재가 되는지 명백하게 보여주고 있었다.

나는 왼손에 들고 있던 세그다드가를 상징하는 은빛 휘장을 그의 가슴에 달아주며 내가 해야 할 말을 건넸다.

"나, 소르트의 핏줄을 이은 자, 후계의 자격을 갖춘 1황녀 벤지안스 D. 마블라 소르트는 지금 이 자리에서 디르케온 세그다드가 세그다드의 정통성을 잇는 가주가 되었음을 인정하는 바이다."

제복에 새겨진 은색 자수 위를 휘장으로 덮었다. 드디어 디온이 공작이 됐다. 디르케온 세그다드 공작.

문득 불안감이 스쳐 지나갔다. 결국, 원작대로 되었다. 원작을 비틀어야 하는데, 원작대로, 마치 순리라는 양 이어지고 있었다. 나는 불안함을 애써 숨겼다. 많은 사람들이 보고 있는 순간이다. 디온의 공작위 계승식에서 좋지 않은 감정을 티 내서 좋을 것은 하나도 없었다.

그가 몸을 비껴 틀었다. 이제는 대신관의 차례였다.

대신관은 나를 한 번 바라보고는 가볍게 미소 지었다. 그 미소 속에는 일전에 내게 향했던, 어찌 말할 수 없는 속죄가 담겨 있었다. 그것도 찰나, 대신관은 고개를 돌려 디온에게 향했다.

그녀가 크리스털 성배 안의 성수를 손에 찍어냈다. 성수를 보는 것은 처음이었다. 찰랑이는 액체에 반사되는 빛이 오로라 같았다. 대신관은 성수를 묻힌 손가락을 디온의 이마에 가로로 한 획 그어내었다. 왼 손등 위에 점 하나, 오른 손등 위에 점 하나. 신기하게도 그 액체는 피부 위에서 은은하면서도 오묘한 빛을 뿜어냈다.

"여신의 대리자, 여신에 제일 가까운 자, 나, 바인이 디르케온 세그다드가 세그다드가의 기둥이 되었음을 축복합니다. 그대의 명성이, 번영이, 굳건함이, 더불어 치세가 태양과 달, 토지, 만물의 축복을 받게 될 것을 대리자의 이름으로 약속합니다."

대신관의 축복과 함께 디온의 이마, 손등에 맺혀 있던 성수가 사라졌다. 아니, 정확히 말하자면 디온에게 스며들었다. 신기하면서도 신성한 장면이었다.

귀족들의 웅성거림이 순식간에 홀을 가득 메웠다. 그들도 공작의 계승식이 처음인가 싶었지만 그럴 리가 없었다. 아직 식이 끝나지 않은 상태인지라 다들 작게 웅성대고 있었지만, 작은 소리들이 모여 홀을 소란스럽게 만들었다. 나는 모르지만 이 계승식에 문제가 있는 게 분명했다.

그것은 디온의 표정을 살폈을 때 더 확신이 들었다. 내가 모르는 뭔가가 있는 것이 분명했다. 디온의 표정이 눈에 띄게 흔들렸다. 그는 해명을 요구하는 눈빛으로 대신관을 바라보고 있었다.

"바인이시여, 착각하신 것이 아닙니까?"

디온이 크게 뜬 눈으로 대신관에게 속삭이듯 물었다. 뭔가 단단히 잘못된 것이 틀림없었다. 하지만 디온의 얼굴에 떠오른 표정이 불쾌와는 거리가 먼 것이라 저주라든가, 어찌 됐든 나쁜 것은 아니라고 추측되었다. 하지만, 뭔가 이상한 것은 틀림없었다.

"어떠한 착각도 없답니다. 대리자는 여신님의 뜻을 행할 뿐입니다."

대신관이 웃으며 덧붙였다. 그녀의 대답 역시 작아, 단상 위에 있는 사람이 아니라면 채 알아듣지 못할 말이었다. 지금 상황은 여신의 입장에선 아무런 문제가 없다. 하지만 장내는 아까 대신관이 등장할 때와는 비교도 되지 않을 정도로 혼란에 빠져 있었다. 그것은 디온도 마찬가지였다.

"무슨 문제라도 있어요?"

나 역시 작게 속삭였다. 모두의 시선이 우리에게 향해 있었다. 굳이 이 대화를 그들에게 들리게 하고 싶지 않았다. 내 질문에 그가 난처하게 웃으며 답했다.

"아닙니다. 그저, 조금 과한 축복 인사라 그랬습니다. 하지만 생각해 보니 지성소에 출입한 적 있는 벤지 덕에 이런 큰 축복을 들은 것 같습니다."

디온은 무언가 마음을 다잡은 모양인지 별것 아니라는 어투로 함축했다. 하지만, 여전히 그의 눈에 남아 있는 미세한 혼란이, 이것이 사소한 일이 아니라는 것을 알려주었다. 홀 안의 소란은 조금 잠잠해졌지만 그럼에도 여전히 안정되지 못한 분위기가 홀 내를 맴돌았다. 아무리 생각해도 사소한 일이 아니었다.

"조금만 더 설명해 줄 수 없어요?"

"방금 전의 축복은……."

그 순간, 갑작스러운 빛이 우리 두 사람의 머리 위로 쏟아졌다. 창에서 새어 들어온 빛도 아니었으며, 샹들리에의 빛 역시 아니었다. 무한한 색이 담겨 있되, 어떠한 색도 담겨 있지 않은, 말로 설명할 수 없는 빛이 나와 디온을 휘감았다.

장막과도 같은 빛이 시야를 가렸다. 이 빛, 어디서 본 듯 익숙했다. 순간적으로 대신관이 손에 들고 있는 크리스털 잔으로 시선을 돌렸다. 저 안에 들어 있던 성수가 그런 빛을 내고 있었다. 나는 한참 동안 그 빛을 바라봤다. 그리고 그 빛은 순식간에 사라졌다. 나와 디온의 눈이 마주쳤다. 그 역시 당황한 기색이 역력했다. 이것은 어떤 빛이며, 어떤 의미인 걸까?

"무슨."

"······입니다."

디온이 읊조리듯 소리를 낮춰 한 말을 듣지 못했다. 그의 시선은 여전히 앞을 향하고 있었다. 이제는 사라진, 우리 둘을 휘감고 지나간 빛의 궤적을 좇고 있었다.

"디온, 잘 안 들렸어요."

내 말에 그제야 정신을 차린 디온이 나를 바라보았다. 그의 눈에는 아까 대신관의 축복을 받을 때와는 비교도 되지 않을 커다란 혼란이 자리하고 있었다. 디온은 가까스로 평정심을 유지하고 있는 듯 보였다. 단상 아래는 이제 침묵이 내려앉아 있었다. 혼란을 넘어선 경악의 고요였다.

"고작 공작가에서 받으면 안 되는 축복입니다."

고작. 디온이 고작이라 말했다. 하지만 공작가는 고작이라는 수식어가 붙을 곳이 아니었다. 그렇다면 이 축복은 공작가보다 더 높은, 황가에 내려지는 축복이라는 말이었다.

"황가가 받을 수 있는 축복인가요?"

"아까 바인께서 제게 성수로 내렸던 축복은 그렇습니다. 그것도 과분했지만 옆에 여신의 축복을 받은 벤지가 있어서 그렇다고 생각했습니다만······, 지금 이 빛의 축복은 황가조차도 자주 받는 축복이 아닙니다."

의아함이 들었다. 공작가가 받을 축복이 아니라면 황가가 받을 수 있는 축복이라 생각했다. 하지만 신비로운 빛은 황가 전부에게 내려지는 것도 아닌 모양이었다. 이제야 귀족들이 경악에 잠겨 침묵한 이유를 알 것 같았다.

도대체, 어떤 의도지? 대신관이 직접 행차한 것도 이례적인 일이다. 그런데 그에 더불어 황가에도 자주 내려지지 않는 축복이 지금 내려졌다. 무엇을 의미하는가? 이것이 과연 좋은 것인가? 여신은 세그다드가에 무엇을 계획하는가?

애초에 여신에게 신뢰란 없었다. 그 믿을 수 없는 계획이 나를 떠나 디온에게까지 향하고 있다는 생각이 들었다. 불안함과 불쾌함이 동시에 밀려왔다. 나는 대신관을 보았다. 나와 마주친 그녀의 눈은 그저 잠잠할 뿐이었다. 그저 이것이 그녀의 할 일이었다는 듯.

대신관의 축복으로 디온의 작위 계승식의 공식적인 절차는 끝난 상태였다. 대신관은 더 이상 입을 열지 않았다. 오늘 그녀가 할 일은 이것이었다는 듯, 입을 다물었다.

계승식은 무사히 끝났지만 뒷맛이 깔끔하지 못했다. 알지 못한 것들이 여신이라는 이름 아래 행해졌다. 이 일들이 원작에서도 서술됐던 것인지조차 알 수 없는 이 상황이 정말 마음에 들지 않았다. 무엇을 말하고자 하는지 알 수 있는 것이 하나도 없었다.

"여신과 반대되는 어둠을 발견한다면, 그리고 그 어둠을 막아야 한다는 확신이 생긴다면 꼭 찾아오세요."

대신관이었다. 그녀의 시선은 나를, 그리고 내 뒤의 무언가를 바라보고 있었다.

"그때입니다. 모든 것에 다가갈 날은 당신이 직접 제가 있는 곳으로 찾아올 때입니다."

해답인지 문제인지 알 수 없었다. 대답을 들으려 한 말은 아닌 모양인지, 대신관은 그대로 뒤로 한 발 물러났다. 의식이 끝났음을 알리는 행동이었다.

대신관이 한 발 뒤로 물러남과 동시에 디온은 나를 향해 섰다. 그가 내 앞에 한쪽 무릎을 꿇으며 충신의 예를 보였다. 그리곤 내 한쪽 손을 잡아끌어 손등 위에 조심스레 키스를 했다.

모두의 시선이 이쪽으로 향한 것이 느껴졌다. 계승식은 끝났고, 디온이 지금 하는 행동은 공식 절차가 아니었다. 아무리 내가 황가의 핏줄이라고는 하나, 이런 행동을 할 필요는 없었다. 그렇기에 나는 조금 복잡한 마음으로 그를 바라보았다. 이것은 열렬한 사랑의 고백이 아니었다. 처절한 충신의 충성 맹세였다.

나는 이 행동의 이유를 알 수 있었다. 디온은 지금 이 자리에서 정식으로 공작이 되었다. 그에게 내려진 축복은 대신관의, 원칙대로라면 공작은 받을 수 없는 축복이었다. 대신관의 등장, 대신관의 축복, 신분을 뛰어넘은 고귀한 축사. 모든 것이 이 시간 이후로 사람들의 입에 오르내릴 것이다. 널리 대륙을 수놓을 소문에 디온이 한 가지를 더한 것이다. 공식적으로 세그다드가가 1황녀를 지지한다는 것을.

이로 인해 내 지지 세력이 늘까? 그건 확신할 수 없었다. 하지만 한 가지만은 확실했다. 최소한 세그다드가의 지지 세력은 늘어날 것이라는 것.

"세그다드 공작가의 가주가 되어 받은 모든 영광을 태양에 가까운 1황녀 전하, 벤지안스 D. 마블라 소르트께 바칩니다."

디온이 고개를 들고 내 눈을 마주했다. 뚜렷하게, 아까의 대화와는 달리 한마디 한마디에 힘을 주어 모두에게 들릴 목소리로 내게 맹세했다. 그는 그렇게 말하고는 몸을 일으켰다. 내 아래에 있던 그의 굳건한 녹안이 이제는 내 머리 위에서 나를 내려다보았다. 방금 전 어조와는 다른, 부드럽고 속삭이듯 낮은 어조로 그가 덧붙였다.

"대신관이 내린 축복은 곧 황녀 전하께로 향할 것입니다."

계승식이 끝난 후, 대신관이 약식으로 인사를 마친 후 홀을 나섰고, 그녀의 퇴장으로 계승식은 완벽하게 끝이 났다. 시종들이 홀을 가로지르던 카펫을 걷어내고 그 위로 귀족들이 삼삼오오 모였다.

내게 충신의 맹세를 한 후, 디온은 계속해서 내 손을 잡고 있었다. 그는 그대로 나를 에스코트해 단상 아래로 안내했다. 우리가 플로어에 발을 내딛는 것을 시작으로 홀에 준비하고 있던 악단이 연주를 시작했다. 연회의 시작을 알리는, 느리면서도 부드러운 바이올린 선율이 홀 내부에 울려 퍼졌다.

귀족들이 자유롭게 흩어졌다. 주인공을 위한 공간인 듯, 아직 아무도 자리하지 않은 댄스 플로어에서 처음 춤을 여는 것은 나와 디온이었다. 단상에서부터 홀 중심까지 나를 안내해 첫 춤을 여는 것까지 물 흐르듯 자연스러웠다.

원래 이렇게 자연스럽게 그와 내가 파트너가 되는 것이 맞는가? 순간적으로 든 생각이었지만 별로 깊게 생각할 필요가 없었다. 연인 사이로 보이든, 서로를 지지하기로 한 공작과 황녀로 보이든, 공식적으로 나쁘게 보일 것은 하나도 없었다.

본격적으로 시작되는 선율에 맞춰 디온이 내게 팔을 내밀었다. 나는 살짝 무릎을 굽혀 인사를 하고는 그의 팔을 잡았다. 한 번의 회전, 두 번의 스텝으로 춤이 시작되었다. 우리를 시작으로 귀족들이 파트너와 함께 플로어로 들어왔다.

디온과 춤을 추는 것은 처음이었다. 아니, 처음이었나? 아카데미의 축제 때 춤을 췄던 적은 있으나 남자로서 췄을 뿐이었다. 이렇게 구두를 신고, 치장을 하고, 한 바퀴 돌 때마다 사방으로 퍼지는 드레스를 입고 추는 춤은 처음이었다. 박자에 맞추는 스텝 하나하나가 어색했다. 손을 잡고 박자에 맞춰 나를 잡아당기는 그에게 속삭이듯 말했다.

"춤은 많이 연습 안 했어요."

"일전에는 잘 추셨잖습니까."

"그때는 남자 포지션이었고요."

디온의 얼굴에 조금 쓸쓸한 미소가 번졌다 사라졌다. 찰나라 내가 제대로 본 것인가 싶을 정도였다. 물어볼까. 잠시 고민하던 새에 그의 손에 힘이 들어갔다. 느린 선율에 맞춰 스텝을 옮기며 그가 내 허리를 조금 더 강하게 받치는 것이 느껴졌다. 아무래도 내가 움직이기 쉽게 만들려는 듯 보였다. 문제는 그것이 썩 도움이 되는 것 같지는 않다는 점이었다. 느린 선율은 빠른 선율보다 움직이기 더 어렵다. 내 스텝이 그에 비해 자연스럽지 않을 것은 보지 않아도 뻔했다. 그가 살짝 웃으며 자연스럽게 칭찬의 말을 덧붙였다.

"잘하고 계십니다."

"놀리는 거죠?"

"아닙니다, 어찌 제가 감히."

"내가 잘 출 리가 없거든요. 춤 배운 지가 언젠데."

말 그대로였다. 배운 지가 꽤 오래됐다. 그 이후로 배운 거라고는 아카데미와 공작저에서 배웠던 남자 포지션의 기본 스텝이었다. 사실 식사 예법을 생각해 보면 그냥 재능의 문제일 수도 있었다. 그걸 괜히 과거를 들먹이며 핑곗거리로 쓰기로 했다.

디온이 애써 던지는 칭찬이 티가 났다. 와중에 바닥이 아닌 것을 밟은 느낌이 들었다. 나직한 신음이 디온의 입에서 새어 나왔다가 금세 갈무리되었다. 그래, 신고 있기에도 무거운 구두에 밟

혔는데 아프지 않을 리가 없지.

"이것 봐요."

"괜찮습니다."

"방금 표정 구겨졌거든요?"

내 말에 디온은 조금 난처한 듯 웃어 보였다. 입 밖으로 낸 소리가 있는데 아니라고 하기도 민망했겠지.

"아프지 않은 건 아닙니다."

"역시나 놀린 거 맞네요."

"아닙니다!"

춤곡에 맞춰 그와 조금 떨어지자, 다급하게 내 말을 부정하는 표정이 대번에 보였다. 급하게 부정하느라 흐트러진 표정까지. 그 모습이 퍽 마음에 들었다. 여전히 내가 그의 중심이라는 것을 보여주는 것과 같아서.

당황한 듯 굳어진 그를 보자 나도 모르게 웃음이 나왔다. 그래, 아카데미에 다닐 때는 종종 놀리기도 했었다. 그가 내가 자신을 놀리는 것을 알고 있을지는 모르겠지만.

"그렇게 정색하지 말아요. 내가 놀린 거니까."

느린 춤곡이 바이올린 선율을 마지막으로 멈추었다. 우리는 서로를 바라보며 인사했다. 이제는 다른 파트너를 찾아 나서도 될 타이밍이었다. 하지만 그는 아직 내 손을 놓을 생각이 없어 보였다.

나는 계승식이 끝나면 바로 돌아갈 거라고 말했었다. 귀족들과 만나고 내 편을 물색할 시간은 머지않아 더 있었다. 곧 내 환영식이 열린다. 그때 조금 더 내 아군을 찾기로 하고 오늘은 빨리 돌아갈 심산이었다. 그런데 계획에 없던 춤까지 추게 되었다. 그와 있는 시간이 좋아서. 아무래도 디온이 이 시간을 조금 더 오래 끌 생각인 모양이었다.

"한 곡만 더 함께해 주시겠습니까? 다음 만남까지 이 춤을 꿈으로 삼아 벤지를 기다리고 싶습니다."

"전부터 생각했던 건데요. 의외로 낯간지러운 말 잘한다는 이야기 들어본 적 없어요?"

"벤지만 제게 하던 말입니다. 혹 불편하십니까?"

"아니요. 한 곡 더 추겠다는 말이에요."

파트너를 바꿀 겨를도 없이 다시 춤곡이 흘러나왔다. 조금 전과는 다른 경쾌한 곡조. 이쪽을 몇 번 흘긋거리던 귀족들이 다시 파트너들과 함께 춤을 시작했다.

아까보다 조금 더 경쾌한 음악에 스텝도 조금 빨라졌다. 그와 손을 겹쳤다. 이 박자는 그래도 아까보단 익숙했다. 육 년 전, 파트너는 누구였지? 제일 보편적인 박자라며 배운 적이 있었는데. 조금 더 생각에 빠지려는 것을 다정한 목소리가 건져 냈다.

"황성에서의 벤지가 언제나 걱정입니다."

"아직은 아무 일도 없어요. 그것과는 별개로 오늘 이후로 1황자의 행보가 궁금하네요. 황제도요."

과연 오늘 이후로 그들이 어떻게 행동할지 궁금했다. 황제야 제 저울 위에 나와 1황자를 동시에 올려놓았다 치지만. 1황자의 경우는 달랐다. 그가 그렇게도 대를 끊으려 노력했던 공작가는 여전히 건재하다. 심지어 여신의 가호까지 받았다. 그리고 그런 공작가가 1황자가 아닌 나를 공개적으로 지지한다. 그 사실 자체가 1황자, 황태자의 심기를 긁어댈 것이 분명했다.

그 자체를 상상만 해도 기분이 좋았다. 1황자를 나락으로 떨어뜨리는 데에 오늘의 사건이 조금이라도 영향을 줄 수 있지 않을까? 그 생각을 하며 자연스럽게 나를 끌어당기는 디온의 손에 몸을 맡겼다.

"제가 과한 짓을 한 것입니까?"

디온의 품에 안겨 있다시피 한지라 그의 표정이 보이지 않지만, 어조에 걱정이 깊게 배어 있었다. 그는 혹여라도 내 계획에 자신의 행동이 차질을 빚었을까 걱정하고 있었다. 전혀 걱정할 것이 아님에도 말이다.

"아니요. 음, 어차피 말이 나올 거였어요. 디온이 그렇게 충신의 맹세를 해준 것이 더더욱 좋아요."

다시 두 스텝, 그에게 멀어졌다. 그와 손을 잡은 채로 그의 눈을 보며 가볍게 웃어주었다. 아무런 걱정도 하지 말라는 마음을 가득 담아. 내 표정의 의미를 알아챘는지 디온 역시 마주 웃었다. 하지만 우려의 빛은 여전했다. 그 우려를 가득 담은 채 그가 나를 끌어당기며 속삭이듯 걱정의 말을 전했다.

"충신으로서의 말만 나오지는 않을 겁니다."

"알아요."

"곤란한 사안입니까?"

"아니요."

부드러우면서도 경쾌한 선율 사이로, 그의 걱정스러운 표정이 대번에 보였다. 그는 여전히 나를 걱정하고 있었다. 나는 황성 안, 그의 눈이 닿지 않는 곳에 있다. 항상 붙어 있을 수도 없었고, 항상 함께할 수도 없었다.

피아노 건반 소리와 함께 템포가 한껏 더 빨라졌다. 빙그르르 돌아 그에게 가까이 가자 그가 내 허리를 받쳐 주었다. 얼굴과 얼굴이 비껴져 맞닿았다.

디온의 걱정하는 표정이 좋으면서도 좋지 않았다. 그가 나를 걱정하면서도, 스스로를 위했으면 좋겠다. 그가 내 곁에 있어줬으면 좋겠다. 그래서, 걱정보다는 조금 더 다정하게 웃어줬으면 좋겠다.

그렇기에, 지금은 조금 더 그의 마음을 한껏 느끼고 싶었다. 더불어 조금 더 놀리고 싶기도 했다. 그저, 그런 마음을 느끼게 되는 상대가 디온뿐이라, 나는 그 마음들을 담아 나와 닿아 있는 그의 귀에 가볍게 속삭이듯 장난조로 내뱉었다.

"곁에 있어달라면서요."

표정은 제대로 확인할 수 없었다. 하지만 그의 손이 조금 더 강하게 내 허리를 감싸는 것이 느껴졌다.

"내 곁에서 당신을 절대로 떠나보낼 수가 없었습니다."

속삭이듯 파고드는 음성이었다. 부드러우면서 언제나처럼 단단한 한마디였다. 그 한마디가 기쁘면서도 부끄러웠다. 부끄러운 마음에 디온의 얼굴을 마주하지 못하고 그의 품에 조금 더 파고들었다.

"여러 가지 구설수에 오를 거예요."

황가는 세그다드가를 좋게 보고 있지 않았다. 오르도가 진실을 알았고, 그의 아버지도 마찬가지였을 것이다. 그렇지 않다면 그의 아버지 대부터 황가가 세그다드가에 손을 댄 이유가 없으니. 디온마저 황가의 치부를 알고 있다고 확신하는지는 모르겠지만, 의심하고는 있을 것이다. 그들은 수시로 디온의 기억을 읽으려 들 것이다.

오늘 일로 인해 나와의 접점을 끊으려 할 수도 있고, 더욱 견고히 하려 들 수도 있다. 어쩌면 그로 인해 세그다드가에 파고들어 무언가를 알아내려 할 수도 있다. 그 과정에서 여러 가지 구설수에 오를 것이 분명했다.

"조용한 계승식은 기대조차 하지 않았습니다."

생각보다 담담한 어조였다. 마치 예상하고 있었다는 듯한, 아니, 각오하고 있었다는 어조였다.

다시 한 바퀴 돌아 그의 품에서 빠져나오며 그의 손을 고쳐 잡았다. 놓칠 수 없다는 듯 꽉 잡아오는 따뜻한 손이 마음에 들었다. 두 곡이 흐르는 동안 그 어느 곳에도 시선을 주지 않고 나만을 담는 그의 녹안이 만족스러웠다.

디온이 내게 공식적으로 충성을 맹세한 것에 더해, 한 가지 더 퍼뜨려야 할 것이 있었다. 오늘 내게 보인 그의 행동 하나하나가 가벼운 것들이 아니었다. 이곳에 있는 모두가 느끼고 있을 것이다. 그가 내게 품은 마음이 단순한 충성심은 아니라는 것 정도는. 그것을 공개적으로 퍼뜨리는 것이 좋았다.

"디온은 공식적으로 내 정인이 되어야 해요."

"그거야말로 바라던 바입니다."

내 말에 디온은 전에 없이 만족스럽게 웃었다. 제 손안의 것을 절대 놓치지 않겠다는, 묘한 소유욕이 처음으로 그의 눈에 스쳐 간 것도 같았다.

디온과 나는 공식적인 연인이 되어야 한다. 충성심을 넘어서 황제조차도 함부로 우리에게 무어라 할 수 없는 것이 있었다. 신분이 적합한 자들이 사랑을 통하는 것. 황위다툼에 감정이 끼어버리면, 게다가 그것이 '사랑'이라는 극단적인 감정이라면 황제로서도, 황태자로서도 상당히 곤란할 터였다.

그러한 목적도 있었지만, 그것을 빌미로 그의 사랑을 공식화시키고 싶기도 했다. 불안했다. 한없이 불안하고 한없이 걱정됐다. 정해져 있는 운명이라는 것이 있지는 않을까, 그것에 휩쓸려 가지는 않을까. 그런 운명의 흐름이 존재한다면 조금이라도 막아내고 싶었다.

그의 대답이, 더욱 단단하게 잡아오는 그의 손이, 오롯이 나만을 담는 그의 눈빛이, 그 무엇 하나도 만족스럽지 않은 것이 없었다. 몇 번이나 그가 내게 속삭이고 말하고 다짐했던 것. 나만은 잃을 수 없다는 그 말이, 이제는 내 안에 단단히 자리 잡고 있었다.

그러면서도 동시에 마음속으로 빌고, 빌고, 또 비는 것이 있었다. 원작의 흐름이 바뀌길. 바뀌지 않는 것이 있고, 바뀔 수 있는 것이 있다면, 이것만은 바뀔 수 있는 운명이길. 부디 그가 원작의 주인공이며 그의 연인이었던 2황녀, 아델라이네에게 가지 않기를. 그렇게 속으로 바라고 바랄 수밖에 없었다. 그것이 내 노력으로 가능한 것이라면, 어떤 노력이라도 할 수 있었다. 그러니 디온만큼은 내게서 데려가지 않았으면 좋겠다는, 어찌 보면 처음으로 신에게 빌게 되는 간절한 소원이었다.

한 걸음 멀어지며 올려다본 그의 표정에는 진심이 한가득이었다. 그리고 동시에 그의 주변이 시야에 들어왔다. 삼삼오오 모인 귀족 영애들은 모두 디온을 바라보고 있었다.

문득 오르도가 디온을 놀리며 했던 말이 생각났다. 연서가 집으로 날아들곤 했다는 말, 인기는 많았다는 말. 디온의 뒤를 흘끔 쳐다보고는 다시 시선을 돌려 그에게 물었다. 그 안에 들어 있는 장난기는 최대한 숨기려 애쓰며.

"아쉽지는 않아요?"

"무엇이 말입니까?"

나는 눈짓으로 이쪽을 바라보고 있는 영애들을 가리켰다.

"이렇게나 디온을 노리는 영애들이 많은데요."

"진심으로 물으시는 건 아닐 것이라 생각합니다."

내 질문이 마음에 들지 않는 모양인지 살짝 구겨진 미간이 보였다. 경쾌한 호른 소리에 맞춰 단단한 그의 팔이 내 몸을 살짝 들어 올렸다. 잠깐 올라간 시야에 홀 내부가 조금 더 선명히 보였다. 생각보다 많은 시선들이 이쪽을 향해 있었다. 다시 내려오는 나를 받아내며 디온이 여전히 불만스러운 어조로 타박하듯 말했다.

"벤지를 향한 시선은 보이지도 않나 봅니다."

"육 년 동안 죽은 줄 알았던 황녀가 살아서 나타났는데 신기하지 않은 사람이 어디 있겠어요? 그러니까 좀 옆에 있어줄래요? 다른 사람이랑은 아직 부딪치고 싶지 않거든요."

"분부대로."

이제 그 앞에서는 웃음이 자연스럽게 나왔다. 일전에 웃지 않는다는 말을 몇 번이나 들었을 때는 신경 쓰지 않았었는데, 막상 그 앞에서 편한 마음으로 있다 보니 그들이 왜 내게 그런 소리를 했는지 알 것도 같았다.

쓸데없이 당당한 내 말에 그 역시 설핏 웃으며 부드럽게 속삭였다. 경쾌한 곡조가 끝나간다. 우리는 또 다시 가까워졌고, 자연스럽게 다가온 그가 부드럽게 이마에 키스하고는 한 발 멀어졌다. 타이밍도 적절하게 홀에 울려 퍼지던 음악이 끝났다. 그 덕에 몇몇 귀족들의 숨을 들이켜는 소리가 들렸다.

나는 뜻밖의 키스에 당황스러웠다. 귀족들의 시선이 이쪽을 향했다가 나와 눈이 마주치자 뿔뿔이 흩어졌다. 공식적인 정인이 되어야 한다고 먼저 말한 이는 나였지만, 그가 이렇게 나올 줄은 예상 못했기에 조금 갑작스러웠다. 황당한 얼굴로 그를 바라보자 여전한 웃음으로 그가 몸을 굽혀 인사했다.

그래, 춤곡이 끝났지. 타이밍도 기가 막혔다. 다들 인사하느라 다시 이쪽으로 시선을 돌리지는 않고 있었다. 언제나 생각하는 바지만 디온은 가끔가다 답지 않게 감정 표현에 있어 직설적이고 낯간지러웠다. 어찌 됐건, 우리를 본, 지금 여기 모인 사람들에게만큼은 이미 우리 둘의 사이가 공공연해졌을 것이다. 쌍방까지는 몰라도, 최소한 디온이 내게 연심을 품고 있다고는 알려지겠지.

이미 꽤 많은 귀족들이 그와 내가 전부터 접점이 많다는 사실을 알고 있을 것이 분명했다. 나는 소년의 모습으로 세그다드 공작저에서 지냈고, 심지어 아카데미에서는 한 방을 썼다. 남녀가 같은 방을 쓰는 것이 좋게 보일 리가 없었다. 충신과 주군의 입장으로 쓸데없는 구설수에 오르느니, 연인으로 알려지는 것이 더더욱 나았다.

춤곡은 더 이상 이어지지 않았다. 자연스럽게 오늘의 주인공인 디온에게로 시선이 집중되었다. 그리고 더불어 육 년 만에 황성에 나타난, 누명을 벗은 내게로. 나는 그 시선들을 애써 비껴냈다. 자연스럽게 그가 나를 에스코트했다.

이제는 이 홀에서 벗어날 시간이었다. 굳이 머물 필요가 없는 곳에 억지로 남고 싶은 마음은 없었다. 무엇보다 지금 나는 아직 준비가 덜 된 상태였다. 황성 내에 뚜렷한 내 편이 없었다. 최소한 호위, 시녀 정도는 택한 후 귀족들을 만날 생각이었다.

세그다드 공작의 계승으로 공작파와 반공작파가 명확히 갈릴 것이다. 더불어 나와의 관계로 인해 그 경계는 더더욱 뚜렷해질 것이다. 갈려진 세력이 조금 더 명확해졌을 때, 나는 반I황자파를 내게 흡수시킬 생각이었다. 지금은 적절한 혼란과 스캔들을 던져주고 자리를 떠나는 것을 택했다.

따라오는 시선들을 무시하며 홀을 나섰다. 황성보다는 이곳이 더 익숙했다. 그런 감상을 하며 걸을 때, 디온의 걱정 어린 목소리가 들려왔다.

"많이 말랐습니다."

갑작스러운 한마디였다. 미묘하게 조금씩 기분이 안 좋아지는 듯 보이기도 했는데 이것 때문이었나? 나는 덤덤하게 그의 말을 받았다.

"아카데미 때랑 많이 다르지 않을 텐데요."

"조금 더 마르셨습니다."

"디온이 그렇다면 그런 거겠죠."

그럴 수도 있겠다 싶었다. 고작 일주일이지만, 황성은 절대 마음 편히 있을 수 있는 곳이 아니었다. 주변에 나를 노리는 자들이 득실거렸고, 누가 아군인지 적인지 확신할 수조차 없는 곳이었다.

"마음껏 드시라고 말하고 싶지만, 그렇게 말할 수가 없는 것이 마음에 걸립니다."

"어쩔 수 없는 거죠. 내가 선택한걸요."

"트레팔은 마시고 계십니까?"

어쩌면 내가 밥을 전보다 잘 먹지 않은 큰 이유와도 같은 것이 디온의 입에서 언급됐다. 황족들이 독살 위협을 방지하기 위해 식사 전에 마시는 음료, 아니, 음료라고 하기도 역한 것이 트레팔이었다. 그걸 먹고 나면 온갖 식욕이 뚝 떨어지고는 했다.

"사실 그것 때문에 입맛이 없는 것도 있어요. 그거 엄청 맛없거든요."

"그것만큼은 마시지 말라 말할 수도 없군요."

"목표를 손에 넣을 때까지 죽을 생각은 없어요. 꼬박꼬박 챙겨 먹고 있어요."

대수롭지 않다는 듯한 내 말이 썩 마음에 들지 않는 모양인지 그의 표정이 살짝 구겨졌다.

"지금 이후로, 죽음은 입에 올리지 말아주셨으면 합니다."

죽겠다고 말한 것도 아닌데, 라고 대꾸하려다가 왠지 그의 표정만 더더욱 구길 것 같아 순순히 고개만 끄덕였다. 그나마 만족스러운 웃음이 단정한 얼굴에 퍼졌다.

"호위는 어떻게 하실 겁니까?"

오늘은 황제가 붙여준 호위를 데리고 왔다. 아까 공작저에 도착해 마차에서 내렸을 때, 디온이 그들을 꽤나 신경 쓰이는 표정으로 훑었던 것이 생각났다. 그가 공작저의 기사를 보내줄까, 내게 물었지만 나는 거절했다. 공작저의 호위는 지금도 그 수가 많은 편이 아니었다. 내 안위를 위해 공작저를 지켜야 하는 인력까지 빼오고 싶지는 않았다.

"생각해 봤는데, 아카데미에서 디온이랑 그나마 호각을 이루던 학생이 쉬얌 말고 한 명 더 있지 않았나요?"

호위에 관한 것은 황성에서부터 생각하던 것이었다. 안면이 전혀 없는 자는 내키지 않았다. 최소한 나와 몇 번 마주쳤던 자, 최소한 내가 그 실력을 눈으로 확인한 자였으면 좋겠다. 더불어 정쟁에 많이 휩쓸리지 않은 자였으면 좋겠다. 신분을 중요하게 생각하지만, 신분이 사람을 판단하는 제일 큰 기준이 아닌 자, 제 나름의 신념으로 행동하는 자가 필요했다.

까다로운 조건에 부합되는 자가 한 명 있었다. 검술 수업 교수도 무과 학생들과 겨뤄도 손색없다 그를 평가했었다. 더불어 그는 첫 만남부터 나를 평민이라는 신분보다는 사람 자체를 놓고 평가했다. 아카데미에서 내가 두 번이나 수석을 하자, 아카데미를 떠날 때까지 나를 높게 평가했던 자였다. 내 대답에 디온 역시 누군지 깨달은 듯했다.

"아."

"네, 루치스 후작가는 1황자파인가요, 공작파인가요?"

"굳이 따지자면 중립입니다만."

"그렇지만?"

"베른이라면 벤지의 요청을 받아들일 것 같습니다."

그 역시 내 선택이 마음에 든 모양이었다. 어떤 이유에서 베른이 내 제안을 받아들일 것이라 말하는지는 알 수 없었다. 오히려 베른이 내 요청을 수락할 것이라고 내가 확신할 수 없었다. 내가 본 그는 꽤 실력이 있었고, 꽤 머리가 좋은 편이고, 제 나름의 가치관이 뚜렷해 어디에 잘 휩쓸리지 않을 것 같은 자였다. 그래서 그를 생각한 것이다. 이제 그를 설득할 심산이었다.

"한데 1학년인 베른을 아카데미에서 데려오려면 황제 폐하의 명이 필요한데 가능하시겠습니까?"

"1황녀를 죽도록 내버려 두었는데, 고작 디온의 계승식에 오는 걸 허락했다고 끝날 수 있는 건 아니잖아요?"

황제의 인격이 아니라, 나를 죽게 만든 것에 대한 사과의 표시로 황제에게 요구할 생각이었다. 내 계획이 맘에 드는 듯, 디온이 고개를 끄덕였다.

"저도 그가 제일 적합하다고 생각합니다."

걷다 보니 어느새 마차 앞이었다. 마차 앞에는 돌아갈 채비를
마친 시녀와 호위가 있었다. 다시 그와 떨어질 시간이었다. 고개
를 들어 마주한 그의 눈에는 아쉬움이 일렁였다. 그가 아쉬움과
간절함을 담아 기도하듯 읊조렸다.

"부디 다시 뵐 날까지 무사하십시오."

"디온도요."

진심으로 답했다. 그가 잡고 있던 손을 조금 더 세게 말아 쥐
었다. 다른 쪽 팔이 단단하게 내 허리를 감쌌다. 가벼운 입맞춤이
입술에 닿았다가 떨어졌다. 주저하듯 놓는 손에서 아쉬움이 흘러
내렸다. 아마 그를 보는 내 표정 역시 그러하겠지. 그것이 내 마
음이니까.

디온이 내 손을 놔주고는 가볍게 고개를 숙였다. 곧, 빠른 시일
내에 다시 만나기를. 점점 마차가 움직이는데도 이쪽을 바라보는
그는 움직이지 않았다. 그의 모습이 창밖으로도 보이지 않게 되
었을 때야 나 역시 고개를 돌렸다. 다시, 황성으로 돌아갈 시간이
었다.

✤

식당에서는 식기가 부딪치는 소리만이 울렸다. 눈앞에는 황제
가 제 접시에 놓인 스테이크를 잘라내고 있었다. 황제와 단둘이
하는 식사시간이었다. 1황자가 본다면 또다시 이를 바득 갈 모양
새였지만 나는 썩 내키지 않는 자리였다. 하지만 어쩔 수 없었다.

아카데미에 있는 베른을 데려오려면 황제의 명이 필요했으니까.

"아카데미에서 호위를 데려오고 싶다고."

"예. 생각해 둔 사람이 있습니다."

"짐이 붙여준 호위로는 만족할 수 없다는 말이냐?"

"그 역시 만족합니다. 하지만 적어도 제게 충성을 바칠 사람의 호위를 받고 싶습니다. 그러기 위해서는 선택 역시 제가 해야 하고 말이죠."

황제가 나를 빤히 바라보았다. 꼼꼼히 이것저것 뜯어보는 시선이었다.

"그래, 네 생각이 그렇다면 다녀오거라. 대신, 실력은 보장되어야 한다. 실력 없는 호위를 데리고 다니다가 가까스로 돌아온 네가 다시 떠날까 걱정돼서 그래."

자연스럽게 나오는 그의 위선에 잔을 입가로 가져가 새어 나오는 조소를 삼켰다. 그 이후 덧없는 대화들이 오고갔다. 무언가 중요한 말이라도 나올까 긴장했지만, 그저 조찬일 뿐이었다. 마치 겉으로 보면 사이좋은 부녀지간으로 보일 정도로, 별다른 일이 없었다.

아카데미에 잠시 가는 일로 마차, 시녀와 같이 기본적인 것에 대한 조언과 듣고 싶지도 않은 틀에 박힌 걱정을 몇 마디 듣고 나니 조찬이 끝났다. 별다른 일 없이 자리에서 일어날 때였다.

"아, 그리고."

황제가 입을 열었다. 나는 그의 말을 기다리며 그의 눈을 바라봤다. 그가 미소를 지으며 뒷말을 덧붙였다.

"세그다드 공작과 마음을 확인했다고."

"예. 황성에 들어오기 전부터 도와준 사람입니다."

"그래도 조심하거라."

나는 황제의 눈을 바라봤다. 그가 마치 진심으로 걱정한다는 듯 나를 바라보고 있었다. 조심하거라. 내가 조심해야 할 사람은 디온이 아닌 황제인데, 그는 반대를 입에 담고 있었다.

"모든 것을 잃었을 때부터 옆에 있었고 지금까지 긴밀하다는 것은 그만큼 치부를 쉽게 들킬 수도 있다는 뜻이기도 하니."

비웃음이 나올 뻔한 것을 참아냈다. 모든 것을 잃었을 때부터 옆에 있었으면 오히려 그를 더욱 믿고 의지하게 될 것이지 치부를 들킬까 전전긍긍하지는 않을 것이다. 나는 황제가 조심하라는 것이 무엇인지 알 것 같았다. 내가 황제의 편에 서게 되고, 황족이, 그리고 황제가 손을 댄 마술에 나 역시 손을 댔을 때 디온이 나를 끌어내릴 수 있을 것을 조심하라는 말이었다.

"예, 아바마마."

나는 아무렇지 않은 척 대답했다. 아비로서의 조언이랍시고 던진 말이 결국 황제의 욕심과 맞닿아 있었다. 어떻게 보면 일관적이기도 한 그의 모습에 헛웃음이 나올 뻔한 것을 삼켜냈다.

그런 터무니없는 대화를 나누며 한 가지 알 수 있는 것이 있었다. 디온과 내 관계가 황제의 귀에도 들어왔다. 아마, 제국 전체에 널리 퍼졌으리라.

⚜

아카데미에 가는 날이었다. 황족이라도 아카데미에 방문하려면 명분이 필요했다. 내가 아카데미에 다니던 학생이라는 것이 다행이라면 다행이었다. 마벨 세그다드로 적혀 있던 모든 문서를 벤지안스라는 황녀의 이름으로 바꾸겠다는 것이 내가 내민 명분이었다. 자체적으로 처리할 수도 있겠지만 그것을 내가 직접 확인하고 낙인까지 찍겠다는 주장은 다행스럽게도 받아들여졌다.

호위와 마찬가지로 전속 시녀 역시 믿을 수 있는 사람으로 두고 싶었지만 그것은 조금 어려운 일이었다. 내 인맥 중엔 여자가 별로 없었기에. 그 부분에 대해서는 디온에게 요청했고 나를 지지하는 가문의 글레나라는 여식을 내게 데려왔다. 확실히 황성에서 붙여준 시녀보다는 그녀가 훨씬 믿음직스러웠다.

그렇게 황녀답게 치장하고 아직은 바뀌지 않은, 황제가 붙여준 호위를 데리고 아카데미로 향했다. 익숙한 울렁거림이 지나고, 눈을 떴다. 시야에 들어오는 작은 신전이 익숙했다. 여러 번 보아 이제 낯이 익은, 수도의 대신전에 있는 신녀보다는 지위가 낮아 보이는 신녀가 여상한 환영 인사를 던졌다. 일전의 방문과 달라진 점이라면 내 뒤에 시녀 셋과 황제가 붙여준 호위가 따르고 있다는 것이었다.

아카데미로 향하는 길이 익숙했다. 이곳의 학생이었던 게 고작 며칠 전인데, 상당히 오랜만에 오는 느낌이었다. 이전에는 이 짧은 거리를 디온과 함께 걸었었다. 지금 가까워지는 교문, 그리고 그 안에서도 항상 그와 함께였다.

그때 역시 긴장하고, 주위에 날을 세우고 있다 생각했지만 지금에 비하면 아니었다. 내 바로 옆에는 내 충신, 내 가족, 내 연인, 무어라 표현하기에도 벅찬 자가 있었다. 그것이 정말 큰 버팀목이었다는 것을 새삼스레, 익숙한 장소에서 다시 한 번 깨달았다.

더불어, 아카데미에서의 추억이 생각보다 많았다. 모든 것이 기쁜 추억은 아니었지만, 학생 신분이었던 그때가 고작 이 길을 걸으면서도 머릿속에서 끊임없이 그려지고, 상기되었다.

교문 앞에는 총장이 서 있었다. 일전, 갑작스레 내 정체를 밝히고 성으로 들어온 날 이후로 처음 만나는 자리였다. 가까이 다가갈수록 그의 표정이 복잡한 것이 보였다. 그럴 만도 했다. 고작 세 명뿐이던 평민에서 이제는 아카데미에 올 일조차 없는 황녀로 변모한 나였으니.

그의 앞에서 걸음을 멈췄다. 그는 복잡한 표정을 금세 갈무리하고는 내게 예를 갖추었다.

"제국의 영광, 황녀 전하를 뵙습니다."

"어디로 가면 되죠?"

나는 별다른 대답은 하지 않았다. 아카데미에서 회포를 풀 목적도 없었다. 다른 학생들을 만나봤자 나를 어색해할 것이 분명했다. 볼일만 보고 다시 황성으로 돌아갈 생각이었다. 베른을 따로 만나고 싶다는 요청을 총장이 받아들였고, 그와의 자리는 이미 마련되어 있을 터였다.

총장의 뒤를 따랐다. 교정을 가로지르는 내내 학생들의 시선이 나에게 향했다. 내가 걷는 걸음걸음마다 그들은 조금 어색하게 허리를 숙여 예를 취했다. 고작 며칠밖에 되지 않았지만 그들의 태도는 눈에 띄게 변해 있었다. 우습게도 고작 며칠 사이에 나는 그 예에 익숙해졌다. 황족이 아니었던 적이 없던 것처럼.

앞서가던 총장이 건물 안에 들어섰다. 내가 아카데미에 있을 때 다녔던 건물과는 다른 곳이었다. 점점 적어지는 문과, 그 문에 세공되어 있는 황금 조각들이 귀한 손님을 위한 장소라는 것들을 여실히 보여주었다. 그중에서도 제일 화려해 보이는 문 앞에 멈춰

서서는 총장이 공손하게 문을 열어주었다.

"여기입니다."

열린 문 안으로 보이는 풍경은 보편적인 응접실이었다. 아카데미의 분위기에 맞게 백색과 원목으로 이루어진 응접실 안에는 익숙한 인영이 앉아 있었다. 응접실 안으로 들어서자 베른이 자리에서 일어났다. 그 역시 고작 며칠 만에 보는 얼굴인데 오랫동안 보지 못한 것 같았다.

"그와 둘이서만 대화하고 싶은데 괜찮나요?"

"물론입니다, 전하."

짧게 대답한 총장은 예를 갖추고는 응접실 밖으로 나갔다. 내 눈짓에 시녀도, 호위도 모두 응접실 밖으로 나갔다. 문이 닫히고 응접실 안에는 베른과 나, 둘만이 마주하고 서 있었다. 눈을 마주치자 그가 허리를 깊숙이 숙여 예를 표했다.

"제국의 영광, 황녀 전하를 뵙습니다."

"오랜만이에요, 베른."

마주친 눈에 복잡한 심정이 가득이었다. 당연하다면 당연했다. 아무리 지위보다는 능력과 됨됨이로 사람을 평가하는 그라지만 갑자기 신분이 바뀌어 눈앞에 나타난 나를 아무렇지 않게 받아들일 수는 없었다.

"앉아요."

내 말에 베른은 어색하게 소파에 앉았다. 테이블을 가운데에 두고 마주 앉은 그의 눈빛은 여전히 갈피를 잡지 못하고 있었다. 당황해 마지않는 그의 태도에서 혼란스러움이 뚝뚝 흘렀다.

"적응을 못 하겠다는 눈빛이네요."

"전하 앞에 앉아 있는 것이 제가 아니라 누구라도 그랬을 것입니다. 그나마 저이기에 이 정도로 전하와 대면할 수 있다고 생각합니다."

"듣고 보니 그렇네요."

표정은 여전히 혼란스러우면서 답하는 말에는 흔들림이 없었다. 그의 말이 맞았다. 다른 이였다면, 특히 라이였다면, 내 앞에서 무슨 말을 해야 할지, 어떻게 행동해야 할지 갈피를 잡지 못하고 어리벙벙하게 굴 것이 분명했다.

다시 한 번, 내 앞에서 평정심을 유지할 수 있는 베른이 마음에 들었다. 하지만 그만큼 마음에 들지 않는 것은 그가 나를 완전한 황녀로 받아들이지 않고 있다는 것이었다. 어쩌면 그가 신분에 너무 연연해하지 않기 때문일 수도 있었다. 나는 그들에게 내 정체를 숨겼다. 성별도, 나이도, 이름도, 지위도 전부. 계속 평민이었던 나에게 익숙할 테니 그의 반응도 이해는 갔다.

하지만 나는 그를 내 전속 호위로 생각하고 있다. 전속 호위라는 것은 나를 주군으로 섬겨야 한다는 것이었다. 지금처럼, 갈피를 잡지 못하는 눈으로 나를 쳐다보면 안 되는 것이다. 먼저 입을 연 것은 그였다.

"재회의 회포는 다 푼 것 같은데, 이제 저를 이곳으로 부른 연유를 물어도 되겠습니까?"

나는 그를 빤히 바라봤다. 내게 묻는 질문 안에는 경계가, 그리고 의심이 담겨 있었다. 그건 내가 바라던 그의 태도와는 달랐다. 나는 친우를 원한 것이 아니었다. 물론 그를 설득하기 위해 왔고, 그가 거절하면 그를 내 호위로 데려오지 못하겠지만. 어찌됐건 그 설득은 그와 나 사이의 신분 차에서 할 수 있는 것이었다.

하지만, 나는 그의 질문을 받음과 동시에 깨달았다. 그는 아직 나를 황녀라고 인식하지 못하고 있었다. 아니, 어쩌면 몇 년간 숨을 죽이고 모습을 숨겼던 황녀를 인정하지 않는 것일지도. 무엇이든지 중요한 것은 아니었다. 대화는, 내가 그의 주군이 될 수도 있다는 전제하에서 시작해야 했다.

여유로운 웃음을 입에 걸었다. 같은 아카데미의, 학생회 안에서의 친구 놀이는 끝이었다.

"아무래도 내가 그대를 찾은 것이 썩 마음에 들지 않은 모양이야, 그렇지 않나?"

갑작스러운 하대에 가뜩이나 표정이 없던 베른의 얼굴이 굳었다. 급작스럽게 저와 나의 신분의 격차를 통감한 것이다. 짧게 숨을 들이마신 그가 허리를 숙였다.

"송구합니다."

"고개를 들어."

내 명에 그는 숙였던 허리를 다시 폈다. 그와 눈이 마주쳤다. 어색해 마지않았던 그의 눈빛이 조금이나마 돌아와 있었다. 최소한, 지금은 그가 나를 황녀라고 인지하고 있었다. 나와 그 사이에 존재하는 신분의 격차. 그것이 이제는 자리하고 있었다. 그를 바라보며 가볍게 웃어줬다. 온기가 없는 웃음은 내가 그보다 조금 더 여유로움을 보여주는 가벼운 표시였다.

"기분 나쁘게 생각하지 않아줬으면 좋겠어요. 명령을 빙자한 부탁을 하기 위해서 온 거니까."

말투는 다시 원래대로 돌렸다. 한 번의 하대로 내가 말하고자 하는 바를 그는 알아들었을 것이다. 흘러가듯 내뱉은 내 말을 곱씹듯 잠시 생각한 베른이 입을 열었다.

"명령에 초점을 맞춰야 하는 겁니까, 아니면 부탁에 초점을 맞춰야 하는 겁니까?"

"그거야 베른의 선택이죠. 하지만 개인적으로는 전자를 선택해 줬으면 좋겠네요."

잠시 나를 바라보던 그가 의외의 한마디를 던졌다.

"이제야 제 옷을 입으신 것 같군요."

예상외의 감상이었다. 맥락 없는 한마디였지만 아까와 같은 평민과 황녀 사이에서 저울질하는 태도는 보이지 않았다. 하지만 그의 태도가 어떻든 간에 그게 무슨 뜻인지는 파악되지 않았다. 나는 그를 계속 주시했다. 설명이 더 필요했다. 내 뜻을 알아들은 모양인지 그가 말을 이었다.

"평민 같지 않은 행동이 계속 눈에 띄었다는 이야기입니다."

"그렇다고 하기엔 아카데미 학생들 전부 나를 철저히 평민으로 대하지 않았나요?"

"정말 그렇게 생각하십니까? 잘 생각해 보십시오. 아무리 수석이라고는 하지만 귀족들만 있는 아카데미에서 겉돌지 않고 자연스럽게 스며든 평민이 있는지. 그리고 마벨, 여기서는 마벨이라 칭하겠습니다. 마벨을 제외한 평민이 어떤 취급을 받았는지."

베른의 말에 아카데미에 다녔던 때, 평민들의 모습을 잠시 떠올렸다. 생각해 보면 나를 제외한 평민들은 그들끼리 어울렸다. 시안과 같은 몇몇을 제외하고는 그들을 멸시하거나 천대하지는 않았다. 하지만 그럼에도 그들은 귀족들과 어울리지 못했다. 뿌리 깊은 신분의 차이가 그들 사이에 격차를 만든 것이다.

나는 이곳 아카데미에서 한 번도 귀족, 평민을 나눠서 생각한 적이 없었다. 그저 디온과 같이 다녔고, 말을 걸면 답을 하고 필요한 것이 있으면 요구했을 뿐이었다. 이제 와 생각해 보니 그것들이 가능했던 이유는 항상 곁에 있었던 디온 덕이라는 생각이 들었다. 내가 귀족 같다거나, 혹은 황족 같다거나 그런 터무니없는 이유가 아니라.

"그건 나 때문이라기보다는 디온 덕분이겠죠."

"그것부터가 이상한 점입니다."

하긴 또 생각해 보면 평민과 귀족의 조합이 그리 보기 쉬운 광경은 아니었다.

하지만 이제 그건 별로 중요하지 않은 문제이고, 괜히 깊게 생각하고 싶은 마음은 없었다. 이미 베른은 내가 황녀라는 사실을 받아들인 것 같았다.

"그걸 이상하다고 생각했으면서도 내가 하대하기 전까진 황녀로 받아들이지 않았고 말이에요."

"그저 지금의 모습에 적응이 되지 않았을 뿐입니다."

베른은 조금 흠칫하며 대답했다. 내 말이 완전히 틀리지는 않은 모양이었다. 어찌 됐건, 중요한 것은 아니었다.

"뭐 상관없어요. 베른에게 원하는 것이 있는 건 나니까."

베른은 표정으로 그것이 무어냐 묻고 있었다. 그에게서 조금 더 선택권을 빼앗기 위해, 명령보다는 부탁의 형식으로 그에게 접근하기 위해, 나는 그 무언의 질문에 답보다는 되레 질문을 던지는 것을 택했다.

"그전에 궁금한 것이 있어요."

"하문하십시오."

"아카데미를 졸업하고 나면 학술원에 지원할 생각인가요?"

"아닙니다."

내 질문에 잠시 뜸을 들이더니 그가 대답했다. 그의 대답이 마음에 들었다. 혹시나 싶은 최악의 상황은 피해갔다. 아카데미에 지원하고 아카데미에 다니는 귀족들은 특별한 경우를 제외하고는 대개 두 가지 부류로 나뉘었다. 학문에 뜻이 깊어 졸업 후 관심 있는 학문에 깊이 파고드는 학술원으로 지원하는 부류와 황성의 행정에 다가설 자들.

만약 베른이 전자였다면 상당히 골치 아팠을 것이다. 그의 성격과 집안 분위기에 아닐 것이라 생각은 했지만 대답을 들으니 새삼 안심이 되는 바였다.

"그럼, 베른은 졸업 후에는 근위대에 지원을 하겠네요. 기회를 노리다가 경비 단장, 혹은 군 행정관에 지원하겠죠. 그렇지 않나요?"

이어지는 내 말에 그의 표정이 서서히 변해갔다. 내가 무엇을 원하는지 궁금해하던 얼굴에서 지금은 내 의도를 파악하고자 예리하게 분석하는 표정으로.

"어째서 문과인 제가 군과 관련된 위치를 노릴 것이라 확신하십니까?"

"군인 집안에서 나고 자란 자가 문과에서 정치 및 행정을 배우고 있으니까요. 체술에 소질이 없어 문과로 고개를 돌렸냐 하면 그렇다 치기에 베른은 무에도 소질이 탁월해요. 두 마리 토끼를 다 잡겠다는 이야기인데, 문무과 모두에 탁월해야 넘볼 수 있는 자리가 그렇게 많지는 않거든요. 군의 수뇌부 정도일까요?"

"그렇다고 하기에 제가 가진 이론적 지식은 문과적 소양밖에 없습니다."

내 말에 순순히 긍정하는 것이 없었다. 의심. 아니, 의심보다는 경계의 표정이었다. 내가 원하는 것이 무엇인지 정확히 알 수 없는 상황에서 그는 저보다 신분이 높은 자가 제게 무엇을 명할지 재고, 또 조심하고 있었다.

어찌 보면 당연했다. 짧다면 짧지만 꽤 오래 함께 시간을 보내던 학우의 신분이 뒤바뀌었다. 신분을 철저히 숨기고 있었던 자가 다시 찾아와 제게 무언가를 부탁하려 한다. 경계하는 것은 당연했다. 그렇기에 나는 그의 집안을 조사하고, 그의 성적을 조사하고, 그리고 이야기하는 내내 그의 기억을 읽어 잡아낼 것이 없나 확인하고 있었다. 그가 내 말에 반박하는 말은 나 역시 받아칠 수 있는 수준의 것이었다.

"아카데미에 들어오기 전, 전략 및 전술은 이미 어느 정도 수준에 올랐으니까요. 황실에 방문할 법한 교수를 청해 따로 교육을 받았죠. 후작가의 사남이 말이에요."

내 대답에 미세하게 눈을 찡그린 그가 말을 고르는 것이 보였다. 경계는 더욱 높아졌다. 나는 지금 그에게 당신의 뒷조사를 했노라고 당당히 말하고 있는 것과 다를 바 없었다. 상대가 제 뒷조사를 했다는데, 그리고 그 상대가 무언가 목적을 갖고 자신 앞에 앉아 있는데 경계하지 않을 자는 없었다.

"만약 전하의 말씀이 전부 틀리다고 한다면."

다행스럽게도 그의 기억 중에 상당히 쓸 만한 것이 있었다. 내가 알고 있는 정보에 덧붙일 정보들이 하나둘 들어왔다. 베른에게는 불행하게도, 나는 그의 사소한 사생활까지 전부 낱낱이 입에 올릴 생각이었다.

"몇 주 전부터 러셀 공작가에서 황태자의 친서와 함께 서신을 보내왔을 거예요. 러셀 공작의 덜떨어진 막내와 루치스 후작가의 금지옥엽 둘째 딸인 로사나의 혼인을 강요하다시피 하는 서신 말이에요. 이미 암암리에 리비오 영식과 마음을 나눈 당신의 누님은 사랑하는 사람을 잃을 수 없다 자결 소동을 한차례 벌였을 거고요. 그 때문에 지금 베른은 며칠간의 공결계를 아카데미 측에 넣어둔 상태이고 말이죠. 하지만 그저 누이가 걱정되는 마음에 집에 들르기 위함이지 아직 해결책은 없어요."

어찌 보면 사소한 가정사이고, 한 사람의 단순한 연애사였다. 하지만 그것에 내 반대 세력, 황태자가 개입했고, 그 개입에 피해를 입는 쪽은 운이 좋게도 눈앞의 베른이었다.

군인 집안에서 자란 베른은 상당히 무뚝뚝했다. 그의 집안은 지위체계에 철저했고, 상하관계에 예민했다. 어찌 보면 딱딱한 집안이지만 그 안에는 단단한 애정이 흘렀다. 단편적으로 읽은 기억으로는 그러했다. 그중에서도 베른과 가장 친한 것은 밝은 성격으로 언제나 동생을 잘 챙겨주었던 그의 누나 로사나였다.

황태자의 서신이, 청혼을 빙자한 정치 세력의 압박이 사랑하는 누나를 곤경에 처하게 만들었다. 몇 세대 동안 황제의 군대를 자처하며 황제에게만 충성을 바치던 루치스 후작가에게 황태자가 손을 뻗은 것이다. 루치스 후작가에 계속해서 날아드는 황태자파 러셀 공작가의 혼인 신청서는 궁극적으로는 세력의 확장을 위한 것이었다.

"겉으로는 청혼 서신이지만 그 안에 품은 뜻은 루치스 후작가가 황태자 측에 서길 바라는 것이죠. 제국의 군사력에 상당 부분 발을 담그고 있는 루치스 후작가는 상당히 탐나는 세력이거든요. 즉, 그 혼인을 거절하는 것은 황태자의 측에 서지 않겠다는 이야기고, 황태자의 반대 세력도 없는 상황에서 있을 수도 없는 중립을 유지한다는 건 황태자의 명령뿐 아니라 황제의 명령 역시 따르지 않겠다는 말이거든요. 우습게도."

베른은 여전히 나를 바라보고 있었다. 미간에 약간의 주름이 보였다. 좋은 기분은 아닌 것이 분명했다. 당연했다. 내가 알고 있는 것은 생각보다 너무 많았으니까. 더불어 내가 말하고 있는 것은 그의 개인사가 아니었다. 그의 가문에 관한 것이었다.

과장한다면, 내가 그의 가문을 빌미로 협박하는 거라 받아들여도 할 말이 없을 정도였다. 하지만 불쾌해할지언정 내 말을 중간에 끊지 않는 것은 상당히 마음에 들었다.

"하지만 그렇다고 그 명령을 받아들이기엔 누님의 사랑이 너무 커요. 금지옥엽 귀한 딸을 자결이라는 끔찍한 방법으로 잃을 수도 있거든요. 그런데 시기도 적절하게 황태자의 반대 세력이 나타났어요. 그것도 루치스 후작가의 막내아들 앞에."

"루치스 후작가에 전하의 편에 서라 말하고 계신 겁니까?"

나는 잠시 숨을 고르며 말을 멈췄다. 그 틈을 비집고 베른이 질문을 던졌다. 베른은 지금 제 입에 루치스 후작가의 지지를 얹고 있었다. 내 말을 대충 요약해서 나름대로 결론을 내리자면 충분히 나올 수 있는, 아니, 그렇게밖에 나올 수 없는 결론이었다. 그런 결론이 나오도록 유도하기고 했고.

내 장황한 설명을 들으면서도 한 치의 움직임도 없던 그의 태도에서 경계심이, 더불어 가문의 미래에 대한 걱정이 묻어 나왔다. 나는 가볍게 고개를 가로저었다.

"그건 아니에요. 그냥 내 부탁 하나만 들어달라는 이야기예요."

"······지금까지 전하께서 하신 말씀과 앞뒤가 맞지 않습니다."

앞서 길고 긴 설명에 비해 별다른 일 없다는 가벼운 내 어투에,

그는 얼굴을 찌푸렸다. 방에 들어와서, 나를 황녀라고 인식한 후에 어떻게 보면 제일 격렬한 감정 표현이었다. 나는 그의 유쾌하지는 않은 시선을 받으며 여전히 가벼운 어투로 말을 이었다.

"루치스 후작가의 지지를 원하는 것이 아니니까요."

"무슨 말씀을 하시는지 이해가 가지 않습니다."

돌고 돌아, 장황한 설명을 거쳐, 내가 군이 황녀의 신분으로 그를 찾아온 이유를 말해야 할 때였다.

"루치스 후작가의 막내아들 베른이 아카데미를 중퇴하고 이제 막 황성으로 돌아온 1황녀의 직속 호위기사가 된다면, 사람들은 루치스 가문이 새롭게 생긴 황위 쟁탈 구도에서 1황녀를 지지한다고 떠들어댈 거예요. 그들이 실질적으로 아무런 행동을 하지 않아도 말이에요."

"그러니까."

"네, 베른 루치스. 당신이 내 호위기사가 된다면, 당신 가문은 아무것도 하지 않아도 모든 것을 해결할 수 있다는 말이에요."

깔끔하게 떨어지는 결론을 말했다. 어찌 보면 가문의 안위를 걸고 그에게 호위 자리를 강요하고 있는 꼴이었다. 그의 시선이 나를 뚜렷이 향했다. 커다랗게 뜬 눈이, 나를 빤히 바라보는 그의 표정이 내 제안이 얼마나 예상치 못한 것이었는지 보여주었다. 그럴 만도 했다. 보통 황족의 호위는 이미 황성에 소속된 기사들 사이에서 고르기 마련이니까.

하지만 나는 호위를 구하기 위해 군이 아카데미까지 직접 행차했다. 고민하는 것인지, 아니면 나름대로 놀란 가슴을 추스르려는 것인지 한동안 아무 말도 없는 그에게 쐐기를 박듯 한마디 덧붙였다.

"더불어, 황제의 호위라면 베른이 생각한 그 이상의 군대를 통솔할 수 있을 거예요."

그에게 더 큰 이득이 있음을 알리는 말이었다. 황제의 호위에겐, 황제의 친위대를 통솔할 수 있는 권한이 주어진다. 황제에게 제일 가까운 기사이면서 어쩌면 군대보다 더 큰 군사력을 손에 쥘 수 있는 자리인 것이다.

아직은 황태자도 아니지만 그에게 내 포부를 알리고 그를 유혹할 수 있을 만한 커다란 미끼를 던졌다. 정작 나는 황제가 될 생각이 없지만, 계획한 대로 디온을 황제로 삼을 수 있게 되면 그의 공로를 톡톡히 치사할 것을 부탁하면 해결될 테니.

내 말에 조금 더 놀란 표정이 그의 얼굴에 떠올랐다. 의외라는 표정이 내가 제위를 탐했기 때문인지, 아니면 그것을 당당히 입 밖으로 표명했기 때문인지는 알 수 없었다.

"제위에 욕심이 있다는 말로 들립니다."

"제위에 욕심이 없다면 어떤 연유로 내 발로 황성에 걸어 들어갔겠어요."

내 주변에 모이는 사람들에게는 내가 황제 자리에 관심이 있고, 욕심이 있다고 말해두는 것이 좋았다. 황제가 나를 황성으로 불러들인 이유가 그것이었으니까. 또 황제라면, 그리고 황태자라면 내 최측근으로 있는 자들의 기억을 읽을 것이 분명했다. 그들의 이능에 어느 정도 내 나름대로 방비해야 했다.

"명령을 빙자한 부탁이 아니라, 부탁을 빙자한 명령이군요."

"그렇게 들렸다면 내 부족한 설득이 어느 정도 먹힌 모양이군요."

대수롭지 않게 받아치는 내 말에 베른의 표정이 조금 어이없다는 듯 바뀌었다.

"그것이 부족이라면 완벽한 설득은 어떨지 겁이 날 수준입니다."

"칭찬으로 받아들일게요."

그는 조금은 질린 표정으로 나를 바라보더니 가볍게 고개를 흔들었다. 그의 안에서 나에 대한 평가가 조금씩 바뀌고 있는 모양이었다.

"전하께서 황녀님이라 다행이라는 생각이 듭니다."

무슨 뜻이냐는 표정으로 그를 빤히 바라봤다.

"귀족의 위에 서 있는 평민은 누구에게나 편치는 않을 테니 말입니다."

"그것 역시 칭찬으로 받아들일게요. 그래서, 제 부탁은 수락할 건가요?"

"쐐기를 박으시는군요."

조금 말을 돌리지만 주고받는 말에서, 그리고 점점 확고해지는 그의 표정에서 그가 어떤 결정을 내렸는지 정확히 알 수 있었다. 사실 내가 그에게서 결정권을 없애 버리기도 했고, 내 제안이 지금의 그에게 해를 끼치는 것은 전혀 없었다.

장기적으로 개인이 정쟁에 뛰어드는 구조가 될 수는 있겠지만, 그에게는 지금 눈앞에 닥친 문제가 있었고 그것을 해결할 최고의 줄이 눈앞에 내려왔다. 미래의 출세라는 옵션까지 붙어서. 거절할 수 있는 부탁이 아니었다.

베른이 가볍게 웃으며 자리에서 일어났다. 그 웃음에는 항복의 뜻이 묻어 있었다. 그는 걸음을 옮겨 벽에 걸려 있던 장식용 칼을 빼내었다. 장식용이라 날이 없는 검이 그의 손에 들렸다.

"급작스러운 맹세에 날이 없는 검을 사용하는 것을 용서해 주셨으면 합니다."

베른은 가볍게 허리를 숙이며 내게 절차에 대해 양해를 구했다. 기사의 의식이란 본디 본인의 검을 들고 해야 하는 것. 하지만 나는 갑작스럽게 이곳에 왔고, 예고도 없이 호위직을 그에게 제안했다. 어쩔 수 없는 것이었다. 무엇보다 나는 이곳의 문화에 익숙하면서도 익숙지 않았다. 나는 그저 그가 내게 충을 맹세한다면 좋은 것이니. 그의 말에 고개를 끄덕여 동의를 표했다.

"원하는 자를 얻는데 그 정도 감수하지 못할 것이 있을까요."

내 대답에 그가 표정을 굳혔다. 결의에 찬 표정이었다. 베른은 한쪽 무릎을 꿇고는 칼끝을 바닥으로 향하게 했다. 주군에 대한 충신의 자세였다.

고개를 들어 나를 똑바로 바라보는 그의 표정에서는 더 이상 전에 보이던 경계, 의심, 혼란 따위는 찾아볼 수 없었다. 이제는 오직 충심과 결의뿐. 그것이 마음에 들었다. 나와 그, 둘밖에 없는 응접실에서 칼을 손에 든 그가 뚜렷한 목소리로 입을 열었다.

"심장을 바쳐 무릎을 꿇습니다. 눈앞의 주군의 검이 될 것을 다짐합니다. 주군의 뒤에서 주군의 등을 수호하겠습니다. 절대 배신하지 않는 주군의 그림자가 되겠습니다. 저 베른 루치스는 영광스러운 소르트 황가의 피를 잇는 1황녀 전하께 충성을 다할 것을 다비네 여신의 앞에서 맹세합니다."

그가 칼을 다시 바닥에 박았다. 그러고는 그것을 들어 검 손잡이를 내게 돌렸다. 나는 그것을 받아, 그의 머리에, 양 어깨에 한 번씩 갖다 댔다. 그의 충성의 맹세를 받았다.

"소르트의 적법한 후계자인 나 벤지안스 D. 마블라 소르트는 경을 나의 기사로 삼는다. 그대의 검에 목숨을 맡길 것이며, 그대가 배신하지 않는 한 그대의 신의를 저버리지 않을 것을 다비네 여신의 앞에서 맹세한다."

나는 다시 칼을 그에게 돌려줬다. 베른은 그 칼을 받아서는 손에 들고 짧게 허리를 숙였다.

호위기사의 서약이 끝났다. 황제의 손도, 황태자의 손도 타지 않은 자를 호위로 삼았다. 그것이 꽤 마음에 들었다.

"앞으로 잘 부탁해요."

"루치스가의 사람은 한 번 맹세한 충성은 절대 저버리지 않습니다."

그의 말에서 자긍심과, 이제는 황녀의 호위가 된 제 위치에 대한 결의가 느껴졌다.

호위가 생겼다. 이제 처리할 것은 아카데미였다. 그는 아직 아카데미 학생이었고, 표면적으로는 부탁이었기에 최소한 그의 편의를 배려하는 척이라도 해야 했다.

"안심이네요. 그럼 아카데미는 바로 그만둘 건가요?"

"지금 이 순간부터 저는 전하의 사람입니다. 원하시는 대로 명하시면 됩니다."

내 질문에 아무런 고민도 없이 대답하는 그의 모습이 마음에 들었다. 생각했던 대로 스스로의 결단을 믿는 자였다. 내가 그에게 위해를 가하지 않는 이상, 그는 내 충성스러운 기사가 될 것이다.

"나는 지금 당장 호위가 필요해요. 그래서 굳이 시간을 쪼개가면서 아카데미에 들른 거고요."

"그럼, 돌아가서 짐을 싸겠습니다. 학생회에도 잠시 인사하고

와도 되겠습니까?"

아카데미를 그만두라는 내 말에 베른은 아무런 반발도 하지 않고 고개를 끄덕였다. 그러고는 마지막으로 학생회와 작별 인사를 나눠도 되는지 물어왔다. 그는 무뚝뚝하고 딱딱하기는 했지만 정이 없는 자는 아니었다. 겉으로 보이는 성격은 디온과 비슷했지만 어찌 보면 디온보다 잔정이 많았다. 친구인 학생회에게 인사하는 것까지 막을 생각은 없었다.

"아, 혹 같이……."

같이 학생회에 인사하겠느냐는 말에 나는 고개를 저었다. 나는 그들에게 인사하고 싶은 생각이 없었다. 베른마저도 나를 보았을 때 복잡한 심정을 숨기지 않았는데 그들을 만나면 더 어색해질 것이 분명했다. 더불어, 딱히 그들과 나눌 말도 없었다. 그들이 친구냐고 하면 나는 딱히 할 말이 없었다. 그저 학생회에 있을 뿐이었고 그 학생회에 그들이 있을 뿐이었다. 어색하고 정신없는 곳에는 더 이상 발을 디디고 싶지 않았다.

"아니요, 나는 됐어요. 갑작스럽게 떠나는 거니 가서 인사하고 와요. 인사 안 했다가는 나중에 두고두고 보복당할 것 같으니까요. 나는 정문에서 기다리고 있을게요."

"그럼 먼저 자리를 뜨겠습니다. 금방 준비하고 계신 곳으로 가겠습니다."

내 말에 베른은 조금 복잡한 표정으로 나를 바라보다가 가볍게 인사를 하고는 응접실을 나섰다.

정문에서 베른을 기다렸다. 뺨에 닿는 바람이 차가웠다.
글레나가 어깨에 덮어준 코트를 여미며 교정을 다시 한 번 둘러봤다. 멀리서 지나가는 학생들이 이쪽을 쳐다보는 것이 느껴졌다. 나는 내가 생각해도 시선을 받을 수밖에 없는 존재였다. 더불어 이제는 황성에나 있을 황족이 아카데미에 공식 행사도 아닌 날 찾아온 이유가 궁금하기도 할 것이다. 그런 마음을 담아 이쪽을 바라보는 시선을 그냥 흘려보냈다.

시간이 조금 지나고, 학생회가 있는 건물 방향에서 이쪽으로 걸어오는 무리가 보였다. 점점 내 쪽으로 다가오는 것을 보니 아무래도 목적지가 이쪽인 모양이었다. 가까워지는 모습을 보아하니 익숙한 자들이었다. 내게 점점 가까워질수록 확실히 그들이 누군지 알 수 있었다. 학생회들. 키가 큰 센과 언제나처럼 그 옆을 지키는 페른, 그리고 라이와 아델라이네, 그 무리의 제일 앞에 짐을 전부 챙겼는지 코트까지 챙겨 입고 제 칼을 챙긴 베른이 보였다. 그들이 내 앞에 다다르자 걸음을 멈추었다. 나는 시선을 베른에게만 향해 그에게 한마디 던졌다.

"혼자 오는 줄 알았는데요."

"죄송합니다."

난감한 표정으로 그가 사과를 건네었다. 아무래도 베른의 표정을 보아하니 그가 주체는 아닌 모양이었다. 그럴 수밖에 없었다. 이제 베른은 내게 충성을 맹세했고, 이미 그에게 학생회들을 보지 않겠다고 말했으니 그가 자발적으로 데려왔을 리는 없었다.

"제국의 영광, 황녀 전하를 뵙습니다."

어찌 됐든 베른을 따라 온 그들이 허리를 숙여 내게 예를 취했다. 인사를 하고 허리를 펴는데 그 표정이 상당히 어색했다. 특히 센의 표정이 제일 어색했다. 그럴 법도 했다. 내게 제일 장난을 많이 걸고 어떻게 보면 나를 제일 곤란하게 했던 자가 센이었으니.

가볍게 고개를 끄덕여 인사를 받으며 다시 한 번 그들을 훑었다. 쉬얌을 찾기 위함이었다. 예상대로 그들 사이에 쉬얌은 없었다. 이미 정보 길드를 통해서, 그리고 다른 사람을 시켜서도 알아본 바지만 눈으로 확인하고 나니 조금 더 마음이 놓였다. 내가 황녀로 돌아가고 바로 마농으로 돌아간 모양이었다.

"……오랜만이에요."

무어라 답해야 할지. 사실 나조차도 이 상황이 어색했다. 내가 그들과 지냈던 이유는 디온 때문이었다. 디온이 사이에 있었기에 이들과 같이 어울렸던 것이지, 그가 아니었으면 아마 나는 학생회에서 별다른 말도 하지 않았을 것이니까.

조금 떨떠름한 내 인사를 알아챈 모양인지 센이 멋쩍게 웃었다. 그는 아카데미에서의 모습과는 다르게 조금은 차분해진 상태였다. 어쩌면 내가 황족이라 어찌할 바를 몰라 그런 것 같기도 했다.

"먼저 찾지 않으셨는데 이렇게 찾아오는 것도 무례가 아닐까 했지만 그래도 아카데미에서 보는 건 마지막일 것 같아 찾아왔습니다."

"마지막은 맞을 거예요."

"그래도 한때 같은 학생회였고, 음, 그 뭐시냐."

하지만 그 차분함도 한계였는지 조금 그의 말투가 돌아오려 하고 있었다. 여기 와서까지 내게 장난을 걸지는 않을까 싶었지만 그건 아닌 모양이었다. 아무리 그들이 아카데미에서 사고를 치고 돌아다녔다고는 하나 그들 역시 귀족이었으니까.

"복작대던 학생회실이 썰렁해져서 서운하답니다."

말이 막힌 모양인지 조금 더듬는 센의 말을 가로채는 것은 페른이었다. 여전히 만사가 귀찮다는 표정을 짓고 있는 그였지만, 그래도 무례한 표정이라든지 나를 향한 불쾌함은 떠올라 있지 않았다. 어떻게 보면 베른보다도 내가 황녀라는 사실을 빨리 받아들인 것이 페른일 수도 있다는 생각이 들었다.

"그게 아니잖아! 그냥 그래도 인사를 하는 게 예라고 생각해서 왔습니다."

대수롭지 않게 말하는 페른과 그 옆에서 허둥대는 센. 딱 그들다운 반응이었다. 그리고 그 옆에 라이와 그 뒤에 있는 아델라이네. 아델라이네는 아까부터 뭔가 할 말이라도 있는 모양인지 계속 나를 바라보고 있었다.

조금 의외인 것은 라이였다. 그는 처음 만났을 때도 내게 먼저 말을 걸었고, 평민임에도 나를 존중해 주었던 자였다. 내 급격한 신분 상승에 제일 혼란스러워하겠지만 금방 받아들이고 나를 대수롭지 않게 여길 것이라 생각했다. 하지만 그는 지금 이 중에서 제일 복잡한 표정을 하고 있었다. 그는 아까 내게 인사를 한 후 단 한마디도 건네지 않고 있었다. 가끔 시선이 마주치면 피하기까지 했다. 의외였지만 내가 사람을 잘못 판단했을 수도 있으니까, 라는 생각에 대수롭지 않게 머릿속에서 치워냈다.

센이 당황한 마음을 추스른 모양인지 큼큼, 헛기침을 한 번 하고는 말을 건넸다.

"항상 보던 사람을 못 봐서 서운한 것은 저희뿐이겠지만 그래도 그냥 옛 학우들이 마지막 인사나 하고 싶었다고 생각해 주셨으면 좋겠습니다. 더불어 아델라이네가, 아니, 아델라이네 전하께서 전하를 뵙고 싶어 해서 다 같이 나왔습니다."

센이 눈을 찡긋하더니 아델라이네의 어깨를 가볍게 쳤다. 목적은 마지막 인사 겸 아델라이네와 나의 만남이었던 모양이었다. 그녀를 남겨두고는 학생회들이 한 발자국 뒤로 물러났다.

"그럼 자매끼리 말씀 나누세요. 저희는 인사만 하러 온 것이니 이만 가겠습니다. 베른, 아니, 이제 베른 경이지. 베른 경도 출세했다고 저희 잊으면 안 됩니다."

"다음에 기회가 되면 뵀으면 좋겠습니다. 두 분 다."

"다음에 기회가 되면 봤으면 좋겠네요."

인사를 건네는 베른의 눈에 아쉬움이 보였다. 역시나 잔정이 많은 자였다. 그의 인사에 이어 예의로 학생회들에게 인사를 건넸다. 별로 진심이 담기지 않았다.

그들이 내게 허리를 숙이고는 다시 돌아갔다. 이제는 마지막일 그들과의 인사였다. 생각보다 눈치 있는 자들이었다. 만약 내가 그들을 반갑게 맞았다면 장난도 치며 조금 더 오래 있었을 것이 분명했다. 하지만 썩 좋지 않은 반응에 인사만 끝내고 돌아가는 것이겠지.

그들이 자리를 뜬 후 쭈뼛거리며 눈치를 보는 아델라이네를 보았다. 베른과 다른 자들이 있는 것을 불편해하고 있는 것이 틀림없었다. 나는 잠시 비켜줬으면 좋겠다는 의미로 그들에게 눈짓했다. 알아들은 자들이 우리 둘이 대화하는 소리가 들리지 않는 거리로 물러났다. 그들이 물러난 것을 확인하고는 아델라이네가 입을 열었다.

"언니."

오랜만에 들어보는 호칭이었다. 내가 누군지 그녀가 알아챘을 때 들었던 호칭이었다. 그 이후로도 내가 그녀의 기억을 바꾸기 전까지 몇 번이나 들었던 호칭. 적응이 되는 듯 되지 않는 호칭이었다. 여전히 조금 망설이는 태도로 내 앞에 서 있는 아델라이네를 바라봤다.

나는 그녀가 나를 가족으로, 언니로 생각해서 이 자리에 섰다는 생각을 하지 않았다. 아델라이네는 내 정체를 모르고 있었고, 내가 황녀임을 밝혔을 때 내가 누군지 알게 됐다. 그것을 알기 전까지 그녀는 나를 마벨로 대했다. 나를 마벨로 대할 때 그녀의 안에서 언니는 죽은 사람이었고, 그녀와 나 사이에는 반가움을 나눌 정도의 정도, 시간도, 추억도 없는 상태였다.

"회포나 풀자고 여기까지 온 건 아니라고 생각하는데."

길게 대화를 나누고 싶은 생각은 없었다. 아델라이네가 내 정체를 알게 된 건 이번이 두 번째였다. 처음은 쉬얌과 얘기하다가 들켰을 때고, 그다음은 내가 공개적으로 알렸을 때. 그녀의 혼란스러움이 얼굴에 여실히 드러났다가, 내 대답을 듣고는 미세한 쓴웃음이 입가에 걸렸다.

"많이 변하셨네요."

이 말 역시 그녀에게서 두 번째 듣는 말이었다.

"그런 말을 들을 정도로 가까운 사이는 아니었지."

그리고 그 똑같은 감상에 나 역시 똑같은 대답을 건넸다. 내 대답에 아델라이네는 여전히 쓴웃음을 지어 보였다. 동시에 흔들리던 눈빛은 조금씩 안정을 찾아가고 있었다.

"맞아요. 사실 제가 이렇게 따로 말을 걸 정도의 사이도 아니었죠."

"무언가 부탁할 것이 있는 모양인데."

우리는 어릴 때 교류가 적었다. 의무적인 가족 행사에서 마주치는 것을 제외하면 교류가 전무하다시피 했다. 우리에게 나눌 말은 썩 많지 않았다. 거의 없다고 보는 것이 맞았다. 그럼에도 그녀는 학생회가 자리를 피해줄 만큼 뭔가 중요한 이야기를 나누고 싶어 하고 있었다.

나를 앞에 둔 지금조차도 제가 원하는 것을 말하기 위해 이것 저것 생각하고 있었다. 정황과 행동이 그녀가 내게 바라는 것이 있다는 것을 뚜렷이 보여주었다.

"언니랑 얘기할 때는 항상 제 생각을 간파당하는 느낌이 들어요. 언니를 마벨로 만났을 때부터 들었던 생각이에요. 마벨을 상대로 헛된 수작을 부리려 했던 것도 분명 눈치챘을 것 같고요."

그녀는 제 입으로 마벨에게 접근한 것이 순수한 마음이 아니었다는 것을 고백했다. 그것은 내가 마벨로 아카데미에 있을 때도 알아챘던 것이었다. 그리고 내가 알아챘다는 것을 그녀는 내가 다시 황녀가 됐을 때 깨달았을 것이다.

"적어도 2황녀가 마벨을 사랑해서 쫓아다닌 게 아니라는 건 알아."

"네, 맞아요. 이제 와서 언니한테 이것저것 돌려서 말한다고 통할 것 같지도 않아요."

그녀 안에서 나름의 방도를 생각한 모양이었다. 어떻게 말할까 생각하는 모양인지, 한 번 숨을 고르고는 눈을 똑바로 바라보았다. 아델라이네는 내 말을 인정했다. 나한테 바라는 것이 있어서 내게 와서 말을 걸고 있다는 것.

무엇인지 대충 짐작은 가지만 그녀에게는 나름 용기가 필요한 발언인 모양이었다. 그리고 그 용기를 가까스로 끄집어 올린 모양인지 똑바로 바라보는 눈에 단단함이 보였다. 하지만 어깨와 제 배 앞에 가지런히 맞잡은 손은 미세하게 떨리고 있었다.

"곧 황성으로 돌아갈 거예요."

"그건 나랑 큰 관련이 없을 텐데."

"돌아가면, 저를 언니의 사람으로 써주세요."

예상과 비슷하면서도 조금 다른 말이었다. 1황자를 끌어내리기 위해서, 저를 쥐고 비트는 1황자의 손아귀에서 벗어나기 위해서 그에게 대항할 것을 내게 요구할 줄은 알았다. 그 방식으로 그녀는 아카데미에 남아 있고 서신이나 몇 번의 왕래를 요할 줄 알았다.

하지만 아델라이네가 선택한 건 황성으로 돌아오는 것이었다. 제 나름의 커다란 용기일 것이다. 벗어나고 싶어 했던 황성으로 돌아가는 것이니까. 하지만 나는 그녀가 별로 필요하지 않았다. 그녀가 있으면 조금 더 편하긴 하겠지만 꼭 필요한 것은 아니었다.

"내가 왜 그래야 하지?"

떠보려는 질문을 던졌다. 말은 많으면 좋다. 그것도 2황녀라는 말은 상당히 편리한 수가 많았다. 하지만 아델라이네는 모르는 채로 내가 이용하는 것과 그녀가 알고 있음에도 저 스스로 말이 되어 내 손에 들어오는 것은 효용 범위가 달랐다.

조금은 날이 선 내 질문에 아델라이네는 잠시 숨을 멈추었다. 떨리는 손은 그대로였다. 하지만 이 질문 역시 어느 정도 예상했던 모양인지 거의 바로 대답이 흘러나왔다.

"언니는 육 년 동안 황성을 떠나 있었어요. 오라버니는 제 목표를 위해서라면 손속에 자비를 두지 않는 사람이에요."

"나도 그렇게 자비롭지는 않아."

"알고 있어요. 언니의 능력을 폄하하는 것이 아니에요. 다만, 데비스 오라버니는 황성에 익숙하고 황태자로서 황성에 대해 잘 알고 있어요. 황성의 구조는 물론 사람도요. 언니는 그에 비해 육 년간 황성에 없었어요. 황성 안은 육 년간 자리를 비운 언니한테 불리해요. 언니한테 없는 육 년간의 황성을 낱낱이 알고 있는 또 다른 황족이 조금이나마 도움이 되지 않을까요? 아니, 될 것이라고 확신해요."

이전에 그녀가 내 정체를 알게 됐을 때와 다른 조건이지만, 같은 상황이었다. 그녀는 그때와 마찬가지로 내게 거래를 제시하고 있었다. 제가 내게 줄 수 있는 것을 먼저 제안하고 내게 요구했다.

"그렇게 해서 네가 얻는 건 뭐지?"

나는 이미 답을 알고 있는 질문을 던졌다. 그리고 내가 알고 있는, 그녀는 기억하지 못하는 이유를 그녀가 말했다.

"바라는 것은 하나예요. 언니가 황태자가 되는 것. 1황자를, 데비스를 황태자의 자리에서 끌어내려 주는 것. 그것 하나면 돼요."

⚜

일들이 나쁘지 않게 흘러가고 있었다. 주기적으로 기억을 읽고 있기는 하지만, 디온이 추천해 준 시녀가 나를 배신할 것 같지는 않았다.

더불어 황제를 알현하기 위해 치장하는 동안 문 앞에 서 있는 자는 내가 데려온 베른 루치스였다. 그의 태도를 보면서, 디온이 어째서 그를 반대하지 않았는지 알 수 있었다. 한 번 맹세한 충성에 철저한 자였고, 군신의 선을 지킬 줄 아는 자였다. 그것이 썩편했다. 물론 가끔 내가 입고 있는 드레스, 주변 환경에 조금 복잡한 눈빛을 보이고는 했지만, 그것이 그의 호위 태도에 큰 영향을 미치지는 않았다. 모든 것이 완벽하지는 않더라도 적절했다.

세그다드 공작과의 스캔들과 그로 인한 공작가의 지지, 공작을 따르는 몇몇 가문의 지지, 나를 따르는 전속 시녀, 내 손으로 데려온 호위. 곧 있을 환영식을 위한 최소한의 조건이 얼추 갖춰졌다. 남은 중요한 한 가지를 위해 나는 황제에게 알현을 요청한 상태였다.

황제에게 먼저 알현을 요청한 것은 처음이었다. 증오하는 이의 낯짝을 굳이 찾아가서 보고 싶지는 않았다. 아마 황제 역시 내가 자신을 썩 좋아하지 않는다는 사실은 알고 있을 것이다. 내 화형을 명한 자가 그인데 내가 그를 전부 용서하고 살갑게 군다면 더 이상할 것이 분명했다. 더해 그가 바라는 후계자는 자비로운 자가 아니었다. 제위에 대한 욕심이 있고, 위로 향하고자 하는 욕망이 있는 자였다.

그렇기에 나는 굳이 그를 용서한 척 살갑게 굴지 않아도 됐다. 지금은 내 환영식을 위해 마지막으로 중요한 것을 손에 넣기 위한 알현 요청이었다. 필요할 때에만 그를 찾는 게 오히려 그가 납득하기 쉬울 것이다.

내가 거하는 성에서 나와, 웅장한 복도를 지나 알현실 앞에 섰다. 뒤를 따라오던 베른과 글레나가 내 뒤에 멈춰 섰다. 알현실 문을 지키는 시종이 목소리를 높여 내가 왔음을 황제에게 고했다.

알현실로 들어갈 수 있는 것은 나뿐이었다. 베른과 글레나를 문밖에 세워두고는 안으로 들어가 그에게 황제에게의 예를 올렸다.

"소르트의 영광, 황제 폐하를 뵙습니다."

고개를 들어 바라본 그의 낯짝은 여전히 인자한 얼굴이었다. 여전히 그의 의중은 파악할 수가 없었다. 그는 나를 정말 사랑하는 딸처럼 대하고 있지만, 그의 행동은 믿을 수가 없었다. 아델라이네에게도, 내게도, 그리고 다른 황자들에게도 그의 태도는 여전했다. 제 위치에 반기를 들지만 않는다면 세상에서 제일 자애로운 아버지가 될 수도 있는 사람이었다.

하지만 또 생각해 보면 그에게 중요한 것은 그가 앉아 있는 황위뿐인지 확신할 수도 없었다. 그가 제일 중히 여기는 것이 황위라면, 그리고 권력이라면 어떤 수를 써서라도 황후를 처벌했어야 했다.

생각하면 할수록 제일 오리무중인 것이 그의 의중이었다. 그 안에서 제일 중요한 것이 권력이라는 생각이 들었다가도, 또다시 생각해 보면 맞지 않는 구석이 몇 가지 보이기도 했다. 우선 내게 보이는 그의 태도에서 그가 나를 인정했다는 것은 알 수 있었다. 하지만 그 인정이 어느 날 사그라지지는 아무도 알 수 없는 것이었다. 제일 멍청한 자인 줄 알았던 자가 제일 골치 아픈 자였다.

내 인사를 들은 황제는 장난스레 표정을 살짝 굳히며 짐짓 엄하게 말을 이었다.

"격식 없는 인사 듣기가 참으로 어렵구나."

"인사 정도는 예를 담아야 한다고 생각했습니다, 아바마마."

그가 내게 허락한 호칭을 굳이 붙여줬다. 내 대답에 기분 좋게 웃으며 그가 다음 말을 이었다.

"그래, 무슨 일로 왔느냐."

"예, 아침 문안을 올리고 싶어서."

"허허, 아침 인사를 하고자 짐을 찾아왔으면서 폐하라 불렀단 말이지."

여전히 인자하게 웃는 표정이었다. 마치 가족 간의 정이라도 원하는 양 지껄이는 꼴이 썩 보기가 좋지는 않았다.

"죄송합니다. 아직 평민 때의 버릇이 가시지 않은 모양입니다."

"게다가 평민일 적 이야기를 입에 얹고 말이야. 다음은 무슨 말을 꺼낼지 겁이 나는구나."

줄곧 입가에 머물던 웃음이 조금 걷히는 것이 보였다. 굳이 평민이었단 이야기를 꺼낸 건 그가 내게 잘못했기 때문에 내가 평민으로 살았어야 했다는 것을 다시 한 번 주지시키기 위함이었다. 개인적으로 찾아오지 않을 딸이 굳이 찾아와서는 과거의 일을 들먹인다. 황제가 바보가 아닌 이상 내가 무언가를 요구할 것은 눈치챌 것이다. 아니, 그에게 알현을 요청할 때부터 알고 있었겠지.

"가끔 아바마마는 너무 무섭습니다."

표정을 풀고 입꼬리를 끌어 올렸다. 그가 한 모양대로 나 역시 그에게 부드러운 모습을 보이기 위해, 부러 장난스러운 말을 입에 얹었다. 분위기가 풀리기를 기대한다는 듯이 원치도 않는 짓을 해가며 내뱉은 말에 그가 답했다.

"나는 네가 나를 어렵게 느끼지 않았으면 한다."

내뱉는 말마다 우습지 않은 말이 없었다. 굳이 나와 그가 그리 살가운 가족이 되지 않더라도 그는 내게 권력을 대물림하면 될 것이었다. 그럼에도 내게 더 가까워지려 하는 그의 태도가 역겨웠다. 제 가족에게 자상한 모습을 연기하는 자이니 그럴 수도 있겠다 싶기도 하지만, 그 모습을 보고 있자면 그 위선에 어이가 없는 것을 어쩔 수 없었다.

같지도 않은 그의 말에 조금 장단을 맞춰주기로 했다. 그것이 내가 그에게 요구하기에도 편했고.

"그럼 제 청 하나만 들어주실 수 있을까요?"

"짐은 섣부른 약속은 하지 않아."

"오랜만에 돌아온 딸의 청이라고 생각해 주셨으면 합니다."

표정은 가볍게, 하지만 오랜만이라는 단어에는 조금 힘을 실었다. 내 청에 그가 하하, 가볍게 웃었다.

"그 말을 들으니 더더욱 무섭구나."

"아바마마께는 그리 어려운 일이 아닐 겁니다."

내 말에 그가 계속 말해보라는 듯 눈짓을 했다. 그의 알현실에 굳이 찾아온 이유를 말할 때였다. 입가에 최대한 부드러워 보이는 미소를 걸고는, 눈에는 그에 못지않은 권력을 향한 탐욕을 걸고는 그에게 말했다.

"곧 있을 제 환영식 때 라이산더 홀을 허해주셨으면 합니다."

내 대답을 들은 황제의 표정에 놀란 빛이 스쳤다. 그러고는 이내 크게 소리 내며 웃었다. 나는 황제의 허락을 기다렸다.

황성에는 수많은 건물들이 있다. 그리고 건물 하나하나 중요하지 않은 것이 없다. 그러나 그중에서도 특히 주요한 건물들이 있었다. 황족들이 기거하는 곳이 그러했고, 황제의 친위대가 머무는 곳이 그러했다. 거기다 고작 일 년에 많아봤자 두어 번 열리는 곳이지만 황제가 머무는 곳 만큼이나 중요한 건물이 있었다.

황제의 공식 행사가 열리는 고틀리프 홀과 황태자의 공식 행사가 열리는 라이산더 홀. 소르트를 건국한 황제의 이름을 딴 고틀리프 홀은 무슨 일이 있어도 황제에 관련된 행사만 열렸다. 황제의 즉위식, 생일, 장례식. 이 세 가지를 제하고는 고틀리프 홀은 절대 열리지 않았다. 다음으로 중요한 홀이 라이산더 홀이다. 고틀리프 황제와 함께 군의 선봉에서 군사를 지휘해 소르트에 커다란 승리를 안겨준 라이산더 장군의 이름을 따 만든 이 홀에서 제이름을 걸고 행사를 열 수 있는 자는 황제와 밀접하게 닿아 있는 권력자여야 했다. 황제가 그 존재를 증명하거나, 황제의 뒤를 따르거나, 제국에 영광을 안겨줬다거나, 무엇이든 간에 구국의 영웅인 라이산더의 위명에 누를 끼치지 않는 자여야 했다.

그것이 지금까지 이어져 내려와 보통 황태자의 행사에 라이산더 홀이 열리고는 했다. 커다란 예외, 예를 들자면 적국과의 전쟁에서 혁혁한 공을 세운 장군의 경우 가끔 이 홀에서 그 노고를 치사하고는 했지만, 그런 경우를 제외하고는 그 누구에게도 라이산더 홀이 열린 적은 없었다.

그리고 나는 지금 그 라이산더 홀을 내 환영식 때 열어달라고 청하고 있었다. 그의 웃음이 잦아들 때까지 가만히 그의 답을 기다리고 있었다. 잦아든 웃음 아래로 그의 만족스러운 표정이 보였다.

"그 홀이 갖는 의미를 모르고 있지는 않을 테고, 그래, 그 이후에 오는 온갖 흉모를 견딜 수 있겠느냐?"

"벤지안스라는 이름이 라이산더 홀을 열리게 할 수 있다면 그것 하나 견디지 못하겠습니까?"

"그래, 그렇다면 그것 하나 허하지 못할까. 보아하니 내가 거절했을 때의 명분 역시 준비해 온 것 같은데."

"그 명분이 어찌 아바마마의 허락에 비하겠어요. 감사합니다."

"앞으로 네 행보를 기대하마."

"기대에 부응하고자 노력할 것입니다."

나를 바라보는 그의 표정에 만족이 가득이었다. 이능이 통하지 않는 사이지만 지금은 그의 생각 중 하나 정도는 알 것도 같았다. 황제는 황태자를 무턱대고 끌어내릴 마음도 없었으며, 나를 무턱대고 황태자위에 앉힐 생각도 없었다. 그저 자신의 위치를 지키며 황제의 자리를 갈망하는 그런 후계를 원하는 것이다.

하지만 조금 더 격렬하게 움직여 그 자리를 제 손에 넣는 자를 기다리고 있는 것이었다. 그렇게 저와 황태자에게 불을 지르며 저는 한 발 뺀 채로 우리의 싸움을 방관하고 있었다. 그는 소르트의 후계를 이을 자격을 가진 자 중, 누가 더 그 길에 적합한지 시험하고 있었다.

황제에게서 원하는 것을 얻어내고 다시 내 성으로 돌아왔다. 내 환영식은 라이산더 홀에서 열릴 것이다. 조만간 귀족들에게 초대장이 전달될 것이고, 소문은 그때부터 시작일 것이다. 내가 황태자가 되기 위해서는 여론도 중요했지만 내겐 그보다 더 우선인 게 있었다. 위세가 떨어진 황후에게 경각심을 심어주고, 그 황후의 아들이 위기감을 느껴서 스스로 나를 해하도록 움직이게 만드는 것. 더불어 황성에서 내 편을 만들어 황태자의 뒷공작을 알아채는 것.

과거에는 황태자, 혹은 황후가 나를 해하려 한들 그들에게 그리 큰 처벌이 가해지지 않았다. 황제의 마음속에서 나는 황태자 감으로 탈락이었고 1황자, 데비스는 합격이었으니까. 하지만 지금은 달랐다. 황제는 오랜만에 만난 딸에게 합격을 주었다.

황태자와 나의 싸움에서 그가 나를 해하려 했다는 것을 알아차리고 막은 후, 그것을 만천하에 공개한다면, 황제는 더 이상 황태자의 죄를 묵과하지 않을 것이다. 그리고 그것은 내 승리로 이어질 것이다. 황제가 황후의 처리를 내 손에 맡긴 것처럼 그때가 오면 황태자의 처리 역시 내 손 아래에 떨어지겠지.

이런저런 생각을 하며 방문을 열자 침대 위에 상자가 하나 놓여 있었다. 푸른 리본이 달린 하얀 상자는 선물처럼 보였다. 하지만 이제는 선물도 마음 놓고 받을 수 없게 되었다. 내 위치가 그랬으니까. 내가 없는 동안 선물을 받았을 시녀에게 질문을 던졌다.

"이게 뭐죠?"

"세그다드 공작저에서 보내온 선물입니다."

"세그다드요? 디온이?"

세그다드라는 말에 시녀들의 표정에 설렘이 덧입혀졌다. 선물을 받은 사람은 나인데 왜 그들이 설레는지 알 수 없는 노릇이었다.

지금 상황이 당황스럽고 얼떨떨했다. 선물? 리본을 풀어 포장을 풀고 함을 열자 디온의 선물이 모습을 드러냈다.

"세상에."

시녀들의 감탄이 들렸다. 보석함 안에 자리하고 있는 것은 세련되게 세공된 블루 다이아몬드였다. 백금으로 된 목걸이에 걸린 세 개의 블루 다이아몬드는 영롱하게 빛나고 있었다. 푸른빛의 다이아몬드가 샹들리에의 불빛을 받아 눈부시게 빛났다.

난 어떤 말도 내뱉을 수 없이 놀랐다. 처음 받아보는 고가의 선물이기도 했고, 그가 연인인 나에게 준 선물임을 체감했기 때문이다. 마음이 조금 복잡했다. 목걸이를 바라보며 말을 찾지 못하는 내 옆에서 오히려 나보다 신난 시녀들이 조금 격양된 목소리로 저들끼리 지저귀며 말을 했다.

"공작님이 보낸 선물인가 봐요."

"그렇죠."

그가 내게 무한한 배려와 마음을 준 건 알았지만 물질적인 선물은 처음이었다. 싫다거나 그런 건 아니고, 그래, 얼떨떨했다. 여자로서, 연인으로서 받는 선물에 마음이 벅차기도 했고, 감격스럽기도 했고, 갑작스럽기도 했고. 그 감정들이 한데 섞였다.

내 눈 색과 비슷한 블루 다이아몬드를 바라봤다. 옆에서는 시녀들이 손거울을 가져오기도 하며 저들끼리 분주하게 움직였다.

"이렇게 아름다운 푸른빛은 처음이에요, 전하!"

"정말 잘 어울릴 것 같아요. 전하의 눈동자 색과 똑같은 걸 구하신 모양이에요."

"전하, 제가 해드릴게요."

깍깍대는 시녀들 틈에서 그나마 담담한 글레나가 목걸이를 내 목에 걸어주었다. 다른 시녀가 가져다준 거울을 보고, 아름답다고 칭찬하는 말에 고개를 끄덕이고, 잠시 착용해 본 목걸이는 제일 커다란 보석함에 다시 옮겨졌다.

✤

환영식 날 아침이 밝았다. 창문 밖으로 성내 사용인들이 분주하게 돌아다니는 것이 보였다. 황제가 라이산더 홀의 사용을 허락한 후, 황성 내부뿐만 아니라 귀족가 전체에 그 소문이 빠르게 퍼졌다. 황제가 제 손으로 쳐 낸 황녀를 받아들였다. 받아들였다고 하기에 어폐가 있지만, 어찌 됐든 죽은 줄 알았던 황녀가 돌아왔다. 그 사실은 이미 제국을 물들이고 난 후였으나 그렇게 돌아온 황녀의 입지가 어떻게 될지는 감히 아무도 단언하지 못했을 것이다. 세그다드 공작가를 포함한 몇몇 가문이 돌아온 1황녀를 지지하는 것 역시 귀족가들의 정보망 아래로 널리 퍼졌겠지만 그것이 황성 내에서의 내 위치를 알려주지는 않았다. 위세 높은 귀족들이 나를 지지한다 한들 황제의 지지가 없으면 모두 무용지물일 터이니.

그런 와중에 내 환영식이 라이산더 홀에서 열리는 것이다. 라이산더 홀은 황제의 명령에만 열린다. 요 몇 십 년간 황태자 즉위식을 제외하고 그곳은 열린 적이 없었다. 심지어 황태자의 생일에도 열리지 않았던 곳이다. 그런 곳이 내 환영식에 열린다. 이로써 황제가 공개적으로 알린 것이나 마찬가지였다. 황제가 육 년 만에 돌아온 나를 다시 내치지 않을 것이라는 사실을.

몇 번 주고받은 디온과의 서신에는 이제 황태자파와 1황녀파가 극명하게 나뉘었다고 적혀 있었다. 더불어 대대로 중립을 유지하던 루치스 가문이 1황녀를 지지한다는 소문 역시 빠르게 퍼지고 있다는 말이 들렸다.

베른은 그 소문에 별로 개의치 않아 했다. 더 이상 공작가에서의 혼인 서신이 오지 않았고, 제 누님은 사랑하는 사람과 혼인을 준비하고 있다고 했다. 그 말을 전하며 베른이 건넨 서신에는 루치스 가문의 인장이 찍혀 있었다. 조만간 환영식에서 뵙겠다는 후작의 짧은 글이 적혀 있었다. 그 만남이 좋은 방향일지 아닐지는 모르겠지만 이미 베른의 충성 맹세를 얻어냈으니 내가 잃을 것은 없었다.

환영식까지는 한 시간 남짓 남았다. 마지막으로 입어야 할 옷과 착용해야 할 액세서리들을 바라봤다. 귀중한 액세서리들이 일렬로 주르륵 펼쳐져 내가 착용할 때를 기다리고 있었다. 그중 눈에 들어오는 것은 단연 하나였다

은색 줄 아래로 늘어진 블루 다이아몬드. 목걸이 말고도 귀걸이에 반지까지. 그 하나하나가 다들 값이 만만치 않은 것들이었다. 세그다드 공작가가 이 정도 보석을 샀다고 가세가 기울지는 않겠지만 또 그렇다고 마냥 안심이 되는 것은 아니었다.

시녀가 목걸이를 채워줬다. 푸른 보석이 내 눈 색과 잘 어울렸다. 내 목에서 반짝이는 그의 선물을 보며 그와 주고받았던 서신을 떠올렸다.

만나지 못하는 아쉬움만큼 그와 많은 서신을 주고받았고, 그 서신에는 그의 낯간지럽지만 부드러운 말들이 빼곡히 들어차 있었다. 왠지 그 글을 볼 때마다 디온의 다정한 눈빛과 특유의 표정이 보이는 것도 같았다.

하지만 평소와는 달리 어제 그는 서신으로 내 드레스 색깔을 물었다. 치수를 정확히 알지 못해 선물을 보내지 못해 죄송하다는 말과 함께. 문득 그것이 생각나 향료를 옮기는 시녀에게 물었다.

"환영식 때 입을 드레스 색을 알려달라는 건 어떤 의미일까요?"

"저번에도 말했지만, 공작 각하께서 전하와 페어로 복장을 맞추고 싶은 것 아닐까요?"

향료를 덜어 내 손에 퍼 바르며 글레나가 답했다. 나는 말없이 고개를 끄덕였다. 내가 생각한 이유와 정확히 같았다. 나를 바라

보는 표정에는 설렘이 언뜻 보였다. 지금 내 방에서 시중을 들고 있는 시녀들 전부 저들끼리 웃으며 들떠 있었다.

선물이 하나하나 도착할 때마다 어쩜 저리 일관적인 반응들인지. 이제는 익숙해진 모습에 작게 한숨을 내쉬었다. 사실, 지금 내쉰 한숨은 따지자면 그들 때문은 아니었다.

"그렇겠죠? 그러니까 내가 지금."

그가 자주 입는 옷과 비슷한 색으로 드레스 색을 정한 게 이상한 건 아니겠죠?

나는 글레나의 답을 다시 한 번 확인 차 입에 올렸다가 안으로 삼켰다. 이미 몇 번이나 물어본 질문이라 또다시 입에 담기가 조금 민망했다.

대신 시선을 드레스로 향했다. 이미 답장은 보낸 지 오래였다. 사실 디온이 서신을 보냈을 때, 내 드레스의 디자인은 정해져 있지 않았다. 고심 끝에 그가 자주 입던 옷 색을 떠올렸고, 그 색에 내 드레스 색을 맞추었다. 그러다 보니 보편적으로 좋은 자리에 입는 화사한 색이 아닌, 짙은 푸른색이라는 어두운 색을 섞어 넣게 되었다.

글레나가 걸려 있던 드레스를 빼내어 들었다. 여전히 드레스에서 시선을 떼지 못하는 나를 살짝 돌아 앉히고는 글레나가 살풋 미소를 지으며 제 말에 확신을 더했다.

"네, 확실해요. 뿐만 아니라 공작님과 전하께서 공식적으로 연인 관계라는 것을 모르는 사람은 없잖아요? 전하와 공작님께서 연회의 춤을 처음으로 여시는 것은 당연할 테고. 그곳에서 전하와의 관계를 조금 더 확고히 하고 싶어 각하께서 서신을 보낸 것이 아닐까요?"

말을 듣고 있자니 또 그럴듯했다. 나도 모르게 고개를 끄덕이며 입혀주는 대로 드레스를 걸쳤다. 옷매무새를 바로 잡아주며 글레나가 말을 이었다.

"게다가 앞서 공작 각하께서 보내셨던 보석들을 보고 있자니 공작님께서 전하를 얼마나 각별히 생각하고 계신지 알 것 같기도 하고 말이에요."

시녀에게서 블루 목걸이를 건네받으며 글레나가 한마디 덧붙였다.

"남자의 심리에 대해서는 베른 경께서도 고개를 끄덕이셨으니까요."

또다시 작은 한숨이 나왔다. 정말이지 그것까지는 하지 않으려고 했는데. 주변에 있는 자들이라고는 재잘대는 시녀들뿐이라 그녀들에게 물어보기가 조금 그랬다. 그때 눈에 들어온 남자가 베른이었다. 그렇기에 남자의 심리를 잘 알지 않을까 싶어서 그에게 물어봤었다. 그때 당황해하던 베른의 표정을 아직도 잊을 수가 없었다. 다시 생각나는 그때의 부끄러움을 감추려 일부러 눈을 감았다.

"그거야 그대들이 거의 확신에 차서 물어보니까 그런 거죠."

"하지만 이유가 그것 말고는 없잖아요."

그건 또 그렇지. 더 이상 생각하는 건 과도한 걱정이겠지. 어차피 이미 다 지난 일인데 이렇게 다시 물어 뭐 하겠어. 액세서리들을 걸고, 드레스를 입고, 거울 앞에 섰다. 이제는 이렇게 치장한 모습에 꽤나 익숙해진 상태였다.

오늘 입은 드레스는 상당히 특이한 편에 속했다. 상체 부분은 하얀색으로 시작해 허리쯤부터는 하늘색, 허벅지 부근부터는 남색으로 변하는, 색의 조화가 인상적인 드레스였다. 뒤에서 말하기 좋아하는 자들이라면 연회의 주인공이 어두운 색 드레스를 입고 왔다며 수군댈 수도 있었다. 생각하자니 또 한숨만 나왔다. 무엇을 입는다고 해도 그가 알아서 할 텐데 그걸 위해서 뭘 여기저기 들쑤시고 물어보고 다녔는지. 질문을 던질 때마다 듣는 자들의 얼굴이 묘한 빛을 띠던 것을 생각하면 얼굴이 계속 홧홧해지고는 했다.

"정말 서로 사랑하시나 봐요."

"네?"

글레나의 뜬금없는 말에 나는 고개를 퍼뜩 들었다. 거울에 비친 나는 나도 모르게 미간을 찌푸리고 있었다.

"죄송합니다, 기분 나빠 하실 거라 생각 못 하고."

"아, 아니요. 기분 나쁘다는 게 아니라 갑작스러워서요."

"언제나 초연하시다가도, 공작님이 얽힌 일이면 감정을 조금씩 드러내시거든요. 그래서 그랬을 거예요. 기분 상하셨으면 풀어주세요, 전하."

"아니요, 기분 상하지 않았어요. 그냥, 음, 어쨌든 기분 상하지 않았으니까 걱정하지 말아요."

사과하는 그녀들에게 아니라고 분위기를 진정시킨 후, 다시 거울 속을 들여다봤다. 눈, 코, 입, 모두 평소와 별다른 것이 없는데. 그렇게도 티가 났나? 괜스레 입꼬리를 손으로 한 번 눌렀다가 떼보았다.

아까보다는 조금 조용해진 분위기 속에서 치장이 끝났다. 빛을 받아 영롱하게 빛나는 목걸이를 괜히 건드려 보았다. 내 눈 색과 같은 색. 다이아몬드를 감싸고 있는 백색의 고급스러운 장식까지,

전부 나와 어울리는 것들이었다. 익숙지 않은 보석들을 하나하나 고르며 그가 얼마나 고심했을지 눈에 보이는 듯했다.

창밖을 바라보니 시간이 임박한 모양인지 멀리 성문으로 줄지어 들어오는 귀족들의 마차가 보였다. 때마침 밖에서 시종이 문을 두드리는 소리가 들렸다. 이제 라이산더 홀로 출발할 시간이었다.

〈3권에서 계속〉